DROEMER

Von Øistein Borge ist bereits folgender Titel im Droemer Taschenbuch Verlag erschienen:
Kreuzschnitt

Über den Autor:
Øistein Borge, Jahrgang 1958, kommt aus der Film- und Werbebranche, wo er als Regisseur, Texter und Creative Director gearbeitet hat. Er hat sowohl in Norwegen als auch im Ausland zahlreiche Auszeichnungen für seine Arbeit erhalten, darunter zwei goldene Löwen beim Werbefilmfestival in Cannes.

ØISTEIN BORGE

HINTERHALT

KRIMINALROMAN

Aus dem Norwegischen von
Andreas Brunstermann

DROEMER

Die norwegische Originalausgabe erschien 2017 unter dem Titel
»Det som aldri dør« bei Font Forlag, Oslo.

FSC
www.fsc.org
MIX
Papier aus verantwortungsvollen Quellen
FSC® C083411

Originalausgabe Oktober 2018
Droemer Taschenbuch

Title of the original Norwegian edition: Det som aldri dør
Published by agreement with Font Forlag

Redaktion: Maria Koettnitz
Covergestaltung: ZERO Werbeagentur, München
Coverabbildung: plainpicture/Design Pics/Peter McCabe
Satz: Adobe InDesign im Verlag
Druck und Bindung: CPI books GmbH, Leck
ISBN 978-3-426-30605-5

2 4 5 3 1

Geheimnisse gibt es in jeder Familie. Sie können in Wände eingemauert sein, im Gewissen eines einzelnen Menschen ruhen oder in seinen Genen verborgen liegen. Es sind kleine Abschnitte einer größeren Geschichte, ausgelöscht von jemandem, dem daran gelegen war, dass nicht alles erzählt wurde. So existieren Geheimnisse in Gedanken und im Bewusstsein weiter, bis sie schließlich mit demjenigen sterben, der sie in sich trägt. Dann lösen sie sich in Asche auf oder zerfallen zu Erde, werden zu winzigen Fragmenten, wie zufällig über die Felder zerstreut und somit unlesbar für alle, die nach uns kommen.

1

Nordirland
Freitagvormittag, 13. Mai 2016

Was zum Teufel machen wir hier?

Obwohl sie Lust hatte, die Frage laut auszusprechen, beließ sie es beim bloßen Gedanken. Gab es etwa eine noch absurdere Art von Ferientour, als in einem nordirischen Dorf herumzukurven auf der Suche nach einem Grab? Einem leeren Grab? Sie warf einen Blick auf ihren Ehemann, der am Steuer des kleinen Leihwagens saß. Mit einer Hand am Lenkrad, während er mit der anderen am Navigationsgerät herumfummelte. Die Koordinaten hatten sie von einem Journalisten der *Irish Times* bekommen, vor der Abreise aus Oslo.

Als er mit der Idee von Belfast als Reiseziel zu ihr gekommen war, hatte sie vorsichtig protestiert. Ihn daran erinnert, dass es Städte wie Wien, Brügge und Lissabon gab, die sie noch nicht besucht hatten. Doch wie schon so oft zuvor hatte sie schließlich nachgegeben. Er war Hobbyhistoriker mit einem besonderen Interesse für neuere europäische Konflikte, weshalb Belfast für ihn so verlockend war, wie es Florenz für einen Renaissance-Fan gewesen wäre. Zwei Jahre zuvor war sie ihm nach Sarajevo gefolgt und im darauffolgenden Jahr mit Istanbul belohnt worden. Jetzt waren sie hier, im Herzen eines hundert Jahre alten Unabhängigkeitskrieges, einer Fehde, bei der momentan zwar keine Flammen loderten, deren schwärende Glut aber jederzeit wieder angefacht werden konnte.

Wie viel Egoismus musste man eigentlich ertragen können? *Wie viel Aufopferung war vonnöten, um eine Ehe am Leben zu erhalten?*

Fast vierzig Jahre war es jetzt her – im Sommer 1978. Sie

hatte einen Teilzeitjob im Nachtclub Safari, dem damaligen Vergnügungstempel für junge Menschen im Osloer Westen. Eines schönen Tages stand er einfach da. Ein schiefes Lächeln unter einem sonnenbleichen Haarschopf und ein auf den Zapfhahn gerichteter Zeigefinger. Es war einer dieser rätselhaften Augenblicke, die zu erleben nur sehr wenigen vergönnt ist, ein Augenblick, in dem du einen anderen Menschen anblickst und es einfach weißt. Bevor auch nur ein einziges Wort geäußert wurde, war alles auf seltsame Art entschieden. Welchen Satz hatte noch einmal ihr religiöser Schwiegervater ein knappes Jahr später auf der Hochzeitsfeier aus der Bibel zitiert? *Und der Herr sagte: Dies ist meine Botschaft an euch – liebet einander!* Etwas in der Art. Hätte Gott sich herabgelassen, sie zu fragen, hätte sie wohl geantwortet, dass er die Privatsphäre der Menschen deutlicher respektieren solle.

Marion O'Neill.

So hieß sie, die Katholikin, die nicht mehr in dem anonymen Grab lag. Der Hobbyhistoriker hatte ihre tragische Geschichte während des Flugs über die Nordsee erzählt. O'Neill war Witwe und musste fünf Kinder versorgen, als sie in einer Spätsommernacht im Jahr 1976 spurlos verschwand. Zweiundzwanzig Jahre später, nachdem das Belfast-Abkommen unterschrieben und den paramilitärischen Kräften auf beiden Seiten Amnestie gewährt worden war, hatten zwei ehemalige IRA-Mitglieder die Stelle verraten, an der sie verscharrt worden war. Sie selbst hatten Marion O'Neill seinerzeit in einen Lieferwagen gezerrt, nach Bryansford gebracht, ihr in den Nacken geschossen und sie in ein tiefes Grab inmitten eines verlassenen Waldstücks geworfen. Es war die Art von Strafe, zu der die *Provisional IRA* Menschen verurteilte, die den Feind mit Informationen über die Truppe versorgte oder sie auf andere Art und Weise verriet. In der Regel ließen sie die Leiche eines Überläufers am Ort der Hinrichtung liegen, zur Abschreckung und als Warnung an alle anderen. In O'Neills

Fall war die Tote vergraben worden, angeblich aus Rücksichtnahme auf die fünf Kinder.

Weshalb willst du dahin?, hatte sie ihn gefragt. *Das Grab ist doch leer.*

Ich würde gern den Ort sehen, an dem es passiert ist, hatte er erwidert.

Er wollte gern den Ort sehen. Einige ihrer Freundinnen beklagten sich darüber, dass ihre Männer zu viel Zeit auf dem Golfplatz verbrachten. Sie ahnten ja nicht mal, wie glücklich sie damit sein konnten.

Neben dem Seitenfenster sauste eine massive Mauer aus Felssteinen vorbei, und instinktiv suchte ihr Fuß nach dem Bremspedal, das nicht da war. Das Pfund konnten die konservativen Engländer gern behalten – aber den Rechtsverkehr und das Lenkrad auf der richtigen Seite einzuführen, das sollte doch wohl möglich sein?

Abermals warf sie einen Blick auf ihren Mann. Er war fast siebzig und seit Kurzem pensioniert, hatte jedoch den Gesichtsausdruck eines Kindes auf dem Weg nach Disneyland. Lautlos seufzte sie in sich hinein. Immerhin hatte er gefragt und sie nicht zu etwas gezwungen. Sie hätte ein Veto einlegen können. Dann hätten sie jetzt im Café Central in Wien sitzen können, mit Sachertorte auf dem Tisch sowie Karten für die abendliche Opernvorstellung in der Tasche.

»Du bist so still«, sagte er. »Woran denkst du?«

Woran dachte sie eigentlich? Sie streckte eine Hand aus und streichelte seinen Arm.

»Dass das hier wohl Liebe sein muss.«

Einige Minuten später erreichten sie Castlewellan. Eine Hauptstraße mit einer Handvoll Seitenstraßen, friedlich und makellos hübsch. Der Bus vor ihnen schlich träge vorwärts und gab ihr Gelegenheit, die Umgebung zu inspizieren. Pub, Postamt und Lebensmittelladen. Schwarz gestrichene, schmiedeeiserne Tore und Butzenfenster mit Geranien, Stiefmütterchen und Petunien in Kästen davor. Eine Postkartenidylle ohne eine Spur von jenem irrwitzigen Hass, der Nordirland einst in Brand gesteckt hatte.

Hatte der Ort wohl so ausgesehen, als Marion O'Neill auf ihrer letzten Reise hier durchgekommen war?, fragte sie sich. Konnte dieses Dorf ausschließlich katholisch oder protestantisch sein, wie eine Art Vorzeigegetto? Einen Augenblick lang erwog sie, ihren Mann danach zu fragen, ließ es aber sein. Die gerade herrschende Stille war einem fünfzehnminütigen Vortrag ohne Punkt und Komma bei Weitem vorzuziehen. Sein Atemvorrat hatte mitunter eine erstaunliche Kapazität.

Sie näherten sich dem Rand des Ortes, wo eine Tankstelle, ein kleines Busdepot und ein heruntergekommener Sportplatz ohne Tribünen das Idyll ablösten. Ein nach rechts weisendes Schild verriet, dass die B180 weiter nach Bryansford und Tollymore Forest Park führte.

»Wir folgen dieser Straße ein Stückchen und biegen dann später wieder ab«, sagte er und betätigte den Blinker. »Wir müssten in ungefähr fünfzehn Minuten da sein.«

Am Straßenrand tauchte ein mannshohes, selbst gemaltes Schild auf:

PREPARE
TO MEET
THY GOD
Amos 4V12

Sie riss die Augen auf.

»Hast du das gesehen?«

»Presbyterianer«, sagte er lächelnd. »Deren Blick auf das Christentum ist sogar noch fundamentalistischer als der meines Vaters.«

Die letzten Reste der Besiedelung lösen sich hinter ihnen auf. Auf beiden Seiten der Straße wachsen majestätische Buchen, deren obere Äste einander berühren. Die tief stehende Sonne sendet Lichtstrahlen durch das Laubwerk und lässt die Blätter aufblitzen. Wie das funkelnde Spiel eines geschliffenen Diamanten, denkt sie. Wie sieht ein Grab nach vierzig Jahren wohl aus? Was würde er dort zu sehen bekommen? Eine Mulde im Boden? Nichts? Einen überwucherten Flecken im Wald, wo eine Frau ermordet worden war, die damals etwa so alt war wie ihre gemeinsame Tochter heute? Sie konnte Menschen verstehen, die historische Schlachtfelder aufsuchten. Waterloo, Gettysburg oder die Strände in der Normandie.

Aber das hier?

Sie biegen auf eine unbefestigte Straße ab, die dann schmaler wird und sich sanft durch das Terrain schlängelt. Nach zwei Minuten kommen sie zu einer Gabelung. Zur Rechten setzt sich die Straße fort. Er bremst und überprüft das Navigationsgerät. Biegt nach links ab, auf einen Karrenweg, wo das Gras zwischen den Reifenspuren am Unterboden des Wagens entlangschabt. Dichter Mischwald auf beiden Seiten. Am Wegesrand wächst massenhaft Fingerhut, so hübsch in seiner purpurroten Pracht, aber giftig wie Zyankali.

»Das können jetzt nur noch ein paar Hundert Meter sein.«

Sie weiß nicht, ob er mit ihr spricht oder mit sich selbst. Beide nicken, erleichtert darüber, dass der kleine morbide Ausflug bald hinter ihnen liegt. Danach wollen sie zurück nach Belfast. Zum Lunch. Vielleicht ein oder zwei Glas Riesling? Am besten zwei.

Hinter der nächsten Kurve hat sich vor Kurzem jemand eines umgestürzten Baumes angenommen. Er fährt langsamer. Der mittlere Teil des Stamms, vom Umfang eines erwachsenen Mannes, ist herausgesägt worden, damit vorbeikommende Fahrzeuge das Hindernis passieren können. Dort, wo die Säge angesetzt wurde, leuchtet das Holz hell. Auf dem Boden liegen frische Sägespäne in der Farbe reifer Weizenkörner.

»Da hat uns jemand einen Dienst erwiesen«, sagt er. »Wäre wirklich blöd gewesen, hier umkehren zu müssen.«

Nach zwei weiteren Kurven endet der Weg. An einem Wendeplatz. Oder einem Parkplatz. Am Fuß einer prächtigen Hängebirke steht ein weißer Kastenwagen mit blauer Aufschrift:

Mitchell & O'Connor
Plumbing and heating

Spaziergänger?, denkt sie. Oder vielleicht jemand mit demselben wahnwitzigen Vorhaben wie wir? Klempner auf Wandertour an einem Freitagmorgen? Sie fragt ihren Mann. Der zuckt mit den Schultern.

»Die Arbeitslosigkeit in diesem Land ist immer noch hoch. Vermutlich ist es besser, durch den Wald zu wandern, als sinnlos vor dem Fernseher zu hocken.«

Er öffnet die Tür und klettert hinaus, immer noch mit diesem verflixten Navi in der Hand. Sie sieht zu dem Kastenwagen hinüber. Der sieht neu aus. Jedenfalls ist er frisch gewaschen.

»Kommst du?«, fragt er.

Sie zögert, öffnet dann aber die Tür. In diesem Moment hört sie es. Eine Amsel. Ein ungleichmäßiges, aber wunderschönes Zwitschern, verlockend, als wolle der Vogel einen Artgenossen anlocken. Das Geräusch dämpft ihre schwelende Unruhe. Erinnert sie an den Garten zu Hause in Nordberg. Drei Jahre hintereinander hat sie die Vögel im großen Kirschbaum unten beim Schuppen beobachtet, ein Männchen und ein Weibchen, meist am späten Nachmittag oder früh am Abend.

Ihr Mann steht bereits am Waldrand und wartet ungeduldig wie ein eifriger Hund, der darauf hofft, dass sein Besitzer endlich kommt und mit ihm loszieht.

»Wir müssen da lang«, sagt er und winkt sie zu sich. »Hier gibt es einen Pfad.«

Der Pfad ist schmal, aber deutlich erkennbar. An den Rändern wachsen frische grüne Farnkrautbüschel, und an einigen Stellen müssen sich die beiden an Büschen vorbeidrücken und unter Zweigen hinwegducken, die auf den Pfad ragen. Die Amsel ist verstummt. Er geht schnell, und sie muss sich anstrengen, um mit ihm Schritt zu halten.

»Haben wir's so eilig?«, fragt sie, ihm folgend.

Er antwortet nicht, verringert aber sein Tempo. Sie scheucht ein aufdringliches Insekt weg, das um ihren Kopf herumschwirrt. *Mist!*

Sie kommen zu einer Lichtung, einer kreisförmigen Öffnung im Wald. Etwa tausend Quadratmeter, vielleicht noch etwas mehr. Auf der rechten Seite der Lichtung, fast unmittelbar am Waldrand, ragt ein Felsbrocken in der Größe eines Autos aus dem Gras hervor. Abrupt bleibt er vor ihr stehen.

»Das ist er«, sagt er andächtig.

»Das ist was?«

»Der O'Neill-Stein. Laut McKenna von der *Irish Times* haben sie sie direkt daneben begraben.«

Eine Weile betrachten sie den Felsen aus der Entfernung. Ein Schauder durchfährt sie, wie ein kalter Lufthauch aus einer Nacht vor vierzig Jahren. *Entspann dich, Monica. Sie liegt dort nicht mehr. Das ist bloß ein Stein.*

Überraschenderweise ist sie es, die zuerst auf die Lichtung hinaustritt. Vielleicht von dem Wunsch getrieben, es hinter sich zu bringen, vielleicht auch aufrichtig empört über das Schicksal, das einer jungen Mutter von fünf Kindern widerfahren ist; als handele es sich um ein unbewusstes Bedürfnis nach Genugtuung, stellvertretend für alle Frauen, die Opfer männlicher Gewalt geworden sind. Sie bewegt sich schneller, hört die Schritte ihres Mannes und seinen Atem hinter sich. Dann ist sie am Ziel und geht halb um den großen Stein herum.

Im ersten Augenblick glaubt sie, einer Sinnestäuschung zu unterliegen, einem Fantasiegebilde, hervorgerufen durch die Nervosität und die unbestimmbare Färbung der Situation.

Vor ihr im Gras liegt Marion O'Neill. Dann ist sie verschwunden und ersetzt durch eine männliche Gestalt. Im Laufe der nächsten Sekunden, wie viele es sind, weiß sie nicht, zerbröselt ihre Hoffnung auf eine Illusion. *Er liegt da wirklich, Monica. Tot und direkt vor deinen Füßen.*

Ein älterer Mann in einem Anzug. Er hat nur ein Auge, blutrot und inmitten der grauweißen Stirn. Wo die Augen sein sollten, ist etwas Weißes. Dünnes Papier. Oder sind das … die Kronblätter einer *Blume?*

Ein merkwürdiges Rauschen in ihren Ohren. Sie nimmt die aufgeregten Schläge ihres eigenen Pulses wahr und merkt, wie sich ihr Magen vor lauter Abscheu zusammenzieht. Kaum schafft sie es, sich vorzubeugen, bevor auch schon Erbrochenes aus ihrem Mund hervorsprudelt. Sie sinkt auf die Knie, stützt sich auf den Ellbogen ab und neigt die Stirn hinab zum feuchten Boden.

Plötzlich hört sie wieder das Zwitschern. Die Amsel. Gleichzeitig entdeckt sie sie, in der Lücke zwischen ihren Schenkeln, mit den Köpfen nach unten, als ließe jemand diesen Albtraum verkehrt herum in einem alten Filmprojektor laufen. Zwei Gestalten kommen von hinten auf sie zu. Sie zwinkert eine Träne weg, richtet sich mit zitternden Armen auf und wendet den Kopf.

Sie tragen dunkle Uniformen, schwarze Barette und hohe Schaftstiefel. Noch nie zuvor hat sie eine Maschinenpistole gesehen, ist sich aber absolut sicher, dass diese Leute genau solche in den Händen halten. Breitbeinig und mit halb zusammengekniffenen Augen bleiben die beiden Gestalten ein paar Meter entfernt stehen.

Völlig verwirrt richtet sie den Blick auf ihren Mann, der immer noch an derselben Stelle steht und den Toten betrachtet. Mit einer Hand kramt er nach etwas in seiner Manteltasche.

»Wir … wir müssen Hilfe herbeirufen«, sagt er mit heiserer Stimme.

Er hat die anderen nicht bemerkt.

»John …«

Er zieht das Handy aus der Tasche. Es gleitet ihm aus den feuchten, zitternden Fingern und landet auf dem Boden neben ihr. Er flucht leise und beugt sich hinunter.

»John!!«

Er hält mitten in der Bewegung inne und blickt sie fragend an.

»Sieh …« Sie stößt das knappe Wort mühsam hervor und deutet mit dem Kopf auf die Lichtung hinter ihnen. Plötzlich ergreift einer der Soldaten das Wort:

»The bitch stays down! You too, mister – down on your knees.«

John Sand, pensionierter Richter am Obersten Gerichtshof, bleibt halb hinuntergebeugt und mit offenem Mund stehen, wie zur Salzsäule erstarrt.

»Get down on your fuckin' knees!«

Mit einem letzten Rest von Geistesgegenwart krallt sie sich oben am Ärmel seines Mantels fest und zieht ihn neben sich zu Boden.

»Don't move – not a fuckin' finger!«

Der zweite Soldat wendet den Kopf und ruft in Richtung Waldrand:

»Tobin!«

Sie hören Schritte hinter sich. Am Rande des Gesichtsfelds taucht eine Gestalt auf. Keine Uniform, aber von Kopf bis Fuß in Schwarz gekleidet. Strickmütze, kurze Kampfjacke, Hose und weiche Sportschuhe. Die schwarz gekleidete Gestalt kommt näher und bleibt ein paar Meter vor ihnen stehen.

Die beiden, die auf dem feuchten Boden knien, können nicht glauben, was sie da sehen.

2

Oslo
Montag, 9. Mai 2016

Nur mit Boxershorts bekleidet lag Bogart Bull auf dem Rücken. Eine unbekannte und überaus hübsche Frau beugte sich über ihn. Sie hatte das rabenschwarze Haar zu einem Pferdeschwanz gebunden, die vollen Lippen formten ein warmes Lächeln. Sofern Bull sich nicht täuschte, hatte er eine ähnliche Situation – bei der eine wildfremde Frau involviert war – zuletzt als Abiturient erlebt. Der Unterschied bestand nur darin, dass diese Schönheit vollständig bekleidet war, mit einer weißen Uniform. Und sie hielt eine Spritze in der Hand.

»Ein kleiner Pikser und dann schlafen wir gleich ein«, sagte sie.

Bull sah die Spritze auf sich zukommen. Der Größe nach zu urteilen reichte sie vermutlich aus, um ein Nashorn zu betäuben.

»Ich dachte, man benutzt solche Masken«, wandte er ein.

»Früher ja. Aber eine Injektion ist sowohl sicherer als auch effizienter.«

Die Nadel drang ein. Er spürte den Stich bis in die Zehenspitzen.

»Jetzt zählen wir von hundert rückwärts«, hörte er irgendwo über sich eine Stimme sagen.

Zu allem Überfluss auch noch ein IQ-Test. Bereitwillig machte er sich an die Aufgabe, kam bei achtzig leicht ins Stocken und segelte bei fünfundsiebzig in die Dunkelheit.

Als er nach einer guten Stunde wieder aufwachte, saß der Chirurg neben ihm. Er war zwar nicht so hübsch wie die Anästhesieschwester, doch sein gebräuntes Gesicht strahlte Ruhe und Zuversicht aus.

»Wie fühlen Sie sich?«, wollte Doktor Jacobsen wissen.

Wie er sich fühlte? Fantastisch! Bull hatte sich nicht mehr so selig gefühlt, seit er in den frühen Neunzigern einen streng verbotenen Stoff zu sich genommen hatte. Er brabbelte dies hervor, als sei es die größte Selbstverständlichkeit, unbekannten Menschen von seinen Jugendsünden zu berichten.

»Manchmal kommt es vor, dass Patienten um einen Nachschlag bitten. Buchstäblich im reinsten Glücksrausch«, erwiderte Jacobsen mit einem Nicken. »Jetzt werden Sie gleich in den Ruheraum gerollt, da bekommen Sie eine Kleinigkeit zu essen und etwas zu trinken. Sie müssen vier bis fünf Stunden ausruhen, bevor Sie wieder nach Hause fahren dürfen. Wohlgemerkt mit einem Taxi. Oder Sie lassen sich abholen. Jedenfalls setzen Sie sich heute nicht mehr ans Steuer. Die nächsten Tage gehen Sie es ruhig an. Bis aufs Gassigehen mit dem Hund bitte keine körperlichen Anstrengungen.«

»Ich habe gar keinen Hund«, gab Bull grinsend zurück und versuchte, den Schleier vor seinen Augen zu durchdringen. »Aber ich könnte die Nachbarn fragen, ob sie mir ihren ausborgen. So ein … wie heißen die noch mal … Pekingese?«

»Ein kleiner Spaziergang ohne Hund tut's sicher auch«, erwiderte Jacobsen lächelnd. »Etwas Bewegung, um den Kreislauf wieder in Gang zu bringen.«

Der Arzt warf einen Blick auf den Krankenbericht in seiner Hand.

»Sie arbeiten als Ermittler bei der Kripo, nicht wahr?«

»Stimmt. Ich tauge zu nichts anderem«, seufzte Bull.

»Es wäre vorteilhaft, wenn Sie in den nächsten zwei Monaten keine längeren Reisen unternehmen, auch über den Zeitraum der Krankschreibung hinaus. Na, Sie haben ja meine Handynummer, Bull. Wenn es irgendwelche Fragen gibt, melden Sie sich bitte.«

Doktor Jacobsen stand auf, wünschte ihm Glück und verschwand mit einem Händedruck aus Bulls Leben.

Da saß er also wieder. Zum zweiten Mal innerhalb von zwei Jahren krankgeschrieben. Beim letzten Mal wegen anderer Probleme. *Unmäßiger und übertriebener Alkoholkonsum*, hatte es in den Papieren geheißen. Jetzt war es der Rücken. Vorsichtig lehnte Bull sich auf dem Sofa zurück. Vielleicht war es ja Einbildung, aber fühlte es sich nicht schon viel besser an? War es tatsächlich so einfach, einen Bandscheibenvorfall zu behandeln? Eine Stunde mit schulmedizinischer Magie und der Wirbelsäulendämon war ausgetrieben. Natürlich zu einem Preis, der Doktor Jacobsen in nur einer Stunde mehr verdienen ließ, als Bull am Ende eines Monats einstreichen konnte. *Milchmädchenrechnung, Bogart.* Wenn der Rücken wieder besser wurde, war jede einzelne Krone perfekt investiert. Außerdem musste die Klinik ja auch ihre Unkosten decken. *Eine Stunde Unkosten*, dachte er kurz und schob das Rechenstück beiseite.

Vorsichtig erhob er sich vom Sofa, griff nach der Kaffeetasse auf dem Wohnzimmertisch und tapste hinüber in die offene Küche. Die war nagelneu, genau wie der Rest der Wohnung. Etwa ein Jahr lebte er jetzt hier. Er erinnerte sich an den Tag, an dem er die Tür des Reihenhauses im Prost Hallings vei zum letzten Mal geschlossen hatte. An das schmerzhafte Gefühl, Frida und Anine hinter den gelben Mauern zurückzulassen, obwohl sie doch nur ein paar Hundert Meter entfernt auf dem Friedhof Østre Gravlund begraben lagen.

8. Oktober 2013. Der Tag, an dem ein kranker Mann ihm das Einzige genommen hatte, das er nicht verlieren durfte, und ihn in einer Leere zurückgelassen hatte, die so an ihm zehrte, dass er fast untergegangen wäre. Jetzt, zweieinhalb Jahre danach, passierte es manchmal immer noch, dass er von Rache träumte. Davon, Richard Torp eigenhändig umzubringen, ihm das Leben aus dem Leib zu reißen, während der

oben am Holmenkollen in seinem Rollstuhl saß und in seinem Irrsinn vor sich hin brütete. Wenn diese Gedanken in Bull wüteten, hörte er stets Fridas Stimme:

Was ist denn das für eine mittelalterliche Haltung, Bogart? Du musst dich zusammenreißen. Und wozu sollte so etwas gut sein? Du vermisst uns, das weiß ich. Aber geh weiter in deinem Leben, Liebling. Diese Möglichkeit hast du, und das ist mehr, als Richard Torp vergönnt ist.

Geh weiter. Natürlich hatte sie recht. Ein Schritt nach dem anderen. Ganz langsam und in Richtung von etwas, das einem normalen Leben glich. Und es *war* leichter geworden. Tag für Tag, Nacht für Nacht. Noch immer fiel er manchmal in ein schwarzes Loch. Schlaflose Nächte mit Tränen, Schuldkomplexen und dem lähmenden Gefühl von Sinnlosigkeit. Doch die Abstände dazwischen wurden immer größer.

Weitergehen.

Wenn es auch sonst nichts gab, so hatte er doch immer noch seinen Job. Norwegens Mann bei Europol. Einer in einer Gruppe von reisenden Ermittlern, die den lokalen Polizeibehörden bei der Aufklärung von Morden an ausländischen Staatsbürgern helfen sollten. Dieses Projekt – das den pompösen Namen *Flying Tigers* trug – bestand jetzt etwa seit zwei Jahren, doch vorläufig war der Fall Krogh in Südfrankreich der Höhepunkt seiner ausländischen Ermittlertätigkeit gewesen (sofern man von einem Höhepunkt reden konnte, wenn drei Norweger auf bestialische Art und Weise ermordet wurden). Nach dieser Geschichte war Bull in Dänemark, Litauen und Belgien gewesen, doch hatte ihm keiner der Fälle besonders viel abverlangt. Zwischen den *Tigertouren* arbeitete er als Ermittler, allerdings nicht in leitender Position, sodass eine kurzfristige Abberufung auf den Kontinent jederzeit gewährleistet war.

Jetzt stand Nordirland auf dem Programm. Dieses Mal allerdings wollte er als Privatmann und in Begleitung seines Vaters dorthin. Der Kunstmaler Thomas Bull war mit der Idee vorgeprescht, als Vater und Sohn sich ein paar Monate zuvor zum Weihnachtslunch im Theatercafé getroffen hatten.

»Deine Mutter wäre jetzt siebzig«, hatte der Vater gesagt, als er gerade das Bacon-Fett über den Lutefisk verteilte. »Am 22. Mai, um genau zu sein. Ich dachte, es wäre doch angebracht, wenn wir da rüberfliegen und … ja, das Ereignis auf irgendeine Art würdigen.«

Wäre angebracht?, dachte Bull. Als handele es sich um einen Höflichkeitsbesuch, den abzustatten man sich gezwungen sah. Doch er unterließ einen Kommentar über die Wortwahl seines Vaters. Wegen der Weihnachtsstimmung und allem. Er bat darum, den Vorschlag überdenken zu dürfen, woraufhin sein Vater etwas darüber murmelte, dass Spontaneität anscheinend kreativen Menschen vorbehalten war. Zwei Tage später rief Bull seinen streitlustigen Vater an und bestätigte seine Teilnahme an der Expedition.

»Es gibt immer noch Hoffnung für dich, mein Junge«, hatte der Vater konstatiert.

3

Donnerstag, 19. Mai 2016

Die silbrige Aufzugtür schloss sich hinter Bogart Bull. Weich und lautlos wurde er in die oberste Etage des mondänen Wohnungskomplexes hinaufgetragen. Im Laufe nur weniger Jahre hatte sich dieser Teil des Osloer Hafengeländes, das zu betreten die besseren Kreise der Osloer Bürgerschaft zuvor nur im Notfall gewagt hätten, in ein exklusives Wohngebiet verwandelt, wo dieselben Kreise bereitwilligst etwa 100 000 Kronen pro Quadratmeter zahlten, um darin leben zu dürfen.

Vor nunmehr fast eintausend Jahren hatte Harald der Harte einst Oslo gegründet. Sechshundert Jahre später hatte der dänisch-norwegische König Christian IV. das Zentrum der Stadt weiter nach Westen verlegt, und die ehemalige Feuerstätte des Wikingerkönigs war zu einer Art Hinterhof der Hauptstadt verkommen. Die 1990er-Jahre hatten eine Wiedergeburt der Gegend eingeleitet. Die schnell fortschreitende Entwicklung der Stadt hatte der Umgebung einen neuen Status verliehen, hier befanden sich inzwischen eines der schönsten Opernhäuser Europas, eine Skyline mit hypermodernen Bürobauten sowie Wohnungen in der obersten Preisklasse.

Bull konnte nicht umhin, seinen Vater in dieser Umgebung als Anachronismus zu betrachten. Nicht aufgrund der Quadratmeterpreise. Thomas Bulls Durchbruch als Künstler war erst spät erfolgt, doch als der erst einmal eine Tatsache war, rissen sich wohlhabende Menschen und Sammler förmlich um die großen, mit *T. Bull* signierten Leinwände. Sein Sohn war hingegen durchaus bereit, ein kleines Vermögen darauf zu wetten, dass die übrigen Hausbewohner den in einem separaten Verschlag auf jeder Etage befindlichen Müllschlucker nur selten mit nicht mehr als einer Mülltüte bekleidet aufsuchten oder nachts um drei Puccini-Arien von der Terrasse auf die Stadt hinunterschmetterten.

Sein Vater war eben ein waschechter Exzentriker.

Bull drückte auf den Klingelknopf neben der massiven Eingangstür, wartete ein paar höflich angemessene Sekunden ab und wiederholte dann die Prozedur. Nach einem Augenblick wurde die Tür aufgerissen, und Thomas offenbarte sich – in Pyjama und Pantoffeln. Seiner Gewohnheit folgend, übersprang der alte Bock die üblichen Formalitäten.

»Jetzt schon?«, sagte er und blickte seinen Abkömmling brüsk an. »Bist du nicht ziemlich früh?«

Bull schaute auf seine Armbanduhr.

»Genau auf die Minute.«

»Du musst dich etwas gedulden«, erwiderte der Vater und winkte ihn herein. »Ich hab noch nicht alles gepackt.«

»Willst du im Nachtgewand reisen?«

Der Maler bedachte ihn mit einem grimmigen Blick, drehte sich dann um und stapfte in Richtung Bad. Bull durchquerte den geräumigen Eingangsbereich und trat ins Wohnzimmer. Alles war peinlich sauber und aufgeräumt, was ihn vermuten ließ, dass die Putzhilfe des Vaters erst neulich hier gewirkt hatte. Aus den säulenförmigen Lautsprechern rechts und links neben dem Sofa ertönte Sibelius' Streichquartett in a-Moll. Wie immer blieb Bull stehen und genoss die Aussicht aus den Panoramafenstern, die vom Boden bis zur Decke reichten. Unten rechts lag das Opernhaus, ein Stück daneben thronte die Festung Akershus, und etwas links davon glitzerte der Oslofjord wie Katzengold in der Vormittagssonne. So sollte es sein, wenn man alt wird, dachte er. Eine Arbeit, die einen voll und ganz ausfüllt, genügend Geld, klassische Musik aus der Anlage und eine Putzhilfe, die die Fenster zur Welt von jedem Staubkorn befreit.

Er drehte sich um. Wie automatisch suchte sein Blick das Foto, das über dem schwarz lackierten Klavier hing. Der dreijährige Bogart auf dem Schoß seiner Mutter, in einer Sekunde verewigt, die etwa ein Jahr vor ihrem Tod lag. Ein Sturz vom Pferd während eines Besuchs auf dem Hof der Eltern außerhalb von Belfast. Eine verschreckte junge Stute, die sich im unwegsamen Gelände aufbäumte, und eine Reiterin ohne Helm. Bogart Bulls erste Erfahrung mit der Zerbrechlichkeit des Lebens.

Hinter ihm wurde eine Tür geöffnet. Bull drehte sich um und blickte direkt in die Augen von Fai, der philippinischen Putzhilfe seines Vaters. An und für sich nichts Aufsehenerregendes, abgesehen davon, dass sie einen Morgenmantel trug. Ein freundliches »Hallo« und ein verschämtes Lächeln, bevor die reizende Gestalt in den Vorraum enteilte. Wie zur Antwort darauf kam sein leicht mürrisch wirkender Vater aus der anderen Richtung, mittlerweile angezogen und in Besitz eines Reisepasses, der zur Hälfte aus der Brusttasche seiner Anzugjacke ragte.

»Wollen wir los?«, fragte er.

Bull versuchte, das aufkeimende Lächeln zu unterdrücken.

»Stimmt was nicht?«, fragte Thomas herausfordernd.

»Aber nein … alles gut. Ich hab mich nur gerade gefragt, ob Morgenmäntel inzwischen zur Standardausrüstung von Putzhilfen gehören.«

»Dass man unten anfängt, heißt nicht, dass einem der Aufstieg gänzlich verwehrt bleibt«, gab Thomas Bull zurück.

4

Belfast, Nordirland
Freitag, 16. Juli 1976

Den meisten Menschen, die Samuel »Sammy« Bennett zum ersten Mal begegneten, fielen zwei Dinge auf: seine Augen, so sanft, wie sie nur bei jemandem sein konnten, der sich seiner eigenen Stärke vollends bewusst ist. Und seine Hände, mit den langen, schlanken Fingern und den Adern, die sich unter der Haut abzeichneten. Die Hände eines Künstlers.

Und Sammy war wirklich ein Künstler. Niemand konnte so raffiniert wie er eine Sprengladung konstruieren; eine der vielen Eigenschaften, die ihm einen Platz im innersten Kreis der *Ulster Volunteer Force* gesichert hatten. Er hatte der UVF nun fast ebenso lange gedient wie Gusty Spence, der Anführer der Organisation, und angesichts der Tatsache, dass Gusty eine lebenslange Freiheitsstrafe im Crumlin-Gefängnis absaß, war Sammys Mandat im Kampf gegen die *Provos* – die Provisional IRA – nahezu unbegrenzt.

An diesem Julimorgen wurde zwischen Sammys empfindlichen Fingern ein Meisterwerk geboren. Sein Arbeitszimmer befand sich im Keller eines Hauses in der Fingal Street, ein kleiner Raum, dessen Wände jeweils den etwa gleichen Flächeninhalt aufwiesen wie der Boden, auf dem Sammy stand. An der einen Wand befand sich sein improvisierter Arbeitstisch, eine überstrichene Spanplatte auf zwei Böcken. Über dem Tisch hing eine längliche Lampe, die einzige Lichtquelle im Raum. Das Kellerfenster in der Wand gegenüber war mit schwarzem Filz verklebt.

Nur vier Menschen wussten, was sich in diesem anonymen Keller abspielte, und alle waren bereit, für die UVF und die Union ihr Leben zu lassen.

Sammy streckte den Arm aus und fischte aus der Tasche am Ende des Tisches einen durchsichtigen Plastikbeutel. Behutsam hob er ihn in Augenhöhe hoch. Im Schein der Lampe schwebten winzige, gewichtslose Staubpartikel. Der unförmige Inhalt des Beutels erinnerte ein wenig an einen Klumpen Brotteig, kaum größer als Sammys Faust.

Semtex.

Ein Plastiksprengstoff, den ursprünglich die Tschechoslowaken in den 1950er-Jahren entwickelt hatten, der nun jedoch in Libyen und an einigen Orten in Westeuropa erhältlich war. Sammy betrachtete die hellrote Masse. Er kannte sich sowohl mit der Wirkung von Semtex als auch mit der von C-4 bestens aus. Sogar wenn nur eine relativ kleine Ladung wie diese hier explodierte, wurde eine Druckwelle mit einer Geschwindigkeit von fünf- bis sechstausend Metern pro Sekunde ausgelöst. Alles, was sich in einem Radius von acht bis zehn Metern befand, würde in winzige Fetzen gesprengt. Außerhalb dessen würde die Druckwelle Menschen und Gegenstände wie wild durcheinanderwirbeln und zu nicht vorhersehbaren Verletzungen sowie Todesfällen führen. Der extrem starke Hitzeeffekt – die Feuerkugel – würde das Übrige dazu beitragen.

Genauso sah Sammy es. *Dazu beitragen.*

Knapp eine Woche war vergangen, seit drei seiner engsten Freunde, zwei davon Mitglieder der UVF, einem Attentat auf McShane's Bar in der Sandy Row zum Opfer gefallen waren. Laut Aussage von Augenzeugen hatte ein Lastwagen von der Lafferty Brewery ein paar Minuten vor elf Uhr draußen auf der Straße vor McShane's angehalten. Der Fahrer und ein weiterer Mann hatten eine Sackkarre von der Ladefläche gehoben und fünf Kästen Bier darauf geladen. Oder genauer gesagt: Die Zeugen nahmen an, dass es sich um Bier handelte. Unter dem obersten Kasten hatten zwei Maschinenpistolen gelegen, und im Laufe der nächsten dreißig Sekunden war McShane's in ein Schlachthaus verwandelt worden. Nachdem die letzte Schusssalve verstummt war, lagen acht Tote und drei Schwerverletzte auf dem blank gescheuerten Steinboden. Der 68-jährige Martin McShane, Pub-Besitzer und eingeschworener Royalist, befand sich unter den Opfern.

Eigentlich hätte Sammy sich im Pub befinden sollen, als es knallte, aber er hatte verschlafen. Von seinen Freunden war nur noch Francis »Frankie« Stevens am Leben, als Sammy gleichzeitig mit dem ersten Notarztwagen am Ort des Geschehens eintraf. Frankie lag direkt neben dem durchlöcherten Tresen auf dem Rücken und machte eine kraftlose Bewegung mit einem Arm, als er Sammy in der Türöffnung entdeckte. Auf unsicheren Beinen durchquerte Sammy das Lokal und fiel neben seinem Freund auf die Knie.

»Du bist verdammt spät …«, flüsterte Frankie durch den blutigen Schaum vor seinem Mund.

Sammy brachte kein Wort hervor. Sein ganzer Körper zitterte unkontrolliert, während er mit ansehen musste, wie sein bester Freund um jeden Atemzug kämpfte.

»Aber vielleicht nicht so schlimm«, kam es kaum hörbar von Frankie. *»Jetzt wissen wir wenigstens … dass einer die Schuld einfordern wird.«*

Sammy fand seine Sprache wieder. *»Verdammt, Frankie – halt durch!«*, flehte er. »Der Notarzt ist da. Gleich helfen sie dir.«

Der Schatten eines Lächelns streifte Frankies Lippen. Ein letzter Atemzug – und dann kam es, so leise, dass Sammy fast nicht verstanden hätte, was der andere sagte, wenn die Worte nicht so herzzerreißend bekannt geklungen hätten:

»For God and Ulster, Samuel …«

Dann starb Francis Stevens.

Am Morgen nachdem Frankie und die anderen in die Erde hinabgelassen worden waren, hatte Sammy Bennett einen Strauß gelber Saat-Wucherblumen auf die Küchenfensterbank seiner kleinen Wohnung in der Glenwood Street gestellt. Knapp fünf Stunden später klopfte Sean Ervine an seine Tür.

Ervine, ein magerer und düster wirkender Mann Ende dreißig, war Detective Sergeant in der *Royal Ulster Constabulary*. Auf dem Papier war die RUC das für ganz Nordirland zuständige Polizeikorps, doch es war kein Geheimnis, dass die meisten Offiziere mit den Loyalisten und mit England sympathisierten.

Ervine warf einen Blick auf die Browning in Sammys Hand.

»Zittrig, Sammy?«

»Ich habe gerade drei Freunde begraben«, erwiderte Sammy knapp und legte die Pistole zurück in die Kommode. »Kaffee?«

»Lieber ein Bier, wenn du eins dahast. Magenprobleme«, fügte Ervine erklärend hinzu und klopfte auf seinen Bauch.

Sammy ging in die Küche und kam mit zwei Flaschen Murphy's zurück. Dann setzten sie sich an den kleinen Esstisch im Wohnzimmer und stießen an.

»Frankie Stevens«, sagte Ervine feierlich. »Möge er in Frieden ruhen.«

Sie tranken. Ervine zog ein Päckchen No. 9 aus der Brusttasche, klopfte zwei Zigaretten halb heraus und hielt Sammy das Päckchen hin. Der schüttelte den Kopf. Männliche Nichtraucher waren in Belfast eher ungewöhnlich, aber Sammy war kein gewöhnlicher Mann. Ervine gab sich Feuer und nahm einen tiefen Zug.

»Was kann ich für dich tun, Sammy?«

»Du meinst wohl: ›Was kann ich für Ulster tun?‹«

Ervine nahm einen weiteren Zug von seiner 9-er. Eine grimmige Bemerkung lag ihm auf der Zunge, aber er schluckte sie hinunter.

»Sind das nicht zwei Seiten derselben Medaille?«

Sammy schob sein Murphy's zur Seite und beugte sich über den Tisch.

»Sie haben elf Männer auf dem Gewissen, Sean. *Elf Män-*

ner! Paddy Henderson ist einen Tag später im Krankenhaus gestorben, und Joe Williams wird für den Rest seines Lebens im Rollstuhl sitzen. Wenn wir darauf nicht antworten, können wir die Flagge auch gleich einholen und zusammenpacken.«

Ervine nickte ernst. Er wusste, dass Bennett recht hatte. Hinter den Kämpfern der UVF standen Zehntausende von Loyalisten, Männer und Frauen, deren Herzen für Ulster brannten. Das Attentat auf McShane's hatte auch sie getroffen – wenn auch indirekt. Eine ausbleibende Reaktion darauf würde als Zeichen von Schwäche gewertet werden, und die UVF brauchte das Vertrauen und die Unterstützung der Menschen – ebenso wie die Menschen Vertrauen in die UVF haben mussten. Ervine wusste genau, worauf Sammy Bennett abzielte.

Ein Vögelchen aus den Reihen der Provisional IRA.

»Ich brauche Informationen«, bestätige Sammy leise. »Aber dieses Mal einhundert Prozent verlässlich.«

Informant war ein bekannter Begriff in der RUC, und Sean Ervine gehörte zu einer kleinen Gruppe von Beamten, die sich darauf spezialisiert hatten, solche Informanten zu rekrutieren. Grob betrachtet gab es zwei Herangehensweisen. Geld war die einfachste. Viele Unterstützer der Provisional IRA waren arbeitslos, und die lumpigen Almosen, die sie vom Staat erhielten, reichten gerade für das Allernötigste aus – Lebensmittel, ein Dach über dem Kopf und Kohle. Nur wenige allerdings schnappten nach diesem Köder, da es im Falle einer Entdeckung zu unmissverständlichen Konsequenzen kam: Ein brutaler Tod für den Überläufer und ewige Schande für seine oder ihre Familie.

Die andere Taktik war zynisch und absolut herzlos: Man suchte sich ein verletzliches Individuum aus den Reihen des Feindes aus, vorzugsweise eine Person mit engen Beziehungen zum Ehepartner oder zu den Eltern. Danach wurde eine Waffe oder eine geringe Menge Sprengstoff im Keller oder im

Auto eines der Familienmitglieder versteckt. Dieses Material wurde dann während einer routinemäßigen Razzia der RUC »entdeckt«, und das nichts ahnende Opfer wurde verhaftet und sah sich plötzlich mit einer langen Gefängnisstrafe konfrontiert. Dem Mitglied der Provos stand eine einfache Wahl zur Verfügung: Ein paar oberflächliche Informationen über dieses oder jenes Gerücht im Austausch gegen eine Einstellung des Verfahrens gegen Freunde oder Familie. Hatte sich der- oder diejenige erst einmal im Netz verfangen, konnten Ervine und seine Kollegen weiter Druck ausüben und noch mehr Informationen verlangen, ohne dass der unfreiwillige Verräter die Möglichkeit hatte, seinen Kopf aus der Schlinge zu ziehen. Er oder sie galt in den Akten bereits als Spitzel, ein *tout*, und nur das Schweigen der RUC konnte verhindern, dass eine Kugel der Provos im Nacken der betreffenden Person landete.

Ervine goss den letzten Rest aus der Bierflasche in sich hinein und rülpste diskret.

»Schwebt dir irgendwas Besonderes vor?«, fragte er.

»Republikaner«, erwiderte Sammy. »So viele wie möglich und an einem Ort versammelt.«

Ervine ließ die Zigarettenkippe in die Flasche fallen und stand auf.

»Ich werde sehen, was ich tun kann, Sammy. Du hörst bald wieder von mir. Und danke fürs Bier.«

Er ging. Sammy Bennett blieb sitzen und betrachtete den Zigarettenqualm, der unter der Zimmerdecke schwebte. Dann trank er sein Bier aus. Wie ein Torffeuer loderte der Hass in ihm, ein Rachedurst, der sich nicht mit einem oder zwei Murphy's löschen ließ. Die Morde im McShane's waren der persönliche Aspekt der Sache. Aber der politische war wichtiger. Die Republikaner und die Provos würden ihren Kreuzzug sowieso fortsetzen, auch ohne eine Reaktion der Gegenseite, bis zu dem Tag, an dem Nordirland der englischen Krone entrissen würde. Es würden weitere Attentate folgen. Weitere Autobomben würden detonieren. Und weitere Scharfschützen würden ihre Posten auf den Dächern in der Antrim Road einnehmen. Immer mehr protestantische Familien würden ihre Väter, Söhne, Mütter und Töchter begraben müssen.

Es war eine Spirale der Gewalt, die nur gestoppt werden konnte, wenn eine Seite die andere in die Knie zwang. So einfach war das. Sieg oder Niederlage. Rein theoretisch gab es natürlich eine dritte Möglichkeit: ein am Verhandlungstisch eingegangener Kompromiss. Doch allein der Gedanke daran verursachte Sammy Übelkeit. Sie waren Engländer und würden es bis in alle Ewigkeit bleiben, jedenfalls so lange, bis Samuel Patrick Bennett noch Leben in sich spürte.

Zwei Tage später rief Ervine an. Als Sammy den Hörer ans Ohr hielt, verriet ihm ein Klicken in der Leitung, dass der Anruf aus einer Telefonzelle kam.

Nicht alles, was im RUC-Hauptquartier in der Station in New Hamiltontown vor sich ging, hatte offiziellen Charakter.

»Du hast Glück«, sagte Ervine.

»Erzähl.«

»Barry Quinn – Quartiermeister in der Belfast-Brigade – wird bald dreißig. Und zu diesem Anlass gibt es eine große Feier. Nächste Woche Montag.«

»Wo?«

»Hendley's in der Beechfield Street.«

Sammy fluchte lautlos in sich hinein. Die Beechfield Street lag im Zentrum von Short Strand, einer katholischen Enklave im Herzen der Stadt. Er wusste genau, dass es bei so einem Anlass eine lückenlose Überwachung geben würde.

»Vergiss es«, sagte er. »Wir kommen da nicht mal in die Nähe.«

»Wer sagt, dass man in die Nähe kommen muss? Einer meiner Informanten steht auf der Gästeliste.«

»Und er ist zu hundert Prozent verlässlich?«

»Es ist eine ›sie‹, um genau zu sein. Und ja – sie ist … bombensicher.«

Sammy hörte Ervine über sein eigenes Wortspiel kichern. Im Laufe einer Sekunde zeichnete sich ein Plan in seinem Kopf ab. Konnte es wirklich so einfach sein? *Doch* – es könnte funktionieren.

»Bist du noch dran?«, fragte Ervine.

»Ich bin hier«, gab Sammy zurück. »Wie heißt die Dame?«

»Keine Namen, Sammy. Das weißt du doch besser als ich.«

»Alter?«

»Ende zwanzig. Was stellst du dir vor?«

Sammy starrte aus dem Küchenfenster. Ein heftiger Wind ließ große Regentropfen gegen die Scheibe prasseln.

»Ich stelle mir vor, dass sie Quinn und den anderen Gästen einen Gruß von uns überbringt«, sagte er. »Zusammen mit einer Geburtstagstorte.«

5

Freitag, 23. Juli 1976

Marion O'Neill betrachtete den falschen Mond, der vor ihrem Fenster hing. Elektrische Straßenbeleuchtung gab es mittlerweile fast in der ganzen Stadt, in ihrem Viertel jedoch wurde die nächtliche Dunkelheit immer noch von alten, runden Gaslaternen durchbrochen. Sie war achtundzwanzig Jahre alt, wusste aber, dass die meisten Menschen sie für zehn Jahre älter hielten. Was hatte am meisten an ihr gezehrt? Fünf Geburten in sieben Jahren? Oder der Vater ihrer Kinder, der im letzten Herbst in lustiger Runde unzählige Gläser Bushmills in sich hineingegossen hatte, kurz danach über die Kaikante unten beim River Lagan gefallen war, um daraufhin im eiskalten Wasser zu ertrinken?

Marion zog es vor zu glauben, dass er gestolpert war, doch sicher war sie nicht. Joey war aktiver Republikaner gewesen, abgesehen von ein paar anderen Dingen, auf die sie weniger stolz war.

Die Tür zum Schlafzimmer war angelehnt, und sie konnte das leise Schnarchen ihres ältesten Sohnes hören. Er litt an Asthma, was vom rußigen Qualm Hunderter Kohleöfen in Ardoyne und The Bone nicht eben gelindert wurde. Die fünf Kinder lagen nebeneinander auf dem Doppelbett, Kopf an Fuß, wie Ölsardinen in einer Büchse. Sie selbst schlief auf dem Diwan im Wohnzimmer. *Wenn* sie schlafen konnte.

Schon als Joey noch lebte, hatten sie jeden Penny zweimal umdrehen müssen. Ohne sein Einkommen konnte Marion jetzt nicht einmal davon träumen, eine Rechnung pünktlich zu bezahlen. Sechs Mägen mussten gefüllt werden. Der Hausbesitzer verlangte Miete. Die Kinder konnten nicht nackt herumlaufen. Und Medizin gab es auch nicht umsonst. Sie hatte ein wenig Unterstützung von Verwandten bekommen, aber die Armut war eine Familienkrankheit.

Wusste er es, dieser Polizist, der vor ein paar Monaten bei ihnen angeklopft hatte? Ihr erster Gedanke war, ihm die Tür vor der Nase zuzuschlagen, doch andererseits wollte er ja gar nicht viel für die grünen Scheine, die er auf den Tisch legte. Sie sollte die Augen offen halten. Aufpassen und hören, was in der Nachbarschaft vor sich ging. Dann und wann einen Kaffee mit ihm trinken, während sie sich darüber unterhalten konnten, was gerade so passierte. Einen Kaffee. Wie gefährlich könnte so etwas sein? Sie kannte ein paar Mädchen, die aus lauter Not ihren Körper verkauft hatten.

Was sie nicht wusste, war, dass Sean Ervine während ihrer ersten Unterhaltung ein kleines Diktafon in seinem Zigarettenpäckchen versteckt hatte. Bei der nächsten Begegnung hatte er ihr das aufgenommene Gespräch vorgespielt. Von diesem Augenblick an hatte er Marion O'Neill besessen, und die Kaufsumme kam in nur kleinen Raten.

Nach und nach hatte Ervine den Schraubstock noch etwas fester angezogen, aber erst vor zwei Tagen hatte er ihr einen konkreten Auftrag erteilt. Eine Torte sollte zur Geburtstagsfeier von Barry Quinn gebracht werden. Sie hatte sich strikt geweigert. Hatte ihn angeschrien und mit allen hässlichen Ausdrücken bedacht, die ihr in den Sinn gekommen waren. Und was hatte Ervine getan? Er hatte gelächelt und gefragt, was fünf Kinder zwischen drei und zehn Jahren wohl tun sollten, wenn die Mutter nicht zurückkäme. Sie hatte die Tränen zurückhalten können, bis er die Haustür hinter sich geschlossen hatte.

Am nächsten Tag sollte sie den Tortenbäcker im Botanischen Garten treffen.

Irgendwo hinter ihr raschelte es. Eine graubraune Ratte huschte über den Linoleumboden und verschwand unter der großen Kommode. Marion fragte sich, wieso diese Viecher in einem Haus, wo es kaum genug Nahrung für Menschen gab, derart fett werden konnten.

6

Samstag, 24. Juli 1976

Er saß am vereinbarten Ort, auf einer Bank an der Rückseite des Konservatoriums. Tweedjacke, Schiebermütze und eine Ausgabe des Familienmagazins *Ireland's Own* auf dem Schoß.

Familienmagazin … pfui Teufel.

Sie riss sich zusammen und konzentrierte sich. Ging weder zu schnell noch zu langsam. In dieser Stadt wurde alles Außergewöhnliche sofort bemerkt, und Augen gab es überall. Sie verließ den kiesbedeckten Weg und nahm neben dem Mann auf der Bank Platz. Ohne den Blick von seinem Magazin zu heben, sagte er:

»Murphy's.«

»No. 9«, antwortete sie.

Sammy Bennett schob seine Schiebermütze in den Nacken und sah sie an. Ihr erster Gedanke war, dass er nicht wie ein Mörder wirkte.

»Hast du Angst?«, fragte er.

»Was ist in der Torte? Gift? Sprengstoff?«

»Zieh nicht so'n mürrisches Gesicht, Kleine. Du und ich, wir sitzen hier und unterhalten uns über das schöne Wetter.«

Sie versuchte es mit einem winzigen Lächeln.

»Du brauchst bloß zu wissen, dass der Transport völlig ungefährlich ist. Wir machen das Ganze ja nicht, um eine Mutter von fünf Kindern aus dem Weg zu räumen.«

Er zog seine Schiebermütze wieder tiefer in die Stirn.

»Siehst du den Typen, der zwei Bänke neben uns sitzt? Den mit der Thermoskanne?«

Sie nickte.

»Er ist Taxifahrer«, fuhr Sammy fort. »Sein Wagen steht

vor dem Haupteingang. Zwei Minuten nachdem ich weggegangen bin, wird er aufstehen und zu seinem Wagen gehen. Du folgst ihm und heuerst ihn an. Die Geburtstagstorte liegt auf dem Rücksitz, in Cellophan eingewickelt. Das Taxi fährt dich zur Ostseite der Albert Bridge. Von dort aus gehst du zu Fuß weiter. Einer von uns sitzt auf einem der Wohnblöcke in Castlereagh und beobachtet dich durchs Fernglas. Wenn du zu dem Fest kommst, stellst du die Torte neben die anderen Kuchen auf den Tisch.«

Er machte eine Pause, als ob er eine Frage erwartete.

»Rauchst du?«, wollte er wissen.

Sie schüttelte den Kopf.

»Gut. Exakt zehn Minuten nachdem du die Torte abgestellt hast, sagst du, dass du mal kurz rausgehst, um frische Luft zu schnappen. Achte darauf, dich in den folgenden Minuten mindestens fünfzehn Meter von dem Gebäude entfernt zu halten. Wenn ich du wäre, würde ich das mit Zeit und Abstand sehr genau nehmen. Hast du alles verstanden?«

»Ja.«

»Dann wiederhol, was ich gesagt habe.«

Sie folgte seiner Aufforderung.

»Ausgezeichnet. Und … falls dir unterwegs Skrupel kommen sollten, denk einfach an deine Kinder.«

Er stand auf und lächelte sie an.

»Schönen Tag noch, Verehrteste.«

Der zweifelhafte Wunsch ließ sie erschaudern.

Hendley's Garden war eine Oase in Short Strand. Das frei liegende Gebäude befand sich auf einem Eckgrundstück und war ursprünglich einmal ein Mietstall und die Werkstatt des Hufschmieds im Viertel gewesen. Als die derzeitigen Besitzer das Haus Ende der 1950er-Jahre übernahmen, hatte das erste Projekt von Mrs. Hendley darin bestanden, eine immergrüne Hecke zu pflanzen, die sich um das gesamte Grundstück zog. Nach dem *Bloody Sunday* im Jahr 1972 war die Hecke um einen drei Meter hohen Zaun ergänzt worden, der mit galvanisiertem Stacheldraht gekrönt war. Hendleys Gäste sollten ihre *pints* in völlig entspannter Atmosphäre einnehmen können.

Als Marion den Pub erreichte, standen Roy und Stan am Toreingang. Sie waren alte Kumpel von Joey und trugen halb automatische Karabiner an einem Riemen über der Schulter. Die Waffen würden an diesem Tag nur wenig Nutzen haben, dachte sie und spürte einen leichten Anfall von Übelkeit. Der fast zwei Meter große Roy beugte sich herunter und umarmte sie. Stan, der zusammen mit Joey an dem schicksalsträchtigen Bushmills-Gelage vor ein paar Monaten teilgenommen hatte, vermied sorgfältig, sie anzusehen.

»Sieh an! Torte für die Wachmänner«, sagte Roy und zwinkerte ihr schelmisch zu.

Sie versuchte, ein unschuldiges Lächeln aufzusetzen.

»Aber das Geburtstagskind sollte vielleicht das erste Stück bekommen, nicht wahr, Roy?«

»Selbst gemacht, oder irre ich mich etwa?« Er betrachtete die Sahnehäubchen, die das Backwerk verzierten.

»Mit etwas Unterstützung von meiner Tante.« Sie warf einen Seitenblick auf Stan. »Als alleinerziehende Mutter kann ich mir nicht auch noch Beeren und Sahne leisten.«

»Leg uns einen Bissen zurück, Marion.«

Hinter ihr hatte sich eine kleine Schlange aus neuen Gästen gebildet, und sie trat durch das Tor. Auf der Terrasse wimmelte es bereits von Menschen. Zwischen den Sonnenschirmen waren bunte Girlanden aufgehängt worden, und aus den Lautsprechern ertönte Thin Lizzys Version von »Whiskey in the Jar«.

Mit dem Kuchentablett auf den ausgestreckten Handflächen ging sie weiter, nickte und lächelte verschiedenen Bekannten pflichtschuldig zu. Daithi O'Hara saß dort mit seinem kleinen Bruder – Proinsias. Daithi wich dem Kleinen nur selten von der Seite. Proinsias' Haut war weiß wie Milch, Iris und Pupillen strahlten wie winzige rote Leuchten in seinem

Gesicht, und auf seinem Kopf wuchsen wilde Locken, die den Blüten einer Baumwollpflanze ähnelten. Ab und zu geschah es, dass jemand dem Reiz nicht wiederstehen konnte und den Jungen wegen seines Genfehlers aufzog. Doch nach einem kurzen Gespräch mit Daithi beging niemand denselben Fehler ein zweites Mal.

Zwei Tische weiter saßen Bessie Evans und ihre Mutter. Sie wohnten in derselben Straße wie Marion und spielten häufig den Babysitter, wenn sie in der Stadt etwas erledigen musste. In Bessies Mundwinkel hing eine Zigarette, und auf ihrem Schoß hockte der einjährige Oliver, das Kind, das sie an ihrem neunzehnten Geburtstag geboren hatte. Der Junge war nicht in Partystimmung. Er schrie lauthals und wand sich wie ein frisch gefangener Aal, während seine Mutter versuchte, die weiße Babymütze unter seinem Kinn festzubinden.

Marion spürte plötzlich eine Hand auf der Schulter und erschrak so sehr, dass sie fast die Torte fallen gelassen hätte. Sie drehte sich um.

Eamon Craig. Der Anwalt, der ihr nach Joeys Unglück geholfen hatte. Sie wusste, dass er von den Behörden im Rahmen der Gerichtskostenhilfe ein paar Pfund bekommen hatte, doch bei Weitem nicht genug, um all die Stunden zu entlohnen, die er für sie aktiv gewesen war. Craig war erklärter Nationalist – und der Samariter aller bedürftigen Katholiken.

»Ich wollte dich nicht erschrecken«, sagte er.

Sie schüttelte abwehrend den Kopf. Spürte, dass sie rot wurde. Sie musste sich zusammenreißen.

»Nein … nein, meine Schuld«, sagte sie. »Ich hab bloß letzte Nacht nicht so gut geschlafen.«

Craig nickte mitfühlend. Schließlich war es nicht schwer zu verstehen, warum Marion O'Neill nur selten ein Auge zumachen konnte.

»Du hast was dagegen bekommen, hoffe ich? Gegen die Schlaflosigkeit?«

»Der Arzt hat mir ein paar Pillen gegeben, aber ich habe

Angst, dass ich dann … du weißt schon … zu entspannt werde.«

Abermals blickte er sie mit diesem Lächeln an, das nach den ersten schlimmen Wochen wie ein Licht am Ende des Tunnels gewirkt hatte.

»Hübsche Torte«, sagte er.

Marion wiederholte die Geschichte mit der Tante.

»Gut, dass wir uns bei solchen Dingen auf die Familie verlassen können, Marion. Apropos Familie, ich versuche gerade, meinen eigenen Stamm zu lokalisieren. Geoffrey und meine Frau schwirren hier irgendwo herum. Wir sehen uns.«

Er streichelte kurz ihre Wange und verschmolz mit der Menge. Die Tür zum Pub stand offen. Marion hoffte, das schöne Wetter hätte die meisten Gäste nach draußen gelockt. Sie ging hinein.

Exakt zehn Minuten nachdem du die Torte abgestellt hast, sagst du, dass du mal kurz rausgehst, um frische Luft zu schnappen.

Drinnen waren fast genauso viele Menschen wie auf der Terrasse. Sie sah auf die Uhr, die über dem Regal mit den Schnapsflaschen hing. 16.25. An der Ecke des Tresens stand das Geburtstagskind Barry Quinn und unterhielt sich mit seiner Frau sowie einem etwas fremdartig wirkenden Mann mit pechschwarzem Haar, Kinnbart und Schnäuzer, der ihm bis über die Mundwinkel ragte. Marion wusste sehr genau, um wen es sich da handelte: Brendan Hannon, *Commanding Officer* in der Belfast-Brigade der Provos. Wie Joe Cahill und Ivor Bell war er eine legendäre Figur in der IRA. Plötzlich hatte Marion das Gefühl, dass ihre Beine versagten, und sie war kurz davor, mitsamt der Torte umzukehren. Ein Mord an Hannon würde die Tore der Hölle öffnen.

Und falls dir unterwegs Skrupel kommen sollten, denk einfach an deine Kinder.

Wo standen eigentlich die ganzen Kuchen? Anlässlich solch eines runden Geburtstags wurde immer viel gebacken, was der Mistkerl mit der Schiebermütze natürlich genau wusste. *Da drüben.* Ein Tisch ganz am Rand eines Gangs, der ehemals in den Stall geführt hatte und wo Hendleys monatliche Dart-Turniere stattfanden. Eine ältere Frau stellte gerade einen prächtigen Schokoladenkuchen zwischen Pies, Hefezöpfe, Kuchen, Marshmallows und Gott weiß was sonst noch ab. Die Frau warf einen langen Blick auf Marions Torte und schien abzuschätzen, wie ihre eigenen Gewinnchancen standen.

»Sehr hübsch, meine Liebe«, sagte sie spitz und stapfte von dannen.

Marion fand eine leere Stelle ganz an der Ecke des Tisches, hinter einem Kranzkuchen, der mit selbst gemalten irischen Flaggen an Stecknadeln geschmückt war.

Sie wandte sich vom Kuchenbuffet ab. Die Erleichterung darüber, die Torte endlich aus der Hand gegeben zu haben, war fast körperlich spürbar. Allerdings währte sie nur kurz, bevor Angst und Skrupel wieder überhandnahmen. Was zum Teufel tat sie hier gerade?

Ein Bild erschien vor ihrem geistigen Auge. Aidan, Lynn, Patsy, Callum und Cara mit gebeugtem Kopf um ein Grab auf dem Milltown Cemetery versammelt. Elternlos, heimatlos und ausgestoßen. Sogar die meisten Verwandten drehten den Nachkommen eines *touts* den Rücken zu, und im Kinderheim rangierten sie auf der Liste der Geächteten noch unter den Ratten. Das Bild in Marions Kopf bewirkte etwas. Ein plötzlicher Schwall von Zorn überkam sie. *Das alles war doch verdammt noch mal nicht ihre Schuld!* Weder der Konflikt noch Joeys Tod noch die verfluchte Armut.

Zuallererst war sie Mutter, dann Nationalistin und Katholikin. Sie drückte den Rücken durch.

Wie viele Minuten waren inzwischen wohl vergangen?

Auf dem Weg zur Bar hörte sie jemanden nach ihr rufen. Sie drehte sich zu der Stimme um. Mairead Hendley, die Tochter der Wirtsleute und eine alte Schulfreundin von Marion. Sowohl Mairead als auch ihr Bruder John arbeiteten im Familienbetrieb. Sie als Vollzeitkraft, er neben der Schule.

»Wie schön, dich zu sehen«, sagte Mairead.

Zum x-ten Mal an diesem Tag war Marion gezwungen, gute Miene zum bösen Spiel zu machen.

»Na, das konnte ich mir ja nicht entgehen lassen«, gab sie zurück. Blitzschnell warf sie einen Blick auf die Uhr über dem Schnapsregal. 16.29.

Mairead legte den Kopf etwas schräg zur Seite und sah Marion prüfend an, als sei sie verwundert – oder bekümmert.

»Du bist ein bisschen blass um die Nase, Marion.«

»Tja, es belastet mich wohl immer noch. Das mit Joey, meine ich.«

Noch mehr Verständnis. Eine tröstende Umarmung. Marion hoffte inständig, dass Mairead sich draußen befinden würde, wenn es knallte.

16.31. Noch vier Minuten. Aus dem Augenwinkel sah sie, dass Brendan Hannon auf seine Armbanduhr sah und einen langen Händedruck mit dem Geburtstagskind austauschte. Hatte der Kommandant ihm etwa nur einen kurzen Höflichkeitsbesuch abgestattet? Hannon machte sich auf den Weg nach draußen. Hinter ihm traten zwei Männer aus der Menge und folgten ihm. Leibwächter.

Drei Minuten. Marion trat auf den Ausgang zu. Gleichzeitig versuchten mehrere Menschen, durch die Tür in den Pub hineinzukommen. Bekannte und Unbekannte. Eamon Craig und seine Frau. Der Anwalt lächelte ihr aufmunternd zu. Marion wurde schwindelig. Ein paar Meter hinter Craig kam Bessie mit dem Baby auf dem Arm und der Mutter im Schlepptau. Marion ergriff Bessies freie Hand.

»Hast du vielleicht ’ne Kippe übrig?«

Bessie hob eine Augenbraue.

»Klar doch. Aber hast du nicht aufgehört?«

»Eigentlich … ja. Aber manchmal mache ich eine Ausnahme. Kommst du … kommt ihr mit raus … zum Paffen?«

»Oliver hat in die Windeln gemacht«, seufzte Bessie. »Ich muss mich erst um ihn kümmern. Hier, nimm das Päckchen mit nach draußen, ich komme gleich nach.«

Sie reichte Marion eine halb volle Packung Embassy und ein Wegwerffeuerzeug.

»Ich kann mich um seine Windeln kümmern«, mischte sich Bessies Mutter ein. »Geht ruhig raus und raucht eine, Mädels. Der Kleine und ich kommen schon klar.«

Sie nahm Oliver aus Bessies Armen.

Nein, Marion – nicht das! Unternimm was. Sag etwas!!!

Großmutter und Enkelkind verschwanden im Innern des Pubs. Über ihren Köpfen konnte Marion die Uhr erkennen. 16.34.

Sie steuerte auf die Ecke der grünen Hecke zu. Versuchte normal zu gehen. Bessies Stimme ertönte neben ihr:

»Wohin willst du denn?«

»Bloß da vorn in den Schatten.«

Bessie kicherte.

»Endlich mal etwas Sonne über Belfast und du willst gleich in den Schatten?«

Unter der Bluse spürte Marion ihr Herz pochen, so heftig, dass sie sich fragte, ob es wohl zerspringen würde. Dann drehte sie sich um – *sie musste dem Haus den Rücken zukehren.* Bessie ging um sie herum, bot ihr eine Zigarette aus dem Päckchen an und schob sich selbst eine zwischen die Lippen.

Als sie das Feuerzeug betätigte, explodierte die Welt.

7

Nordirland
Donnerstag, 19. Mai 2016

Bogart Bull hatte Nordirland stets als den Inbegriff von Gastfreundschaft betrachtet. In den meisten Ländern, wo man für die Einreise einen Pass benötigte, musterten die Grenzbeamten jeden Passagier mit kaltem Blick, als stelle der oder die Reisende eine potenzielle Bedrohung für die Sicherheit des Landes dar. In Belfast hingegen wurden alle mit einem Lächeln und einem freundlichen *haia* begrüßt.

Der Grenzbeamte nahm Bulls Pass entgegen und legte ihn zum Scannen auf eine Glasplatte, bevor er den Neuankömmling neugierig ansah.

»Sie sind Ermittler bei der Polizei?«, fragte er.

»Ganz richtig«, erwiderte Bull. »Aber es kommt durchaus vor, dass wir mal Ferien haben. Sogar in diesem Beruf.«

»Dann ist der Urlaub sicher wohlverdient. Ich wünsche Ihnen einen schönen Aufenthalt in Nordirland, Sir.«

»Alle bisherigen Besuche waren das reinste Vergnügen«, sagte Bull freundlich, nahm seinen Pass wieder an sich und durchschritt die elektronisch gesicherte Schleuse.

Ein Stückchen weiter vorne konnte er in der Menge den weißen Haarschopf seines Vaters entdecken, der anlässlich der Reise mit einer Art Anglerhut aus dunkelgrünem Lodenstoff gekrönt war. *Zum Glück ist es keine rote Baskenmütze,* dachte Bull. *Es hätte wirklich schlimmer kommen können.* Thomas hatte nach dem Start der Maschine in Gardermoen nicht viel gesagt, doch umgehend eine doppelte Bloody Mary bestellt, sobald eine der Flugbegleiterinnen mit ihrem Wägelchen in Sichtweite gekommen war.

Bull wusste, dass sein Vater an fortgeschrittener Höhenangst litt, was ihm zuletzt aufgefallen war, als der Maler seine neue Dachwohnung bezogen hatte.

»Nach dem World Trade Center halten die Dschihadisten ein zwölfstöckiges Wohnhaus in Bjørvika hoffentlich für uninteressant«, hatte Thomas gesagt. »Außerdem gehe ich nur auf die Terrasse hinaus, wenn ich volltrunken bin.«

Ohne lange warten zu müssen, bekamen sie ein freies Taxi und nannten dem Fahrer die Adresse ihres Hotels: Roselawn House in Holywood.

»Das hat mir viel Spaß gemacht, nachdem ich deine Mutter kennengelernt hatte«, kicherte Thomas. »Ich konnte den Jungs zu Hause erzählen, dass ich mir eine reizende Schönheit aus Holywood geangelt habe. Die wussten ja nicht, dass in dem Namen ein L fehlte.« Obwohl Bull diese Geschichte bestimmt schon hundertmal gehört hatte, setzte er diplomatisch ein Lächeln auf. Und dachte an seine Mutter, die von einem nicht ganz so reizenden Künstlervogel aus einer Osloer Trabantenstadt aufgegabelt worden war.

Als das Taxi über die Autobahn in Richtung Innenstadt raste, klingelte Bulls Handy in der Manteltasche. Er warf einen Blick auf das Display: Eva Heiberg, seine höchst geschätzte Chefin, die aber vermutlich nicht anrief, um einem ihrer erschöpften Ermittler eine gute Reise zu wünschen. Bull seufzte und drückte auf den grünen Knopf.

»Ich bin seit einer Viertelstunde im Urlaub, Heiberg.«

»Auch Ihnen einen schönen guten Tag, Bogart«, widersetzte Heiberg mit milder Stimme. »Wie geht's dem Rücken?«

»Ist immer noch da. Womit kann ich dienen?«

»Ich hatte gerade ein zwanzigminütiges Telefonat mit dem Justizminister«, setzte Heiberg an. »Hier in Oslo ist eine … wie soll ich sagen … etwas delikate Angelegenheit aufgetaucht. Oder um präzise zu sein: in Belfast.«

Ich träume, dachte Bull. Oder war das etwa ein verspäteter Aprilscherz von Heiberg? Bull tippte auf Letzteres.

»Sie verarschen mich, oder?«

»Ich wünschte, es wäre so. Es geht um John Sand, Oberster Richter a. D. Er und seine Frau Monica sind am 10. Mai in Belfast angekommen, anlässlich einer privaten Urlaubsreise. Am Morgen des 13. haben sie ihr Hotel verlassen – ohne Gepäck –, und seitdem hat niemand wieder von ihnen gehört oder gesehen. Die Tochter telefoniert in der Regel zweimal wöchentlich mit ihren Eltern, doch alle Versuche, die beiden zu erreichen, waren in den letzten Tagen vergeblich. Und nachdem sie mit dem Hotel gesprochen hat, ist sie nun davon überzeugt, dass ihren Eltern etwas zugestoßen ist.«

»Mit anderen Worten gehört das also in die Kategorie ›vermisst‹?«, gab Bull zurück. »Und was ginge mich das in diesem Falle an? Das ist eine Aufgabe für die Polizei in Belfast.«

Am anderen Ende der Leitung blieb es für einen Augenblick still. Bull hätte das Schweigen seiner Chefin zu seinen Gunsten auslegen können, kannte Eva Heiberg allerdings besser. Eingeleitet von einem kleinen Hüsteln sagte sie schließlich:

»Nun, wie sich zeigt gehört diese Tochter – ihr Name lautet übrigens Christine Sand – zum engsten Beraterstab der norwegischen Finanzministerin. *Jemand* hat also ein paar Anrufe getätigt, wie es so schön heißt. Infolgedessen stand dann unser Justizminister im telefonischen Kontakt mit seinem britischen Kollegen, der seinerseits nun alle Hindernisse für eine Beteiligung von norwegischer Seite aus dem Weg geräumt hat.«

»Verstehe«, sagte Bull, der alles, was in den Korridoren der Macht den Anschein von Kungelei hatte, zutiefst verachtete. »Schicken Sie Eriksen los«, fuhr er fort. »Er ist ein erstklassiger Ermittler und, soweit ich weiß, auch gerade nicht mit einem anderen Fall beschäftigt.«

»Der Justizminister hat ausdrücklich nach Ihnen gefragt, Bogart. Er kennt die Flying Tigers und weiß auch um Ihre früheren Verdienste. Als ich ihm sagte, dass Sie gerade im Urlaub seien, wollte er wissen, wo genau Sie sich aufhielten. Ich konnte ihn ja schlecht anlügen.«

Dieses Mal begnügte Bull sich damit, mit den Zähnen zu knirschen.

»Er bittet lediglich darum, dass Sie sich mal mit den Iren in Verbindung setzen«, fuhr Heiberg fort. »Dass Sie mal hören, was die zu sagen haben und wie sie die Sache nun angehen wollen. So eine Art Qualitätssicherung von unserer Seite aus. Damit kann der Herr Minister dann auch seine … Bekannten zufriedenstellen.«

Bull holte tief Luft.

»Eine Besprechung, Heiberg – *that's it.* Ein verdammtes Treffen und ich ziehe meiner Wege. Und jetzt sagen Sie mir, dass das ein Deal ist.«

»Deal«, bestätigte Heiberg.

»Wann?«

»Morgen Vormittag. Sie bekommen noch eine E-Mail mit den Einzelheiten. Ich wünsch Ihnen noch 'nen schönen Tag, Bogart. Und grüßen Sie Ihren Vater.«

Bull legte auf.

»Und was war das jetzt?«, ertönte es unter der Krempe des Lodenhuts.

Bull gab Thomas eine kurze Zusammenfassung des Gesprächs. Zu seiner Überraschung reagierte sein Vater weder beleidigt noch verzweifelt angesichts der unerwarteten Programmänderung.

»Weißt du, was der größte Vorteil am Künstlerdasein ist?«, fragte er.

»Lass mich raten«, gab Bull träge zurück. »Dass man keinen Chef hat, der anruft und sagt: ›Thomas, ich weiß, dass du Urlaub hast, aber hier ist ein reicher Bauer aufgetaucht, der gern ein Gemälde von seinem Schwein hätte, also schwing den Pinsel!‹«

»Ich hätte es nicht besser ausdrücken können«, sagte Thomas mit einem zufriedenen Nicken.

Vierzig Minuten später hielt das Taxi vor dem Eingang zum Roselawn House. Bull musterte die Fassade des alten herrschaftlichen Hauses und verspürte einen Stich Wehmut. Zum ersten Mal würde er nicht in Maiden Cottage wohnen, auf dem Hof seiner Großeltern, wo er bis zum Ende seiner Teenagerzeit jeden Sommer verbracht hatte. Seine Mutter und seine Großmutter lagen jetzt Seite an Seite auf dem Redburn Cemetery, und sein Großvater, Augustus Mitchell – von Freunden und Verwandten schlicht *Gus* genannt –, hockte allein in einem Pflegeheim am Rande von Holywood und vermisste sowohl die Lebenden als auch die Toten.

Zur selben Zeit, als Vater und Sohn an der Rezeption die Zimmerschlüssel in Empfang nahmen, faltete der neunzigjährige Gus die Zeitung zusammen und erhob sich mühsam aus seinem Ohrensessel. Gleich daneben stand ein kleiner Wohnzimmertisch aus Nussbaum, geschmückt mit einem Deckchen, das seine Frau bestickt hatte, als das Leben noch vor ihnen lag. Vorsichtig legte er seine Lesebrille auf das Deckchen und drehte sich zu dem dunklen Bücherregal um. Da, zwischen Joyce' und Becketts gesammelten Werken, stand sein Grammofon. Eine Langspielplatte lag schon auf dem Teller bereit. Gus startete den Apparat und ließ mit zitternder Hand den Tonarm hinuntersinken. Gleich darauf ertönte Johann Strauss' »An der schönen blauen Donau«.

Gus drehte sich um und verbeugte sich galant vor seiner Frau. Dann reichte er ihr die Hand, zog sie behutsam aus dem Sessel und zu sich hin und führte seine imaginäre Tanzpartnerin zu den Dreivierteltakten des Walzers durch das Zimmer.

8

Freitagvormittag, 20. Mai 2016

Das Taxi entließ ihn vor der Musgrave Police Station in der Victoria Street. Der schwarz lackierte Gitterzaun um das Gebäude wirkte äußerst solide. Der Stacheldraht, vor zwanzig Jahren noch ganz selbstverständlich, war allerdings entfernt worden. Bull drückte auf den Knopf der Gegensprechanlage an dem schweren, zweigeteilten Eingangstor, hielt das Gesicht in die Videokamera und wurde umgehend eingelassen.

Durch eine automatische Tür gelangte er in einen überraschend kleinen Empfangsbereich. Die Glasscheibe, hinter der ein uniformierter Beamter saß, hatte einen leichten Grünschimmer. Schusssicher. Ein Mikrofon und ein kleiner Lautsprecher waren in die Scheibe eingelassen.

»Wie kann ich Ihnen helfen, Sir?«, ertönte es aus dem Lautsprecher.

Bull nannte seinen Namen und den seiner Kontaktperson.

»Ihren Ausweis, bitte.«

Eine Luke in der Scheibe wurde geöffnet, und Bull reichte seinen Pass hindurch. Der Beamte schob eine Ausgabe des *Belfast Telegraph* zur Seite und blickte auf seinen PC-Schirm. Zusammen mit einem Besucherausweis, der mit einer Klammer am Revers befestigt werden konnte, bekam Bull seinen Pass zurück. Wenn er sich einen Augenblick gedulden könne, würde er gleich abgeholt, sagte der Beamte. Die Luke wurde wieder geschlossen. Kein Small Talk über das Wetter. Die Rugby-Ergebnisse in der Zeitung waren vermutlich interessanter.

Nach zwei Minuten glitt die Aufzugstür auf, und eine Frau mittleren Alters, die einen Rock mit Schottenmuster trug, trat auf Bull zu. Sie reichte ihm die Hand, stellte sich als Elizabeth Doyle vor und geleitete ihn in den Aufzug. Sie fuhren nach oben. Doyle hielt die Hände verschränkt und inspizierte ihre Schuhspitzen, während Bull sich fragte, wieso ein Polizeibeamter das Pech haben musste, seinen ersten Urlaubstag in einem Polizeigebäude zu verbringen.

Der Aufzug hielt in der dritten Etage, sie stiegen aus, und Doyle führte ihn durch einen endlosen Gang. Sie ging schnell, wobei ihre Absätze wie Kastagnetten über das Parkett klapperten. Sie durchbrachen die Zielgerade am Ende des Gangs vor einem Eckbüro, das laut Beschriftung *Deputy Chief Constable Geoffrey F. Craig* gehörte. In der E-Mail, die Bull von seiner Chefin erhalten hatte, war vermerkt, dass Craigs Position in etwa der des stellvertretenden Polizeipräsidenten in Oslo entsprach. Das norwegische Justizministerium hatte offenbar keine Mühen gescheut. Doyle öffnete Bull die Tür, verkündete, dass sich Craigs derzeitige Besprechung etwas in die Länge gezogen habe, und fragte, ob Bull die Wartezeit vielleicht mit Kaffee überbrücken wolle.

Er nahm dankend an, woraufhin Doyle sanft lächelte und wieder ging. Craigs Büro gehörte zu der Sorte, von der Bull nur träumen konnte. Groß, modern möbliert und mit vom Boden bis zur Decke reichenden Fenstern, die Kaskaden von Licht einließen. Der Kaffee kam, frisch gebrüht und exakt so stark, wie Bull ihn mochte. In Ermangelung einer besseren Idee betrachtete er die Diplome und Ehrenurkunden an der Wand. Der Anzahl nach zu urteilen, hatte Craig eigenhändig den Golf-Krieg gewonnen. Neben einem Diplom, welches bezeugte, dass der Polizeichef irgendeinen *Service Order* bekommen hatte, hing ein eingerahmtes Foto. Eine Aufnahme in sachlichem Schwarz-Weiß, die im Vordergrund einen Küstenstreifen zeigte. In der Tiefe des Bildes war anscheinend eine Insel erkennbar, eine längliche Verdunkelung am Horizont, wie der Rücken eines riesigen Wals. In der rechten unteren Ecke stand handgeschrieben in weißer Schrift: *Ausblick auf Rathlin Island, 1956.*

Plötzlich wurde die Tür geöffnet, und Geoffrey Craig offenbarte sich. Abgesehen von der frisch gebügelten Uniform, wirkte der Vizepolizeipräsident nicht sonderlich beeindruckend. Er war kaum größer als eins fünfundsechzig und mager wie ein Jockey. Offenbar stand seine Pensionierung in nicht allzu weiter Ferne, und die langen Dienstjahre hatten den Haarwuchs auf seinem kleinen Kopf deutlich in Mitleidenschaft gezogen. Unter den übrig gebliebenen Strähnen wurde sein blasses Gesicht von zwei intensiv grünen Augen betont sowie – Bull musste sich anstrengen, um nicht zu starren – von einer dünnen, aber markanten Narbe, die vermutlich mit einer unangenehmen Vorgeschichte verknüpft war. Sie war v-förmig und erstreckte sich vom einen Wangenknochen über den Mundwinkel bis zur Kinnspitze, von wo aus sie sich in fast perfekter Symmetrie wieder nach oben fortsetzte.

»Sie sind ein Neuner«, sagte Craig freundlich.

»Wie bitte?«

»Ich ordne die Menschen nach ihrer Reaktion ein, wenn ich ihnen zum ersten Mal begegne. Die Einer sind die, die mich verschreckt anstarren, und die Zehner können sich gerade noch beherrschen, um nicht zu lachen.«

Er streckte die Hand aus. Klein, trocken und hart.

»Geoffrey Craig. Schön, Sie zu treffen, Bull. Wie ich sehe, bewundern Sie gerade das Ende der Welt.«

Bull warf wieder einen Blick auf das Foto.

»Das Ende der Welt?«

»Rathlin Island. So weit im Norden, wie man in Nordirland nur kommen kann. Mein Urgroßvater wurde auf der Insel geboren, und meine Familie nutzt den dortigen Besitz als Ferienort. Der friedlichste Ort auf Gottes Erde, aber ein verdammt hartes Klima. Setzen Sie sich, Bull.«

Craig deutete auf einen Stuhl, ging um den Schreibtisch herum und setzte sich auf seinen eigenen Bürostuhl. Lederpolster und betont hohe Rückenlehne, sogar für einen Polizeichef.

»Kaffee haben Sie schon bekommen, wie ich sehe. Dann können wir ja gleich zur Sache kommen. Ich hatte eigentlich genügend Zeit eingeplant, muss aber in einer halben Stunde wieder in eine dringliche Sitzung. Der Oberboss verlangt nach seinen Sklaven.«

Effizient und sympathisch. Zwei Eigenschaften, die auf diesem Niveau nicht immer Hand in Hand gehen, dachte Bull.

»Herr und Frau Sand«, begann Craig. »Dem gesteigerten Interesse der oberen Etage nach zu urteilen ein Paar, das in Ihrer Heimat ein gewisses Ansehen genießt.«

»Jedenfalls die Tochter. Sie rangiert gleich unter der norwegischen Finanzministerin.«

Auf Craigs Lippen erschien ein sardonisches Lächeln. Als leitender Beamter der nationalen Polizei wusste er natürlich, wie die Dinge an der Spitze der Pyramide funktionierten.

»Wie Sie wissen, können wir in solchen Fällen bestimmte Maßnahmen ergreifen«, sagte er. »Selbst wenn sich die norwegische Ministerpräsidentin in Luft auflöste, wäre das Prozedere im Prinzip das gleiche: Wir überprüfen die Bewegungen der Vermissten in den Stunden und Tagen vor ihrem Verschwinden, wir gehen elektronischen Spuren nach, vernehmen das Personal und die Gäste im Hotel … das ganze Paket. All das wurde bereits gemacht, und das Ergebnis ist Folgendes: Der Taxifahrer, den das Ehepaar am Flughafen anheuerte, beteuert, die Fahrt sei direkt zum Hotel gegangen. Die Ankunftszeit des Flugs stimmt mit der Fahrtzeit und dem Zeitpunkt des Check-in im Hotel überein. Im Hotel heißt es, das Paar habe keinen Kontakt zu anderen Gästen gehabt, jedenfalls nicht, soweit es die Angestellten bemerkt haben. Im Laufe der beiden nächsten Tage hat das Paar vier Restaurants und drei Museen aufgesucht, außerdem hat Frau Sand im Einkaufszentrum am Victoria Square einen Cardigan und ein Paar Schuhe erstanden. Am Nachmittag des 12. Mai wurde ein vollgetankter Leihwagen von der Firma Hertz gebracht.

Der Wagen ist drei Tage im Voraus bestellt worden. Wir haben das Auto natürlich über unsere Kanäle verfolgt, aber ohne Ergebnis. Am Morgen des 13. rief der Ehemann eine Gärtnerei in Oslo an, wo er ein paar Waren bestellte. Laut Aussage der Gärtnerei wurde während des Telefonats ausschließlich über Pflaumenbäume und Rhododendronbüsche gesprochen. Danach wurden bei den beiden Handys des Ehepaars keinerlei weitere Gespräche oder SMS registriert, weder eingehend noch ausgehend. Auch Bank- oder Kreditkarten wurden nicht weiter verwendet. Also Bull, kurz gesagt: Vorläufig haben wir nichts, arbeiten aber weiter daran. Eine Kommissarin und zwei weitere Beamte beschäftigen sich rund um die Uhr mit dem Fall.«

»Wie sieht's mit Fußsoldaten aus?«

»Jeder Constable im Land kennt ihre Beschreibung und das Kennzeichen des Leihwagens.«

»Haben Sie schon erwogen, die Medien einzuschalten?«

»Für gewöhnlich sind wir sehr vorsichtig, solch eine Maßnahme zu früh zu ergreifen. Mittlerweile hat allerdings die besagte Tochter darauf insistiert, das heißt, es geschieht im Laufe des Tages. Hoffen wir mal, dass das etwas bringt.«

»Was sagt sie denn – die Tochter? Abgesehen davon, dass sie sich Sorgen macht.«

»Ich habe zweimal mit ihr telefoniert. Sie erzählte, ihr Vater sei überdurchschnittlich stark an Geschichte interessiert, was vielleicht auch die Museumsbesuche erklärt. Sie hat mit ihrer Mutter am Tag vor dem Verschwinden telefoniert, aber dabei wurde über nichts gesprochen, was das Mysterium erhellen könnte.«

»Sie müssen den Leihwagen ja aus einem bestimmten Grund bestellt haben.«

»Aus demselben Grund wie überall auf der Welt, vermute ich mal. Die Menschen wollen sich umschauen. Das Problem dabei ist, dass wir nicht wissen, wo wir mit der Suche anfangen sollen. Laut der Tochter haben weder Vater noch Mutter ein Smartphone, was bedeutet, dass wir auch keinen GPS-Signalen folgen können. Und wir können auch schlecht zwanzig Meilen um Belfast herum einen Kreis bilden und die Gegend durchkämmen.«

Craig breitete resigniert die Arme aus und schien sich dafür entschuldigen zu wollen, dass er nicht mehr anzubieten hatte. Bull begriff, dass alles ganz nach Vorschrift erfolgt war. Es gab nichts, was man hätte kritisieren können. Und genau das wollte er Heiberg berichten, bevor er seinen Urlaub fortsetzte. Er stand auf, fischte eine Visitenkarte aus der Innentasche seines Jacketts und reichte sie dem Vizepolizeichef.

»Geben Sie mir Bescheid, falls etwas auftaucht?«

»Sie bekommen auf alle Fälle Bescheid. Mit allem Respekt für das Ehepaar Sand, aber hier in der Stadt passiert ansonsten nicht viel. Allerdings hat London noch mal den Ernst der Sache betont, und ich habe jetzt Miriam Dixon als Leiterin der Ermittlung eingesetzt. Sie ist hier zwar unsere jüngste Kommissarin, aber das sollte niemanden täuschen. Wenn mich jemand ermordet hätte, würde ich Dixon mit der Lösung des Falls beauftragen.«

Bull setzte ein höfliches Lächeln auf.

»Ich hoffe, dass Sie in der Zwischenzeit ein paar schöne Tage in Belfast genießen können. Ihre Chefin, Frau …« – Craig warf einen Blick auf seine Papiere – »… Heiberg deutete an, dass Sie eigentlich hier sind, um Ihre Familie zu besuchen?«

»Ich werde es versuchen«, gab Bull zurück.

9

Holywood
Freitagnachmittag, 20. Mai 2016

Großvater Gus war immer da gewesen, solange Bull sich zurückerinnern konnte.

Jetzt lebte er im Craiganwell Care House, einem Pflegeheim, nicht weit entfernt von dem Friedhof, auf dem Bulls Mutter und Großmutter lagen. Das Gebäude hatte drei Etagen, die Fassade war mit Ziegelsteinen verkleidet, und der Ort bot einen großartigen Ausblick auf die Bucht von Belfast. Nachdem Bull und sein Vater sich am Empfang gemeldet hatten, wurden sie von einer freundlichen, kräftigen Pflegerin abgeholt, die sich als Fanny Robertson vorstellte. Fanny bestand darauf, mit Vornamen angeredet zu werden, und war voller lobender Worte über Gus, während sie Vater und Sohn durch den Gang begleitete.

»Er ist einer unserer Lieblinge«, sagte sie. »Es gibt niemals Ärger mit Gus. Er ist immer nett und freundlich, obwohl er noch immer unter dem Verlust seiner Frau leidet.«

»Und ist er … einigermaßen klar im Kopf?«, fragte Thomas.

»Mal so, mal so. An guten Tagen kann ihn keiner im Backgammon schlagen, und er zitiert Yeats, als hätte er nie etwas anderes gelesen. Und am nächsten Tag weiß er dann nicht mehr genau, was er vor einer halben Stunde zu Mittag gegessen hat. Die Erinnerung an lange zurückliegende Dinge funktioniert bestens, aber neue Erfahrungen und Erlebnisse sind mitunter schnell verwischt. Manchmal fragt er nach Coleen, auch wenn er am Tag zuvor ihr Grab besucht hat.«

»Demenz?«, fragte Bogart leise.

»Etwas in der Art«, erwiderte Fanny. »Die Ärzte meinen,

die Symptome könnten auf eine Lewy-Körper-Demenz deuten, eine seltene Variante der Alzheimer-Erkrankung. Aber so etwas lässt sich nur schwer mit Sicherheit feststellen. Das Eigenartige ist, dass sich sein Zustand in den vier Jahren, in denen er hier ist, kaum verändert hat. Normalerweise ist Demenz ja eine Krankheit, die mit der Zeit immer schlimmer wird.«

»Weiß er, dass wir kommen?«, fragte Bull.

»Er wusste es jedenfalls, als wir ihm heute Morgen das Frühstück gebracht haben. Woran er sich jetzt genau erinnert, ist natürlich nicht leicht vorauszusagen.«

Fanny klopfte an Tür Nummer 12, wartete einen Augenblick und öffnete sie dann. Thomas gab seinem Sohn ein Zeichen, dass er vorausgehen solle.

»Du hast Besuch, Gus«, zwitscherte Fanny. Die Art, wie sie es betonte, deutete darauf hin, dass Besuche bei dem Alten nicht allzu häufig vorkamen.

Großvater Gus saß am Fenster und hatte sich herausgeputzt. Ein frisches weißes Hemd mit Schlips und Manschettenknöpfen, eine braune Wollweste und eine dunkle Hose mit messerscharfer Bügelfalte. Das Einzige, was an den Alltag erinnerte, waren die ausgetretenen Pantoffeln. Der Alte pflanzte beide Hände auf die Armlehnen und hievte sich mühsam aus dem Sessel. Einen Moment lang stand er nur da und sah Bogart an, bevor er mit unsicheren Schritten auf ihn zukam. Seine dunklen Augen glänzten feucht, wie zwei vom Wasser überspülte Felsen in einem Meer aus Runzeln.

»Mein Junge!«

Gus öffnete die langen dünnen Arme und drückte seinen Enkel an sich. Vorsichtig umfasste Bull den knöchernen Leib des Großvaters, nahm den Geruch von Rasierwasser und altem Mann wahr, in dem Tausende von Erinnerungen mitschwangen. Eine ganze Weile verharrten sie so, bis Gus ihn schließlich ein Stückchen von sich wegschob und von oben bis unten musterte.

»Du meine Güte – wie groß du geworden bist!«

Seit der Beerdigung der Großmutter vor vier Jahren hatten die beiden einander nicht mehr gesehen. Bull spürte, wie sich sein schlechtes Gewissen meldete, ein Gefühl, das sich schnell von einer leichten Brise in einen Sturm verwandelte.

»Die Zeit vergeht so schnell, Gus«, brachte er gerade noch hervor.

»Wie wahr, wie wahr«, sagte der Alte mit einem Nicken. »Und deine Familie? Sind Frida und Anine mit dir gekommen?«

Bull schluckte. Er hatte Gus die schreckliche Nachricht überbringen wollen, es aber nicht über sich gebracht. Am Telefon darüber zu sprechen war ihm eigenartig vorgekommen, und ein Brief wäre zu feige gewesen. Schließlich hatte er sich entschieden, es dem Großvater zu sagen, wenn sie sich wieder gegenüberstehen würden. Jetzt konnte es ruhig noch einen oder zwei Tage warten. Zu viel auf einmal durfte er seinem Großvater nicht zumuten.

»Sie konnten leider nicht mitkommen«, erwiderte er. Halb gelogen und halb die Wahrheit. »Aber hier ist jemand anderer, den du kennst.«

Gus legte den Kopf zur Seite und spähte erwartungsvoll in Richtung Tür. Dann runzelte er plötzlich die Stirn, als stutze er über die Summe in einer Rechenaufgabe.

»Hallo, Gus«, sagte Thomas.

»Tommy …?«, erwiderte Gus zögernd. »Das gibt's doch nicht. Du lebst noch?«

»So weit ja.«

Gus ließ seinen Enkel los und ging einen Schritt auf Thomas zu. Ein leicht verlegener Händedruck, wie zwischen erwachsenen Männern, die sich seit der Grundschule nicht mehr gesehen hatten. Bull wusste, dass die Beziehung der beiden immer von Nüchternheit geprägt gewesen war. Zwar herrschte keine direkte Abneigung zwischen ihnen, aber auch keine ausgeprägte Herzlichkeit. Gus hatte den etwas affektierten Künstler aus Norwegen als neuen Liebhaber der Tochter in etwa so akzeptiert, als fände er sich mit dem Winter ab, der wieder einmal vor der Tür stand. Jetzt waren seit ihrer letzten Begegnung auf dem Hof von Bogarts Großeltern ziemlich genau zehn Jahre vergangen: Gus, Großmutter Coleen, Thomas, Bogart, Frida und die kleine Anine. Nur die Männer waren jetzt noch am Leben. Unwillkürlich dachte Bull, dass die Stimmung wohl lockerer gewesen wäre, wenn es sich umgekehrt verhielte. Ein sinnloser Gedanke in einer Welt, in der das Schicksal seine Opfer ohne große Sorgfalt auswählte.

»Aber setzt euch doch«, sagte Gus und deutete auf die beiden Ohrensessel. »Ich besorge Kaffee.«

»Das kann ich übernehmen«, warf Thomas schnell ein. Vermutlich fürchtete er, dass sein Sohn den Auftrag übernehmen und ihn allein mit dem Schwiegervater zurücklassen würde.

Gus hob abwehrend eine Hand.

»Siebzig Jahre lang habe ich versucht, ein guter Gastgeber zu sein, und habe auch jetzt nicht vor, daran etwas zu ändern«, sagte er entschieden.

Er trat hinaus in den Gang. Thomas wartete ein paar Sekunden ab und wandte sich dann an seinen Sohn.

»Was zum … ! Hat er es vergessen? Frida und Anine?«

Bull sah auf das Parkett hinunter und schüttelte den Kopf.

»*Weiß* er es nicht?«

»Nein.«

Thomas wollte etwas sagen, besann sich aber. Stattdessen legte er seinem Sohn eine Hand auf die Schulter und drückte sie leicht.

»Das klärt sich schon, Bogart.«

Die Tür wurde geöffnet, und Gus kam zurück. Hinter ihm betrat Fanny das Zimmer, mit Kaffeekanne, Tassen und einem Teller mit Kuchenstücken auf einem Tablett.

»Mein Butler bestand darauf, uns zu servieren«, sagte Gus.

Sie setzten sich um den kleinen Tisch. Fanny lächelte alle freundlich an, tätschelte Gus' Wange und zog sich wieder zurück.

»Eine tolle Frau«, konstatierte der Alte und schenkte Kaffee ein.

Für einen Augenblick wurde es still. Großvater Gus nagte an einer Makrone. Bull suchte nach passenden Worten, nach irgendetwas, das nicht hohl und abgedroschen klang, aber Thomas kam ihm zuvor:

»Kommst du hier gut zurecht, Gus?«

Gus schluckte seinen Bissen hinunter und wischte sich ein paar Krümel vom Schoß.

»Könnte schlimmer sein. Aber wollt ihr denn gar keinen Kuchen?«

Pflichtschuldigst griff Thomas zu einem Maryland Cookie.

»Du vermisst wahrscheinlich Maiden Cottage?«, sagte Bogart, bereute es aber im selben Moment. *Worüber redet man mit einem alten Mann, dessen Leben hinter ihm liegt?*

»Ich vermisse Coleen«, erwiderte Gus. »Henry kümmert sich um den Hof.«

Vater und Sohn Bull wechselten einen Blick. Keiner von ihnen hatte je von einem Henry gehört.

»Äh … welcher Henry denn?«, fragte Thomas.

Gus sah ihn erstaunt an.

»Gibt's etwa mehrere von ihm?«

»Ich wollte eigentlich sagen: Wer ist dieser Henry?«

»Henrik Berg-Hansen«, erklärte Gus.

Weder Vater noch Sohn kannten einen Berg-Hansen.

»Klingt nach 'nem Norweger«, warf Bull ein.

»Genau wie ihr«, sagte Gus mit einem Nicken und schnappte sich eine neue Makrone. »Henry kam schon Mitte der Sechziger nach Belfast. Hat viele Jahre unten bei Harland & Wolff gearbeitet. War auch sehr aktiv während des Konflikts. Auf unserer Seite.«

Gus war Protestant und Unionist. Er und Coleen hatten im

Wohnzimmer ein gerahmtes Farbfoto von Königin Elizabeth II. über dem Kamin hängen.

»Und der betreibt jetzt den Hof?«, fragte Bull.

»Gewissermaßen – ja. Wir haben ein paar Hühner und zehn oder zwölf Schafe behalten. Aber jetzt geht es überwiegend um die Kinder.«

Der Alte tunkte seine Makrone in den Kaffee, während seine Gäste versuchten, das neue Rätsel zu entschlüsseln. *Kinder?*

Thomas blickte seinen Sohn vielsagend an. Bogart nahm den Ball auf.

»Von welchen Kindern reden wir hier, Gus?«

»Die Kinder auf Maiden Cottage«, sagte der Großvater unbekümmert. »Henry hat da sieben oder acht. Alles Jungs. Er betreibt da so eine Art Kinderheim, mit Unterstützung der Gemeindeverwaltung. Und etwas Unterstützung von mir. Aber Bogart, mein lieber Junge – du isst ja gar nichts. Komm, nimm eine Makrone.«

10

Dienstag, 27. Juli 1976

Die beiden jüngsten Kinder spielen auf dem Fußboden.

Die dreijährige Cara beschäftigt sich mit der Barbie-Puppe, die sie zu Weihnachten bekommen hat, während der zwei Jahre ältere Callum mit einem Corgi-Auto spielt, das er von seinem ältesten Bruder übernommen hat. Der weinrote Lack ist an einigen Stellen abgeblättert, was Callum aber nicht zu stören scheint. Er ist es gewohnt, mit geerbten Sachen zu spielen. Abgesehen von den Motorengeräuschen, die der Junge imitiert, wenn er Gas gibt, ist es still in der Wohnung.

Auf dem Sofa sitzt Marion. Vor ihr auf dem Tisch liegt die Zeitung. Der *Belfast Telegraph* hat nicht an Druckerschwärze gespart:

BAR BOMB HORROR!

Marion kommt es so vor, als schnappe die schwülstige Überschrift auf der Titelseite der Zeitung direkt nach ihr. Als sei die Schlagzeile gegen sie persönlich gerichtet und als bestehe der einzige Zweck der drei Wörter darin, ihr ins Gesicht zu spucken und herauszuschreien, was alle empfinden.

Trauer. Ohnmacht. Hass.

Marion O'Neill! Verräterin! Massenmörderin!

Sie hat sich gezwungen, die Berichterstattung fast bis zum Ende durchzulesen. Die sieben Seiten in der Zeitung sind mit Fotos und Schlagzeilen gewürzt. Fünf Journalisten haben sich mit der Sache beschäftigt. Es gibt Tatsachenberichte, Interviews, Spekulationen und Kommentare von Politikern und anderen Vertretern der Obrigkeit. Die schreckliche Tat wird einhellig verurteilt, und es sind Beileidsbekunden aus entfernten Winkeln der Welt eingetroffen, von denen Marion noch nie etwas gehört hat. Der britische Ministerpräsident James Callaghan soll bereits in Belfast eingetroffen sein und versuchen, die Gemüter zu beruhigen. Sogar die Oppositionsführerin Margaret Thatcher, immer in vorderster Reihe, wenn es darum geht, die IRA als Terrororganisation abzustempeln, drückt ihre Abscheu aus.

Der Leitartikel der Zeitung ist auffallend nüchtern, konstatiert aber, dass es sich bei dem Bombenattentat auf Hendley's um eine der größten Einzelaktionen handelt, die seit der Eskalation des Konflikts infolge des Bloody Sunday zu verzeichnen sind.

Keine der paramilitärischen Gruppierungen aufseiten der Loyalisten hat sich bisher zu der Untat bekannt, weder UVF noch UDA oder UFF. Vermutlich, weil das hier einfach zu groß ist, zu teuflisch, sogar für dieses Land. Die Tragödie im Hendley's hat sogar die hartgesottensten Unionsanhänger schockiert.

Fast so, als wolle sie sich selbst eine Bußübung auferlegen, greift Marion abermals nach der Zeitung auf dem Tisch. Blättert ein weiteres Mal durch diesen Albtraum, an dem sie mitgewirkt hat.

Am meisten schmerzen sie die Listen mit den Namen der Toten und Verwundeten.

Achtzehn Tote, fast vierzig Verletzte, viele davon lebensgefährlich. Einige der Namen sind ihr so innig vertraut, dass allein der Anblick sie fast um den Verstand bringt. Rechtsanwalt Eamon Craig und seine Frau, beide tot. Ebenfalls das Geburtstagskind Quinn und seine Frau. Die Wirtsleute Rose und Paul Hendley – für immer dahingegangen. Bessie Evans' Mutter und der einjährige Sohn Oliver. Und Daithi O'Hara. Daithi wird seinen Bruder Proinsias nie wieder verteidigen können, und das Foto des schluchzenden und am Boden zerstörten Albinos neben der Leiche seines Bruders ist dank Associated Press bereits um die halbe Welt gegangen.

Unter den Verletzten entdeckt sie Geoffrey, den zwanzigjährigen Sohn des Ehepaars Craig, sowie ihre ehemalige Schulfreundin Mairead Hendley. Mairead hat Schnittwunden im Gesicht und am Oberkörper davongetragen, und die Ärzte bezweifeln, dass sie je wieder sehen kann. Ganz unten auf Seite acht steht ein Verweis auf die letzte Seite, wo für gewöhnlich die Sportnachrichten abgedruckt sind. Marion dreht die Zeitung um.

Die ganze Rückseite wird von einem Foto eingenommen, mit einer Überschrift, die sich von allen anderen unterscheidet:

THE IMAGE
OF MADNESS

Es ist ein Farbfoto. Eine Nahaufnahme, geschossen in den Ruinen dessen, was einst *Hendley's Garden* war. Zwischen den zerfetzten Überesten von Steinen und Holz liegt ein kleines, blutbeflecktes Stück Stoff aus weißer Baumwolle mit zwei Schnüren daran.

Eine Babymütze.

Marion erhebt sich mühsam und stürzt in die kleine Küche. In dem weißen Abflussbecken vermischen sich Tränen und Erbrochenes.

11

Mittwoch, 28. Juli 1976

Brendan Hannon trank nur selten Alkohol. Nicht weil er etwas dagegen hatte, im Gegenteil, aber Bier und Schnaps schwächten die Sinne und die Urteilskraft. Als Kommandant im Krieg konnte man nichts davon entbehren.

An diesem Abend hatte er eine Ausnahme gemacht. Er war betrunken. Nicht stockbesoffen, aber eingehüllt in einen leichten Bushmills-Nebel. Die Flasche auf dem Tisch war noch halb voll. Der Whiskey funkelte wie Bernstein im Licht der sechs Kerzen – eine für jeden der Soldaten, die er im Hendley's verloren hatte.

Die Begräbnisprozession am Vormittag war sehenswert gewesen. Tausende von Menschen säumten die Strecke, die von The Falls über die Andersonstown Road bis hinunter zum Milltown Cemetery führte. Barry Quinns Sarg war mit der irischen Trikolore bedeckt, darauf lagen seine schwarzen Lederhandschuhe und das schwarze Barett. Die RUC folgte dem Trauerzug, hielt aber respektvoll Distanz. Am Himmel über den Trauernden schwirrten zwei Helikopter der British Army. Ein paar Stunden stillschweigender Waffenruhe waren angebrochen. Der Feind sollte seine Toten in Frieden begraben können.

Hannon war in diesen Krieg hineingeboren worden, ein Konflikt, der in religiösen Bekenntnissen, Unterdrückung und Armut wurzelte. Nach dem Frieden 1945 hatte London unzählige Millionen Pfund in die nordirische Industrie und Wirtschaft gepumpt, doch so gut wie alles war den englandfreundlichen Unionisten zugutegekommen. Bei Harland & Wolff, einer gigantischen Schiffswerft, die mehr als zehntausend Menschen beschäftigte, waren fast einhundert Prozent der Belegschaft Protestanten. Nicht selten wurden Stellenanzeigen im *Belfast Telegraph* mit Formulierungen wie *Katholiken zwecklos* abgeschlossen.

Schon in der Grundschule hatte Hannon erfahren müssen, was es hieß, der falschen Kirche anzugehören. An öffentlichen Orten war es verboten, Fußball oder Karten zu spielen, und Zuwiderhandlungen katholischer Kinder wurden von der RUC mit eiserner Hand geahndet.

Die Schikanen betrafen mehr als nur Spiele und unschuldige Vergnügen. Wurden Kinder in The Falls ohne Licht oder mit schlechten Bremsen am Fahrrad erwischt, waren gern fünf oder zehn Shilling als Strafe die Folge. Bußgelder, die von Eltern bezahlt werden mussten, die weder Geld noch Arbeit hatten.

Als Hannon achtzehn wurde und bereits eine Menge schlecht bezahlter Gelegenheitsjobs hinter sich hatte, sah er nur einen Weg aus der Arbeitslosigkeit: die See.

In der Handelsflotte war er nach und nach aufgestiegen. Vom Decksjungen über den Jungmann zum Leichtmatrosen. Im Frühjahr 1969 musterte er auf der »Carrigan Head« an, einem 10 000-Tonner, der Apfelsinen und andere sonnenreife Früchte von Durban in Südafrika nach Southampton transportierte. In Durban geschah es auch, dass der Sozialist in Brendan Hannon geweckt wurde. Tonnenweise Früchte sollten an Bord gebracht werden, und die ganze Arbeit wurde ohne technische Hilfsmittel von etwa fünfzig Männern bewältigt.

Schwarzen Männern. In Hannons Augen: Sklaven.

Zwar besaß sie niemand, aber sie bekamen einen lausigen Lohn und wurden von weißen Vorarbeitern mit langen Gummiknüppeln geschlagen und herumkommandiert. Hannon stand an der Reling und sah bettelarme, hart arbeitende Männer, die schlechter behandelt wurden als die Gefangenen daheim in Long Kesh. Weil sie die falsche Hautfarbe hatten. Ähnlich wie Hannon der »falschen« Religion angehörte.

Dort oben, an der Reling der »Carrigan Head«, mit Aussicht auf ein schwarzes Meer aus Ungerechtigkeit, hatte Brendan Hannon eine Entscheidung getroffen: Er würde bei der Ankunft in Southampton abmustern. Und die Zukunft der Bekämpfung des Apartheid-Regimes in seinem Heimatland widmen.

Das Timing hätte kaum besser ausfallen können. Oder schlechter. Zu Hause in Belfast war der Konflikt zwischen protestantischen Loyalisten und katholischen Republikanern kurz davor, sich zu einem regelrechten Bürgerkrieg zu entwickeln. Unterstützt von bewaffneten Loyalisten und der RUC überfielen Einsatzkräfte der B-Specials katholische Viertel in der Stadt. Wohnungen, Läden und Geschäftshäuser wurden in Brand gesetzt. Männer und Frauen wurden auf die Straße gezerrt und verprügelt. Hunderte von katholischen Familien waren plötzlich obdachlos und mussten vor einem Gewitter aus Gummigeschossen, CS-Gas und vereinzelten scharfen Schüssen flüchten. Nachdem die erste Gewaltwelle verebbt war und die Flammen erloschen, mussten die Katholiken eine zweistellige Zahl an Toten sowie zahlreiche ernsthaft Verwundete beklagen.

Auch innerhalb der IRA begann es zu brodeln. Viele Mitglieder – die meisten davon jung – waren der Ansicht, die Organisation sei während der Angriffe schändlich defensiv aufgetreten. Wo waren der Wille und die Fähigkeit abgeblieben, die eigenen Leute zu beschützen? *Wir sind doch verflucht noch mal eine republikanische Armee!*, hieß es. Die Kampflust wurde größer, doch sie brauchten Waffen und Logistik. Die Führung in Dublin allerdings schien wie gelähmt zu sein. Die Unzufriedenheit endete schließlich in einer totalen Spaltung, und unter der Leitung von Sean MacStiofain, Seamus Twomey und Joe Cahill brachen die Aufrührer aus der Organisation aus und gründeten die Provisional IRA.

Die Provos wurde Hannons neuer Auftraggeber, allerdings mit dem Unterschied, dass er es vergessen konnte, regelmäßig eine Lohntüte zu erhalten.

Auch hier war er nach und nach aufgestiegen. Er hatte ein natürliches Talent für den Umgang mit Waffen und entwickelte sich zu einem Scharfschützen ersten Ranges. In regelmäßigen Abständen fielen Loyalisten in Shankill wie vom Blitz getroffen um, wobei das Einzige, was an einen Donner erinnerte, der explodierende Schuss aus Hannons Garand-Gewehr war. Die todbringende Arbeit ließ gleichzeitig eine besondere Fähigkeit Hannons zutage treten. Offensichtlich konnte er einen Feind auslöschen, ohne dass sein Puls im Geringsten anstieg. Die Führung der Provos hatte ihn bei einem Stabstreffen als *A natural born killer* charakterisiert.

Nicht lange danach hatte er sein neues Werkzeug zugeteilt bekommen. Eine 9mm-SIG mit Schalldämpfer. Die Tätigkeit als Scharfschütze sowie der bewaffnete Guerillakrieg in den Straßen Belfasts, wo beide Seiten mit halbautomatischen Waffen und Schnellfeuergewehren aufeinander losballerten und die eine oder andere Handgranate ihr tödliches Ziel fand, war eine Sache. Etwas ganz anderes war indes die zielgerichtete Liquidation ausgewählter Individuen, Menschen, die aufgrund ihrer Position oder wegen ihres Hasses, mit dem sie agierten, unbequem geworden waren. Für diese Art von Auftrag benötigte die Provos ein Raubtier. Ein Wesen, das im Schutz der Dunkelheit jagte. Einen Killer, der sich unbemerkt an das Opfer heranschlich, es erlegte und dann genauso leise verschwand, wie er gekommen war.

Jemanden wie Brendan Hannon.

Neben den Morden selbst hatten diese Attentate eine wichtige Zusatzfunktion. Sie sollten Angst und Schrecken bei denen verbreiten, die sich auf der Feindesliste der Provos befanden. Angst wirkte demoralisierend. Hannon wurde daher beauftragt, sich eine Signatur zuzulegen, die keinen Zweifel daran ließ, wer dahintersteckte. Die Lösung war zweiteilig: Hannons Todesschuss traf das Opfer stets genau oberhalb des Nasenrückens. Dann wurde die leere Hülse aus der SIG in das Einschussloch gestopft – wie ein Korken.

Wer den Toten fand, konnte bestätigen, was viele fürchteten: *Er* hatte wieder zugeschlagen. Er, dessen Namen niemand kannte. Und der früher oder später zurückkommen würde.

Er gab einen weiteren Schluck Bushmills in das Glas. Der letzte für diesen Abend. Schnaps wirkte wie Salbe auf einer Wunde, aber er brachte die toten Kameraden nicht zurück. Hannon warf einen Blick auf Lucy, die Einzige, die nach all den Jahren noch immer mit ihm zusammenlebte. Sommers wie winters lag die Katze am Fuß des Kamins, egal ob der brannte oder erkaltet war. An einem regenschweren Frühlingsmorgen vor fünf Jahren hatte das Tier plötzlich dagesessen, oben auf der Brüstung seines kleinen Balkons. Wie sie dort hingeraten war, war immer noch ein Rätsel. Hannon wohnte in der ersten Etage, die Entfernung vom Boden zum Balkongeländer betrug gut vier Meter, und es gab weder Regenrinnen noch Pflanzen, an denen sie heraufgeklettert sein konnte. Als er die Balkontür öffnete, stolzierte die Katze mit erhobenem Schwanz herein und sah Hannon beleidigt an, als beklage sie sich darüber, dass er sie bei diesem Scheißwetter so lange hatte draußen warten lassen. Die Invasion war so mutig und überzeugend, dass er es nicht übers Herz brachte, die Katze wieder hinauszuwerfen. Mittlerweile benutzte auch sie die Treppe, lief hinaus, wenn er ging, und kam herein, wenn er zurückkehrte.

Seine Zeit als Präzisionskiller war lange vorüber, doch seine Position als Leiter der Brigade stellte eine wesentlich größere Gefahr für sein eigenes Leben dar. Die Bombe im Hendley's hätte genauso gut ihn zum Ziel haben können, wenngleich er daran zweifelte. Einerseits, weil es einfachere Mittel gab, das Leben eines Mannes auszulöschen, und andererseits, weil die Explosion der Bombe aller Vermutung nach von einem Funksignal ausgelöst worden war. Traf diese Annahme zu, dann mussten die Loyalistenschweine den Pub die ganze Zeit unmittelbar beobachtet haben. Und in dem Fall mussten sie gesehen haben, dass jemand den Pub wieder verließ, zwei Minuten bevor es knallte.

Sammy Bennett …

Hannon zweifelte nicht eine Sekunde, dass der beste Bombenbastler der UVF hinter der Aktion steckte. Die nächste Frage lautete, wie es Bennett gelungen war, das Teufelswerk hineinzuschmuggeln. Oder genauer: Mit wessen Hilfe? Die Antwort war gleichermaßen einleuchtend wie niederschmetternd. Von einem ihrer eigenen Leute. Es gab keine andere Erklärung. Aller Wahrscheinlichkeit nach von jemandem, der den Anschlag überlebt hatte, unverletzt vermutlich. Laut den Zeitungsberichten kamen da nur eine Handvoll Menschen infrage. Zwölf, vielleicht fünfzehn Personen. In dieser Gruppe musste er suchen.

Sammy Bennett würde später drankommen. Brendan Hannon fiel es leicht, die Psychologie in Bennetts Handlungen bei einem Unternehmen wie diesem Anschlag psychologisch zu deuten. Die beiden Männer ähnelten einander wie Spiegelbilder, zwei Ausgaben derselben Sorte. Einzig Religion und Überzeugung trennten sie. Hannon wusste, dass Bennett sich nun in einem *safe house* befand, womöglich meilenweit von Belfast entfernt und von seinen Getreuen beschützt. Bennett müsste bezahlen, wenn die Zeit reif wäre und die Schutzschilde gesenkt würden.

Eine Erkenntnis, die Hannon zu seiner nächsten Aufgabe führte.

Er brauchte einen neuen Attentäter, einen, der die großen Aufträge übernehmen konnte. Die beiden, die diese Rolle ausgefüllt hatten, nachdem er selbst im System aufgestiegen war, hatten das Zeitliche gesegnet. Einer war auf seinem Posten ermordet worden, nachdem er die Bewacher eines seiner Zielobjekte grob unterschätzt hatte. Der andere war weitaus prosaischer einem Herzanfall in jungen Jahren zum Opfer gefallen. Dieses Mal würde Hannon seinen verlängerten Arm mit großer Sorgfalt auswählen. Es musste jemand sein, den niemand verdächtigte, der aber genügend Hass in sich trug und der den Willen und die Kraft mit sich brachte, die Aufgabe durchzuführen.

Er hatte schon einen Kandidaten im Sinn, aber das würde viel Training bedeuten. Sechs Monate in Armagh unter Anleitung des alten Kriegers Seamus O'Caolain dürften ausreichen.

In erster Linie natürlich Waffentraining, aber auch physischer und mentaler Drill. Hannon hatte schon einen Kosenamen für seinen neuen Waffenträger parat, einen Namen, der den Mann ehrte, der einst den Weg für den Freiheitskampf geebnet hatte. In den Jahren nach dem Osteraufstand 1916 hatte sich Revolutionsführer Michael Collins nur selten ohne seinen vielleicht wichtigsten Mitarbeiter in der Öffentlichkeit gezeigt:

Nachrichtenchef Liam Tobin.

12

Samstag, 7. August 1976

Beinahe nichts in Belfast war so römisch-katholisch wie der Milltown Cemetery.

Es gab hier mehr als 160 000 Gräber, doch nur eines enthielt die sterblichen Überreste eines Protestanten.

Vermutlich durch einen Irrtum war der Werftarbeiter James Moore Hunter im Jahr 1954 auf dem Friedhof beerdigt worden und lag noch immer da. Aber vielleicht war es auch absichtlich geschehen. Der einsame Protestant unterstrich, dass dieses Areal einzig den Katholiken gehörte.

Proinsias O'Hara trat durch das geschwungene Steinportal am Haupteingang des Friedhofs und setzte seinen Weg fort. Es war sein erster Besuch seit der Beerdigung vor zehn Tagen, und er fürchtete sich. In der Nacht zuvor hatte er geträumt, dass Daithi neben dem provisorischen Grabkreuz stand und auf ihn wartete, wie gewöhnlich von Kopf bis Fuß schwarz gekleidet und wie üblich mit einer Zigarette, die wie immer nonchalant zwischen seinen Lippen klebte. Daithi hatte seinen Bruder mit den schmalen, leicht schräg stehenden Augen angeblickt und gefragt, wieso er sich so verspätet habe. Im Traum hatte Proinsias den Bruder angefleht:

– Du musst mit mir nach Hause kommen!
– Zu Hause ist hier, Sias. Hier gehören wir hin, du und ich.
– Aber bist du denn nicht tot?
– Wir sind alle tot, Sias. Wir sterben nur so langsam, dass wir glauben, wir leben.
– Du lügst!
– Hab ich dich jemals angelogen? Wenn du mir nicht glaubst, wem willst du dann glauben?

Weinend war Proinsias aufgewacht. Der Platz neben ihm in dem Bett, das die Brüder geteilt hatten, seit die Mutter vier Jahre zuvor den Kampf gegen den Lymphdrüsenkrebs verloren hatte, war leer. Nur sie beide waren übrig geblieben.

Er ging zwischen zwei Gräbern hindurch und sah links von sich Bog Meadows. Eine Art Hinterhof des Friedhofs, wo Tausende von Kindern – entweder tot oder unehelich geboren – in einem Wald aus unbeschrifteten Kreuzen lagen. Die Unerwünschten. Von denen weder Gott noch die Väter etwas wissen wollten. Auch Proinsias' Mutter hatte ihn wissen lassen, dass ein Albino in einer bereits hart geprüften Familie keinen Segen bedeutete.

Daithi allerdings war immer für ihn da gewesen.

Er lief um die Ecke von Feld 22 und verminderte unwillkürlich das Tempo auf den letzten Metern zum Grab. Kein Daithi, nur ein länglicher Haufen rotbrauner Erde, feucht vom nächtlichen Regen. Die Lilien, die er nach der Beerdigung am Grab abgelegt hatte, waren ebenfalls tot. Er müsste hier etwas pflanzen, wollte damit aber warten, bis der Grabstein aufgestellt wäre. Proinsias hatte schon überlegt, was auf dem Stein stehen sollte. Abgesehen von Namen und Daten. Vielleicht so etwas wie *My beloved brother*, aber das klang irgendwie nicht passend. Daithi war so viel gewesen. Bruder, Vater, Kumpel, Beschützer, Vorbild, Lehrmeister … alles.

Gerade als sich die Tränen zurückmeldeten, hörte er jemanden seinen Namen aussprechen. Hinter ihm stand John Hendley, der Sohn der Wirtsleute von Hendley's Garden. Einer von denen, die sich niemals dazu herabgelassen hätten, ihn aufzuziehen. Und einer, der an jenem Samstag noch mehr – jedenfalls mehr Menschen – als Proinsias verloren hatte. Nicht nur Vater und Mutter, sondern auch sein Zuhause. Die Familie Hendley hatte in der Etage über dem Pub gewohnt.

Johns Gesicht war verweint. Seine Familie lag auf demselben Gräberfeld wie Daithis.

Sie reichten einander wortlos die Hand. Zwei gleichaltrige junge Männer im selben Boot.

»Dein Bruder war ein feiner Kerl«, sagte John schließlich und deutete mit dem Kopf auf das Grab.

Proinsias senkte den Blick und nickte.

»Es ist einfach zu schrecklich«, fuhr John leise fort.

Sag was, Proinsias.

»Wie geht es denn … Mairead?«

Wie um einen Schluckauf zu unterdrücken, schnappte John nach Luft.

»Sie lebt … aber die Ärzte … sie sagen, dass sie ihr Augenlicht verliert.«

»Wie schrecklich«, murmelte Proinsias.

Die etwas hilflose Erwiderung entlockte dem anderen ein kleines Lächeln.

»Und – was hast du jetzt vor?«

»Jetzt?«

»In nächster Zeit.«

Proinsias räusperte sich.

»Ich habe einen Onkel in Dungannon. Den Bruder meiner Mutter. Er hat vorgeschlagen, dass ich zu ihnen komme und dort wohne – jedenfalls für eine Weile.«

»Vielleicht keine schlechte Idee«, sagte John und nickte. »Etwas hier rauszukommen.«

»Und du?«, fragte Proinsias.

John zuckte mit den Schultern.

»Meine Eltern hatten geplant, dass Mairead das Hendley's eines Tages übernimmt. Zum Ausgleich haben sie Geld gespart für mich, damit ich eine Ausbildung bekomme. Trinity College in Dublin, das war der Plan. Dabei bleibt's wohl. Zumindest werde ich es ein Semester probieren. Jura, dachte ich. Ich fahre in zwei Tagen da runter.«

Dublin?, dachte Proinsias. Und was soll aus Mairead werden? Er wollte John fragen, ließ es aber sein. Daithi hatte immer gesagt, dass man sich nur um seine eigenen Angelegenheiten kümmern solle. Stattdessen sagte er:

»Dann wirst du also Rechtsanwalt?«

»Jura bietet viele Möglichkeiten. Hat Vater jedenfalls immer gesagt. Es war sein Vorschlag.«

Abermals nickte Proinsias wortlos.

»Wenn du nach Hause willst, kann ich dich mitnehmen. Ich bin mit Vaters Wagen da«, bot John an.

Sie schlenderten zum Ausgang. Die tief stehende Sonne brach durch die Wolken und warf schwache Schatten auf den Asphalt. Als sie zum Eingangsportal kamen, entdeckten sie etwas, das beim Hineingehen hinter ihnen gelegen hatte. Vermutlich in der vorangegangenen Nacht hatte jemand etwas an die Innenseite der Friedhofsmauer gesprüht:

John Hendley räusperte sich und spuckte einen Schleimklumpen aus, der mit einem deutlichen Geräusch auf dem Boden landete.

»Fuck the Queen!«, sagte er.

Ungefähr einen Kilometer weiter nordöstlich saß Brendan Hannon im Hinterzimmer von O'Connell's Ale Saloon. Vor ihm saßen zwei Männer. Dünn und verzagt ähnelten sie einander, hockten mit ernstem Gesicht und durchgedrücktem Rücken da, wie zwei Chorknaben während einer Audienz beim Bischof.

Der größere von beiden, Roy Sweeney, gab ein Hüsteln von sich.

»Es gibt also keinen Zweifel?«, fragte er.

»Nicht einen Hauch«, erwiderte Hannon. »Wir haben sie

genau beobachtet. Das Miststück wurde zwei Tage später zusammen mit Ervine im Dunville Park gesehen. Mehrere, die im Hendley's mit ihr gesprochen haben, meinten, sie habe sich merkwürdig benommen. Außerdem ist sie mit einer riesigen Torte gekommen und hat den Pub eine Minute vor der Explosion wieder verlassen.«

Nicht ohne eine gewisse Scham erinnerte sich Roy Sweeney an die auffällig verzierte Torte.

»Warum wir beide?«, fragte er.

»Weil ihr es wart, die am Tor gestanden haben.«

»Aber wir kennen sie schon seit der Schulzeit und …«

Eine schallende Ohrfeige übertönte den Rest des Satzes.

»*Sie* kannte die meisten, die im Hendley's gestorben sind«, sagte Brendan Hannon kalt.

13

Montag, 16. August 1976

Marion O'Neill ist nur noch ein Schatten ihrer selbst, während sie an den verschmutzten Fassaden in Ardoyne entlangstolpert. Die Hölle ist nicht länger eine ferne Bedrohung aus den Sonntagspredigten der Kindheit, sondern eine allumfassende Vision, ein flammendes Versprechen von Strafe und Peinigung, jenseits von allem, was sie sich bisher hat vorstellen können.

Sie erblickt dieses Versprechen im Asphalt, auf dem sie geht, in ihrem Spiegelbild über dem Waschbecken, an der Decke über dem Diwan, wenn sie zu schlafen versucht, in den Augen ihrer Kinder.

Es gibt Vergebung für alles, wurde ihr immer gesagt.

Vielleicht. Abgesehen von dem hier.

Sie hatte sich geweigert, das Blutgeld anzunehmen, das Sean Ervine ihr zwei Tage danach anbot. Fünfzig Pfund. Seltsamerweise hatte sie das Gefühl, dass er sie verstand. Dann brachte Ervine die nächste Bombe zum Platzen: Er würde sie vom Haken lassen. Sie habe ihren Beitrag für die Union geleistet, sagte er.

Dann war er aufgestanden und gegangen. Aber es war nicht das Ende. Jetzt fing es erst richtig an. Das restliche Leben in Schuld, Reue und Selbsthass. Am liebsten wäre sie Joey in den Fluss gefolgt, aber auch dieser Weg war ihr versperrt, aus demselben Grund, der sie dazu veranlasst hatte, die Torte zu Hendley's hineinzubringen.

Nicht sterben. Nicht leben. *Was jetzt?*

Sie biegt in eine der Gassen ab, die die Berwick Road mit der Straße verbindet, in der sie wohnt. Von einer Kirche ein paar Blocks weiter entfernt ertönen die Mitternachtsschläge.

Das Licht der Straßenlaternen hinter ihr wird schwächer, die Gasse ist ein dunkler Dschungel. Verdreckte Backsteinmauern, feurige Graffiti-Parolen, rostiger Stacheldraht.

Und Raubtiere.

Ein dunkler Schatten löst sich von der Wand ein paar Meter vor ihr. Abrupt bleibt sie stehen. Dreht sich um und sieht den Zwilling des Schattens. Von beiden Seiten kommen sie langsam auf sie zu, immer näher, bis sie die bleichen Gesichter im Dunkeln genau erkennen kann.

»Marion«, sagt Roy.

14

Tollymore Forest Park, County Down
Samstagvormittag, 21. Mai 2016

Die neunzehn Bärenkinder stapften in Reih und Glied hintereinander her. Diese simple Formation hatte man ihnen eingeschärft. Abgesehen davon, bot der Pfad, auf dem sie sich vorwärtsbewegten, keine andere Möglichkeit.

Ganz vorn ging Mama Bär. Im zivilen Leben hieß sie Elaine White, eine 39-jährige Sport- und Erdkundelehrerin aus Belfast, die sich in Castlewellan niedergelassen hatte. Elaine war eine unverbesserliche Natur-Enthusiastin, einer der vielen Gründe, weshalb sie die Verantwortung für den Samstagsausflug mit der zweitjüngsten Gruppe der 1st Drumgooland-Pfadfinder übernommen hatte.

Ein weiterer Grund befand sich etwa in der Mitte der Kolonne – der neunjährige Liam White. Liam war der einzige Sohn der Familie White, ein Sandwich-Kind, »eingeklemmt« zwischen zwei Schwestern im Alter von zehn und acht Jahren. Das »biologische Hamsterrennen«, wie Elaine es im Nachhinein beschreiben sollte. Einige Wochen nach der letzten Niederkunft hatten sie und ihr Mann tief Luft geholt, eine halbe Flasche Portwein vor dem Kamin getrunken und waren zu dem Schluss gekommen, dass ein Kind in Ordnung war, drei hingegen sich schon fast wie zehn anfühlten. Genug also.

Als Letzte in der Bärenschar bewachte Annie Morrison die Nachhut. Annie war die zwanzigjährige Nichte Elaines und spontan für einen an Grippe erkrankten Kollegen eingesprungen. Schließlich musste man sichergehen, nicht mit achtzehn Winzlingen zurückzukommen, wenn man mit neunzehn losgezogen war.

Elaine warf einen Blick auf die Uhr und kam zu dem

Schluss, dass es an der Zeit war, die Bärenmeute zu füttern. Butterbrote, Saft und ein bisschen Naturkundeunterricht. Besonders Letzteres war für zukünftige Frischluftfanatiker nicht ganz unwichtig. Etwa zweihundert Meter vor ihnen kam auf der rechten Seite des Pfads eine Lichtung in Sichtweite, und Elaine befahl Rast.

»Mittagspause!«, verkündete sie laut. »Verteilt euch in einem Halbkreis.«

Die Bärenjungen richteten sich ein. Kleine Hände begannen in Rucksäcken zu graben, um herauszufinden, was die Großen bewilligt hatten. Schokolade und Limo waren streng verboten, aber Saft, Obst und Kekse wurden akzeptiert.

Ganz am Ende des Halbkreises zog der zehnjährige Jason ein mageres Pausenbrot und eine Banane hervor, die schon bessere Tage gesehen hatte.

»Igitt«, sagte er ohne Umschweife und betrachtete die krumme Frucht mit Abscheu. Dann drehte er sich um und spähte in den Rucksack seines Nebenmanns.

»Was hast du?«, wollte er wissen.

Der ein Jahr jüngere Felix fischte eine Plastikdose mit Star-Wars-Motiv und eine Packung Oreo-Kekse heraus.

»Das ist verboten«, sagte Jason.

»Schokoladenfüllung ist verboten«, wandte Felix ein. »Das hier sind Schokoladenkekse mit Cremefüllung.«

»Spielt keine Rolle«, erwiderte Jason gnadenlos. »Schokolade ist Schokolade.«

Felix blickte gereizt umher. Er war sich durchaus bewusst, dass die Köstlichkeit im Grenzbereich des Regelwerks lag.

»Ich halte den Mund – aber nur, wenn du mit mir teilst«, warf der listige Ankläger ein.

Ein Angebot, das Felix schwerlich ablehnen konnte, besonders deswegen, weil Jason nicht nur ein Jahr älter, sondern auch zehn Kilo schwerer war als er selbst. Noch dazu: Fünf Oreo-Kekse waren *keinen* Keksen und einem roten Punkt in Mama Bärs Notizbuch bei Weitem vorzuziehen.

Mit unsicheren Fingern öffnete er die Kekstüte und legte sie zwischen sich und Jason in das Moos.

»Fünf für jeden!«, präzisierte er mit einem letzten Rest von Selbstbewusstsein.

»Ich *kann* zählen«, erwiderte Jason.

Als die Mahlzeit sich dem Ende näherte, stand Mama Bär auf und klatschte in die Hände.

»So, nachdem nun alle etwas gegessen haben, wollen wir uns einmal die vielfältigsten und interessantesten Geschöpfe des Waldes näher ansehen …«, begann sie.

Die Kinder sahen sie abwartend an. Schon häufiger hatten sie erfahren müssen, dass sich Mrs. Whites Definition des Begriffs »interessant« nicht mit ihrer eigenen deckte.

»… nämlich die Vögel!«, verkündete Elaine White mit Inbrunst.

»Was für'n Scheiß«, zischte Jason aus dem Mundwinkel.

Er richtete den Blick auf Felix, der den Kommentar des Pfadfinderkollegen mit einem letzten Keksbissen hinunterschluckte.

»Wir verziehen uns«, sagte Jason.

»Verziehen …?«

»Wir kommen natürlich zurück, Dummkopf. Anstatt uns dieses Gelaber anzuhören, machen wir unsere eigene kleine Expedition durch den Wald. Die Alte merkt doch gar nicht, wenn wir mal ein Viertelstündchen verschwinden.«

Felix zögerte. Das könnte womöglich mehr als einen roten Punkt im Notizbuch nach sich ziehen

»Wir nennen uns doch Pfadfinder, oder nicht?«, fuhr Jason fort.

»Man sucht nach neuen Pfaden und hockt nicht die ganze Zeit auf demselben Fleck rum. Was hätte Davy Crockett wohl getan, hm? Auf seinem lahmen Arsch gesessen und sich 'nen dämlichen Vortrag über Spatzen und Rotkehlchen angehört?«

Felix Moloney biss sich auf die Unterlippe. Er hatte zwar

im Rahmen einer kniffligen Verhandlung auf fünf Oreo-Kekse verzichtet, aber ein Lahmarsch war er nicht.

»Okay«, flüsterte er. »Aber nur eine Viertelstunde – und nicht zu weit weg.«

Jason nickte kurz und begann, sich rückwärts durch das Moos zu aalen. Sein Pfadfinderkumpel holte tief Luft und folgte ihm. Jason hatte recht. Weder Mrs. White noch sonst jemand schien irgendetwas zu bemerken. Sie näherten sich dem Fuß einer großen Eiche, standen im Schutz des Stammes auf und verschwanden lautlos im Wald.

Sie liefen weiter, bis sie Mama Bärs leicht aufgekratzte Stimme nicht mehr hören konnten. Plötzlich blieb Jason stehen, zückte sein Pfadfindermesser und versetzte der graugrünen Borke einer Zitterpappel zwei Schnitte.

»Der Rückweg«, erklärte er.

Felix verzog beleidigt den Mund. Glaubte sein Kumpel etwa, er sei total blöd? In unbekanntem Terrain maximal fünfzig Meter zwischen jeder Markierung. Gerade als er es sagen wollte, hob Jason abwehrend die Hand.

»Psst!«, befahl er. »Ich glaube, ich höre einen Bach. Oder vielleicht einen Fluss.«

Felix spitzte die Ohren. Doch ja, da irgendwo gluckste Wasser. Das Geräusch ließ ihn plötzlich daran denken, dass er pinkeln musste.

»Erstes Gebot in einem Wald«, erklärte Jason. »Trink Wasser, wo es welches gibt. Man weiß nie, wo man wieder etwas findet.«

Die Geräusche im Wald waren eigenartig. Oft schienen sie aus allen Richtungen gleichzeitig zu kommen, aber Jason war Jason. Er traf eine schnelle Entscheidung und zog Felix hinter sich her. Das Geräusch fließenden Wassers nahm weder zu noch ab, woraufhin Jason den Kurs nach rechts in Richtung einer Ansammlung von Birken änderte.

Plötzlich blieb er ohne Vorwarnung stehen.

»Siehst du, was ich sehe?«, fragte er.

Felix ließ den Blick umherschweifen. Massenhaft Bäume. Nichts, worauf hinzuweisen erforderlich war.

»Da!«, flüsterte Jason und deutete auf eine Stelle am Boden.

Felix sah hin. Hinter verfaulten Blättern aus dem Vorjahr konnte er ein quadratisches Feld ausmachen, wo die Erde wesentlich frischer als der restliche Waldboden aussah.

»Was ist damit?«, fragte er zögernd.

»Das ist doch wohl sonnenklar«, entgegnete Jason triumphierend. »Jemand hat da einen Schatz vergraben.«

»Einen … *Schatz*?«

Jason nickte überzeugt.

»Und wer soll das gewesen sein?«, fragte Felix und spürte sein Herz unter dem Pfadfinderhemd plötzlich schneller schlagen.

»Keine Ahnung«, musste Jason einräumen. »Römer vielleicht? Oder Wikinger?«

Der neunjährige Felix durchkämmte seine relativ bescheidenen Geschichtskenntnisse. Römer oder Wikinger? War das nicht mehrere Tausend Jahre her? Jedenfalls ein paar Hundert, lange vor dem Zweiten Weltkrieg mit Adolf-wie-hieß-er-noch-mal.

»Spielt das eine Rolle?«, fragte Jason entnervt. »Gold ist Gold, scheißegal, wer's da vergraben hat.«

Doch ja, dachte Felix, da war was dran. *Gold?*

»Jetzt komm schon«, drängte Jason. »Wir graben es aus.«

»Aber womit? Wir haben doch keine Spaten.«

»Wir haben aber unsere Messer – und die Hände. Das reicht. Wir graben zuerst ein kleines Loch in der Mitte. Wenn wir da was finden, machen wir das Loch nach und nach größer.«

Felix dachte nach. Er musste jetzt unbedingt bald pinkeln, wagte aber nicht, es zu sagen. Mit leicht zitternder Hand zog er sein Messer aus der Scheide, kniete sich neben Jason hin und fing an zu graben.

*

Etwa eine Viertelstunde später beendete Elaine White die Theoriestunde des Tages, indem sie das charakteristische Reviersignal des Kuckucks erläuterte. Dann forderte sie alle auf zusammenzupacken, während Annie das obligatorische Durchzählen der Meute vornahm.

Elaine rollte ihre Thermoskanne in die Sitzunterlage ein, faltete das Butterbrotpapier zusammen und stopfte alles in ihren Rucksack. Hinter sich hörte sie Annies strenge Stimme, die den Bärenjungen befahl stillzustehen. Elaine lächelte unter ihrer Schirmmütze. Annie hatte es wirklich drauf. Wenn sie selbst einmal das Bärenfell an den Haken hängen würde, wäre Annie die perfekte Anführerin der Meute. Gerade als Elaine den kleinen Rucksack über die Schultern gezogen hatte, tauchte Annie hinter ihr auf.

»Es fehlen zwei, Elaine!«

Elaine White drehte sich um und blickte ihre Nichte skeptisch an.

»Was soll das heißen … es fehlen zwei? Hast du auch gründlich durchgezählt?«

»Dreimal«, schluchzte Annie und schien den Tränen nahe zu sein.

»Es sind nur siebzehn Kinder.«

Die schockierende Entdeckung fiel zeitgleich mit einer anderen zusammen. Zwei ausgebüxte Bärenjungen hatten sich zur ersten Spur eines Schatzes vorgegraben. Ein Goldring. Aber sogar der zehnjährige Jason begriff, dass der nicht einem Römer gehören konnte.

Der Ring steckte nämlich an einem Finger.

15

Samstagnachmittag, 21. Mai 2016

Bogart Bull lag im Hotelbett und starrte an die Decke. Wie die meisten Zimmerdecken in einer uniformen Welt war diese weiß gestrichen. Decken sollten hellblau sein, dachte er. Wie der Himmel. Hier und da vielleicht mit einem kleinen Wölkchen verziert. Eventuell auch mit ein paar Vögeln? Oder vielleicht auch nicht. Es gab Menschen, die von solchen Dingen mehr verstanden als er. Er streckte sich vorsichtig. Nicht das kleinste Zerren im Rücken. Nur Freizeit und unbeschwertes Wohlbefinden. Seine Verdauungsorgane arbeiteten gerade an einem ordentlichen Steak und einem Stück Käsekuchen.

Er und Thomas hatten Gus zum Lunch in The Dirty Duck eingeladen, den Lieblingspub des Großvaters, aber der Alte war mit Fieber wach geworden und musste absagen. Somit saßen also nur Vater und Sohn am Tisch, was Thomas nicht nennenswert zu stören schien. Beim Essen gönnte sich Bulls Vater vier *pints* des irischen Nationalgetränks Guinness. Bull trank Cola. Mehr als zwei Jahre war es jetzt her, dass er zuletzt Alkohol zu sich genommen hatte. Einige Zeit davor, in den ersten Monaten nach der Ermordung Fridas und Anines, hatte er sich mehr oder weniger in Schnaps ertränkt. Genug für den Rest des Lebens, wie er – und nicht zuletzt die Therapeuten in der Austrocknungsklinik – fanden. Er hatte erwogen, wieder mit dem Rauchen anzufangen, als eine Art Ausgleich, den Gedanken aber wieder verworfen.

In der modernen Gesellschaft war Tabak mittlerweile fast so verpönt wie Heroin. Wenn man schon zu einem gesunden Lebensstil verurteilt war, konnte man ebenso gut das Beste daraus machen. Sobald sein Rücken wieder zu hundert Prozent einsatzfähig wäre, würde er mit dem Radfahren anfangen. Oder mit Jogging. Am liebsten Letzteres. Immerhin konnte man sich dabei den albernen Helm sparen.

Sein Telefon auf dem Nachttisch klingelte. Eine lokale Nummer leuchtete im Display auf. Vermutlich das Pflegeheim.

»Bull.«

»Schönen guten Tag, Mr. Bull. Hier ist Miriam Dixon vom PSNI.«

Police Service of Northern Ireland.

»Ich hoffe, ich störe Sie nicht?«, fuhr sie höflich fort.

Doch, allerdings, dachte Bull.

»Nein, überhaupt nicht«, erwiderte er.

»Es geht um Herrn und Frau Sand – das vermisste norwegische Ehepaar.«

»Ja?«

»Tut mir leid, es sagen zu müssen, aber sie werden nicht länger vermisst. Wir haben sie vor zwei Stunden gefunden – tot. Ermordet.«

Bull sah mit sehnsüchtigem Blick auf seine Ferientage, die gerade aus dem Fenster verschwanden und sich in blauen Dunst auflösten.

»Sind Sie sicher, dass es sich um das Ehepaar Sand handelt?«

»So sicher, wie es eben geht. Beide hatten ihre Ausweise bei sich. Der Form halber müssen wir natürlich die Angehörigen bitten, die Leichen zu identifizieren.«

»Und wie? Also, wie wurden sie umgebracht, meine ich.«

»Mit einer Schusswaffe. Eine großkalibrige Handfeuerwaffe, wie es derzeit aussieht. Der Rechtsmediziner wird das noch genauer bestimmen.«

»Wo wurden sie gefunden?«

»Im Tollymore Forest Park, etwa eine Autostunde südlich von Belfast. Eine Gruppe von Pfadfindern ist zufällig über die Leichen gestolpert.«

Für einen Augenblick trat Stille ein. Sogar Bull benötigte ein paar Sekunden, um sein Gehirn von Käsekuchen auf Mord umzuschalten.

»Im Übrigen sind die Umstände … etwas speziell«, fuhr Dixon fort.

»Dann lassen Sie mal hören.«

Sie zögerte.

»Wenn Sie nichts dagegen haben, würde ich das gern persönlich mit Ihnen besprechen. Sie wohnen im Roselawn House in Holywood, soweit ich weiß? Ich könnte in etwa zwanzig Minuten da sein.«

Bull setzte sich auf und schwang die Füße vom Bett.

»Ich würde gern den Fundort sehen«, sagte er. »Wir könnten uns auf dem Weg dorthin im Wagen unterhalten.«

Er wartete bereits vor dem Eingang, als sie eintraf. Ihr kleiner Mini war feuerwehrrot, mit zwei weißen Streifen auf Motorhaube und Dach. Beim Abbremsen rutschten die Reifen ein Stückchen über den kiesbedeckten Vorplatz. Sie brachte den Wagen direkt neben Bull zum Stehen, und noch bevor er dazu kam, die Beifahrertür zu öffnen, stieg Dixon aus. Ein hübsches und etwas zu stark geschminktes Gesicht unter einem hennafarbenen Haarschopf. Die kurze Lederjacke war karmesinrot, und die Fingernägel der Hand, die sie ihm zur Begrüßung reichte, hatten die gleiche Farbe wie der Wagen. Detective Chief Inspector Miriam Dixon hatte anscheinend eine Vorliebe für Rot.

»Bogart Bull, vermute ich?«

Ihre Hand war weich und trocken. Sie musterte Bulls hundertvierundachtzig Zentimeter.

»Der Wagen ist für Männer ihrer Größe nicht konzipiert«, sagte sie. Sie öffnete die Beifahrertür, warf ihre burgunderrote Handtasche auf die Rückbank und schob den Beifahrersitz bis zum Anschlag zurück. »So. Hoffentlich finden Ihre langen Beine jetzt etwas Platz.«

Erstaunlicherweise fanden sowohl Beine als auch Oberkörper Platz, und Bull schnallte sich an. Ein schwacher Hauch von Parfum im Innenraum, der intensiver wurde, als sie sich neben ihn setzte.

»Dann also auf nach Tollymore«, erklärte Dixon und setzte den Wagen in Bewegung. Sie benötigte nur knapp fünfzig Meter, um die zulässige Geschwindigkeit zu überschreiten, aber Bull merkte, dass sie eine gute Fahrerin war. Miriam Dixon fühlte sich hinter dem Lenkrad zweifellos wohl.

»Tut mir leid, dass ich Ihnen die Ferien verderbe«, sagte sie, als sie an der Einfahrt zum Holywood Golf Club vorbeibretterten.

»Einer der vielen Nachteile an Mördern. Sie nehmen keine Rücksicht auf die Freizeit der Menschen.«

Ein kleines Lächeln umspielte ihre roten Lippen.

»Ihrem Akzent nach zu urteilen sind Sie aber nicht zum ersten Mal in Nordirland?«

»Dreißig, vierzig Mal bin ich hier bestimmt schon gewesen. Ich habe hier Familie.«

Dixon wartete auf eine Fortsetzung, die aber ausblieb. Der Norweger gehörte anscheinend zur wortkargen Sorte.

»Craig hat mir erzählt, dass Sie meistens im Ausland arbeiten?«

»Wenn es nötig wird. Kommt darauf an.«

Nein, definitiv keine Plaudertasche, dachte Dixon.

Bull lenkte das Gespräch auf das Tagesthema:

»Am Telefon sprachen Sie von besonderen Umständen?«

Dixon verstärkte den Griff um das gepolsterte Lenkrad.

»Neben Ihren Landsleuten gibt es noch eine dritte Leiche. Einen Mann. Ire.«

Bull versuchte, die Information einzuordnen.

»Am selben Ort gefunden?«

»Ein paar Hundert Meter entfernt. Wir sind uns aber ziemlich sicher, dass die Morde zusammenhängen. Die Spurensicherung hat Fußabdrücke der beiden Norweger neben der dritten Leiche gesichert. Er wurde übrigens schon identifiziert. Martin Taylor. Ein pensionierter Polizist.«

Im Wagen wurde es still. *So etwas trifft jeden Polizeibeamten tief ins Mark,* dachte Bull. Ein Mord an einem der eigenen Leute, ob nun pensioniert oder nicht, war immer besonders schmerzhaft und weckte den Korpsgeist jeder Polizeitruppe, egal wo auf Erden. Und was vielleicht noch wichtiger war: Solch ein Mord rückte auf unangenehme Art die eigene Verletzbarkeit ins Bewusstsein.

»Wirklich schrecklich«, sagte Dixon leise. »Ich habe zwei Jahre unter Taylor gearbeitet, bis er pensioniert wurde. Er war ein guter Polizist. Als Mensch vielleicht etwas unnahbar, aber äußerst tüchtig.«

»Haben Sie schon eine Theorie?«

»Für solche Spekulationen ist es noch zu früh. Ich habe jetzt zwei Beamte vor Ort, neben dem ganzen üblichen Apparat. Die Gegend um den Fundort wurde mit Hunden abgegrast und genau unter die Lupe genommen. Fest steht, dass das Ehepaar Sand unter einer Schicht Erde und Blätter verborgen war, wohingegen Taylor für jeden sichtbar einfach dalag. Wie immer die Verbindung zwischen einem pensionierten Obersten Richter aus Norwegen, seiner Gattin und einem pensionierten irischen Polizeibeamten nun auch sein mag – sich hier eine Meinung über die Hintergründe zu bilden ist nicht leicht. Hoffentlich werden wir im Laufe der kommenden Stunden etwas schlauer.«

Sie näherte sich der A24. Der Verkehr nahm ab, und Dixon trieb die Pferde unter der roten Motorhaube weiter an.

Gerade als Miriam Dixon den Wagen wieder zum Stehen brachte, fielen die ersten schweren Regentropfen. Drei Streifenwagen und zwei Rettungswagen standen am Straßenrand. Dixon öffnete den Kofferraum des Mini, nahm zwei Ponchos aus durchsichtigem Plastik heraus und reichte einen davon Bull.

»Ich habe leider nur ein Paar Gummistiefel, und die sind zehn Nummern zu klein für Sie«, sagte sie mit einem Blick auf Bulls Joggingschuhe.

»Das muss ich riskieren. Ich bin im Urlaub und hatte schlichtweg nicht geplant, durch einen regenfeuchten Wald zu stapfen.«

Er zog sich den Poncho über den Kopf. Die Kapuze ließ er im Nacken hängen. Die würde erst zum Einsatz kommen, wenn der Regen weiter zunahm. Eine junge Beamtin kam vom Waldrand auf die beiden zugelaufen. Sie salutierte vor Dixon und warf einen neugierigen Blick auf Bull.

»Wie weit ist es?«, fragte Dixon.

»Vier oder fünf Minuten, Chief Inspector. Ich bringe Sie hin.«

Mit der jungen Beamtin an der Spitze tauchten sie in den Wald ein. Der Regen nahm zu, aber die Baumkronen über ihnen fingen das meiste auf. Es gab keinen Pfad, nur Heidekraut, Buschwerk und den einen oder anderen Stein, der aus dem unwirtlichen Terrain herausragte. Bull achtete auf seine Schritte und hoffte, sein Rücken würde mitspielen. Das Atmen fiel ihm zunehmend schwerer. *Ich habe in letzter Zeit zu viel auf dem Arsch gegessen,* dachte er.

Sie kamen zu einem Bach, der sich quer zu ihrer Richtung durch das Terrain grub. Wie groß musste ein Bach sein, bevor er zum Fluss wurde? Nicht viel größer als dieser hier. Die beiden vor ihm sprangen leichtfüßig hinüber. Was hätte der Orthopädie-Chirurg Doktor Jacobsen von dieser Herausforderung gehalten? Sollte er sich die Schuhe ausziehen und durchs Wasser waten? Bull konnte schon die hämischen Gesichter in der Kantine der Musgrave Police Station vor sich sehen. War dieses Weichei von norwegischem Ermittler nicht mal in der Lage, anderthalb Meter mit Anlauf zu bewältigen? *Verfluchter Mist!* Er nahm drei Schritte Anlauf, stieß sich ab und federte beim Landen, so gut es ging, in den Knien ab. Nicht ein Mucks von der Wirbelsäule. Doktor Jacobsen war ein Genie.

Es ging weitere hundert Meter durch den Wald, bis zwei neue Beamte vor ihnen auftauchten. Ein Mann und eine Frau, beide in den Zwanzigern. Von dem gelben Absperrband leuchteten den beiden Ermittlern die schwarzen Buchstaben **CRIME SCENE – DO NOT CROSS** in fetten Lettern entgegen.

Etwas weiter vorn entdeckte Bull die in weiße Schutzanzüge gewandeten Techniker, die wie ruhelose Gespenster zwischen den Bäumen umherschwirrten. Zusammen mit dem Pathologen bilden die Weißgekleideten den Wissenschaftsstab bei Ermittlungen. Ein Haar in der Länge einer Tannennadel, ein Blutstropfen in der Größe eines Streichholzkopfes. Nadeln im Heuhaufen des Waldes, doch wurden sie gefunden, konnte es ausreichen, um der Gerechtigkeit Genüge zu tun.

Die junge Beamtin reichte Bull und Dixon Schutzüberzüge für die Schuhe. Sie zogen sie an und beugten sich unter dem Absperrband hindurch. Dixon blieb plötzlich stehen und drehte sich zu den Kollegen um.

»Schon was von der Presse bemerkt?«

»Vorläufig nicht, Ma'am.«

»Gut. Ein abwesender Journalist ist ein guter Journalist.«

Einer der Weißgekleideten kam auf sie zu. Ein großer, etwas gebeugter Mann mit einer randlosen Brille oberhalb des Mundschutzes. Miriam Dixon grinste breit.

»Archie Nelson! Allein dein Anblick sagt mir, dass wir dieses Schwein finden.«

Nelson zog den Mundschutz unter sein Kinn.

»Mehrzahl, Miriam: *Die Schweine.* Soweit wir es beurteilen können, waren hier mindestens zwei Männer zugange. Eventuell auch zwei Frauen mit größeren Füßen als deinen.«

Nelsons letzte Bemerkung wurde mit demselben monotonen Grabesernst vorgetragen wie die vorangegangenen. Bull vermutete, dass es wohl einem größeren Lottogewinn gleichkäme, sollte Archie Nelson einmal lächeln.

Dixon machte die beiden miteinander bekannt.

»Darf ich Ihnen den besten Kriminaltechniker Nordirlands vorstellen, Bull? Aber geben Sie ihm nicht die Hand, sonst landen Sie gleich in der Kategorie ›verdächtig‹.«

Die beiden Männer begrüßten sich mit einem Nicken, wobei Nelson sein Pokerface nicht veränderte.

»Und da du, wie ich sehe, vor lauter Neugier schon fast platzt, Archie – Bull ist vorübergehend mein Kollege und kommt aus demselben Land wie die Ermordeten. Auf seiner Visitenkarte steht Europol.«

Archie Nelson nickte abermals, schien aber nicht sonderlich beeindruckt zu sein.

»Gebt uns fünf Minuten, dann könnt ihr euch das ansehen«, sagte Nelson, drehte sich um und ging dahin, wo sie bald etwas zu sehen bekämen. Zwei tote Menschen, beide um die siebzig Jahre alt. Friedliche Norweger auf Urlaubsreise; Pensionäre, die an einem Herzinfarkt oder aufgrund des Alters hätten sterben sollen, stattdessen aber erschossen und in einem Wald in Nordirland verscharrt worden waren. Bull dachte an seinen Vater. Nicht weil er im selben Alter wie die Opfer waren, sondern weil er einmal etwas gesagt hatte: *Während ich mit einem Pinsel in der Hand an der Staffelei stehe und eine höchst lebendige, unbekleidete Frau studiere, stehst du in einem Leichenschauhaus und betrachtest eine nackte tote Frau, die jemand vergewaltigt und erwürgt hat. Und da wunderst du dich, dass ich deine Berufswahl hinterfrage?* Thomas Bull hatte den Kopf geschüttelt, als ihm sein Sohn von der Zulassung zur Polizeihochschule erzählt hatte. Heute, fünfundzwanzig Jahre später, hatte der Vater noch immer kein Verständnis.

Archie Nelson winkte Dixon und Bull weiter zu einem Zelt, das aufgestellt worden war, um diejenigen zu beschützen, die nicht mehr beschützt werden konnten. Hier und da befanden sich kleine Plastikschilder mit Zahlen darauf. Sie waren genauso gelb wie das Absperrband und markierten die Funde der Techniker. Zwei kräftige Scheinwerfer leuchteten auf einem Stativ; das erforderliche Arbeitslicht, gleichwohl unbarmherzig in der Zurschaustellung zweier brutaler Morde.

Sie lagen auf dem Rücken. Dicht nebeneinander, mit den Armen am Körper. Ihre rechte Hand lag halbwegs auf seiner linken, Handfläche gegen Handfläche, als hätten sie angesichts des Todes die Nähe und den Trost des anderen gesucht. Die Augen des Mannes waren geschlossen, die der Frau weit geöffnet. Ihre blutleeren Lippen waren zu einem grotesken Grinsen verzogen. In ihren Augen waren winzige Partikel der Erde zu erkennen, in der sie gelegen hatten. Beide Opfer hatten ein kraterförmiges Loch in der Stirn, das von einem hellen, braunroten Ring umgeben war. Trotz der großkalibrigen Munition wirkten die Löcher klein, doch Bull wusste, dass die Haut sich dehnte und die Wunde teilweise wieder verschloss, wenn ein aus kurzer Distanz abgefeuertes Projektil mit hoher Geschwindigkeit eindrang.

Seltsamerweise glaubte Bull, den Obersten Richter John Sand wiederzuerkennen, selbst in diesem Zustand. Vermutlich weil der Mann wiederholt in den Zeitungen abgebildet worden war. Aber das spielte keine Rolle. Die Identifizierung war nicht seine Aufgabe. Die beiden würden zurechtgemacht, bevor Christine Sand den schweren Weg in den Keller eines Belfaster Krankenhauses antreten müsste.

Dixon spähte zu Bull hinüber.

»Irgendwie gewöhnt man sich nie an so etwas.«

»Und das ist gut so.«

Sie sah ihn fragend an. Aber vielleicht lag in ihrem Blick auch Unsicherheit. Er spielte dieses Spiel schon zehn Jahre länger als sie.

»Wie meinen Sie das?«

Er zögerte einen Moment.

»Ich meine, je mehr man sich an so etwas gewöhnt, desto weniger berührt es einen. Und das Berührtwerden ist die

Kraft, die solche wie uns antreibt. Dann machen wir unsere Arbeit besser.«

Sie nickte wortlos. Bull richtete den Blick wieder auf die Toten. Eine Assel in der Größe eines Fingernagels bewegte sich an Monica Sands Hals empor und hielt Kurs auf ihr Ohr. Bull bekämpfte den Impuls, in die flache Grube zu springen und das Insekt wegzufegen. Archie Nelson kam und stellte sich neben die beiden Ermittler.

»Der Nächste ist etwas schlimmer«, sagte er und deutete mit dem Kopf zu der Stelle, wo die dritte Leiche lag. Der pensionierte Polizist.

»Weil es Taylor ist?«, fragte Dixon.

»Nicht nur deswegen. Aber seht euch das selbst an. Ferguson zeigt euch den Weg. Nehmt die hier mit. Er hat tagelang in der Sonne gelegen.«

Er reichte Bull und Dixon zwei Schutzmasken desselben Typs, wie sie auch von Anstreichern verwendet wurden.

Ferguson, die junge Polizeibeamtin, führte sie durch das Terrain. Sie bewegte sich langsamer als vor ein paar Minuten, als sie Bull und Dixon vom Wagen durch den Wald begleitet hatte. Vielleicht fürchtete sie sich vor dem, was »etwas schlimmer« sein sollte. Der Regen hatte nachgelassen, aber die Wolkendecke hing weiter tief am Himmel und dämpfte das Tageslicht.

Sie kamen zu einer grasbewachsenen Lichtung. An einem größeren Felsbrocken, der am Waldrand lag, waren weitere Techniker in Weiß mit ihren Untersuchungen beschäftigt. Die Atmosphäre war allerdings weniger hektisch als die bei Archie Nelson; es wirkte, als seien die Beamten gerade dabei, ihre Arbeit abzuschließen. Ein Mann mit Mundschutz schoss ein paar Bilder. Als Erstes entdeckten sie Martin Taylors Füße, die hinter dem Felsen hervorlugten. Dann bemerkten sie den Gestank. Die Bakterien im Körper waren offenbar schon seit einiger Zeit aktiv, und die vom Zersetzungsprozess herrührenden Ausdünstungen waren jenseits dessen, was man dem Geruchssinn zumuten konnte.

Taylor lag ebenfalls auf dem Rücken, auch er hatte ein Loch in der Stirn. Der Rest dieses makabren Tableaus war allerdings mehr als nur »etwas schlimmer«.

Füchse und Krähen hatten sich an dem toten Körper gütlich getan. Der Anblick der zerfetzten Leiche hatte zur Folge, dass Ferguson nach vorn gebeugt an den Waldrand eilte und sich übergab. Um den Hals trug der Tote eine Kette. Nicht so eine mit Sternzeichenanhänger oder Haizahn, wie manche Männer es mochten. Diese Kette war größer und schwerer, mit roten Kugeln und einem Silberkreuz daran. Und in den Augenhöhlen der Leiche wuchsen – Bull riss die Augen auf – weiße Blumen.

Lilien. Er erkannte die Sorte sofort. Es waren Fridas Lieblingsblumen gewesen.

»Du meine Güte …!«, flüsterte Dixon neben ihm.

Hinter ihnen räusperte sich jemand. Bull drehte sich um. Einer der Weißgekleideten, ein rothaariger Mann in Bulls Alter.

»Da ist noch etwas, Sir … Ma'am. Wo die Blumen … sitzen. Seine Augen … wir …« Er holte tief Luft, um fortzufahren, aber Dixon kam ihm zuvor. Leise und mit zusammengebissenen Zähnen sagte sie:

»Ihr habt sie neben seinen Füßen gefunden, stimmt's?«

Der Weißgekleidete antwortete mit einer kurzen, angedeuteten Verbeugung, als sei er froh, das Elend nicht weiter erläutern zu müssen.

»Yes, Ma'am.«

Schweigend lief sie vor ihm durch den Wald. Sie wirkte plötzlich kleiner als vor wenigen Minuten. Bull ließ sie in Ruhe. An so etwas gewöhnte man sich nie wirklich. Erst als sie wieder im Wagen saßen, fragte er:

»Woher wussten Sie das?«

»Wusste was?«

»Das mit den Augen.«

Sie holte Luft, was allerdings eher wie ein tiefer Seufzer klang.

»Taylor ist der Dritte. Der Erste war Tim Garland, ein ehemaliger Vollzugsbeamter in Long Kesh. Während *The Troubles* gab es Tausende von Insassen in dem Gefängnis, viele davon Katholiken, die ohne Urteil interniert waren. Garland wurde im Herbst 2001 in seiner Wohnung gefunden. Drei Jahre danach war es David Magee – ein obdachloser Penner. Er lag unter einem Busch im Woodvale Park. Zwei junge Mädchen haben ihn gefunden. Die Ermittler fanden heraus, dass Magee eine Vergangenheit als Mitglied der Shankill Butchers hatte, einer Bande von Loyalisten, die in den Siebzigerjahren eine Reihe von brutalen Morden begingen. Die Opfer waren in der Regel zufällig ausgewählt. Das Einzige, was sie verband, war ihr katholischer Hintergrund.«

Dixon ließ den Mini an und richtete den Luftstrom aus der Heizung auf die beschlagene Frontscheibe.

»Dasselbe Muster?«, fragte er. »Lilien?«

Sie nickte.

»Und die Kette um den Hals. Ein Rosenkranz. So haben die Ermittler den Täter dann auch genannt. *Rosenkranzmörder.*«

»Das ist doch eine katholische Gebetskette, nicht wahr?«

»Genauso katholisch wie der Papst. Und dann diese verfluchten Blumen. Schon seit dem Osteraufstand 1916 war die Lilie *das* Symbol der katholischen Freiheitskämpfer. Man braucht kein Ermittler zu sein, um hier ein Muster zu erkennen. Der Mörder ist kein Moslem, um es anders auszudrücken.«

Die Frontscheibe war jetzt klar, und Dixon setzte den Wagen in Bewegung.

»Was ich nicht verstehe, ist das mit den Augen. Was hat das mit dem katholischen Glauben zu tun?«, fuhr sie fort.

Eine simple, aber gute Frage, dachte Bull. Er glaubte, etwas Ähnliches aus dem Afghanistan-Krieg gehört zu haben. Talibankrieger, die ihren toten Feinden die Augen ausrissen. Vermutlich in dem bizarren Versuch zu vermeiden, dass auch die Ungläubigen auf der anderen Seite etwas Schönes zu sehen bekämen.

Aber wie Dixon gerade geäußert hatte: Der Mörder war wohl kaum ein Moslem.

16

Gerade als Dixon ihn vor dem Roselawn House absetzte, klingelte sein Handy. Eva Heiberg. Ihre Stimme klang leicht weinerlich.

»Wir haben eben die traurige Nachricht erhalten, Bull. Das ist ja … mir fehlen die Worte.«

Ganz entsetzlich grauenhaft, ging es Bull durch den Kopf, aber er unterließ es, dies seiner Chefin vorzuschlagen.

»Leider bedeutet das auch, dass ich Sie bitten muss, Ihren Urlaub abzubrechen«, fuhr sie fort. Ihr Bedauern wirkte absolut aufrichtig, dennoch konnte Bull seinen Sarkasmus nicht zügeln.

»Auf den Gedanken bin ich auch schon gekommen, Chefin.«

Drei Sekunden Stille am anderen Ende der Leitung.

»Nun denn«, erwiderte sie in einem etwas schärferen Ton. »Ich selbst hatte die undankbare Aufgabe, Christine Sand zu informieren – die Tochter. Sie ist natürlich am Boden zerstört, wird sich aber ungeachtet dessen morgen früh in ein Flugzeug nach Belfast setzen. Ich möchte gern, dass Sie sie abholen. Sie wird im Europa Hotel im Stadtzentrum wohnen. Wenn der Flug pünktlich ist, dürfte sie gegen zwölf Uhr eintreffen. Sie bekommen noch genauere Informationen.«

»Geht in Ordnung«, sagte Bull. »Meine letzte familiäre Verpflichtung hier ist ein Friedhofsbesuch morgen Nachmittag.«

»Und Ihr Rücken? Wie sieht's mit dem aus?«

»Mit dem kann ich leben – ziemlich gut sogar.«

»Das freut mich zu hören. Sie werden jetzt vermutlich einen starken Rücken brauchen.«

Ganz zu schweigen davon, was Christine Sand bald braucht, dachte Bull. Vor gut zwei Jahren hatte er die leblosen

Körper seiner Frau und seiner Tochter im Keller des Instituts für Volksgesundheit identifizieren müssen.

Keine auch noch so lange Zeit auf Erden konnte diesen Augenblick auslöschen oder diesen Schmerz lindern.

Er schlief erst kurz vor Mitternacht ein, und wie schon so oft zuvor begleitete ihn der Schlaf auf eine Reise in die unbegreifliche Landschaft der Träume.

Er stand auf einer grasbewachsenen Ebene, die sich flach und unendlich in alle Richtungen erstreckte, wie ein stiller Ozean aus Grün. Es gab nur ihn, das Gras, den blauschwarzen Himmel und einen Vollmond. Er hing tief und wirkte übernatürlich groß; ein Äquatorialmond, der langsam zur Erde herabsank und dabei schrittweise kleiner wurde. Schließlich berührte der Himmelskörper seinen eigenen Planeten und blieb ganz still vor ihm am Horizont liegen, gelbweiß und rätselhaft.

Er ging los. Seine Füße bewegten sich ganz normal, doch der Boden unter ihm sauste vorbei, als ob er in einem Flugzeug säße. Die Größe des Monds veränderte sich nicht, und dennoch hatte er das Gefühl, näher heranzukommen. Um ihn herum wurde es wärmer, heller, und er hörte Musik. Töne einer Symphonie. Und Gesang. Ein harmonisch gestimmter Chor sang in einer Sprache, die er nicht deuten konnte, aber er glaubte, es handele sich um Latein.

In der Mitte des Monds öffnete sich ein Spalt, ein schmaler schwarzer Riss, der langsam immer größer wurde und die Form einer Ellipse annahm. Gleich zwei zur Seite gleitenden Bühnenvorhängen erweiterte sich die Öffnung, und schließlich war der Mond auf jeder Seite auf eine schmale Sichel reduziert, die eine zunehmend, die andere abnehmend. Der Chor verstummte.

Plötzlich stand sie da, in einem weißen Kleid.

Großmutter Coleen. Sie war es, daran bestand kein Zwei-

fel, aber es war die Coleen, die er als kleiner Junge gekannt hatte. Dunkelblondes Haar, glatte Haut und ein Blick voll bedingungsloser Liebe.

Wir sind hier, sagte sie. Alle drei.

Er versuchte, etwas zu sagen, brachte aber keinen Ton hervor.

Wir passen auf dich auf – Anine, Frida und ich. Immer.

Hinter der Großmutter glaubte er eine schwache Bewegung zu erkennen. Zögernd trat er einen Schritt vor. Sie schüttelte sanft den Kopf.

Es ist noch zu früh, Bogart. Du bist erst auf dem halben Weg. Deine Zeit steht in den Sternen des Tierkreises geschrieben. Ich habe es selbst gesehen. Du hast nichts zu befürchten.

Die Öffnung schloss sich wieder, und der Mond löste sich mit derselben Geschwindigkeit von der Erde, mit der er heruntergesunken war.

Wie verzaubert sah er die Kugel aufsteigen und verschwinden. Er rief ihren Namen, aber sie war nicht mehr da.

Alle waren verschwunden.

Jäh erwachte er. Blieb liegen und starrte an die Decke, noch immer mit dem Bild der Großmutter im Gedächtnis. Etwas an den Mondsicheln, die sie umgeben hatten, kam ihm bekannt vor, ohne dass er sich erinnern konnte, was es war. Oder wo er es gesehen hatte.

Großmutter Coleen. Der Mensch, der ihm neben Frida und Anine am meisten bedeutet hatte. Trotz der geografischen Entfernung war sie für ihn eine Art Mutter geworden, nachdem seine eigene nicht mehr da gewesen war. Klug, lieb und mit unendlich viel Zeit für ihr Enkelkind. Jeden Sommer – vom Schulschluss bis zum elendigen Ferienende Anfang August – hatte er in Maiden Cottage verbracht. In den ersten Jahren begleitet von seinem Vater. Später dann war er mit einem Plastikschild um den Hals allein gereist.

Als Erwachsener hatte er sich manchmal gefragt, ob eine

Jugend bei den Großeltern einem wechselhaften und unvorhersehbaren Dasein beim Vater vorzuziehen gewesen wäre. Thomas Bull, ein eskapistischer Tagträumer, der große Teile des Tages an der Staffelei verbrachte, wo er zu jener Zeit Bilder malte, die niemand haben wollte.

Bull hatte seine eigenen Bilder im Kopf. Eines stammte von einem Weihnachtsabend. Er war fünfzehn oder sechzehn, und nachdem die Hammelrippchen verzehrt waren, saßen Vater und Sohn bei Kaffee, Limonade und Waffelhörnchen im Wohnzimmer. Bogart hatte sich von Thomas eine Freizeitjacke von Bergans gewünscht. Als er das Paket des Vaters aus dem kleinen Häufchen unter dem Weihnachtsbaum hervorzog, schlug sein Herz etwas schneller. Die Größe des Päckchens stimmte, und es war etwas Weiches darin. Er riss das Papier auf. In dem Paket lag ein alter Anorak, den der Vater im Laden der Heilsarmee erstanden hatte. Vorn auf die Brust des Kleidungsstücks hatte er das Bergans-Logo gemalt.

Markenklamotten sind für Angeber, hatte Thomas konstatiert und sich einen Brandy eingeschenkt.

Auch damals hatten Großmutter und Großvater den Abend gerettet.

17

Donnerstag, 27. Januar 1977

Sie fuhren stets in der Nacht.

Auf der Strecke zwischen Belfast und Armagh konnte sich die Provos auf tausend treue Augenpaare verlassen, Menschen, die sie vor Straßensperren durch Soldaten der British Army warnten. Es war ganz entscheidend, diese zu umgehen, nicht nur, weil Brendan Hannon im Wagen saß, sondern weil er und seine beiden Leibwächter bewaffnet waren. Schon eine einzelne Handfeuerwaffe reichte aus, um in Long Kesh oder Crumlin zu landen.

An jeder Straßenkreuzung, die sie passierten, gab es einen Hinweis. Ein Mann mit Fahrrad signalisierte freie Bahn. Ein Mann mit Hund zeigte an, dass es klüger wäre, eine alternative Strecke zu wählen. Und davon gab es genug. Ein Netzwerk aus provisorischen Wegen, oftmals von Bauern angelegt, die damit ihre in der Umgegend liegenden Höfe und Felder miteinander verbanden.

Hannon und seine Männer hielten niemals an, um mit einem ihrer Helfer am Wegesrand zu sprechen. Sie hoben bloß dankbar eine Hand zum Gruß und setzten ihren Weg fort. Mussten sie auf einen der kleinen Wege ausweichen, wurden die Scheinwerfer am Wagen ausgeschaltet. In der winterlichen Dunkelheit verlangsamte das zwar die Fahrt, aber besser eine Extrastunde im Auto verbringen als ein Jahr hinter den Mauern von Crumlin.

Dieses Mal verlief alles ohne Probleme. Nur Fahrräder, kein Hund. Sie erreichten den Stadtrand von Armagh gegen sieben Uhr in der Früh, fuhren in einem Bogen um den Ort herum und hielten auf einem Parkplatz vor einem geschlossenen Supermarkt an. Kaffee aus einer Thermoskanne und ein paar Kippen, während sie in der Morgendämmerung warteten. Hannon hatte darauf verzichtet, Seamus O'Caolain anzurufen. Der Nachrichtenapparat des britischen MI5 schloss ein modernes System zur Telefonüberwachung ein, und die strategische Bedeutung von O'Caolains Lager erforderte, äußerst vorsichtig zu agieren.

Etwa eine Stunde später fuhren sie auf das große Tor des stillgelegten Steinbruchs zu. O'Caolain hatte den Betrieb Ende der Sechzigerjahre übernommen und ihn mühsam in ein kleines Fort verwandelt – einschließlich Verwaltungsgebäude, Truppenunterkünfte und Schießstand. Der Ort war ideal. Das Tor war der einzige Zugang, und im Hintergrund war das Areal von steilen Granitwänden eingerahmt, die von dichtem Wald gekrönt wurden.

Fünfzig Meter vor dem geschlossenen Tor bremsten sie ab. Hinter dem Stacheldraht waren zwei Wachposten erkennbar, beide mit schussbereiten Waffen an Riemen über der Schulter. Hannon stieg auf der Beifahrerseite aus, hob die Hände über den Kopf und trat langsam auf das Tor zu. Es war kein Zufall, dass er vorausging. Alle, die sich das Recht verdient hatten, das schwarze Barett der Provos zu tragen, wussten, wer Brendan Hannon war. Er hatte kaum die Hälfte der Strecke zurückgelegt, als auch schon ein munterer Ruf erschallte:

»Céad míle fáilte!«

Das war Irisch, und der Gruß konnte am ehesten mit »Hunderttausendmal willkommen!« übersetzt werden. Das Tor glitt auf. Beide Wachposten reichten Hannon die Hand und lächelten scheu, wie es die Menschen nun einmal taten, wenn sie einem ihrer Idole begegneten.

»Seamus schon wach?«, fragte Hannon.

»Aber verdammt ja, natürlich bin ich schon wach, du kleiner Grünschnabel!«, ertönte es schräg hinter ihm.

Hannon drehte sich um. Mit langen, wuchtigen Schritten kam ihm der vielleicht mutigste Mann entgegen, der je unter der Fahne der IRA gekämpft hatte. Vermutlich auch der größte. Seamus O'Caolain hatte die Zwei-Meter-Marke schon als Siebzehnjähriger überschritten, war danach aber überwiegend in die Breite gegangen – bis er einen Punkt erreicht hatte, an dem seine Schultern so mächtig waren, dass man einen Morris Mini darauf hätte abstellen können. Und er hatte so kräftige Beinmuskeln, dass ein Wagenheber überflüssig gewesen wäre, wenn der Mini einen Platten gehabt hätte. Inmitten von O'Caolains grau gesprenkeltem Vollbart erschien ein breites Grinsen, das etwa die Hälfte der Zähne entblößte, mit denen die Natur ihn ausgestattet hatte, doch immer noch genug, um sein »Steak in rohem Zustand zu verzehren«, wie er es mitunter selbst gern formulierte. Der Riese drückte ihn so fest und herzlich an sich, dass Hannon nur auf die Stabilität seiner Rippen hoffen konnte, küsste ihn auf beide Wangen und schob ihn dann ein Stückchen von sich weg.

»Verdammt gut, dich zu sehen, Shell!«

Shell … Nachdem er einem der meistverhassten Feinde der Provos einmal ein paar leere Patronenhülsen in die Stirn gerammt hatte, würde dieser Kosename Brendan Hannon vermutlich für alle Zeiten anhaften.

»Das geb ich gern zurück, Seamus. Sag mal, irre ich mich, oder bist du seit unserer letzten Begegnung gewachsen?«

O'Caolains Lachen hatte etwas von einem Orkan an sich und wurde von einem Atem begleitet, der sich vielleicht durch die wenigen braun-verfaulten Zähne erklären ließ, die ihm noch nicht von einem Gewehrkolben der RUC herausgeschlagen worden waren.

»Wie lief die Fahrt?«, wollte O'Caolain wissen.

»Wie geschmiert. Hauptstraße von Tür zu Tür.«

»Gut. Die Briten werden langsam etwas faul.«

Der scharfe Knall eines Pistolenschusses ertönte von der anderen Seite der Baracken. Hannon hob eine Augenbraue.

»Wie ich höre, seid ihr schon früh beschäftigt.«

»Dein Rekrut«, erwiderte O'Caolain. »Du hast ausdrücklich darum gebeten, keine Zeit zu verschwenden.«

»Und wie läuft es so?«

»Äußerst vielversprechend. Verdammt gut, würde ich sogar sagen. Du hast wirklich ein Händchen dafür, die richtigen Leute auszuwählen. Wollen wir uns das mal ansehen? Oben in meinem Büro, falls du nichts dagegen hast. Deine Anwesenheit könnte sich sonst ... störend auf die Konzentration und die Examensnerven des Rekruten auswirken.«

»Examen?«

»Warte nur ab«, sagte O'Caolain.

Hannon folgte ihm hinauf in die zweite Etage des Verwaltungsgebäudes und weiter in O'Caolains sogenanntes Büro. Es gab dort zwar einen Schreibtisch, doch wo die meisten Menschen Schreibmaschine, Papiere, Kaffeetasse, Schreibzeug, Büroklammern und vielleicht ein Foto von Frau und Kindern untergebracht hätten, verwahrte O'Caolain drei Pistolen, zwei Flaschen Schnaps, eine halb zerfledderte Ausgabe des *Playboy,* verschiedene Teile einer M60-Maschinenpistole, zwei Walkie-Talkies und einen Stapel Spielkarten.

Wie die meisten Büros verfügte auch dieses über ein Fenster. Ein großes, zu allem Überfluss. O'Caolain winkte Hannon zu sich an die Scheibe und zeigte hinaus.

Unten auf dem kiesbedeckten Platz, ungefähr fünfzig Meter entfernt, stand eine Gestalt in Tarnanzug mit dem Rücken zu ihnen. Der rechte Arm hing achtlos neben dem Oberschenkel herunter, die Hand umfasste eine Pistole mit Schalldämpfer.

Etwa zehn Meter vor der Felswand im Hintergrund befand sich ein auf ein Gestell montiertes Brett, worauf etwa in Kopfhöhe des Schützen fünf leere Bushmills-Flaschen standen. Einer von O'Caolains Männern hatte etwas seitlich neben dem Schützen Stellung bezogen. Eine Art Schießtrainer, vermutete Hannon. Der Mann blickte zum Fenster herauf, und O'Caolain reckte einen Daumen in die Luft. Von unten war der Kommandoruf schwach zu hören:

»Feuer!«

Blitzschnell zog der Schütze die Waffe, packte sie mit beiden Händen, und die Flaschen zerbarsten in einem Regen aus feinem Glas. Das Ganze hatte maximal fünf Sekunden gedauert. Der Schießtrainer gab einen Befehl, der oben im Büro nicht zu verstehen war, woraufhin der Schütze fünf Schritte vortrat. Neue Flaschen wurden auf das Brett gestellt. Ein neues Kommando ertönte. Ein neuer Schauer aus Glasstückchen folgte.

O'Caolain richtete den Blick auf Hannon. Ein triumphierendes Blitzen erschien in den Augen des Riesen.

»Wirklich beeindruckend«, sagte Hannon und nickte. »Und die Psyche?«

»Soweit ich es beobachten konnte – kalt wie der Schwanz eines Eisbären.«

»Ich muss es dir ja nicht erklären, Seamus. Auf ein paar Flaschen zu schießen ist eine Sache …«

»Ein Loch in die Stirn eines lebenden Menschen zu blasen ist dagegen was völlig anderes«, ergänzte O'Caolain. »Allerdings, Shell – das wissen wir beide. Deshalb sprach ich ja auch von ›Examen‹.«

Der Riese drehte sich wieder um und blickte zu dem Schießtrainer hinunter. O'Caolain hob die Hand, dieses Mal allerdings mit geballter Faust. Der Trainer legte die Hände vor dem Mund zu einem Trichter zusammen und brüllte etwas Unverständliches. Nach ein paar Sekunden tauchten unter ihnen an der Hausecke zwei Männer auf. Sie schleppten einen dritten mit sich, der an Händen und Füßen gefesselt und mit einem Stoffstück geknebelt war.

Hannon riss die Augen auf.

»Wer zum Teufel ist das?«

»Ian Wilson«, sagte O'Caolain.

»Und wer ist Ian Wilson?«

»Erinnerst du dich an das Mädchen in Mountainview Park?«

Brendan Hannon erinnerte sich – schmerzlich genau.

Mountainview Park war eine Straße in Belfast, die sowohl von Katholiken als auch Protestanten bewohnt war. Vor weniger als zwei Monaten hatten zwei Männer der UVF an die Tür einer katholischen Familie geklopft. Als die sechzehnjährige Peggy McKearney durch die Schlitze der Jalousie an der Glastür herauslugte, hatten die Männer das Feuer aus ihren Thompson-Gewehren eröffnet.

»Ian Wilson war eines der Schweine«, sagte O'Caolain leise. »Wir haben ihn vor einer Woche unten in Newry geschnappt.«

»Und Tobin weiß, wer er ist?«

»Sowohl wer er ist als auch *was* er getan hat.«

»Na denn, worauf warten wir?«, sagte Hannon.

O'Caolain gab den Männern unten auf dem Platz ein Signal. Ian Wilson wurde vorgezerrt und auf die Knie gezwungen. Der Knebel wurde herausgenommen, und Wilsons Lippen bewegten sich, ohne dass Hannon verstehen konnte, ob er um Gnade flehte oder höhere Mächte um Vergebung anrief.

Nach ein paar Sekunden verstummte Wilson. Er hob den Kopf und blickte seinen Henker flehend an. Tobin hob die Waffe und legte die Mündung an Wilsons Stirn.

Eine Sekunde später war der Bann gebrochen.

18

Belfast
Freitag, 4. März 1977

Hätte Sammy Bennett seine größten Fehler im Leben benennen müssen, wäre die Ehe mit Maureen ziemlich oben auf der Liste gelandet.

Die ersten zwei Wochen waren gut verlaufen. Hochzeitsreise nach Mallorca mit Temperaturen bis zu vierzig Grad im Schatten, gutes Essen und billiger Alkohol. Außerdem hatte die Braut mit ihren Reizen nicht gegeizt. Man konnte viel Hässliches über Maureen sagen, aber im Bett gab es nicht viele, die ihr den Rang streitig machen konnten. Doch, ja – wenn Sammy von dem Sonnenbrand absah, über den sogar der spanische Arzt gestaunt hatte, waren die ersten zwei Wochen definitiv vergnüglich gewesen.

Doch wie lange durfte Adam – oder in diesem Fall Sammy – im Paradies leben? Nachdem vierzehn Tage lang morgens, mittags und abends Sangria zu den Mahlzeiten geflossen war, hatte Maureen Geschmack am süßen Leben gefunden. Und warum hätte sie nach der Rückkehr in das regnerische Belfast darauf verzichten sollen? Die Party wurde zu Hause fortgesetzt, mit Maureen als einzigem Gast. Wenn Sammy nach einem langen Tag in der Autowerkstatt nach Hause kam, hatte sie in der Regel schon vier oder fünf Gläser von dem billigen Rosé in sich hineingeschüttet, den sie im Tesco-Supermarkt kaufte. Sammy kannte viele Menschen, die in gute Stimmung kamen, wenn sie tranken, doch Maureen gehörte nicht in diese Kategorie. Es hagelte spöttische Bemerkungen, die Küche blieb kalt, und in den Winkeln der kleinen Wohnung wuchsen die Wollmäuse zu Wollratten heran.

Er hatte versucht, mit ihr darüber zu reden, war aber auf taube Ohren gestoßen. Sie bekamen monatlich einen kleinen finanziellen Zuschuss von ihren Eltern, und Sammy hatte selbst vorgeschlagen, dass sie zu Hause blieb und nicht arbeiten ging. Was war so schlimm daran, sich »ein oder zwei Glas Wein« zum Lunch zu gönnen, solange die einfachen Bedürfnisse nicht darunter litten? Schlau, wie sie war, fuhr Maureen damit fort, ihn mit ihren körperlichen Vorzügen zu verwöhnen. Eine Art Trost, der Sammy dazu brachte, die Zähne zusammenzubeißen und auf bessere Zeiten zu hoffen.

Es blieb bei der Hoffnung.

Wieder einmal.

Acht Monate nach Mallorca stand die letzte und entscheidende Schlacht bevor. Es war ein Freitag im April 1968. Sammy wurde an diesem Tag dreißig, und sein Chef war großzügig und schickte ihn nach dem Lunch nach Hause. Draußen beschenkten die Wettergötter das Geburtstagskind mit Sonnenschein und blauem Himmel, was Sammy als gutes Omen nahm. Eine Fehldeutung, wie sich zeigen sollte.

Gerade als er die Wohnungstür öffnete, hörte er das charakteristische »Plopp« eines Korkens, der aus einer Weinflasche gezogen wird. Sie stand in der Küche, auf unsicheren Beinen schwankend wie eine neugeborene Giraffe, mit dem Weinglas in der einen und der Flasche in der anderen Hand. Im ersten Augenblick wirkte sie überrascht. Dann aber setzte sie ihr höhnisches Grinsen auf und fragte lallend:

»Was zum Teufel machst du hier – um diese Zeit?«

»Ich wohne hier«, erwiderte Sammy, bevor er ihr die Flasche aus der Hand nahm, den Inhalt ins Ausgussbecken kippte und die leere Flasche auf die Anrichte stellte. Gerade als er sich wieder zu ihr umdrehte, unterlief Maureen der letzte Fehler in ihrer Ehe. Zum Glück stand sie so unsicher auf den Beinen, dass die Flasche seinen Kopf nur streifte. Sammy drehte sich um, riss ihr die Flasche abermals aus der Hand und verpasste ihr zwei Ohrfeigen.

Am selben Nachmittag packte er seine Sachen und zog zu seinem besten Kumpel Frankie.

*

Sammy schob die zehn Jahre alte Erinnerung beiseite, drehte den Wasserhahn zu und trat aus der Duschkabine. Nach der Trennung von Maureen war er mehr oder weniger ohne Freundin ausgekommen. Zwar hatte er dann und wann eine Nummer geschoben, das eine oder andere Mal auch gegen Bezahlung, aber etwas Festes kam für ihn nicht mehr infrage. Nicht weil er den Glauben an die Liebe verloren hatte, aber seine Aktivitäten bei der UVF ließen sich nicht ohne Weiteres mit einer festen Beziehung vereinbaren. Dazu kam, dass er keine Frau getroffen hatte, die es wert war, seinen Beschluss zu überdenken.

Bis jetzt.

Sie hieß Linda Lewis und war die Tochter eines aufrichtigen Protestanten, der in den östlichen Stadtteilen von Belfast eine Tankstellenkette betrieb. Sammy hatte bei einem Abendessen mit Freunden in Bloomfield neben ihr am Tisch gesessen, und anders als sonst war es ihm leichtgefallen, sich mit seiner Tischnachbarin ganz locker über dieses und jenes zu unterhalten. In Lindas Charakter verbanden sich Ernst und Humor auf befreiende Weise, ohne dass ihr Ernst anstrengend oder ihr Humor prätentiös wirkte. Außerdem war sie eine gute Zuhörerin und verzichtete darauf, allzu tief in Sammys Vergangenheit oder Alltag herumzubohren. Er verriet ihr, dass er geschieden war, ohne dass sie darauf mit Nachfragen reagierte. Als er erzählte, dass er Meister in Robinson's Autowerkstatt sei und sich in der Freizeit politisch engagiere, hatte sie ein eigenartiges Lächeln aufgesetzt und ihm einen Blick geschenkt, in dem er eine Spur Bewunderung wahrzunehmen glaubte.

Hübsch war sie auch. Vielleicht ein paar Kilo zu schwer, aber eine ausgesucht hübsche Frau.

Nach der ersten Begegnung hatten sie sich dreimal auf neutralem Boden getroffen. Ein Restaurantbesuch, eine Kinovorstellung und eine Sonntagstour im Victoria Park. Beim letzten Treffen hatte Sammy sich vorgewagt und ein Abendessen bei sich zu Hause vorgeschlagen. Wenngleich zögernd, hatte Linda die Einladung angenommen. Sie hatten einander gerade mal zwei Wochen gekannt, und Ehrbarkeit war bei protestantischen Frauen der oberen Mittelklasse ein höchst geschätzter Charakterzug.

Doch für diesen Abend war der Tisch gedeckt. In doppeltem Sinn.

Sammy frottierte sich vor dem Badezimmerspiegel ausgiebig ab und summte fröhlich die Melodie von Van Morrisons »Crazy Love«. Nach einer gründlichen Zahnreinigung schlüpfte er in seine neu erworbene Unterwäsche und gönnte sich einen ordentlichen Spritzer aus der Old-Spice-Flasche. Zog ein frisch gebügeltes Hemd und seine beste Jeans an. Und vergewisserte sich, dass das Kondom in der kleinen Münztasche lag. Bis jetzt war er nicht über ein paar Umarmungen und einen flüchtigen Kuss hinausgekommen, aber man wusste ja nie, wann die Frauen beschlossen zu kapitulieren.

Er hatte die Wohnung geputzt und Staub gesaugt, auf dem Esstisch standen frische Blumen, und in der Küche schmorte ein Lammragout mit Oliven, Aubergine und Paprika. Gusty Spence hatte einmal gesagt, dass Sammy fast genauso gut kochen wie Bomben basteln konnte. *Fast,* hatte er betont.

Er warf einen letzten Blick in den Spiegel. Gar nicht mal so schlecht. Die Leibwächter waren mit fünf Pfund in einen Pub geschickt worden. Seit der Sache im Hendley's war mehr als ein halbes Jahr vergangen, und zwei ungepflegte Typen mit Röntgenblick würden wohl kaum zu einer romantischen Stimmung beitragen.

Zwei Minuten vor acht. Die bisherige Erfahrung mit Linda

ließ vermuten, dass sie pünktlich kommen würde. Kaum hatte er den Gedanken zu Ende gedacht, als es auch schon klingelte. Wie ein Hochspringer vor dem Anlauf holte Sammy tief Luft, ging zur Tür und warf einen Blick durch den Spion. Dort stand Linda in all ihrer Pracht. Sie wirkte leicht nervös. Vielleicht kein Wunder, auf der Schwelle zur Höhle des Löwen.

Er öffnete die Tür. Das Geräusch, das er plötzlich hörte, glich dem Schlag eines Boxers auf einen Sandsack. Als hätte Sammys Anblick ihr einen Schock versetzt, riss Linda Lewis die Augen auf. Dann öffnete sich ihr Mund, während sie langsam vornüber in den Flur kippte und hinter ihr eine schlanke, schwarz gekleidete Gestalt mit Skimaske über dem Kopf und einer Pistole mit Schalldämpfer in der Hand auftauchte. Sammy konnte gerade noch bereuen, seine beiden Leibwächter beurlaubt zu haben, bevor die nächste Kugel seiner Jagd nach der Liebe für immer ein Ende bereitete.

Tobin schloss blitzschnell die Tür und stieg über die beiden Leichen hinweg. Überprüfte mit erhobener Waffe, ob die Wohnung leer war. Dann wandte Tobin sich wieder der Tür zu, um das Werk zu vollenden, und zog eine Plastiktüte mit dem erforderlichen Zubehör aus der Jackentasche.

Ein Rosenkranz, zwei weiße Lilien, ein Teelöffel und ein Tapetenmesser.

19

Belfast
Sonntag, 22. Mai 2016

Miriam Dixon nahm ihn an der Rezeption der Musgrave Police Station in Empfang und bat den diensthabenden Beamten, Bull vorübergehend mit einem Dienstausweis auszustatten.

»Ist sonst etwas umständlich mit dem Reisepass, wenn Sie ein paar Tage hierbleiben«, sagte sie.

Oder ein paar Wochen, dachte Bull. Manche Morde wurden schon nach ein paar Stunden aufgeklärt, bei anderen konnte es Wochen, Monate oder sogar Jahre dauern. Irgendetwas sagte ihm, dass diese Morde nicht so schnell gelöst werden könnten.

In der zweiten Etage führte Dixon ihn zu einer Tür, die mit MIR-2 markiert war.

»Kommandozentrale für unseren Fall«, sagte sie.

»Benannt nach der russischen Raumstation?«

»Major Incident Room«, erläuterte Dixon. »Hier im Haus gibt's drei davon.«

Sie öffnete die Tür und ließ Bull vorangehen. Der Raum war groß, im Inneren befanden sich fünf oder sechs zu einer offenen Bürolandschaft angeordnete Arbeitsplätze. An der unteren Querwand gab es eine Teeküche, wo sich vier Personen in Zivil um eine Nespresso-Maschine scharten. Zwei Männer und zwei Frauen, alle irgendwo zwischen dreißig und vierzig, wie Bull schätzte.

Dixon stellte die Kollegen nacheinander vor. Matt Duncan, Lisa Smith und Phil Scarpitta waren Kriminalbeamte. Die Letzte in der Runde hieß Veronica Ross und war einfache Polizistin. Auf dem Weg nach oben, vermutete Bull. Sie hatte den festen und intelligenten Blick, der die Menschen in diese Richtung führte.

Bull war also der Älteste. Einigermaßen gefasst fand er sich mit der Erkenntnis ab. Im Laufe der kommenden Jahre würde so etwas schließlich öfter vorkommen.

»Sie können den Tisch dort nehmen«, sagte Dixon und zeigte in eine Richtung. »Unser Netzwerk heißt *mirtwo* und das Passwort lautet *wenevergiveup*.«

»Ich habe mein Laptop leider in Oslo gelassen«, sagte Bull. »Es hat Ferien.«

»Constable Ross wird Sie im Laufe des Vormittags mit allem Nötigen versorgen«, erwiderte Dixon. »Wir dachten, wir sprechen zu Beginn noch einmal alle Fakten durch. Archie Nelson wartet schon im Besprechungsraum.«

Der gemeinsame Besprechungsraum war äußerst großzügig, etwa dreißig Quadratmeter groß und eingerichtet mit einem langen weißen Tisch und Stühlen in Hülle und Fülle. Die Fenster an einer der Längswände gingen zur Victoria Street hinaus. Die gegenüberliegende Wand bestand mehr oder weniger aus einer gigantischen weißen Tafel, worauf Fotos vom Fundort der Leichen im Tollymore Forest Park hingen. Aus irgendeinem seltsamen Grund neigten tote Menschen dazu, auf Fotos schlimmer auszusehen als in der Wirklichkeit. Bull hatte sich dieses Phänomen nie erklären können. Aber immerhin entging man beim Betrachten von Fotos dem Gestank.

Am Ende des Tisches saß Kriminaltechniker Archie Nelson. Die beiden Männer reichten einander die Hand zur Begrüßung. Nelson schien etwas besserer Laune zu sein als beim letzten Mal.

Dixon ergriff das Wort:

»Wir alle wissen, worum es hier geht. Drei Menschen, brutal ermordet von mindestens zwei Tätern. Zwei der Opfer sind Norweger, aus diesem Grund sitzt der norwegische Kollege Bull von Europol hier mit am Tisch. Nelson wird uns über den aktuellen Stand der Dinge informieren.«

Bull nahm zur Kenntnis, dass die Iren einander mit Nachnamen anredeten – jedenfalls während einer Konferenz. Ihm gefiel das gut. Diese Art, miteinander umzugehen, hatte etwas Dynamisches und Schlagkräftiges und erinnerte ihn an seine Zeit an der Polizeischule und später bei der Militärpolizei.

Archie Nelson nahm seine randlose Brille ab.

»Nach unserem aktuellen Erkenntnisstand haben wir es mit drei Tätern zu tun«, begann er. »In der Mappe vor Ihnen finden Sie genauere Angaben über Körpergewicht, Schuhgröße und anderes.«

Constable Ross streckte die Hand nach der weißen Plastikmappe aus, registrierte, dass niemand ihrem Beispiel folgte, und zog die Hand mit einem fahrigen Lächeln zurück.

»Die Pathologen vermuten, dass zwischen der Ermordung und dem Auffinden der Opfer etwa eine Woche liegt, plus/minus ein Tag. Martin Taylors Leiche wurde entdeckt, als unsere Leute das Areal nach Spuren abgesucht haben, nachdem das Ehepaar Sand von den Pfadfindern gefunden wurde.«

Bull hob eine Hand.

»Ist es nicht eigenartig, dass Taylor dort so lange gelegen hat und von niemandem entdeckt wurde?«, fragte er. »Er war zwar hinter diesem Stein verborgen, aber doch mitten auf einer Lichtung in einem Wald. Und da müssen doch vermutlich auch mal ein paar Einheimische vorbeigekommen sein.«

»Smith?«, sagte Dixon.

Lisa Smith richtete sich gerade auf.

»Bulls Einwand ist durchaus berechtigt, aber der Ort, an dem Taylor gefunden wurde, hat eine etwas … unangenehme Vorgeschichte. Um es kurz zu machen, wurden dort die sterblichen Überreste einer jungen Frau gefunden, mehr als zwanzig Jahre nachdem man sie dort vergraben hatte. Es handelte sich um eine Katholikin, die während des Konflikts in den Siebzigerjahren von ihren eigenen Leuten hingerichtet wurde. Einige Menschen aus der Gegend behaupten, dass ihr Geist dort herumspukt. Deshalb ziehen es die meisten auch vor, ihre Picknicks in anderen Teilen von Tollymore Park abzuhalten.«

Smith wirkte etwas verlegen. Bull dachte, dass sie vermutlich nicht an Gespenster glaubte. Archie Nelson räusperte sich betont laut und fuhr dann fort.

»Was nun aussagekräftige Spuren vor Ort angeht – und hier sei hinzugefügt, dass der Fundort aller Wahrscheinlichkeit nach mit dem Tatort identisch ist –, muss ich Sie bitten, Ihre Erwartungen herunterzuschrauben. Wir haben keine leeren Hülsen gefunden, dafür aber immerhin eines der Projektile: 9 mm oder Kaliber .38. Abgesehen davon ein paar Haare, zwei Zigarettenkippen und etwas Speichel. Die Funde wurden mit Einträgen in unserer Datenbank abgeglichen. Keine Übereinstimmung, mit einer Ausnahme: ein Kopfhaar. Von einer erwachsenen Person. Soweit wir wissen, stimmt dies mit einem anderen Fund überein, den wir 2004 in Woodvale Park gemacht haben.«

»David Magee – der Penner«, sagte Dixon.

Archie Nelson nickte.

»Normalerweise wäre diese Verbindung natürlich wertvoll für uns«, sagte Dixon. »In diesem Fall ist sie aber nur eine Bestätigung dafür, dass wir es nicht mit zwei Tätern zu tun haben, die unabhängig voneinander die Augenhöhlen ihrer Opfer mit weißen Lilien schmücken. Interessant dabei ist, dass Magee vor zwölf Jahren ermordet wurde. Der Rosenkranzmörder ist also aus seinem Schlaf erwacht. Und das gibt uns die Möglichkeit, diese Bestie endlich zu fassen. Außerdem wissen wir jetzt, dass er nicht als einsamer Wolf operiert.«

Die Erläuterung klang plausibel. Chief Inspector Dixon gab Nelson ein Zeichen, fortzufahren.

»Solche Dinge wie Zigarettenkippen und Speichel lassen sich bis zu einem gewissen Grad zeitlich einordnen. Aber leider auch nicht so genau, um völlig auszuschließen, dass sie von unbeteiligten Spaziergängern stammen, die in den Stunden oder Tagen vor den Morden dort vorbeigekommen sind. Ich fürchte, dass wir im Augenblick nicht mehr anzubieten haben. Weitere Einzelheiten finden Sie wie gesagt in der Mappe.«

»Das Ehepaar hatte einen Leihwagen«, sagte Bull. »Wurde der schon gefunden?«

»Bis jetzt noch nicht«, erwiderte Phil Scarpitta. »Obwohl beide Ermordeten Bankkarten und Führerschein bei sich hatten, als sie entdeckt wurden, konnten wir die Autoschlüssel nicht finden. Alles andere war unberührt, sogar das Bargeld, etwa 110 Pfund. Das alles deutet darauf hin, dass die Täter den Leihwagen weggefahren und später irgendwo versteckt haben, weil sie hofften, auf diese Weise Zeit zu gewinnen, bevor jemand die Leichen finden würde. Falls sie überhaupt jemals gefunden würden. Es war ja purer Zufall, dass diese Pfadfinderjungs die Toten entdeckt haben.«

Scarpitta warf einen kurzen Blick auf Chief Inspector Dixon, als wolle er sich vergewissern, dass sie mit seinen Ausführungen zufrieden war. Sie nickte und ergriff abermals das Wort:

»Vorläufig lautet die Theorie also folgendermaßen: Das eigentliche Ziel der Täter war Martin Taylor, ein erklärter Unionist mit einer Vergangenheit in der Royal Ulster Constabulary. Auf irgendeine tragische Weise muss das Ehepaar Sand dann mitten in die Situation hineingeraten sein mit der Folge, dass auch sie getötet wurden. Jedenfalls erklärt das, wieso Taylor fast mitten auf der Lichtung lag und diese abscheuliche Signatur des Mordes offen erkennbar war, während das Ehepaar verscharrt wurde. Was die beiden Norweger nun genau an diesem Ort wollten, ist vorläufig ungeklärt. Ihre Bekleidung deutet nicht darauf hin, dass sie eine längere Wanderung geplant hatten. Bull wird im Laufe des Tages mit der Tochter des Paars zusammentreffen. Wenn wir Glück haben, kann sie uns einen Hinweis darauf geben, warum sich ihre Eltern in Tollymore aufgehalten haben.«

Bull hob abermals die Hand.

»Weswegen sollte Taylors Vergangenheit in der RUC ihn zu einem Ziel für Katholiken machen?«

Am Tisch wurden eilig Blicke gewechselt.

»Natürlich nicht Katholiken im Allgemeinen«, präzisierte Dixon. »Während des Konflikts konnte die katholische Bevölkerung grob gesehen in vier Kategorien eingeteilt werden: erstens diejenigen, die sich passiv verhielten und kein auffälliges Profil zeigten. Zweitens die Nationalisten, die sich offen für einen Bruch mit England aussprachen. Drittens die Republikaner, die sich aktiv im Freiheitskampf engagierten. Und schließlich die regulären Mitglieder der IRA. Es ist nicht ganz abwegig anzunehmen, dass die Täter in diesem Fall der letztgenannten Gruppe angehören oder angehört haben. Unsere Vorgänger in der RUC verkörperten einen wesentlichen Teil des Feindbildes der IRA.«

»Die IRA ist also noch aktiv, trotz des Friedensabkommens?«

Dixon zögerte einen Augenblick.

»Sowohl als auch – man könnte sagen, dass die IRA noch existiert, in verschiedenen Formen und Schattierungen. *New* IRA, *Continuity* IRA, *Real* IRA … das unerwünschte Kind trägt viele Namen.«

Bull unterließ es, weiter nachzugraben. Er spürte, dass die Rolle der RUC während des Konflikts einen wunden Punkt beim heutigen Police Service of Northern Ireland berührte. Wie genau – und weswegen – könnte er zu einem späteren Zeitpunkt herausfinden.

Dixon nutzte die Gelegenheit und wechselte das Thema.

»Wir haben gestern Abend eine kurzfristig anberaumte Pressekonferenz abgehalten. Die Namen der Opfer wurden nicht genannt, aber wir haben den Fund der Leichen bekannt gegeben und auch den Fundort veröffentlicht. Wir hoffen natürlich, dass wir dadurch Hinweise aus der Bevölkerung erhalten. Jemand kann die Täter beobachtet haben oder zumindest den Wagen, den sie benutzt haben.«

Sie ließ ihren Blick über die Versammelten schweifen.

»Sonst noch was?«

Niemand sagte etwas, die Sitzung wurde beendet, und Dixon verteilte konkrete Arbeitsaufgaben.

Bull hatte seine eigene Aufgabe. Das Treffen mit Christine Sand.

20

Das Europa Hotel lag im Zentrum von Belfast. Die Presse hatte dem Hotel den Beinamen »Europas meist bombardiertes Hotel« verliehen, eine Charakterisierung, die mehr als nur ein Körnchen Wahrheit enthielt. Während des Konflikts war das Hotel nicht weniger als 28 Bombenangriffen durch die IRA ausgesetzt gewesen, der letzte davon im Jahr 1993. Der damalige Besitzer hatte nach diesem Attentat das Handtuch geworfen, woraufhin die Hastings-Gruppe das Hotel übernommen hatte. Oder das, was davon noch übrig war. Nach einer umfassenden Renovierung konnte das Europa seine Schwingtüren 1995 wieder öffnen.

In seinen pessimistischen Stunden hatte sich Hotelkönig Billy Hastings mehrmals gefragt, ob die dramatische Vorgeschichte des Hotels nicht allzu negative Auswirkungen auf die Besucherzahlen haben könnte. Seltsamerweise war die Entwicklung genau entgegengesetzt. Das Telefon an der Rezeption klingelte unentwegt, und zahlreiche Reservierungen gingen ein. Noch im selben Jahr verbrachten Präsident Clinton und die First Lady anlässlich eines offiziellen Besuchs zwei Nächte im Hotel, bei einem Sicherheitsaufwand, den die Stadt noch nie zuvor erlebt hatte. Die vornehmen Gäste bahnten den Weg für weitere Prominente. Im Gästebuch des Hotels fanden sich Namen wie Brad Pitt, Bob Geldof, Desmond Tutu, Michael Jordan, Bill Gates und Bono.

Und nun also auch die etwas weniger bekannte Christine Sand, persönliche Referentin der norwegischen Finanzministerin.

Das Europa Hotel lag nur ein paar Blocks von der Musgrave Police Station entfernt, was Bull veranlasste, den Weg zu Fuß zurückzulegen. Er spazierte die May Street hinunter zum Donegall Square, wo das monumentale Rathaus der Stadt stand. An der Ecke zur Bedford Street bog er nach links ab und betrat ein Netzwerk aus kleinen Straßen, die man restauriert und wieder aufgebaut hatte, nachdem die Stadt fast drei Jahrzehnte bombardiert, beschossen und in Brand gesetzt worden war – zu allem Überfluss auch noch von ihren eigenen Einwohnern. Nachdem er die Kreuzung zur Franklin Street überquert hatte und ein paar Meter weitergegangen war, blieb er plötzlich vor einer Tür stehen.

Eine schwarze Tür mit zwei einander zugewandten Mondsicheln, die eine zunehmend, die andere abnehmend.

Er kniff ein paarmal die Augen zusammen, um sicherzugehen, dass sich der nächtliche Traum nicht in die Netzhaut eingebrannt hatte. Nein, die Tür war ganz real. Sein nächster Gedanke war, dass er vielleicht schon einmal am Tag zuvor hier vorbeigekommen war, aber das war nicht der Fall. Über der Tür hing ein handgemaltes Schild mit der Aufschrift:

The
Gemini
Shop

In dem kleinen Schaufenster standen und hingen verschiedene Gegenstände, von bestickten Wandbehängen über Ketten mit Peace-Anhängern bis hin zu Buddha-Skulpturen und Öllampen. *Gemini* … der Name klang vertraut, wie ein schwaches Echo aus der Vergangenheit, doch Bull konnte ihn nicht einordnen.

Mit einem letzten Blick auf die Tür riss er sich los und lief weiter zum Europa Hotel. Er war nur noch knapp hundert Meter von dem beeindruckenden Portal des Hotels entfernt, als in seiner Jackentasche ein Signalton seines Handys ertönte. Er zog das Telefon heraus und schaute auf das Display.

Flug aus Oslo verspätet. CS bittet darum, das Treffen auf 14.00 zu verschieben. Viel Glück. EH

Die SMS war um 09.45 verschickt worden, aber anscheinend auf dem Weg von einem Satelliten zum anderen irgendwo hängen geblieben.

Bis 14 Uhr waren es noch zwei Stunden. Viele Möglichkeiten zum Zeitvertreib gab es nicht: einen Automatenkaffee im MIR-2 oder eine Cola im nächstgelegenen Pub. Bull entschied sich für Letzteres. Auf dem Weg zum Hotel war er an einem gemütlich wirkenden Pub vorbeigekommen.

Eine Minute später stand er wieder vor der Tür des Gemini. Plötzlich wusste er, woher er den Namen und die beiden Mondsicheln kannte. Es war ein Aquarell, das an der Schlafzimmerwand der Großeltern gehangen hatte. *Gemini moons,* hatte seine Großmutter ihm damals erklärt. Gemini war der lateinische Name für das Sternzeichen Zwillinge, und Coleens Geburtstag war der 2. Juni gewesen.

Im Laden wurde Licht eingeschaltet. Dann hörte Bull das charakteristische Geräusch eines sich öffnenden Sicherheitsschlosses, und die Tür ging auf. Eine kleine Frau in einem farbenfrohen Sarong kam in der Türöffnung zum Vorschein. Auf dem Kopf trug sie einen Hut mit Leopardenmuster, der aussah wie ein Topfdeckel. Die Haarsträhnen, die unter der Krempe dieses Objekts hervorlugten, waren weiß wie die einer Greisin und flauschig wie bei einem neugeborenen Kind. Um ihren dünnen Hals trug sie eine Peace-Kette ähnlich denen im Schaufenster. Die schmalen Lippen waren in einem kräftigen Rot geschminkt, was sie in dem blassen, runzligen Gesicht wie eine blutige Narbe aussehen ließ. Sogar in den hippen Londoner Nachtklubs wäre sie mit dieser Aufmachung vermutlich aufgefallen, aber Bull hätte einen Besen gefressen, wenn sie auch nur einen Tag unter achtzig war.

»Kommen Sie doch rein, junger Mann.«

Ihre Stimme glich nicht der einer alten Frau. Sie war leicht belegt und hatte einen weichen, fast verführerischen Klang. Ohne die Antwort abzuwarten, drehte die Frau sich wieder um und verschwand im Ladeninneren. Bull zögerte einen Moment und folgte ihr dann. Das kleine Geschäft war ein Urwald aus Kleidungsstücken, Stativen, Stoffen und Krimskrams – alles in wilder Unordnung zusammengewürfelt. Von der Decke hingen Traumfänger an Stahldrähten herab, kleine Vogelkäfige, Mobiles und allerlei andere Seltsamkeiten, deren Sinn und Funktion Bull nicht einmal erahnen konnte. Der Duft von Räucherstäbchen war überwältigend, und die Musik, die aus unsichtbaren Lautsprechern drang, hatte ihre Wurzeln vermutlich in einer Region östlich von Istanbul.

Die Gemini-Frau hatte sich hinter den Ladentresen begeben, ein monströses Stück aus dunklem Holz, das fünf hintereinander marschierende Elefanten darstellen sollte.

»Sie sind heute mein erster Kunde«, verkündete sie und machte sich gleichzeitig an einem modernen Kartenterminal zu schaffen. »Unser Herrgott hat uns zwar den Sonntag als Ruhetag geschenkt, aber für mich gibt es nichts, was entspannender wäre, als hinter diesem Tresen zu stehen. Außerdem bietet die Heilige Schrift einen gewissen Spielraum für persönliche Auslegungen, jedenfalls nach Ansicht meiner schon lange verstorbenen Mutter.«

Bull hatte das Gefühl, etwas sagen zu müssen, brachte aber nur eine Plattitüde zustande.

»Ihre Auswahl ist ja ziemlich groß, Ma'am.«

Sie stellte das Bezahlterminal wieder auf den Tresen und blickte Bull mit betonter Nachsichtigkeit an.

»Nun, auch wenn der Laden klein ist, muss man sich ja nicht auf ein schmales Warensortiment beschränken, finden Sie nicht?«

»Allerdings«, räumte Bull ein.

»Ich fing vor dreißig Jahren mit Stoffen und Kurzwaren an. Und nach einer Rundreise durch Indien in den frühen Neunzigern – in Begleitung meines damaligen Trottels von einem

Ehemann – wurde mein Interesse für die Mystik des Ostens ernsthaft geweckt. Von Yoga und Meditation über Farben und Materialien bis hin zu Kochkunst und uralten Handwerkstraditionen. Wussten Sie zum Beispiel, dass ein indischer Holzschnitzer vier Tage benötigt, um einen einzigen Druckstempel herzustellen, der dann etwa eintausend Mal auf das Material gepresst werden muss, um drei Meter mehrfarbigen Kleiderstoff zu erschaffen?«

Bull musste zugeben, dass das völlig neu für ihn war.

»In unserem Teil der Welt geht alles viel zu schnell zu«, seufzte die Frau. »Gier ist unser Leitstern, Fortschritt und Erfolg sind unsere neue Religion. Merken Sie sich meine Worte, junger Mann: Eine ewige Finsternis senkt sich bald über den Westen herab.«

Bull quittierte die Weissagung mit einem Nicken, so knapp bemessen, dass Frau Gemini die etwas zu weit getriebene Prophezeiung vom Erscheinen des Jüngsten Tags anscheinend selbst bemerkte. Sie setzte ihr kundenfreundlichstes Lächeln auf und trat hinter dem Tresen hervor.

»Genug davon«, sagte sie entschieden. »Gibt es etwas Besonderes, das sie sehen möchten, oder sind alle ihre Sinne aufnahmebereit?«

»Offen gestanden hat sich Ihre Eingangstür in meinen Sinnen bemerkbar gemacht«, sagte Bull. »Die Gemini-Monde. Ich erinnere mich an ein Bild, das im Schlafzimmer meiner Großeltern hing, drüben in Holywood.«

Ganz zu schweigen von dem Traum, den ich letzte Nacht hatte, fügte er in Gedanken hinzu.

Frau Gemini wirkte plötzlich einen Hauch wacher.

»Ein ... Bild, sagen Sie? In Holywood?«

»Ein Aquarell, um genau zu sein. Zwei gelbe Mondsicheln, die einander überlappen. Am besten kann ich mich an den Rahmen erinnern. Der war aus dünnen Zweigen gefertigt, an denen immer noch die Borke haftete.«

Das Kundenlächeln verschwand aus ihrem Gesicht und

wurde durch eine andere Mimik ersetzt. Ein wärmeres Lächeln, das viel echter wirkte.

»Einen Moment«, sagte sie, trat ein Stück vor und verschwand dann leichtfüßig hinter einem Vorhang aus klackernden Perlenschnüren. Nach wenigen Sekunden war sie wieder da.

»Sah dieses Aquarell zufällig so aus?«, fragte sie. Bull riss die Augen auf. Das Bild in ihren Händen war eine Zeitmaschine, die ihn fünfunddreißig Jahre zurück in die Vergangenheit beförderte, eine von unbehandelten Zweigen eingerahmte Zeitmaschine. Er nickte stumm.

»Coleen und Augustus Mitchell in Maiden Cottage, nicht wahr?«

»Ja«, sagte er leise. »Aber wie …?«

»Nordirland ist eine kleine Welt«, gluckste sie. »Ich kannte Ihre Großmutter gut. Wir waren fünf Mädels, die sich einmal in der Woche im Nähklub trafen. Damals ging es meist um ganz traditionelle Stickereien. Wie der Zufall es wollte, waren alle fünf im Zeichen der Zwillinge geboren, zwei von uns sogar am gleichen Tag. Natürlich nannten wir unseren Klub Gemini. Und da ich – in aller Bescheidenheit – ebenso gut mit dem Pinsel wie mit der Nadel umgehen konnte, habe ich fünf solcher Bilder gemalt. Jedes der Mädchen bekam eines zu einem passenden Anlass geschenkt.«

Fünfunddreißig Jahre alte Erinnerungen stiegen langsam an die Oberfläche. Als Junge hatte Bull eine Zeit lang unter Albträumen gelitten, und Großmutter Coleen hatte ihn dann immer im Ehebett schlafen lassen. Sie hatte ihm eine alte englische Märchengeschichte vorgelesen, *The Man in the Moon,* über einen Mondbewohner, der zur Erde kam und die Ernte der Menschen stahl. Und sie hatte ihm von Gemini erzählt, dem Nähklub und dem Bild, das an der Wand hing.

Irgendwo hatte er einmal gelesen, dass das Bewusstsein nur über einen begrenzten Speicherplatz verfügte und das Unterbewusstsein wie eine externe Festplatte funktionierte. Konnte man deshalb von Dingen träumen, die man eigentlich vergessen hatte?

»Nun, junger Mann, wenn Sie Coleens Enkel sind, dann sollten wir einander vielleicht vorstellen«, sagte Frau Gemini. »Ich bin Mathilda Reeves.«

Sie reichte ihm eine dünne Hand, die mit einer Auswahl von Ringen der weniger diskreten Art geschmückt war. Bull nahm ihre Hand und nannte seinen Namen.

»Dann trinken wir jetzt Tee«, erklärte Mathilda Reeves.

Es wäre übertrieben gewesen zu behaupten, dass The Gemini Shop sonntags von Kunden überrannt wurde. Die beiden konnten also in aller Ruhe Tee trinken. Mathilda Reeves redete wie ein Wasserfall, aber da sich das Gespräch nicht um indische Stoffe, sondern um seine Großeltern drehte, ließ Bull sich mitreißen. Ohnehin musste er noch zwei Stunden Zeit totschlagen.

Immer wenn sie eine Pause machte, was nicht häufig vorkam, nutzte Bull die Gelegenheit und stellte Fragen. Über seine Mutter, der Mathilda vor ihrem Reitunfall einmal begegnet war, sowie über Thomas, den sie zwar nie getroffen hatte, ungeachtet dessen aber als »Künstlerkollegen« bezeichnete.

Und über den Großvater.

Für gewöhnlich hielt sich Bull bedeckt, was seine persönlichen Beziehungen betraf, doch er ließ Mathilda wissen, dass es Gus verhältnismäßig gut gehe.

»Sie waren so ein feines Paar«, seufzte Mathilda und dachte dabei vermutlich an ihre eigene Ehe mit dem zuvor erwähnten Trottel. »Niemals haben sie sich gestritten oder waren entzweit, es herrschte immer nur Harmonie zwischen ihnen.«

Sie goss abermals Tee aus einem glänzenden Messingsamowar in die Tassen und lehnte sich zurück.

»Und das, obwohl Coleen ja wusste, was er getan hatte.«

In diesem Moment meldeten sich Bulls frühere Erfahrungen aus verschiedenen Vernehmungsräumen zu Wort. Die alte Mahnung Cato Lindbergs, der während Bulls Zeit in der Abteilung für Gewaltverbrechen als sein Mentor gewirkt hatte, war zu einem Teil seines Instinkts geworden: *Vergiss nicht, Bogart – wenn Verdächtige in einem Fall plötzlich etwas erwähnen, was völlig neu für dich ist, und sei es auch nur mit einem oder zwei Wörtern, dann tu so, als wüsstest du, worüber sie reden. Meistens kommt dann noch mehr.*

Bull blickte Mathilda Reeves ernst an und nickte.

»Untreue ist für den betrogenen Partner überaus schmerzhaft, führt aber darüber hinaus zu Misstrauen und Angst«, fuhr sie fort. »Man fürchtet sich davor, dass sich das Elend wiederholt.«

»Berechtigterweise«, stimmte Bull zu und setzte eine verlegene Miene auf, als schäme er sich der Ereignisse in seiner Familie. Unter seinem Hemd spürte er, wie seine Herzfrequenz mittlerweile vermutlich auf über hundert stieg. Mathilda Reeves legte den Kopf ein wenig schräg zur Seite und betrachtete ihn mit sanftem Mitleid.

»Ihre Großmutter war eine starke Frau, Bogart, und sie hätte diese Geschichte sicherlich bald vergessen, wenn nicht das Kind gewesen wäre.«

Kind? Sprach Mathilda von seiner Mutter?

»Ich bin zum Beispiel überhaupt nicht sicher, dass Hillary Clinton ihrem Gatten so einfach verziehen hätte, wenn aus seinem Verhältnis mit Monica Lewinsky ein Kind hervorgegangen wäre«, äußerte Mathilda Reeves mit philosophisch angehauchtem Pathos.

Bulls Pokerface bekam einen leichten Riss, was Mathilda Reeves durchaus nicht entging.

»Sie wissen ja sicher …«, begann sie.

Fünf lange Sekunden vergingen.

»Ach, du meine Güte«, fuhr sie fort.

Bull sagte nichts. Was hätte er auch sagen sollen? Mathilda Reeves stellte ihre Teetasse auf dem Tisch ab und erhob sich –

zögernd und vorsichtig, als verließe sie zum ersten Mal nach einer langjährigen Rehabilitationsphase den Rollstuhl.

»Hören Sie, junger Mann, ich schlage vor, dass …«

Sie brach mitten im Satz ab. Anscheinend war sie sich dessen bewusst, dass jeder Vorschlag in diesem Zusammenhang entweder sinnlos oder undurchführbar war.

»Ja?«, sagte Bull.

»Schon gut, vergessen Sie es. Ich habe schon viel zu viel geredet.«

»Sie haben A gesagt. Jetzt aber bitte auch B. Finden Sie nicht, dass ich ein bisschen mehr Klarheit über diesen Teil der Familiengeschichte gewinnen sollte?«

Mathilda Reeves warf sich in den Schützengraben.

»Die sollten Sie dann aber von Ihrem Großvater einfordern«, sagte sie. »Meine Kunden warten, und ich habe noch Waren auszupacken.«

»Jetzt mal im Ernst«, begann Bull. »Glauben Sie wirklich, ich sollte …«

»Vielen Dank für Ihren Besuch«, entgegnete Mathilda Reeves.

Eine Minute später stand Bull wieder draußen auf der Straße. Intuitiv griff er nach dem einzigen Strohhalm, der sich anbot: Er lachte laut. Mathilda Reeves war eine verwirrte alte Schachtel, die aus irgendeinem Grund Gefallen daran fand, bösartige Gerüchte über seine Großeltern zu verbreiten.

Oder …

Mathilda Reeves war eine redselige alte Dame, die unbeabsichtigt ein Geheimnis preisgegeben hatte. Schließlich hatte sie Gus nicht des Mordes beschuldigt. Sie hatte lediglich behauptet, Augustus Mitchell habe bei der einen oder anderen Gelegenheit eine gewisse menschliche Schwäche gezeigt, die so alt war wie die Menschheit selbst.

Das Bild von Gus als unfehlbarem Ehrenmann war von dem kleinen Jungen Bogart gezeichnet worden. Es war das

Bild eines Mannes, dessen Charakterstärke und persönliche Eigenschaften ihn auf der moralischen Skala knapp über Jesus Christus und Mahatma Gandhi eingeordnet hatten.

Offenbar war es für Bull an der Zeit, seine Einschätzung zu revidieren.

Natürlich war es möglich, dass Gus untreu gewesen war. Und ebenso natürlich war denkbar, dass aus seinem Verhältnis mit einer anderen Frau ein uneheliches Kind hervorgegangen war.

21

Die Bar in der Lobby des Europa Hotels war stark besucht, gleichwohl wirkte Christine Sand auf ihrem Sofa einsam und verloren.

Bull erkannte sie sofort. Sie schmückte regelmäßig die TV-Nachrichten, stets zwei Schritte hinter der pittbullähnlichen Finanzministerin, für die Bull keine große Begeisterung aufbringen konnte. Auch jetzt war an ihrem Äußeren nichts auszusetzen, dennoch mangelte es Christine Sand an der sachlichen Aura, die sie für gewöhnlich umgab. Sie strahlte eine gepflegte und tragisch schöne Traurigkeit aus.

Bull begann das Gespräch mit den obligatorischen Beileidsbekundungen. Im Laufe der Jahre hatte er das schon häufig tun müssen. Die freundliche Geste ließ Christine Sands Augen feucht werden. Bull stand vermutlich ein anstrengendes Gespräch bevor.

»Vielen Dank dafür, dass Sie herübergeflogen sind«, sagte sie mit dünner Stimme.

Ganz offensichtlich hatte sich also niemand die Mühe gemacht, ihr zu erzählen, dass er sich bereits aus ganz anderen Gründen in Nordirland befunden hatte. In ihren Augen war er also ein Beamter mit *Sonderauftrag* und kein kurzfristig einberufener Polizist, der sich zufällig ohnehin im Land aufhielt. Diese Version klang vermutlich besser, wenn sich die im Hintergrund agierenden Staatsbediensteten im Regierungsgebäude zum Kaffee trafen. Bull sollte es nur recht sein.

»Das ist ja wohl das Mindeste«, sagte er. »Ich hoffe, dass ich helfen kann.«

»Das fühlt sich alles so … unwirklich an, ein besseres Wort fällt mir dafür nicht ein«, sagte sie.

»Das kann ich gut verstehen.«

Der Kellner trat an den Tisch. Christine Sand ließ sich mehr

Tee bringen. Bull bestellte eine Cola. In seinem Kopf ging er die Fragen durch, die er normalerweise gestellt hätte. Kannte sie jemanden, der ihren Eltern vielleicht etwas Böses wollte? War ihr Vater im Zusammenhang mit seiner Arbeit als Richter jemals bedroht worden? Wie war die eheliche Beziehung der Eltern? War es denkbar, dass ein Elternteil oder beide außereheliche Beziehungen unterhalten hatten? Doch all diese Fragen kamen ihm in diesem Fall irrelevant vor. Stattdessen fragte er:

»Sind Sie Einzelkind?«

Sie schüttelte den Kopf, allerdings so subtil, dass ihre Geste auch mit einem Schaudern verwechselt werden konnte.

»Ich habe einen älteren Bruder – Robert. Er befindet sich mit drei Freunden auf einer Weltumsegelung. Wir konnten ihn über Satellitentelefon erreichen, aber was kann er schon tun? Er ist irgendwo zwischen Kapstadt und der Küste von Südamerika.«

Sie nahm einen Schluck Tee. Er schien ihr nicht besonders gut zu schmecken.

»Wann ist es?«, fragte sie und hielt dabei den Blick auf die Teetasse gerichtet.

Bull begriff sofort, dass sie die Identifizierung meinte, und er wusste aus eigener Erfahrung, wie sehr ihr davor grauste.

»Ich konnte den Termin auf halb vier verschieben.«

Sie warf einen schnellen Blick auf ihre Armbanduhr. Dann sah sie ihn an.

»Können Sie mit mir da hingehen?«

»Selbstverständlich – wenn Sie das möchten.«

Die Cola wurde gebracht. Bull hatte vergessen zu erwähnen, dass er kein Eis wollte. Ein Luxusproblem.

»Wir stecken mitten in den Ermittlungen«, sagte er. »Besonders interessiert uns zurzeit, warum sich Ihre Eltern im Tollymore Forest Park aufgehalten haben und dabei angezogen waren, als befänden sie sich auf einer Shoppingtour. Wir hoffen, dass Sie uns in diesem Punkt etwas helfen können.«

Christine Sand verdrehte die Hände. Ihre langen, künstlichen Fingernägel waren perlmuttfarben.

»Dieser Polizeichef – Craig heißt er, glaube ich – hat mich das schon gefragt, als sie noch vermisst wurden. Ich kann dazu nicht viel sagen. In der Woche, bevor meine Eltern hier hinfuhren, war ich beruflich im Ausland. Ich habe nur zweimal kurz mit meiner Mutter telefoniert.«

Christine Sand stellte ihre Tasse auf dem Tisch ab und griff nach einer kleinen Handtasche, die neben ihr auf dem Sofa lag. Sie öffnete sie und zog einen gelben Klebezettel daraus hervor.

»Viel mehr weiß ich jetzt auch nicht, aber ich hab das hier gestern Nachmittag gefunden. Der Zettel lag auf dem Telefontischchen zu Hause bei meinen Eltern in Nordberg. Das ist die Handschrift meines Vaters. Der Name scheint irisch zu sein.«

Bull nahm den Zettel entgegen. Ein Name – McKenna – und eine Telefonnummer. Wenn er sich nicht irrte, handelte es sich um eine lokale Nummer aus Belfast. Die begannen für gewöhnlich mit einer 7.

»Haben Sie die Nummer angerufen?«

Christine Sand schüttelte den Kopf.

»Ich hatte mehr als genug damit zu tun, mir ein Flugticket zu buchen«, fügte sie hinzu.

»Darf ich den Zettel behalten?«

»Aber natürlich.«

Bull wechselte das Thema:

»Soweit ich Craig verstanden habe, war Ihr Vater an Geschichte interessiert?«

Zum ersten Mal während der Unterhaltung lächelte Christine Sand, allerdings eher resigniert als fröhlich.

»Kriegsgeschichte«, präzisierte sie. »Alles, was im zwanzigsten Jahrhundert passiert ist. Die Weltkriege, der Spanische Bürgerkrieg, der Balkan … und die Ukraine, natürlich. Deshalb sind sie auch hierhin gefahren. Nordirland hat ja in diesem Zusammenhang einiges zu bieten. Seine Manie hat meine Mutter schon fast in den Wahnsinn getrieben. Ihr Interesse betraf mehr die Kultur, ob nun historisch oder zeitgenössisch.«

Bull zögerte einen Moment lang. Dann erzählte er ihr von der Katholikin, die von der IRA hingerichtet und danach neben dem Felsbrocken in Tollymore begraben worden war. Obwohl er versuchte, die Geschichte nicht allzu drastisch klingen zu lassen, wurde Christine Sand noch ein bisschen blasser.

»Das könnte eine Erklärung für die Fahrt nach Tollymore sein«, fuhr Bull fort. »Hat Heiberg das dritte … Opfer erwähnt, als Sie mit ihr gesprochen haben?«

Christine Sand nickte wortlos. Behutsam erläuterte Bull ihr die vorläufige Theorie: John und Monica Sand waren dem Zufall zum Opfer gefallen. Vieles deutete darauf hin, dass sie sich zur falschen Zeit am falschen Ort aufgehalten hatten.

Plötzlich kamen die Tränen. Die Tochter der Mordopfer nahm ein Taschentuch aus der Handtasche. Bull ließ ihr Zeit. Ein vorbeikommender Kellner warf den beiden einen langen Blick zu. Vermutlich ahnte er so etwas wie eine Scheidung, wobei es doch eher unwahrscheinlich schien, dass ein etwas mitgenommen wirkender Mann wie Bull sich von einer Frau trennen sollte, die fünfzehn Jahre jünger war und absolute Klasse ausstrahlte.

»Das macht die ganze Sache ja noch sinnloser«, sagte Christine Sand nach einer Weile und schluchzte.

»Das verstehe ich gut, aber eine andere Erklärung kommt eigentlich nicht infrage.«

Sie tupfte sich mit dem Taschentuch die Tränen ab und legte die Hände um die Teetasse, als wolle sie das kleine bisschen Wärme in sich aufnehmen, das sich noch darin befand.

»Und wie sieht es mit der Ermittlung nun aus?« fragte sie. »Sind Sie da irgendwie weitergekommen?«

Bull war auf die Frage vorbereitet und entschied sich, die Wahrheit etwas zu modifizieren. Nicht aus eigenem Bedürfnis, sondern weil er wusste, dass jede noch so geringe Chance auf Aufklärung ein kleiner Trost für Christine Sand sein würde.

»Wir haben am Fundort ein paar interessante Entdeckungen gemacht. Die Kriminaltechniker arbeiten jetzt mit dem Material. Vermutlich werden wir im Laufe der nächsten Tage auch Hinweise aus der Bevölkerung bekommen. Polizeichef Craig ist fest entschlossen, den Fall zu lösen.«

Etwas an ihrem Gesichtsausdruck verriet, dass sie den betonten Optimismus durchschaut hatte, aber Bull erwiderte ihren Blick, ohne zu zögern.

»Sehr gut«, sagte sie, ohne wirklich überzeugt zu wirken. »Ich erinnere mich an diese Krogh-Geschichte vor zwei Jahren in Frankreich. Die Presse hat Sie ja in den höchsten Tönen gelobt.«

Bull gab keine Antwort. Auch indirekte Komplimente machten ihn in der Regel verlegen. Er leerte sein Colaglas.

»Wie spät ist es?«, fragte sie, als sei es ihr zu anstrengend, auf ihre eigene Uhr zu schauen.

Er nannte ihr die Uhrzeit.

»Ich muss mir noch etwas die Nase pudern, bevor wir losgehen. Können wir uns in zehn Minuten draußen vor dem Eingang treffen?«

Bull sah ihr nach, während sie die Lobby durchquerte. Eine hübsche junge Karrierefrau, der vor weniger als 24 Stunden noch die ganze Welt zu Füßen lag und die nun von ebenjener Welt einen Schlag vor den Kopf bekommen hatte.

Und der schlimmste Teil des Albtraums stand Christine Sand noch bevor.

Es wurde schlimmer, als selbst Bull es sich vorgestellt hatte. Fast musste er sie aus dem Kühlraum heraustragen, wo die Eltern auf Tischen aus rostfreiem Stahl lagen.

Im Taxi auf dem Weg zurück zum Hotel rief er die Nummer des MIR-2 an. Er bekam Veronica Ross an den Hörer, die versprach, sofort zum Hotel zu kommen. Christine Sand brauchte etwas zur Beruhigung – eventuell auch ein Schlafmittel. Und vielleicht auch etwas Gesellschaft in ihrer Trauer.

Bull wollte sich seiner eigenen Trauer widmen, auf einem Friedhof in Holywood.

22

Belfast
Sonntag, 22. Mai 2016

Brendan Hannon saß in einem abgewetzten Sessel und betrachtete den graugrünen Fleck an der Zimmerdecke. Mit jedem Regentag wurde der etwas größer. Bald schon würden die Verbindungsnähte der Deckenplatten nachgeben und die ersten Tropfen hindurchlassen. Als Seemann hatte Hannon tropische Regenstürme erlebt, aber der Regen in seiner Heimat war schlimmer. Kalt und schmutzig ergoss er sich über ein Volk, das sich nach Wärme und Läuterung sehnte.

Er zuckte zusammen. Ein blitzartiger Schmerz in dem Fuß, der nicht mehr da war. Sein rechtes Bein endete am Knie. Die verfluchte Strafe Gottes für sechzig Zigaretten am Tag in fast ebenso vielen Jahren. Er warf einen verächtlichen Blick auf die Prothese, die genau an der Stelle am Kamin lehnte, wo einst die Katze gelegen hatte. Eine kleine Fliege irrte über dem Wohnzimmertisch unentwegt durch die Luft, als suche sie nach etwas Verlorenem.

An der anderen Seite des Tisches saß Tobin. Eine Filterzigarette brannte zwischen den schlanken Fingern. Hannon verspürte die Gier nach Tabak. Wie ein Tier, das in ihm wohnte und gefüttert werden wollte. Ein Leben ohne Nikotin wäre Hannon sinnlos erschienen, wenn es die *Sache* nicht gegeben hätte. Die Sache, die ihre ehemaligen Waffenbrüder verraten hatten, als das Belfast-Abkommen im Jahr 1998 unterzeichnet worden war.

Hannon wedelte mit der Zeitung, die er vom Schoß nahm. »Ihr habt ihn endlich gekriegt, wie ich sehe.«

Sein Gegenüber nickte und zog an der Zigarette. Die Asche an ihrem Ende war bereits gefährlich lang.

»Plus die beiden Norweger, die nicht auf der Bestellung standen«, fuhr Hannon fort. »Nicht sehr günstig. Laut *Belfast Telegraph* ist schon ein norwegischer Ermittler in der Stadt eingetroffen.«

Tobin zuckte mit den Schultern. Die Zigarettenasche gab der Schwerkraft nach und landete auf dem fleckigen Teppichboden, wo sie sich mit anderen alten Sünden vereinigte.

»Wir sind davon ausgegangen, dass sie unseren Wagen gesehen haben. Wir wollten kein Risiko eingehen.«

Hannon verfolgte das Thema nicht weiter. Er war sicher, dass er die Situation genauso eingeschätzt hätte. Gnade war eine Gunst, die in Zeiten des Friedens gewährt wurde.

»Wie läuft's denn in Armagh?«, fragte er und versuchte, ein wenig von dem Zigarettenqualm einzusaugen, der über den Tisch wehte.

»Gut. Wir haben jetzt an die hundert Mann in Uniform. Einige müssen im Zelt schlafen, aber keiner beklagt sich – nicht mal bei diesem Scheißwetter.«

»Und O'Caolain?«

»Es fließt Blut durch seine Adern, aber so richtig in Form ist er nicht. Meistens liegt er mit seinem Colt und einer Flasche Whiskey im Bett und faselt von alten Zeiten. Ab und an schießt er ein Loch in die Decke.«

Und eines schönen Tages schießt er sich in den Kopf, dachte Hannon. Seamus O'Caolain war nicht der Typ Mann, der in einem Bett vor sich hin vegetierte. Laut sagte er:

»Und was ist mit dem großen Finale – gibt's schon einen Plan?«

»Wir arbeiten daran. Es gibt da nächste Woche Freitag eine Möglichkeit. Bangor. Außerhalb der Stadt soll ein neuer Golfplatz eingeweiht werden. *Er* wird der Veranstaltung mit seiner Anwesenheit Glanz verleihen, zusammen mit einigen unserer anderen Feinde.«

Hannon lehnte sich zurück.

»Du hast doch wohl hoffentlich keine Bombe im Sinn?«

»Gewehr.«

»Und wer?«

»Ich dachte an Michael.«

Hannon überlegte. Michael Kee war einer von Tobins Männern. Ziemlich geschickt auf lange Distanz, aber nicht der Beste.

»Wenn wir von einem Gewehr reden, muss es Kevin O'Mulligan machen«, beschloss er. »Der trifft mit seiner AS50 auf tausend Meter eine Grapefruit. Die Engländer sind zwar Arschlöcher, aber gute Waffen bauen sie.«

»Wenn du darauf bestehst«, erwiderte Tobin kühl.

»O'Mulligan ist der Beste. Punkt. Erzähl mir noch mehr.«

»Abgesehen von den anwesenden Gästen, ist auch der Ort sehr günstig. Vom alten Leuchtturm am Ballymacormick Point, etwa ein Kilometer entfernt, kann man den ganzen Golfplatz überblicken. Unser Mann wird in ein Boot springen und sich schon auf halbem Weg nach Schottland befinden, bevor die Sicherheitstypen auch nur ahnen können, woher der Schuss kam.«

Hannon schloss die Augen, während er in Gedanken nach Schwachpunkten in dem Plan suchte. Sicher ließ sich ihr Vorhaben auch einfacher umsetzen – andererseits: Der PR-Effekt wäre unübertrefflich. Titelseiten und *breaking news* rund um die Welt. Der Kampf für Gerechtigkeit würde neue und wertvolle Aufmerksamkeit erregen.

Es war ein guter Plan. Hannon sparte nicht mit Lob.

»Ich bin durch eine gute Schule gegangen«, erwiderte Tobin.

23

Holywood
Sonntag, 22. Mai 2016

Sie warteten schon auf dem Parkplatz am Redburn Cemetery, als Bull endlich eintraf.

Gus, Thomas und Fanny Robertson, alle drei mit Regenschirm ausgerüstet. Die Pflegerin betätigte sich außerdem als Blumenbotin – zwei große Buketts aus Rosen, Nelken und Chrysanthemen.

Ein Verkehrsunfall auf der A2 hatte dazu geführt, dass Bull sich um eine Viertelstunde verspätete, doch gemessen an dem Blick, den sein Vater ihm zuwarf, hätte man meinen können, es handele sich um drei oder vier Stunden. Bull umarmte Gus, reichte Fanny die Hand und klopfte seinem Vater auf die Schulter.

»Überaus großzügig, dass du noch Zeit hattest, dich einzufinden«, flüsterte Thomas seinem Sohn zu.

Bull hielt den Mund. Es war weder der richtige Zeitpunkt noch der passende Ort für eine Auseinandersetzung mit seinem Vater. Außerdem wusste er aus Erfahrung, dass jede Erklärung ins Leere laufen würde. Die einzigen Verspätungen, die Thomas Bull entschuldigte, waren seine eigenen.

Sie bildeten einen Halbkreis um die beiden nebeneinanderliegenden Gräber. Großmutter Coleen in dem einen, und ihre Tochter Sarah Bull in dem anderen. Bull blickte auf den Grabstein der Mutter. Unter Namen und Geburts- sowie Todestag war ein kleiner Vers in den Granit gemeißelt worden:

Think of me as you walk through
the woodland, amid the delicate scent of
flowers, trees, ferns and herbs

Eine Lobrede auf die Landschaft, die sie geliebt hatte, die Erde, in der sie verwurzelt war, und auf den Wald, in dem sie allzu früh den Tod gefunden hatte.

Unten auf Coleens Grabstein hatte Gus einen letzten Gruß an seine Frau anbringen lassen, die sechsundsechzig Jahre das Leben mit ihm geteilt hatte.

LOVED BEYOND ALL TELLING,
MISSED WITH A GRIEF BEYOND ALL TEARS

Fanny reichte Gus eines der Blumenbuketts. Der alte Mann schüttelte den Kopf und wischte sich mit dem Ärmel seiner Tweedjacke über die feuchte Wange.

»Bogart kann das machen«, sagte er.

Bull nahm die Blumen entgegen und ging vor dem Grab der Mutter in die Hocke. Für Gus war Sarah das größte Geschenk seines Lebens gewesen. Für Thomas war sie die Verkörperung der Liebe. Für Bull war sie lediglich eine vage Erinnerung an eine weiche Wange.

Sollte er sich schämen, weil er keine Trauer empfand? Er war anderer Ansicht. Wie konnte man einen Menschen vermissen, an den man sich kaum erinnerte? Thomas hatte darüber hinaus auch keine großen Anstrengungen unternommen, die Erinnerungen seines Sohnes an die Mutter wach zu halten. Anfangs hatte er die Fragen des Jungen beantwortet. Nach und nach wurde der Abstand zwischen den Fragen immer länger, und schließlich verebbten sie in den Wogen der Zeit. Viele Jahre später hatte Frida ein paar Versuche unternommen, um seine Erinnerungen an die Mutter zu wecken, aber was verloren war, war verloren.

Bull legte die Blumen vor den Grabstein der Mutter und trat hinüber zu Coleens Grab.

Das war nicht so einfach. Nach seinem Traum und dem Besuch im Gemini Shop spürte er die beinahe erschreckende

Gegenwart seiner Großmutter. Recht früh nach seiner Heirat hatte Frida einmal behauptet, dass die meisten Menschen einen oder mehrere Schutzengel hätten. *Es ist der Geist der Menschen, die nicht mehr unter uns sind, doch große Bedeutung für uns hatten, als sie noch auf der Erde wandelten. Durch unsere Träume nehmen sie Kontakt mit uns auf.*

Damals hatte ihre Behauptung Bull nur mitleidig lächeln lassen. Jetzt war er sich nicht mehr so sicher, ob Frida nicht recht hatte.

Er legte das andere Bukett vor dem Grabstein ab, führte zwei Fingerspitzen zu den Lippen und strich mit ihnen über den vergoldeten Namen der Großmutter auf dem feuchten, kalten Granit.

Obwohl die Entfernung zum Pflegeheim nur ein paar Hundert Meter betrug, waren Gus und Fanny mit dem Wagen gekommen. Der Großvater fühlte sich immer noch schwach, und seine alten Beine waren dünn geworden. Nachdem sie ihm in den Wagen geholfen und die Beifahrertür geschlossen hatte, drehte sich Fanny zu Bull und seinem Vater um.

»Es gibt etwas, was ich Ihnen gern berichten wollte«, sagte sie leise. »Da war eine Frau am Freitag zu Besuch bei Gus, nur eine Stunde nachdem Sie da gewesen sind.«

Bull streckte seinen frisch operierten Rücken etwas durch, kam aber nicht zu Wort, als Fanny fortfuhr:

»Ich habe die Betreffende noch nie gesehen, weder zuvor und auch nicht danach. Sie ist nur eine Viertelstunde geblieben, aber nachdem sie weg war, bin ich zu Gus hineingegangen. Er wirkte sehr bedrückt und ist seitdem irgendwie nicht mehr ganz er selbst. Ich habe versucht, ihn nach dem Besuch zu befragen, aber ich habe nur herausbekommen, dass die Frau eine alte Bekannte sei.«

»Muss man sich an der Rezeption nicht anmelden?«, fragte Bull.

»Man braucht nur einen Namen in das Gästeprotokoll einzutragen. Sie nannte sich Penelope Halifax. Wir sollten vermutlich einführen, dass die Besucher sich ausweisen, aber …«

»Wie sah die Frau aus?«, unterbrach Bull.

»Ganz gewöhnlich, würde ich sagen. So um die sechzig, schlank und mittelgroß. Sie trug eine Brille und hatte die Haare zum Teil unter einer Art Handtuch verborgen – oder vielleicht war es auch ein Kopftuch. Ich glaube, es war grau. Also ihr Haar. Dieses Tuch war dunkelrot – weinrot, sagt man wohl.«

»Und ihre Kleidung?«

Fanny schien sich plötzlich unwohl zu fühlen. Bull kannte dieses Phänomen nur allzu gut. Zeugen, die ein schlechtes Gewissen bekamen, weil sie sich nicht an Details erinnern konnten, die den meisten Menschen ohnehin entgangen wären.

»Ich bin Polizist, Fanny, und ich weiß sehr genau, dass sich nur die wenigsten nach zwei Tagen noch an solche Dinge erinnern«, sagte er zu ihrer Beruhigung. »Aber bitte versuchen Sie es einmal.«

Sie entspannte sich etwas.

»Ein leichter Mantel, mittelblau oder vielleicht auch grau. Eine Hose, soweit ich mich erinnere, keinen Rock. Welche Schuhe sie trug, weiß ich nicht.«

Hinter ihr klopfte Gus ungeduldig an die Frontscheibe.

»Sehr gut, Fanny«, lobte Bull sie. »Sie sind aufmerksamer als die meisten Menschen. Sollte Ihnen noch etwas einfallen, müssen Sie mich bitte sofort anrufen. Machen Sie das?«

Er reichte ihr seine Karte.

»Versprochen«, sagte sie und lächelte. »Jetzt sollte ich aber gehen, bevor Gus allzu ungeduldig wird.«

Vater und Sohn Bull winkten dem kleinen Toyota hinterher, als er durch das Tor des Friedhofparkplatzes rollte.

»Wer kann denn das gewesen sein?«, fragte Thomas.

Bull zuckte mit den Schultern.

»Vielleicht eine alte Liebschaft?«, flötete Thomas.

Manchmal hatte Bull durchaus Lust, seinem Erzeuger eine Ohrfeige zu verpassen, aber wie üblich beherrschte er sich.

»Oder eine ehemalige Nachbarin«, erwiderte er scharf. »Oder eine alte Freundin von Sarah. Oder jemand, der früher mal in Maiden Cottage ausgeholfen hat. Oder wer auch immer, dem Gus auf seinem Weg durchs Leben begegnet ist. Es gibt nämlich auch Menschen, die sich gar nichts vorzuwerfen haben, im Gegensatz zu dir!«

Thomas blickte beschämt zu Boden.

»Aber da wir gerade von Liebschaften sprechen«, fuhr Bull fort. »Vielleicht hast du ja Lust, mir zu erzählen, wieso Fai in einem Morgenmantel durch deine Wohnung tappt.«

»Nein«, erwiderte Thomas einsilbig.

»Dachte ich's mir doch.«

Thomas' zehn Sekunden in der Defensive, die es selten gab, waren vorüber. Er hob den Kopf und blickte seinen Sohn unverwandt an.

»Hab keine Angst, mein Junge. Sie kommt nicht mal in die Nähe deines Erbes.«

Wie immer hatte Thomas das letzte Wort, drehte sich um und ging weg. Instinktiv wollte Bull ihm folgen. Er machte ein paar Schritte, besann sich dann aber anders. Wenn Thomas in solcher Stimmung war, dauerte es gewöhnlich ein bis drei Tage, bis er die Friedenspfeife wieder anzündete. Einerlei, es gab wichtigere Dinge, mit denen Bull seine Zeit verbringen konnte. Ein Gespräch unter vier Augen mit dem Großvater zum Beispiel.

Nach der Begegnung mit Mathilda Reeves und Fannys Geschichte über die unbekannte Besucherin mit dem Kopftuch gab es das eine oder andere zu bereden.

24

Als Bull den Empfangsbereich betrat, stand Fanny zusammen mit einem älteren Mann und einem kleinen, rothaarigen Jungen am Tresen. Der Mann hatte ihm den Rücken zugekehrt, drehte sich aber um, als Fanny Bull zuwinkte.

»Hallo«, sagte sie und lächelte. »So schnell hätte ich nicht wieder mit Ihnen gerechnet.«

»Thomas war reif für ein kleines Nachmittagsschläfchen, da dachte ich, ich könnte Gus etwas Gesellschaft leisten.«

Fast die Wahrheit, dachte er. Manchmal musste es eben erlaubt sein, die eigentlichen Beweggründe zu verbergen.

»Kommt ja nicht so häufig vor, dass Gus' Besucher Schlange stehen«, sagte Fanny. »Haben Sie Henry schon kennengelernt? Er hält jetzt in Maiden Cottage die Stellung.«

Laut Gus hatte Henrik Berg-Hansen schon Mitte der 1960er-Jahre angefangen, bei Harland & Wolff zu arbeiten. Der Mann musste demnach mindestens siebzig sein, sah aber zehn Jahre jünger aus. Er war mittelgroß und schlank und erinnerte mit seinem geraden Rücken an einen Turmspringer an der Kante des Sprungbretts. Sein grauer, kurz geschnittener Haarschopf war ebenso dicht wie Bulls, und die Farbe seines fein geschnittenen Gesichts deutete auf viel Aktivität in frischer Luft. Lag da etwa eine leichte Röte auf Fannys Wangen? Sie war vermutlich Ende fünfzig, und einen Ehering hatte Bull an ihrer Hand nicht entdecken können.

Henry streckte die Hand aus. Sein Lächeln spiegelte sich in den blaugrauen Augen wider.

»Sie sind Bogart? Gus hat schon so viel über Sie gesprochen, dass ich Sie wahrscheinlich auch irgendwo auf der Straße in Belfast erkannt hätte.«

Trotz des fremdländischen Akzents, der den meisten Auswanderern nach Jahren im Ausland anhaftete, konnte Bull hören, dass Henry ursprünglich aus Südnorwegen stammte.

Bull ergriff seine Hand. Der feste Händedruck entsprach der äußeren Erscheinung des Mannes. Bull konnte gut verstehen, dass Gus ihn mochte – und Fanny mochte ihn anscheinend auch. Henrik Berg-Hansen war ein Mann aus ganzem Schrot und Korn.

»Schön, Sie kennenzulernen«, sagte Bull. »Gus hat mir erzählt, dass Sie schon lange hier leben.«

»Seit '66«, bestätigte Henry. »Bin auf einem Stückgutfrachter nach Belfast gekommen, damals, als die noch unter norwegischer Flagge fuhren. Schon am ersten Abend begegnete ich einer jungen Frau, eine von der Sorte, in die man sich sofort verliebt. Ich stand dann vor der Qual der Wahl: meine Heuer oder die Frau. Das Schiff zog ohne mich weiter. Leider tat das auch meine Angebetete – ein paar Wochen später. Tja, und seitdem bin ich hier.«

Fanny gab ein höfliches kleines Räuspern von sich. Vermutlich hatte sie Besseres zu tun, als einer Unterhaltung zu lauschen, von der sie kein Wort verstand. Henry kapierte den Wink und wechselte zurück zum Englischen.

»Dann überlassen wir Gus besser Ihnen, Bogart. Kieran und ich können auch an einem anderen Tag vorbeischauen.«

Der Junge mit dem feuerroten Haar hielt mit seinem dünnen Arm eines von Henrys Beinen umklammert. Seine eigenen waren gekreuzt, als ob er dringend zur Toilette müsste. Schüchtern blickte er zu Bull auf.

»Hallo«, sagte Bull und reichte dem Kleinen die Hand. Kieran ergriff Bulls Zeigefinger, schüttelte ihn zweimal, und zog seine Hand dann schnell zurück.

»Kieran ist der Jüngste in Maiden Cottage«, sagte Henry. »Die übrigen Jungs sind im Alter zwischen neun und vierzehn. Es wäre schön, wenn Sie in den nächsten Tagen mal bei uns vorbeikämen. Sie sind ja mehr oder weniger dort aufgewachsen, wenn ich Gus richtig verstanden habe.«

»Das mache ich gern.«

»Dann also bis später«, erwiderte Henry, zwinkerte Fanny schalkhaft zu und steuerte mit Kieran im Schlepptau auf den Ausgang zu. Auf halber Strecke warf der Junge einen Blick über seine Schulter. Ein schüchternes Lächeln für Bull, bevor er seine Aufmerksamkeit wieder auf Henry richtete. Gerade als sie hinaustraten, hörte Bull den Jungen fragen:

»Ist er ein echter Polizist, Henry?«

Gus lag im Bett. Zwar angezogen und auf der Bettdecke, aber Bulls Großvater sah ziemlich mitgenommen aus. Seine Augen wirkten matt, und seine Haut war grau und trocken wie eine vor langer Zeit in einen Holzblock getriebene Kerbe.

Bull zog einen Stuhl heran und setzte sich neben den Alten.

»Wir geht's dir?«

»Ging schon mal besser«, murmelte Gus.

»Ist irgendwas Besonderes passiert?«

»Ich bin keine achtzig mehr, mein Junge. In meinem Alter sitzen die meisten im Wartezimmer vom heiligen Petrus. Falls ihnen noch keine Audienz gewährt wurde, wohlgemerkt.«

Schon immer hatte Gus die Fähigkeit besessen, sich blumiger als andere auszudrücken.

»Bist du fit genug für eine kleine Unterhaltung?«, fragte Bull vorsichtig.

Der Großvater sah zu ihm auf und wirkte einen Hauch wacher.

»Worüber?«

»Fanny hat erzählt, dass du Besuch hattest – gleich nachdem Thomas und ich neulich hier waren.«

Gus runzelte seine bereits faltige Stirn und schien nachzudenken.

»Henry schaut von Zeit zu Zeit mal rein«, sagte er schließlich.

»Ich rede von einer Frau. So um die sechzig, laut Fanny.«

Gus kicherte leise.

»So weit kommt's noch«, sagte er. »Die hätte Coleen sofort wieder rausgeworfen. Was das angeht, mag deine Großmutter keine Konkurrenz, besonders nicht von so jungen Frauen.«

Mag nicht? Auf welcher Zeitebene befand Gus sich gerade? Oder tat er so, als könne er sich nicht erinnern?

»Dann hattest du also keinen Besuch von einer Frau?«, fragte Bull.

»Nein«, gab der Großvater kurz und knapp zurück und schien damit anzudeuten, dass das Thema beendet war.

Was hatte Fanny über Gus gesagt? Dass seine Erinnerung an lange zurückliegende Dinge gut funktionierte. Sollte er einen Versuch wagen? Doch angesichts der momentanen Stimmung riskierte Bull, dass sich sein Großvater jeder weiteren Unterhaltung entzog. Aber was war mit dem Kind, von dem Mathilda Reeves gesprochen hatte? Irgendetwas sagte Bull, dass Gus' Schwermut damit in Zusammenhang stehen könnte.

Er musste es versuchen. So bald würde die Gelegenheit nicht wiederkommen. *Und so schwach, wie Gus wirkt, kommt sie vielleicht niemals wieder,* dachte er düster.

»Es war schön, dass wir die Gräber heute besucht haben«, setzte er an. »Schön und traurig zugleich.«

Gus murmelte etwas Unverständliches.

»Ich mag diesen kleinen Vers auf Mamas Stein.« Bulls Bemerkung ließ die Augen des Großvaters eine Winzigkeit heller werden.

»Think of me as you walk through the woodland …«, zitierte Gus. »Seit damals hab ich kaum einen Schritt durch den Wald getan, ohne an sie zu denken.«

»Hast du das geschrieben?«

»Nein. Das war Sarah selbst. Wir fanden es in einem Buch in ihrem Zimmer, ein paar Tage nachdem sie … gegangen war. Sie hat viel geschrieben. Meistens Gedichte. Deine Mutter war eine begabte junge Frau.«

»Sie war euer einziges Kind?«

Das Fragezeichen in Bulls Tonfall war zwar hörbar, aber nicht allzu deutlich.

»Leider«, seufzte Gus. »Coleen bekam eine Entzündung in ... du weißt schon ... in den Eierstöcken, und dann war Schluss.«

»Und vorher gab's auch niemanden?«

Das Licht in den Augen wurde heller. Gus war jetzt wacher als zuvor.

»Wovon redest du?«

»Ich weiß nicht«, fuhr Bull fort. »Ich versuche wohl nur, etwas mehr über meine Verwandtschaft zu erfahren, von der ich leider viel zu wenig gesehen habe.«

Jetzt nicht zu zaghaft sein, Bogart.

»Ich wünschte, ich wäre in Maiden Cottage aufgewachsen und nicht in Oslo«, fuhr er fort. »Du und Coleen hätten wohl bessere Arbeit geleistet als Thomas. Ich hätte bei euch leben können, nachdem ihr Sarah verloren habt.«

Das offene Bekenntnis schien so viel Eindruck bei Gus zu machen, dass er die kryptische Frage vergaß. Er legte eine knöcherne Hand auf Bulls Knie.

»Ein Jahr nach Sarahs Tod haben Coleen und ich diese Möglichkeit Thomas gegenüber angedeutet. Wir hatten den Eindruck, dass er genug mit ... seiner Karriere und seiner eigenen Trauer zu tun hatte. Allerdings wurde dann auch glasklar, dass dies für ihn nicht infrage käme. Und als sein Sohn solltest du ihm das zu seinem Vorteil anrechnen.«

Das Einzige, was diese Unterhaltung jetzt noch mehr misslingen lassen könnte, wäre eine Frage nach Frida und Anine, dachte Bull. Aber seine Befürchtung war unbegründet. Gus war ziemlich erschöpft. Nach ein paar Sekunden fielen ihm die Augen zu. Kurz danach war ein schwaches Schnarchen zu hören.

Als Bull wieder an die Luft ging, hatte der Regen nachgelassen. Oder jedenfalls eine Pause eingelegt. Der Himmel über

Holywood war grau wie Beton. Während des Spaziergangs zum Roselawn House erledigte Bull zwei Anrufe. Miriam Dixon versprach, in ihrer Datenbank nach Penelope Halifax zu suchen. Außerdem wollte sie sich darum kümmern, dass Bull ins Europa Hotel umziehen konnte, was angesichts der Situation sinnvoll schien. Der zweite Anruf galt McKenna, dem Namen auf dem Zettel von Christine Sand. Der Angerufene meldete sich nach dem vierten Klingelton.

»McKenna?«

Bull nannte seinen Namen und erläuterte kurz, worum es ging.

»Ach, verflixt«, sagte McKenna mit einer Stimme, die Tom Waits gehört haben könnte. »Ich wollte mich schon melden, als die Namen in den Zeitungen veröffentlicht wurden, aber meine Frau musste plötzlich ins Krankenhaus. Sie hat Diabetes und plagt sich noch mit anderem Mist rum.«

»Das tut mir leid zu hören«, erwiderte Bull. »Aber vielleicht könnten wir ganz vorn anfangen?«

»Vorn anfangen?«

»Der Grund, weshalb Sie Kontakt mit Sand hatten.«

McKenna war die Freundlichkeit selbst. Als langjähriger Journalist bei der *Irish Times* hatte er den Nordirlandkonflikt selbst erlebt – und darüber berichtet. John Sand hatte ihn vor einigen Wochen kontaktiert, und seitdem hatte McKenna dem Norweger mit »dem einen oder anderen« geholfen. Konnten Sie die Einzelheiten nicht bei einem Kaffee oder zwei erörtern? Allerdings nicht vor dem nächsten Tag. Die arme Gattin musste nämlich unterhalten werden, nicht zuletzt, weil es Sonntagabend war.

Er gab Bull die Adresse eines Starbucks direkt gegenüber der Zeitungsredaktion. Um Punkt neun würde er da sein – komme, was da wolle.

Als Bull das Gespräch beendete, sah er, dass Miriam Dixon eine Nachricht auf der Mailbox hinterlassen hatte: Vorausgesetzt, dass sie überhaupt in Nordirland lebte, gab es in der

Datenbank nichts über Penelope Halifax, lautete die Nachricht.

Nein, dachte Bull. Eine unangenehme Vorahnung sagte ihm, dass »Penelope Halifax« allenfalls in der Fantasie der mysteriösen Dame existierte. Dann aber stellte er sich die Frage, warum sie Gus besucht hatte. Ein Besuch, der den Großvater deprimiert hatte und den er entweder verdrängen oder sich nicht eingestehen wollte.

Als Bull zum Roselawn House kam, lag an der Rezeption eine Nachricht für ihn bereit. Ein handgeschriebener Zettel von seinem Vater. Der Text war kurz und bündig:

Auftrag ausgeführt. Fliege zurück nach Oslo. T.

Auftrag … Sarahs Tod lag vierzig Jahre zurück, und Thomas war offenbar ein Mann, der die Aussicht durch die Frontscheibe einem Blick in den Rückspiegel vorzog.

Die Nachricht war Bull von einem älteren Mann überreicht worden, den er zuvor noch nicht gesehen hatte. Er war auf legere Weise gut gekleidet und musterte Bull mit einem Blick, der mehr Autorität ausstrahlte, als man von einem gewöhnlichen Rezeptionisten erwartet hätte.

»Wir haben uns noch nicht kennengelernt«, sagte er freundlich. »Sie sind Mr. Bull, nicht wahr?«

»Einer der beiden. Der andere scheint ausgecheckt zu haben?«

»Er ist vor etwa einer halben Stunde abgereist. Schien es etwas eilig zu haben. Ich glaube, er wollte ein Flugzeug erwischen.«

Der Mann streckte die Hand aus.

»Ich bin John Hendley – der Besitzer von Roselawn House.«

»Bogart Bull. Nicht zu verwechseln mit Thomas. Ich hoffe, Sie haben seine Minibar überprüft, bevor er die Rechnung beglichen hat.«

»Alles in Ordnung«, sagte Hendley und lächelte.

Bull erläuterte das Erfordernis des Hotelwechsels und bat um Vorbereitung seiner Rechnung. Obwohl sich der Aufenthalt um zwei Tage verkürzte, reagierte der Hotelbesitzer überaus entgegenkommend. Sogar um das Taxi wollte er sich kümmern.

Oben in seinem Zimmer packte Bull zusammen. Das war schnell erledigt. Bull gehörte nicht zu der Sorte, die für eine fünftägige Tour mit schwerem Gepäck reiste. Würde es nötig sein, noch ein paar Tage länger in Belfast zu bleiben, müsste er eben erwägen, ein Einkaufszentrum aufzusuchen. Zu Hause in Oslo wäre er lieber zum Zahnarzt gegangen, als freiwillig einen Laden mit aufdringlichen Verkäufern und hämmernder Musik aus den Lautsprechern aufzusuchen.

Auf dem Weg nach unten hörte er auf der Treppe plötzlich Klaviertöne. Strawinsky? Die Lautstärke nahm zu. Eine Etage tiefer kam er am Ende eines Gangs an einer halb geöffneten Tür vorbei, blieb stehen und warf einen Blick in das Zimmer. An einem weißen Klavier saß eine ältere Frau in einem hellen Kleid und mit einem schwarzen, grobmaschigen Schal über den Schultern. Ihre Finger bewegten sich sicher und geschmeidig über die Tasten, der rechte Fuß betätigte in unregelmäßigen Abständen das Forte-Pedal. Trotz des grauen Wetters sowie der Tatsache, dass sie sich im Inneren eines Hauses befand, trug sie eine dunkle Brille. Ein weißer Stock ruhte seitlich an das Instrument gelehnt. Wer war sie wohl? Eine Klavierstimmerin?

Nachdem ein Akkord verklungen war, zog sie die Hände von den Tasten zurück und wandte sich um – zu Bull.

»Igor Strawinsky«, bestätigte sie. »Serenade in A-Dur.«

»Wunderschön«, gab er zurück.

»Mein Bruder sagte, Sie verlassen uns?«

»Ja … leider«, erwiderte Bull ein wenig überrumpelt. »Die Pflicht ruft.«

»Dann hoffe ich, Sie in Zukunft wieder einmal als Gast

begrüßen zu dürfen«, sagte sie, hob die Hände und setzte die Serenade an der Stelle fort, an der sie sie unterbrochen hatte.

»Ich wünsche Ihnen noch einen schönen Tag, Ma'am«, gab Bull zurück, wandte sich ab und lief die letzten Stufen zur Rezeption hinunter.

25

Eine Dreiviertelstunde später checkte er an der Rezeption des Europa Hotels ein, wo er von einem aalglatten und servilen jungen Mann in Empfang genommen wurde, der laut Namensschild an seinem Anzug Fabio hieß. Eine Art Künstlername, wie Bull vermutete. Fabio bleckte die strahlend weißen Zähne und erbat Auskunft darüber, wie lange Bull »das Hotel mit seiner Anwesenheit zu beehren wünsche«. Bull erwiderte, dass er zu bleiben gedenke, so lange es nötig sei; eine Zeitangabe, die bei dem Stutzer ein nervöses Zwinkern auslöste, bevor er bat, Bulls Kreditkarte sehen zu dürfen. Das kleine Stück Plastik wurde begutachtet, als handele es sich um einen archäologischen Sensationsfund aus einem ägyptischen Königsgrab. Daraufhin konzentrierte Fabio sich auf seinen PC-Bildschirm und schickte vermutlich eine Warnung an alle Abteilungen des Hotels. Bull lehnte höflich ab, als ihm angeboten wurde, seine durchaus tragbare Reisetasche aufs Zimmer gebracht zu bekommen, nahm Kreditkarte samt Zimmerschlüssel in Empfang und ging zum Aufzug.

Als sich die Tür öffnete, stand Christine Sand vor ihm. Frisches Make-up ersetzte, was der Tränenstrom am Nachmittag verwischt hatte.

»Sind Sie immer noch hier?«, fragte sie erstaunt.

Er erklärte den Grund für den Hotelwechsel und wollte wissen, wie sie sich fühlte.

»Kurz gefasst? Leer, traurig und erschöpft.«

»Und Constable Ross – wo ist sie abgeblieben?«

»Ich habe sie zurück an die Arbeit geschickt. Ich hatte den Wunsch, mich ein wenig hinzulegen, und fand es dann doch etwas zu melodramatisch, eine Polizeibeamtin neben mir sitzen zu haben, die mich beim Schlafen beobachtet.«

Bull lächelte. Die junge Frau hatte anscheinend Pep. Sein nächster Gedanke war zwar naheliegend, aber dennoch überraschten ihn seine eigenen Worte ein wenig:

»Wenn Sie für heute Abend nichts vorhaben, könnten wir vielleicht zusammen ein Häppchen essen?«

Es wurde ein Abendessen, das Bull noch lange in Erinnerung behalten sollte. Christine Sand hatte sich nach dem extrem belastenden Tag offenbar gefasst, und die Unterhaltung drehte sich um alles andere als um Tod und Verderben. Sie berichtete von ihrer Kindheit und Jugend in Nordberg, von der Mitgliedschaft in der Jugendorganisation der Fortschrittspartei und von einem Wirtschaftsstudium im schweizerischen St. Gallen. Ausnahmsweise wurde Bull einmal nicht über seinen Alltag als Mordermittler ausgefragt. Stattdessen wollte Christine Sand gern über seinen Vater reden. Denn wie sich zeigte, hatte sie eines von Thomas Bulls Gemälden an der Wand ihrer Wohnung in Grünerløkka hängen, ein Geschenk von ihren Eltern zum Einzug, das von ihrem älteren Bruder als »Vorschuss aufs Erbe« bezeichnet wurde.

Bull gab zwei Anekdoten über Thomas zum Besten, Geschichten, die Christine Sand laut auflachen und in all ihrem Glanz erstrahlen ließen. Im Austausch dafür erhielt er einen Einblick in das Alltagsgeschäft des Finanzministeriums, ohne dass sie dabei die Grenze zur Indiskretion überschritt. Im Gegensatz zu Bull konnte sie der Finanzministerin einiges abgewinnen, eine Frau, die laut Christine sportlich und humorvoll war und über ein ungeheuer intelligentes Arbeitsgehirn verfügte. Bull mochte vielleicht nicht die Finanzministerin, aber er mochte die ausgesprochene Loyalität und den Enthusiasmus, den Christine Sand an den Tag legte. Und sie gefiel ihm – sehr sogar. Die Tatsache, dass sie sich ihrer eigenen Anziehungskraft nicht bewusst war, ließ sie geradezu magisch wirken. Möglicherweise lag es auch an der Schicksalsgemeinschaft: Beide hatten erleben müssen, dass zwei nahestehende Familienmitglieder unter brutalen Umständen aus dem Leben gerissen worden waren. Während sie mit ihm am Tisch saß, schien es so, als habe sie inmitten des Sturms der Gefühle für zwei Stunden einen geschützten Ort gefunden. Aber der Sturm würde wiederkommen und sie durchrütteln – vielleicht schon in der folgenden Nacht, doch mit Sicherheit in den Wochen und Monaten, die noch folgten.

Als sie beim Dessert angelangt waren, hörte Bull zwei Stimmen in seinem Kopf. Die eine äußerte die Hoffnung auf weitere Gespräche mit Christine Sand unter vier Augen. Die andere flüsterte ihm ein, wie unwahrscheinlich es war, dass eine Frau ihres Kalibers Interesse für einen fünfzehn Jahre älteren und desillusionierten Polizeibeamten zeigen sollte, der seine Bekleidung überwiegend bei H&M kaufte. *Hab doch etwas Selbstvertrauen – du merkst doch, dass sie sich in deiner Gesellschaft wohlfühlt,* sagte die eine Stimme. *Vergiss es – sie sitzt hier nur mit dir, weil alles besser ist, als allein zu Abend zu essen,* sagte die andere.

»Das müssen Sie probieren«, sagte Christine Sand und hielt ihm einen Löffel mit Schokoladenfondant vor den Mund. Er beugte sich vor und nutzte die Gelegenheit, ihr in die Augen zu blicken, als er die Süßigkeit kostete. Das ging gut. Ein Löffel von seinem Erdbeersorbet folgte zu ihr hinüber. Eines wusste er genau: Dieser Austausch war nicht als erforderliche Geste im ethischen Regelwerk des Finanzministeriums vorgesehen.

Schließlich entschied sich auch Bulls zweite innere Stimme zu schweigen.

Sie trennten sich vor ihrem Zimmer, das drei Türen neben seinem lag.

»Ein sehr schöner Abend nach einem schrecklichen Tag«, sagte sie und umarmte ihn.

»Überaus«, gab er zurück und fragte sich im nächsten Moment, ob *das Vergnügen war ganz meinerseits* oder etwas Ähnliches geeigneter gewesen wäre. Glücklicherweise sah es nicht so aus, als sei sie dieser Ansicht.

»Wir sehen uns«, sagte sie mit einem schüchternen Lächeln und öffnete die Zimmertür.

Er setzte seinen Weg durch den Gang fort. Woher kam plötzlich bloß diese alberne Lust, tanzen zu wollen?

26

Montag, 23. Mai 2016

Früh am nächsten Morgen gab Bull seinen Code in das Zahlenfeld neben der Tür des MIR-2 ein. Zu seiner Überraschung saß Miriam Dixon bereits an ihrem Platz, frisch wie der Morgen und in einer Aufmachung, die sich beim Stierlauf in Pamplona als absoluter Fehlgriff erwiesen hätte.

»Sieh mal einer an«, sagte sie munter. »Ein Mann, der montagmorgens nicht aus dem Bett gezogen werden muss.«

»Ein Mann, der Kaffee braucht«, erwiderte Bull. »Eine große Tasse, wenn es hier so etwas gibt.«

Er zog einen Stuhl heran und setzte sich zu ihr an den Schreibtisch. Angesichts der Tatsache, dass Dixon mitten in einer Morduntersuchung steckte, war ihr Arbeitsplatz beeindruckend aufgeräumt. *Die digitale Generation,* dachte Bull. Alles, was benötigt wurde, fand sich auf Bildschirmen verschiedener Größenordnung.

Sie kam mit zwei randvollen Bechern aus der Küchenecke zurück. Einem weißen mit schwarzem Kaffee für ihn, Dixons Becher war natürlich rot.

»Gibt's was Neues?«, fragte er, nachdem er ein paar Schlucke Kaffee getrunken hatte.

»Nicht viel. Ein Ehepaar, das am Rand des Walds von Tollymore lebt, hat sich gemeldet. Sie glauben, an dem Vormittag, an dem die Norweger verschwunden sind, einen Wagen gesehen zu haben, der an ihrem Haus vorbeigefahren ist. Der ist ihnen aufgefallen, weil es so ein Transporter von einem Handwerksbetrieb war. Klempner, wie sie meinen. Ihr Haus ist das letzte auf dem Weg in den Wald, und da haben sie sich gefragt, was denn ein Klempner da zu suchen hat, wo niemand lebt.«

»Normalerweise steht doch auch der Name des Betriebs auf so einem Firmenwagen, oder?«

»Was das betrifft, war das Ehepaar unterschiedlicher Meinung. Er meinte, der Name habe mit einem O angefangen – wie in O'Malley zum Beispiel –, während sie davon überzeugt ist, es sei ein M gewesen. Jedenfalls waren sie sich einig, dass es eine weiße Schrift auf blauem Grund war.«

»Und die Automarke?«

»Die Frau konnte dazu nichts sagen, der Mann sprach von einem Ford, allerdings unter Vorbehalt. Scarpitta ist jetzt auf dem Weg dorthin und zeigt ihnen Fotos von Fahrzeugen, die für einen Klempner infrage kommen.«

Nachdenklich schlürften beide ihren Kaffee in sich hinein.

»Ausgehend von den vorliegenden Informationen, könnten wir den Wagen natürlich mithilfe der Medien suchen lassen«, sagte Dixon. »Besonders, wenn sich der männliche Zeuge bei der Automarke einigermaßen sicher ist. Dann besteht allerdings das Risiko, dass die Täter – wenn sie es denn sind – das Fahrzeug von der Straße entfernen.«

Oder es schon schwarz umlackiert haben, mit roter Schrift, dachte Bull. Wenn hier tatsächlich eine Fraktion der IRA dahintersteckte, waren sie sicher nicht so amateurhaft und fuhren weiter mit einem Wagen herum, der in Verbindung mit einem dreifachen Mord benutzt worden war.

Bull erzählte Dixon von seiner Begegnung mit Christine Sand am Vortag, ließ das Abendessen aber geflissentlich weg.

»Und was steht heute auf Ihrem Programm?«, fragte Dixon.

»Ich treffe mich um neun mit diesem McKenna.«

Der Name des Journalisten rief bei Dixon ein kleines Lächeln hervor.

»Ein Reporter der alten Schule«, konstatierte sie. »Hoher Blutdruck, Bleistift hinterm Ohr und Gin Tonic zum Lunch.«

Dixons PC gab einen Signalton von sich. Sie blickte auf den Bildschirm.

»Kurzfristig anberaumtes Stabstreffen in der obersten Etage«, seufzte sie. »Derzeit sind hier im Haus alle etwas nervös. Noch mehr als sonst.«

»In welchem Zusammenhang?«

»Sicherheitsvorkehrungen. Am kommenden Freitag wird in Bangor ein neuer Golfplatz eingeweiht. Dabei werden bekannte Personen aus der politischen und gesellschaftlichen Elite Nordirlands anwesend sein, neben dem vornehmen Besuch aus dem Mutterland.«

»Keith Richards?«, schlug Bull vor.

»Prinz William. Der britische Thronerbe.«

McKenna kam zehn Minuten nach der verabredeten Zeit zur Tür hereingehetzt. Seine Gesichtsfarbe deutete darauf hin, dass Dixons Diagnose – Bluthochdruck – vielleicht nicht ganz falsch war. Der Bleistift hinter dem Ohr fehlte und war offenbar durch das iPad in seinen Händen ersetzt worden. McKenna ließ den Blick durch das halb volle Lokal gleiten und kam dann zielbewusst auf den Tisch zu, an dem Bull saß.

Google, dachte Bull. Einer leichtsinnigen Eingebung folgend hatte er sich einmal selbst gegoogelt und zu seinem Erschrecken mehrere Fotos entdeckt.

Die beiden begrüßten einander mit Handschlag, und der Journalist ließ seine vermutlich gut über einhundert Kilo auf einen Stuhl plumpsen. McKenna gehörte einer Generation von Journalisten an, die noch einen Anzug trugen, in diesem Fall eine hellgraue und etwas zerknitterte Ausgabe, die gut eine Reinigung vertragen hätte. Er war frisch rasiert, sein grau meliertes Haar war geölt und nach hinten gestrichen, was Bull an Marlon Brando in *Der Pate* denken ließ.

»Willkommen in meiner kleinen Oase«, keuchte McKenna und tupfte mit einem Taschentuch über die feuchtesten Stellen seines Schädels. »Waren Sie schon mal in einer Zeitungsredaktion? Da geht's zu wie in einer Großküche. Man kann nicht mal in Ruhe auf dem Klo sitzen.«

Eine junge Frau mit Starbucks-Logo an der Bluse trat an den Tisch und stellte dem Journalisten einen dampfenden Kaffeebecher hin.

»Privileg der Stammgäste«, ließ er Bull wissen. »Man kann die Warteschlange umgehen.«

Bull nahm einen Schluck von seinem lauwarmen Warteschlangen-Kaffee.

»Danke, dass Sie die Zeit gefunden haben«, erwiderte er. Irgendetwas sagte ihm, dass McKenna für eine Portion gewöhnliche Höflichkeit empfänglich wäre. Vermutlich war er in seinem Berufsleben schon häufiger ungehobelten Polizeibeamten begegnet.

»Aber gern, Mr. Bull. Sie haben da ja eine ziemlich grausliche Sache auf den Tisch bekommen. Wo waren wir am Telefon stehen geblieben? Ach, natürlich – John Sand. Er wusste tatsächlich mehr über die O'Neill-Geschichte als ich, und er war ziemlich scharf darauf, den Ort zu sehen, an dem sie damals begraben wurde.«

»Weshalb wurde sie ermordet?«

»Zu der Zeit war die Provos völlig gnadenlos gegenüber allen, die ihrer Meinung nach die Sache verrieten. Da reichte oft schon eine kleine Information an die falsche Person. Bei Marion O'Neill war die Sache allerdings wesentlich ernster.«

»Inwiefern?«

McKenna dämpfte die Stimme.

»Es gab Gerüchte, dass sie der Ulster Volunteer Force bei einem Bombenattentat assistiert hatte. Das muss im Sommer '76 gewesen sein. Ein katholischer Pub in Short Strand wurde zusammen mit etwa zwanzig Gästen in die Luft gesprengt. Das reinste Massaker, eines der schlimmsten während des gesamten Konflikts.«

Der Journalist hielt einen Augenblick inne.

»Ich hatte gehofft, dass dieses Gespräch zum beiderseitigen Nutzen stattfindet«, deutete er vorsichtig an.

Bull kannte die Pressevertreter gut genug, um zu wissen,

worauf McKenna abzielte. Hier galt es, das Gleichgewicht zu bewahren. Geben, was man geben konnte, und nehmen, was man bekommen konnte.

»Detective Chief Inspector Miriam Dixon leitet die Ermittlungen«, sagte Bull. »Ich agiere lediglich als Beobachter von norwegischer Seite aus. Das heißt, dass Dixon den Informationsfluss an die Presse steuert. Sie weiß auch, dass wir uns heute hier treffen. Was wiederum bedeutet, dass ich etwas vorsichtig auftreten muss.«

McKenna nickte bedächtig. Dann kam die unvermeidliche Frage:

»Was können Sie mir über Martin Taylor erzählen? Das dritte Opfer aus Tollymore. Abgesehen davon, dass er pensionierter Polizeibeamter war.«

Bull dachte einen Augenblick lang nach.

»Wenn Sie mir zuerst zwei Fragen beantworten, hätte ich einen Vorschlag, mit wem Sie über Martin Taylor reden könnten.«

»Schießen Sie los«, sagte McKenna.

»Royal Ulster Constabulary. Ich habe den Eindruck, dass meine Kollegen vom Police Service of Northern Ireland nicht gerade stolz auf die Rolle ihrer Vorgänger während des Konflikts sind. Es heißt, die RUC sei ein ausgewiesener Feind der IRA gewesen?«

»Aus gutem Grund«, sagte McKenna und nickte. »In der Praxis war die RUC ein Teil der loyalistischen Truppen, mit engen Verbindungen zur Ulster Volunteer Force und zur Ulster Defense Association. Eine schändliche Episode in der Geschichte der britischen Polizei, wenn Sie mich fragen. Als das Friedensabkommen 1998 ausgearbeitet wurde, war eine der Voraussetzungen, dass die RUC aufgelöst und durch eine neue Einheit ersetzt werden sollte.«

Der Journalist richtete sich plötzlich kerzengerade auf.

»Sie meinen …«, setzte er an. »Aber … Martin Taylor kam erst nach dem Jahrtausendwechsel zum PSNI. Seine Mutter war Engländerin, und er hat lange Jahre bei der GMP gearbeitet, der Regionalpolizei von Manchester. Was hat das mit der RU…«

»Ich meine gar nichts«, unterbrach Bull ihn. »Nachdem sie mit der anderen Quelle gesprochen haben, können Sie die Puzzleteilchen selbst zusammensetzen. Aber wie sieht es heute mit der IRA aus? In welchem Maß sind die noch aktiv?«

»Ich brauche erst mehr Kaffee«, sagte McKenna, winkte der Kellnerin zu und hielt zwei Finger in die Luft. Der Kaffee kam nach wenigen Sekunden.

»Die heutige IRA«, wiederholte Bull.

»Sie existiert, ist aber mit der Provos nicht zu vergleichen. Kleine Gruppierungen, kaum besser organisiert als irgendwelche Fußball-Hooligans. Dasselbe gilt übrigens auch für die Seite der Loyalisten. Beide Parteien verüben hin und wieder einen Anschlag. Da geht es dann meist um die Liquidation von Einzelpersonen. Töten die Republikaner einen Loyalisten, zahlt es ihnen der Gegenpart mit gleicher Münze heim. Er stirbt niemals.«

»Was stirbt niemals?«

»Der Hass«, seufzte McKenna. »Der Frieden ist in erster Linie dem Umstand geschuldet, dass beide Seiten in diesem Konflikt müde geworden waren. Es gibt alte IRA-Kämpfer, die meinen, dass Sinn Féin – also der politische Flügel der IRA mit Gerry Adams an der Spitze – den Traum verraten hat, für den Tausende von irischen Katholiken ihr Leben gegeben haben: den Bruch mit England und eine Wiedervereinigung mit der Republik im Süden. Adams bestreitet sogar, jemals Mitglied der IRA gewesen zu sein. Aber in Nordirland gibt es allenfalls zehn Menschen, die ihm das abnehmen.«

»Es ist also denkbar, dass einige dieser alten IRA-Recken weiterhin aktiv sind?«

»Denkbar schon«, erwiderte McKenna. »Das sind aber nur Spekulationen.«

»Fällt Ihnen jemand ein, auf den das zutreffen könnte?«

Der Blick des Journalisten verdüsterte sich ein wenig.

»Das wird mir jetzt aber doch recht einseitig.«

»Einen oder zwei Namen, dann bin ich an der Reihe.«

McKenna fischte einen Kugelschreiber aus der Innentasche seines Sakkos und griff nach einer Serviette auf dem Tisch. Er schrieb etwas auf, faltete die Serviette zusammen und stopfte sie in die Brusttasche von Bulls Jacke.

»Bitte sehr«, sagte er. »Und jetzt bin ich ganz Ohr.«

»Im Europa Hotel wohnt eine junge Frau namens Christine Sand. Sie ist die Tochter der beiden ermordeten Norweger und bleibt voraussichtlich bis Dienstag oder Mittwoch in der Stadt. Das hängt davon ab, wann sie grünes Licht bekommt, ihre toten Eltern nach Norwegen zu überführen. Ein Exklusiv-Interview mit ihr wäre sicher ein echter Scoop. Darüber hinaus ist nicht ausgeschlossen, dass sie sich zur Ursache des Mordes an ihren Eltern äußern möchte. Ich halte das sogar für sehr wahrscheinlich. Ich stelle aber zwei Bedingungen. Erstens: Offiziell sind Sie über einen Kollegen in den norwegischen Medien an ihren Namen gekommen. Und zweitens: Mein Name wird mit keinem Wort erwähnt, weder in dem Gespräch mit Christine Sand noch in dem abgedruckten Interview. Hab ich mich klar ausgedrückt?«

»Kristallklar.«

McKenna warf einen Blick auf seine Armbanduhr, eine reichlich überladene und alles andere als dezente Ausgabe, die entweder lachhaft teuer gewesen war oder von einem Strandverkäufer im südlichen Europa stammte.

»Die Pflicht ruft«, sagte er und erhob sich. »Wir bleiben in Verbindung.«

»Eine Sache noch«, sagte Bull. »Gehen Sie mit Christine Sand bitte behutsam um. Sie hat gerade beide Elternteile verloren.«

»Takt ist mein zweiter Vorname«, scherzte McKenna und reichte Bull eine Hand, deren Finger von Nikotin gelb verfärbt waren.

Bull sah dem Journalisten nach, als er hinausging und auf die Straße trat. Dann schob er die Hand in die Brusttasche und zog die Serviette hervor. Ein einziger Name stand darauf:

Brendan Hannon.

Er nahm sein Handy und gab den Namen in die Google-Suchmaschine ein. Hannon war ein ziemlich umfangreicher Eintrag mit Fotos bei Wikipedia gewidmet, was darauf hindeutete, dass er nicht irgendwer war. Geburtsdatum und Geburtsort waren mit 1947, Belfast, angegeben. Wollte Bull Kontakt mit ihm aufnehmen, müsste er sich mit Miriam Dixon zusammenschließen. Der Mann würde einem Ausländer, der mit einem Besucherausweis von der Musgrave Police Station wedelte, wohl kaum die Tür öffnen.

Bull rief Dixons Nummer an. Mailbox. Er hinterließ eine kurze Nachricht und wählte dann die Nummer des MIR-2.

»Duncan.«

»Hier ist Bull. Ist Dixon zu sprechen?«

»Leider nicht – sie ist bis ein Uhr in einer Sitzung. Kann ich Ihnen behilflich sein?«

Bull überkam plötzlich das unbehagliche Gefühl, als Außenstehender wahrgenommen zu werden, wie ein Nachbar, der am Heiligen Abend bei einer eng miteinander verbundenen Familie zum Essen erscheint.

»Sie könnten sie bitten, mich zurückzurufen, wenn sie wieder da ist.«

»Das sollte wohl möglich sein«, erwiderte Duncan mit schlecht verhohlener Ironie.

Bull legte auf. Die Uhr auf seinem Handy zeigte 10.03. Drei Stunden.

Genügend Zeit für ein wehmütiges Wiedersehen mit Maiden Cottage.

27

Holywood
Montag, 23. Mai 2016

Vier Jahre war es her, seit er zuletzt hier gewesen war. Genauso gut hätten es vier Wochen sein können. Sogar Gus' alter Opel stand dort, wo er immer gestanden hatte, an der Außenwand des Geräteschuppens. Bull hatte mit diesem Wagen fahren gelernt. Sechsundvierzig Pferdestärken und ein Schaltknüppel so lang wie ein Spazierstock.

Die einzig sichtbare Veränderung war ein Fahrradständer, der sich an der Treppe zum Wohnhaus befand. Keine Fahrräder. Im nächsten Moment wurde die blau gestrichene Haustür geöffnet, und eine Gestalt kam zum Vorschein. Dabei handelte es sich definitiv nicht um Henrik Berg-Hansen. Dieser Mann war wesentlich kleiner, trug einen dunkelgrünen Overall und eine abgegriffene Schirmmütze, die etwas salopp auf seinem Kopf saß. Bull hob die Hand zum Gruß. Es folgte eine etwas verhaltene Antwort, bevor der Mann die vier Stufen herunterstieg und Bull entgegenkam.

Schon aus einer Entfernung von drei oder vier Metern sah Bull es. Die farblose Gesichtshaut und zwei Augen, in denen Iris und Pupillen wie Rubine leuchteten.

»Hallo«, sagte der Mann. Sein Tonfall war neutral.

Bull nannte seinen Namen.

»Proinsias O'Hara«, entgegnete der andere. »Sie sind also dieser Polizeityp?«

Dieser Polizeityp, nicht Gus' Enkel.

Bull gab keine Antwort. In den roten Augen des Mannes war ein Funken Unsicherheit zu sehen.

»Ich helfe Henry hier auf dem Hof«, sagte O'Hara.

»Und Henry – ist er da?«

»Glaub nicht. Ich bin vor etwa fünfzehn oder zwanzig Minuten gekommen, hab aber noch keine Spur von ihm gesehen. Vielleicht ist er unten im Dorf. Oder er ist zu einem der Nachbarhöfe gefahren.«

Der irische Akzent des Mannes war so stark, dass sogar Bull sich anstrengen musste, ihn zu verstehen.

»Und was ist mit den Jungs?«, fragte er.

»In der Schule«, erwiderte O'Hara. »Die kommen erst gegen vier wieder zurück.«

Bull betrachtete die Fassade des Wohnhauses. Weiß gekalkt, zwei Stockwerke samt Anbau aus roten Ziegelsteinen, den sein Großvater in den Achtzigerjahren eigenhändig errichtet hatte. Alles sah gepflegt aus. Henry schien einen Sinn für Ordnung zu haben, genauso wie der Besitzer des Bauernhofs.

»Ich wollte mich hier gern mal etwas umsehen«, sagte Bull. »Falls Sie nichts dagegen haben«, fügte er nach kurzem Zögern hinzu.

»Um Gottes willen, bitte sehr«, gab O'Hara zurück. »Ich muss drüben im Hühnerhaus was reparieren. Rufen Sie mich einfach, wenn was ist.«

Keine Gefahr, dachte Bull.

Er öffnete das kleine Verbindungstor an der Ecke zum Wohnhaus und kam in den Bereich, der einst Großmutter Coleens ganzer Stolz gewesen war.

Ein großzügiger Garten mit Obstbäumen, Johannisbeerbüschen sowie Gemüse- und Kräuterbeeten. Bull blieb mitten auf dem Rasen stehen und sog den Duft der Kindheit ein. Das Gras war frisch gemäht, und an der Hauswand hatten sich prächtige Kletterrosen schon bis zum ersten Stock hinaufgewunden. Sein Blick blieb am hintersten Fenster kleben.

Sein Zimmer. Für das Gus eine richtige Schlafkoje geschreinert hatte und das mit einer Tapete geschmückt war, die Bogart selbst hatte aussuchen dürfen. Kleine bunte Rennwagen auf weißem Hintergrund. Jetzt wohnten dort vielleicht der Rotschopf Kieran und einer seiner Pflegebrüder und genossen die Aussicht auf die umliegenden Viehweiden und den Wald gegenüber. Der Wald, der in alten Zeiten voller Indianer, Banditen und säbelschwingender Seeräuber gewesen war, die Bogart und der Nachbarjunge Alan, bis an die Zähne mit Knallerbsen und Wasserpistolen bewaffnet, niederringen mussten.

Die alte, aus einem Autoreifen gefertigte Schaukel hing immer noch vom untersten Ast der mächtigen Eiche herab, was einmal mehr bewies, dass der Zahn der Zeit der chemischen Vulkanisierung von Kautschuk nichts anhaben konnte. Auf der Veranda vor der Gartentür stand die Hollywoodschaukel, wo ein erschöpfter Junge in den Armen der Großmutter den Tag hatte beschließen können und mit selbst gemachtem Johannisbeersaft und Sahnewaffeln vollgestopft worden war.

Das Reich der Kindheit war kein großes Reich gewesen, nur ein umzäunter Garten in Nordirland.

Bull riss sich los. Er ging zurück zum Hofplatz, vorbei an dem alten, aus Granitsteinen errichteten Schafstall und hinüber zum größten Gebäude des Bauernhofs, in dem Scheune und Stall untergebracht waren. Die Kombination war praktisch, da das Futter direkt vom Heuboden zu den Kühen hinuntergeworfen werden konnte. Bull öffnete die große, zweigeteilte Tür und trat ein. Obwohl der Düngerkeller seit Gus' Umzug leer stand, war der scharfe Geruch noch immer wahrzunehmen. Durch vergitterte Luken an den Wänden drangen schmale Streifen Sonnenlicht herein, der Stallgang lag im Halbdunkel. Bull betätigte den Lichtschalter an der Wand. Nichts geschah. Eine ausgebrannte Glühbirne in einem unbenutzten Gebäude war nichts Ungewöhnliches und sicher kein Zeichen von Nachlässigkeit. Er schaltete die Taschenlampe seines Handys ein und ging weiter.

Ganz hinten im Gebäude entdeckte er Henry.

Der ehemalige Seemann und Werftarbeiter Henrik Berg-Hansen, derzeit Betreiber eines Kinderheims, hing etwa einen Meter über dem Boden am Ende eines Seils, das am Geländer des Heubodens befestigt war. Die Szenerie wirkte wie auf einem Foto. Im spärlichen Licht sahen Wangen, Lippen und die hervorlugende Zungenspitze grau wie Beton aus. Vier oder fünf Stallfliegen umkreisten die halb geöffneten Augen, ließen sich für eine oder zwei Sekunden auf dem Gesicht des Toten nieder und schwirrten weiter.

Völlig reglos nahm Bull das Bild in sich auf. War dies das erste Mal, dass er einen erhängten Menschen sah?, fragte er sich. Die Antwort lautete Ja.

Er wandte den Blick von Henry ab, nahm sein Handy und rief Miriam Dixon an.

Er stand draußen auf dem Hofplatz, als die ersten zwei Einsatzwagen von der Lokalpolizei eintrafen. Bull zeigte seine ID-Karte vor und bat die Beamten, einen Augenblick zu warten. Etwa fünf Minuten später kamen ein Rettungswagen, ein gepanzerter Landrover und Dixons roter Mini auf den Hofplatz gefahren. Bull warf einen Blick auf die Treppe vor dem Wohnhaus, wo der in die Jahre gekommene Hofbursche Proinsias O'Hara saß. Der kleine Albino paffte eine Zigarette und betrachtete kopfschüttelnd das Wirrwarr aus Menschen und Fahrzeugen.

Dixon trat zu Bull, legte ihm eine Hand auf die Schulter und drückte leicht zu, wie man einen Menschen tröstet, den man zwar kennt, doch mit dem man nicht vertraut ist.

»Sind Sie okay?«

»An so etwas gewöhnt man sich niemals«, erwiderte er. »Aber danke, mir geht es gut.«

»Wie war noch mal sein Name?«

Bull wiederholte, was er ihr bereits am Telefon gesagt hatte.

»Und er gehört nicht zur Familie?«

»Der Tote nicht, nein. Der Hof schon. Er gehört meinem

Großvater, der jetzt in einem Pflegeheim in Holywood lebt. Berg-Hansen war so eine Art Pächter.«

»Dann kannten Sie ihn also?«

Bull musterte Dixon und fasste die Gedanken zusammen, die er sich inzwischen gemacht hatte:

»Nicht sehr gut, aber gut genug, um daran zu zweifeln, dass es sich um Selbstmord handelt.«

»Was bringt Sie auf diesen Gedanken?«

Bull verspürte einen Hauch Gereiztheit. Vielleicht lag das an dem eigenartigen Gefühl, nur ein Zeuge in Zivil zu sein. Als befinde er sich am falschen Ende seines Berufs, dachte er. Der Tonfall seiner Antwort fiel schärfer aus, als Dixon es verdient hatte:

»Ich bin ihm gestern am späten Nachmittag zum ersten Mal begegnet, Dixon. Er wirkte lebensfroh und unbekümmert. Als wir uns verabschiedeten, bat er mich, doch einmal auf dem Hof vorbeizukommen, sobald ich die Zeit dafür aufbringen könnte. Wenn ich Pläne hätte, mich in nächster Zeit umzubringen, würde ich wohl kaum so eine Einladung aussprechen.«

Dixons Gesichtsausdruck hatte sich verändert, wirkte nun verschlossen. Bull bereute seine Äußerung bereits, nicht zuletzt deswegen, weil seine Schlussfolgerung eher dürftig ausgefallen war. Es gab genügend Selbstmorde, bei denen die Hinterbliebenen schwören konnten, dass der Betreffende sowohl lebensfroh als auch unbekümmert gewirkt hatte.

»Tut mir leid«, sagte er leise. »Schlechte Urteilskraft von meiner Seite.«

Dixon lächelte versöhnlich.

»Möglicherweise haben Sie ja recht«, sagte sie. »Wir warten mal ab, was Nelson und der Pathologe sagen.«

Sie sah hinüber zu Proinsias O'Hara, der immer noch auf den Treppenstufen hockte.

»Wer ist denn der Typ in dem Overall?«

Bull erzählte ihr das wenige, was er wusste.

»Lassen Sie uns doch mal mit ihm reden, während wir auf Nelson warten«, schlug sie vor.

O'Hara richtete sich auf, als die beiden näher kamen. Er zog ein letztes Mal an der Zigarette und schnippte die Kippe von sich weg.

»Mr. O'Hara?«, begrüßte Dixon ihn.

Der Albino beschränkte sich auf ein leichtes Kopfnicken. Dixon nannte ihren Namen und zeigte ihm ihren Dienstausweis.

»Meinen Kollege Bull haben Sie ja schon kennengelernt«, sagte Dixon freundlich. »Wenn Sie Zeit haben, würden wir Ihnen gern ein paar Fragen stellen.«

»Worüber?«

»Über Berg-Hansen und ein paar Dinge, die für uns wichtig sind.«

»Henry … die sagen, dass er tot ist?«, erwiderte O'Hara, als ob er daran zweifelte, was Bull ihm eine halbe Stunde zuvor erzählt hatte.

»Das ist leider wahr. Kannten Sie ihn gut?«

»Was heißt schon gut?«, gab der Albino zurück.

»Dann drücke ich mich anders aus«, sagte Dixon geduldig. »Wie gut kannten Sie Henry?«

Es war eine einfache Frage, doch O'Hara ließ sich Zeit.

»Ich hab ihn vor zwei oder drei Monaten kennengelernt. Bei Ned's unten in der High Street. Wir sind ins Gespräch gekommen, und er hat mir ein Bier ausgegeben. Na ja, vielleicht waren's auch zwei. Ich war total pleite.«

»Und dann?«

»Er hat mir erzählt, was er so macht. Über die Jungs und den Hof hier.«

O'Hara klopfte eine Woodbine aus seiner Zigarettenpackung und gab sich Feuer. Der Qualm der filterlosen Zigarette roch nach Auspuffgasen. Bull und Dixon wechselten einen Blick. Das Gespräch verlief äußerst zäh. Bull schaltete sich ein:

»Hören Sie, O'Hara. Da drüben hängt ein toter Mann in

der Scheune. Wir haben jetzt keine Zeit für Ihre Halbsätze. Wie sind Sie hier auf Maiden Cottage gelandet?«

Der kleine Albino musterte Bull durch den Zigarettenrauch, seine roten Augen waren schmal geworden und wirkten wie chirurgische Schnitte in den weißen Augenlidern. Seine Stimme klang leise und voller Widerwillen.

»Ich hab mich als Aushilfe angeboten. Ich bin selbst ohne Eltern aufgewachsen und weiß, wie das ist. Henry konnte mir zwar nichts zahlen, aber ich hab ja meine Stütze. Ab und zu hat er mir mal ein paar Pfund zugesteckt. Und für mich war es besser, hier zu sein, als irgendwo rumzulungern. Sind Sie jetzt zufrieden, *Sheriff?*«

»Wohnen Sie hier auf dem Hof?«, wollte Dixon wissen.

O'Hara schüttelte den Kopf.

»Und wann sind Sie heute zur Arbeit gekommen?«

»Gegen halb elf.«

»Henry haben Sie nicht gesehen?«

»Nein.«

»Haben Sie nach ihm gesucht?«

»Nein. Wir haben Besseres zu tun, als hier Verstecken zu spielen.«

»Nämlich?«, fragte Bull.

»Auf die Kinder aufpassen?! Auf die Hühner, die Schafe, das Haus, den Garten.«

»Was haben Sie im Wohnhaus gemacht?«

O'Hara schien desorientiert. Oder vielleicht auch überrumpelt.

»Wohnhaus …?«

Bull zeigte auf die Tür.

»Sie kamen da raus, als ich Ihnen begegnet bin.«

»Ich war im Keller. Henry hatte mich gebeten, die Rattenfallen zu überprüfen. Wir müssten hier eigentlich eine Katze haben, aber einer der Jungen ist allergisch.«

»Ich glaube, das reicht erst mal«, sagte Dixon. »Haben Sie ein Handy, Mr. O'Hara?«

»Nein.«

»Wie können wir Sie erreichen, falls wir noch mal mit Ihnen reden müssen?«

»Ich hab ein Zimmer unten im Dorf. Zwei Türen neben Ned's. Fragen Sie im Pub. Die wissen, wo das ist.«

Proinsias O'Hara schnippte seine Zigarette in einem perfekten Bogen zwischen den Beamten hindurch auf den Hofplatz. Dann stand er auf und ging in Richtung Hühnerhaus davon.

28

Zugedeckt und auf einer Bahre überquerte Henrik Berg-Hansen zum letzten Mal den Hofplatz von Maiden Cottage. Bull sah ihm nach, bis die Hecktüren des gelben Rettungswagens geschlossen wurden. Er dachte an Gus. Der Alte hatte Henry offenbar sehr geschätzt. Würde der Großvater noch mehr Trauer bewältigen können?

Und was geschah jetzt mit den Jungen, die auf dem Hof lebten? Nachdem sie schon ohne Eltern aufwachsen mussten, war nun auch Henry gegangen. Für einen kurzen Augenblick sah Bull sich selbst in Berg-Hansens Rolle, aber der Gedanke war einfach zu abwegig, um ihn weiter zu verfolgen.

»Was passiert denn jetzt mit den Jungs hier auf dem Hof?«, fragte Miriam Dixon, als hätte sie seine Gedanken gelesen. »Die müssen doch wissen, was passiert ist.«

Bull sah auf seine Armbanduhr.

»Die kommen in etwa zwei Stunden aus der Schule. Jemand muss sich um sie kümmern. Und vorzugsweise jemand anderer als O'Hara.«

»Der Pastor«, schlug Chief Inspector Dixon vor. »Ich setze mich mit der Gemeinde in Verbindung.«

»Falls es der christlichen Lehre nicht widerspricht, sollte er erwägen, die Todesursache ein wenig zu beschönigen«, sagte Bull. »Zumindest vorläufig. Einige der Jungen sind nicht älter als neun.«

Archie Nelson kam über den Hofplatz auf die beiden Polizeibeamten zugelaufen.

»Und?«, fragte Dixon.

Der Kriminaltechniker zog den Reißverschluss seines weißen Schutzanzugs ein Stück herunter und atmete tief ein.

»Wir sind noch nicht fertig. Verflucht warm ist es da drinnen.«

»Was glaubst du?«

Auf Nelsons Gesicht zeigte sich die Andeutung eines schiefen Lächelns, doch der Blick, den er Dixon zuwarf, war eher zurechtweisend als freundlich. »Glauben hat in meinem Job einen schlechten Ruf, Miriam. Ich möchte lieber abwarten, bis wir ihn auf dem Tisch liegen haben.«

»Bull kannte ihn und bezweifelt, dass er sich selbst getötet hat«, erwiderte Dixon.

»Es gibt jedenfalls die Möglichkeit, dass Bull recht hat«, gab Nelson kryptisch zurück.

Bull hatte beschlossen, zuerst mit Fanny Robertson zu reden und sie zu fragen, wie man Gus auf möglichst schonende Weise die Nachricht beibringen könnte.

Fanny reagierte zuerst mit völligem Unglauben auf die Botschaft und brach dann total zusammen. Bull musste die schluchzende Frau stützen, während sie mit unsicheren Schritten auf die Sofagruppe an der Rezeption zutrat. Sie sank in einen Sessel und verbarg das Gesicht in den Händen.

Bull ließ sie eine Weile weinen. Fannys Kollegin an der Rezeption – eine junge Frau, der Bull zuvor noch nicht begegnet war – warf nervöse Blicke zu den beiden herüber und schien sich zu fragen, ob sie etwas unternehmen sollte. Schließlich holte sie ein Glas Wasser und stellte es vor Fanny auf den Tisch.

»Kann ich sonst noch etwas tun?«, fragte sie.

»Sie braucht nur ein bisschen Zeit«, sagte Bull mit leiser Stimme.

Bull war selbst reichlich verwirrt. Fannys Reaktion überraschte ihn völlig.

Nach einer Weile beruhigte sie sich. Nahm einen Schluck Wasser und atmete tief ein.

»Tut mir leid«, flüsterte sie.

Bull drückte behutsam ihre Hand.

»Wir … Henry und ich … wir … hatten ein Verhältnis. Seit

fast zwei Jahren. Er hatte … wir wollten …« Der Rest des Satzes ging in einem erneuten Tränenstrom unter.

Bull hatte die beiden beim letzten Besuch im Pflegeheim flüchtig beobachtet und offenbar die richtigen Schlüsse gezogen.

Manchmal ist dieser Job einfach nur schrecklich, dachte er jetzt. Brutale Morde, groteske Sinneseindrücke, Trauer und Verzweiflung. Und wozu tat er das Ganze? Um Ordnung und Gerechtigkeit wiederherzustellen? Aber es gab nichts, was rechtfertigen konnte, dass Henrik Berg-Hansen tot an einem Seil gehangen hatte. Und dass eine Gruppe von Jungen den einzigen Menschen verloren hatte, der so etwas wie ein Elternteil für sie gewesen war. Oder dass eine herzensgute Frau wie Fanny Robertson jetzt – und vielleicht für den Rest ihres Lebens – auf diese Weise leiden musste.

Menschen wie Bull dienten in erster Linie gar nicht den Opfern und Hinterbliebenen. Sie verhinderten keine Tragödien, wie es ein wissenschaftlicher Forscher oder ein Friedensunterhändler der UN tun konnte. Menschen wie er beglichen im Namen der Gesellschaft eine Rechnung und sorgten dafür, dass der Schuldige seine Strafe bekam. Die Bedeutung seiner Arbeit war natürlich unbestritten. Aber gefühlsmäßig? Was stellte er eigentlich mit seinem Leben an?

Auch die Reaktion des Großvaters war jenseits dessen, was Bull erwartete.

»Das kann nicht Henry sein«, sagte Gus und unterstrich seine Aussage mit einem entschiedenen Kopfschütteln.

»Wie meinst du das?«

»Henry würde sich niemals umbringen. Er lebt und atmet für Maiden Cottage und diese Jungen. Außerdem ist er mit Fanny verlobt. Würdest du dich umbringen, wenn du mit einer Frau wie Fanny verlobt wärest?«

Bull wusste nichts zu erwidern. Er suchte nach einem passenden Verhalten, mit der Situation umzugehen, und sagte schließlich:

»Es tut mir leid, das sagen zu müssen, Gus, aber es besteht nicht der geringste Zweifel, dass es sich um Henry handelt. Er ist tot.«

Gus blickte seinen Enkel misstrauisch, ja fast anklagend an.

»Bist du sicher? Das solltest du nämlich sein, Bogart.«

»Ich bin sicher – leider.«

Lautlos verstrichen Sekunden. Die Augen hinter den Brillengläsern des Großvaters wurden groß und feucht.

»Dann hat ihn jemand umgebracht«, sagte Gus.

Und von einem Ort irgendwo jenseits der Wirklichkeit fragte er plötzlich:

»Wie soll ich das bloß Coleen beibringen?«

*

MIR-2.

Wie Überbleibsel einer Abendgesellschaft, von der sich die meisten Gäste bereits verabschiedet hatten, saßen die Mitglieder der Fahndungsgruppe um den sechs Meter langen Konferenztisch herum. Miriam Dixon las E-Mails, zu deren Lektüre sie im Laufe des Tages noch nicht gekommen war, Lisa Smith feilte an einem ihrer Fingernägel, dessen Form ihr anscheinend nicht zusagte, und Bull kaute auf einem Sandwich herum, während er die Weltuhr an der Wand betrachtete. Es war 20.53. In Sydney waren die ersten bereits aus den Federn gekrochen, in Mumbai herrschte tiefschwarze Nacht, und in Los Angeles traf man sich zum Lunch.

In Belfast warteten sie auf Archie Nelson.

»Ford Transit«, sagte Miriam Dixon.

Bull wandte den Blick von der Moskau-Zeit ab und richtete ihn auf seine Kollegin.

»Der Wagen, der in Tollymore beobachtet wurde«, fügte

sie hinzu. »Der Zeuge scheint sehr überzeugt, laut Scarpitta. Das Baujahr liegt vermutlich irgendwo zwischen 2006 und 2013.«

Der steht jetzt bestimmt in irgendeiner Garage und ist bereits umlackiert, dachte Bull.

»Wir sollten nach dem Fahrzeug fahnden lassen«, sagte Dixon.

»Unbedingt«, stimmte Bull zu. Was hatten sie schon groß zu verlieren?

Die Tür zum Konferenzraum wurde geöffnet, und Archie Nelson trat ein. Ein kurzes Nicken, das vermutlich allen im Raum gelten sollte, bevor er sich am Ende des Tisches niederließ. Bull war schon lange der Ansicht, dass Menschen, die sich konsequent ans Ende eines Tisches setzten, irgendein Problem mit ihrem Selbstbild hatten.

»Also, Leute«, sagte Nelson und ließ gleich darauf die Katze aus dem Sack. »Unser Freund Bull hatte recht.«

»Mord?«, fragte Dixon.

»Sieht ganz danach aus.«

Er öffnete eine Dokumentenmappe und verteilte einen Stapel Fotos auf dem Tisch. Fotos, die Fanny Robertson glücklicherweise nie zu Gesicht bekommen würde.

»Beginnen wir mit der Todesursache«, sagte Nelson. »Dem vermeintlichen Selbstmord durch Erhängen. Schon hier haben die Täter – und wir sind uns ziemlich sicher, es mit mehreren Personen zu tun zu haben – einen Fehler gemacht. Berg-Hansen hing am Ende eines etwa zwei Meter langen Seils. Wäre er freiwillig vom Heuboden hinuntergesprungen, hätte der Sturz – oder präziser ausgedrückt die plötzliche Unterbrechung des Sturzes – eine deutlich erkennbare Streckung der Nackenwirbel und der gesamten Halsregion verursacht. Solche Anzeichen gibt es beim Opfer allerdings nicht. Und deshalb lässt sich mit einiger Berechtigung vermuten, dass das Seil mit Berg-Hansen am Ende langsam von oben heruntergelassen wurde.«

Bull hörte zu, dachte dabei an Gus, an Fanny und an die elternlosen Jungen und wünschte sich eine kalte Cola herbei.

»Es gibt noch weitere Anzeichen, die darauf hindeuten, dass es sich um Mord handelt«, fuhr Nelson fort. »Das Opfer trug an der rechten Hand einen Siegelring. Der Ringfinger ist stark angeschwollen. Laut Pathologie ist die Schwellung frisch und rührt sehr wahrscheinlich daher, dass Berg-Hansen sich mit zumindest einem kräftigen Faustschlag gewehrt hat.«

Archie Nelson legte eine kurze Pause ein und betrachtete sein Publikum mit selbstbewusster Miene, wie ein Zauberkünstler, der kurz davor ist, seine Assistentin in zwei Hälften zu zersägen.

»Und jetzt zum letzten und entscheidenden Punkt, der zwar jeden Zweifel beseitigt, uns aber gleichzeitig arge Kopfschmerzen bereitet«, sagte er.

Drei Augenpaare starrten Nelson an, als sei er ein Alien, der mit grünen Fühlern am Kopf eben aus einem UFO klettert.

»Unter den Nägeln des Opfers haben wir Hautreste gefunden«, fuhr der Kriminaltechniker fort. »Die vorläufige DNA-Analyse zeigt, dass diese Reste mit Spuren übereinstimmen, die wir in Tollymore gefunden haben.«

29

Montag, 23./Dienstag, 24. Mai 2016

Bogart Bull lag nackt auf dem Bett. Die Cola, die er herbeigesehnt hatte, stand in Reichweite auf dem Nachttisch.

Was die Kopfschmerzen betraf, so hatte Archie Nelson recht. Bildlich gesprochen. Die Faktoren bei einem Mordfall waren oft verwirrend. Hier allerdings waren sie chaotisch und unbegreiflich wie eine Lithografie von M.C. Escher, auf der Flüsse die Hügel hinaufflossen und Menschen an der Zimmerdecke herumspazierten.

Beim MIR-2 hatten sie die einzige Theorie diskutiert, der ein Hauch von Logik innezuwohnen schien. Gus hatte Bull erzählt, dass Henry während des Konflikts »sehr aktiv« aufseiten der Unionisten gestanden habe. Sofern das zutraf, konnte Henry also ebenso wie Martin Taylor irgendeiner Racheaktion zum Opfer gefallen sein. Andererseits: Wozu dieser halbherzige Versuch, den Mord als Selbstmord zu tarnen? Und wieso fehlte dann diese eigenartige rituelle Signatur – die Lilien und der Rosenkranz?

Es ergab keinen Sinn, aber dennoch hing alles irgendwie zusammen. Die an den Hautresten durchgeführte DNA-Analyse sollte routinemäßig noch einmal überprüft werden, doch Nelson hatte keine Zweifel. Mindestens einer der Täter aus Tollymore war zum Zeitpunkt des Mordes an Henry Berg-Hansen in Maiden Cottage gewesen. Eine mögliche Verbindung zwischen Berg-Hansen und dem Ehepaar Sand schien ausgeschlossen. Henry hatte seit fünfzig Jahren keinen norwegischen Boden mehr betreten.

Bulls Handy gab ein Signal von sich. Er schaute auf das Display. Eine Nachricht von Fredrik Steffensen – seinem Rechtsanwalt:

Noch wach?

Bull antwortete mit dem Emoji eines hochgereckten Daumens. Zwanzig Sekunden später rief Steffensen an.

»Sie haben ja lange Arbeitstage«, begrüßte Bull ihn.

»Tun Sie mir den Gefallen und sagen das allen, die glauben, wir Anwälte verdienten zu viel. Sind Sie in Oslo?«

Bull schilderte kurz, wo er sich befand und was ihn dort hingeführt hatte.

»Ich fürchte, ich habe schlechte Neuigkeiten«, sagte der Anwalt. »Betreffend Richard Torp.«

Den Namen des Mannes zu hören, der Frida und Anine auf dem Gewissen hatte, ließ Bull schlucken. Er sagte nichts. Wartete.

»Ich habe heute Nachmittag Bescheid bekommen«, fuhr Steffensen fort. »Wie Sie ja wissen, wurde er zu zwölf Jahren verurteilt. Torps Anwälte haben bei König und Staatsrat ein Gnadengesuch eingereicht.«

Bull ahnte schon, was noch kommen würde, und schloss die Augen.

»Es wurde gewährt – leider.«

»Auf welcher Grundlage?«

»Haftunfähigkeit. Torp hat ja das erste Jahr nach … dem Unglück im Krankenhaus verbracht. Und seitdem wohnt er zu Hause bei seiner Großmutter – der verwitweten Hermine Torp. Die alte Dame ist bekanntermaßen steinreich und hat Teile des Hauses zu einer Krankenstation umbauen lassen und drei Pflegekräfte engagiert, die sich abwechselnd um den Kranken kümmern. Torp wird für immer im Rollstuhl sitzen und ist mehr oder weniger ständig auf Hilfe angewiesen. In Norwegen gibt es kein Gefängnis, das so etwas leisten könnte.«

In Bulls Kopf kämpften Gefühle und Gerechtigkeitssinn gegen die ganz praktischen Aspekte des Falls. Steffensen hatte natürlich recht. Es gab keine Sicherungsanstalten für solche wie Richard Torp.

»Und wie sieht es aus mit seiner ... Bewegungsfreiheit?«, fragte Bull.

Am anderen Ende der Leitung war ein beunruhigendes Räuspern zu hören. Fast so, als ob er sich entschuldigen wolle, erwiderte Steffensen dann:

»Soweit mir bekannt ist, gibt es dabei keine Begrenzungen.«

»Aha, die Großmutter könnte dieses Arschloch also mitsamt Krankenpflegern in ein Flugzeug verfrachten und mit allen in den Urlaub auf die Bahamas fliegen?«

»Nun ... ja, im Prinzip schon. Aber wie ich schon sagte, ist Torp ja an den Rollstuhl gefesselt und ...«

»Er sollte in irgendeinem Loch an die Wand gefesselt sein«, unterbrach Bull ihn. »Und nicht an einem Strand in der Karibik im Rollstuhl liegen, an einem Cocktail nuckeln und sich dabei von irgendeiner gemieteten Südseeschönheit mit einem Palmwedel Luft zufächeln lassen!«

Steffensen reagierte mit Schweigen.

»Ich verstehe ja, was Sie dabei empfinden, Bull«, sagte er schließlich. »Aber leider kann ich da nicht viel tun. Die Entscheidung ist endgültig und von unserer Seite nicht anfechtbar.«

»Verstehe. Danke für Ihren Anruf.«

Bull unterbrach die Verbindung, blieb reglos auf dem Bett liegen und starrte in das große Nichts.

Was ist bloß los mit dir?, dachte er. *Das ist doch verdammt noch mal nicht Steffensens Schuld.*

Im Traum war er zurück in Maiden Cottage, im Inneren der Scheune, ganz hinten. Am Ende des Seils hing Richard Torp. Er grinste triumphierend und hob die Arme über den Kopf, wie um zu demonstrieren, dass die Schlinge ihm nichts anhaben könne. Bull trat drei Schritte vor. Noch nie zuvor war er seiner selbst sicherer gewesen, noch nie zuvor hatte er sich stärker gefühlt. Mit einer plötzlichen Bewegung packte er

Torps Bein und hängte sich mit seinem ganzen Gewicht an ihn, klammerte sich fest, als betrüge der Abstand zum Boden einhundert Meter, während er spürte, wie Torps Fingerspitzen gleich Spinnen über sein Haar krabbelten. Er blieb hängen, bis er spürte, dass die Zuckungen im Körper des Mörders langsam nachließen und Torp schließlich starb. Dann war Bull sicher, dass der Albtraum endlich vorüber war.

Er hatte vergessen, den Handywecker einzustellen, und wurde von McKenna geweckt. Glücklicherweise nicht persönlich, sondern per Telefon. Der Journalist wollte ein Gespräch. Es sei sehr eilig, bekam Bull zu hören. Dieses Mal nicht bei Starbucks. Eine abgeschirmt liegende Bank im Park vor dem Rathaus eigne sich besser. Bull würde schon verstehen, weshalb Diskretion gefordert sei. Neun Uhr – komme, was da wolle.

Dieses Mal war McKenna pünktlich. Er saß auf einer Bank ein paar Meter neben dem *Titanic Memorial.* Das vom Schicksal gebeutelte Schiff war bei Harland & Wolff gebaut worden, und das Denkmal hatte man zur Erinnerung an die 1500 Menschen errichtet, die beim Untergang des Schiffes ums Leben gekommen waren. Der Journalist hielt zwei Becher Kaffee in den Händen und reichte einen davon Bull.

»Danke – wie aufmerksam.«

»Ich bin besser als mein Ruf«, sagte McKenna mit einem Grinsen.

Bull schlürfte etwas Kaffee in sich hinein. McKenna zündete sich eine Zigarette an. Zu seinen Füßen lagen bereits drei Kippen, und Bull fragte sich, ob der Journalist die Nacht auf der Bank verbracht hatte. Unrasiert und im selben Anzug wie beim letzten Mal, schien das gar nicht unwahrscheinlich.

»Was gibt's denn, McKenna?«

»Also, eins nach dem anderen. Ich habe Christine Sand getroffen und durfte sie interviewen. Abgesehen davon, dass sie die hübscheste Frau ist, die ich seit Langem gesehen habe, war sie auch ungewöhnlich offenherzig. Dank ihr – und natürlich Ihnen – zeichnet sich langsam ein Bild über Martin Taylors Schicksal ab.«

»Und Sie haben meinen Namen auch nicht erwähnt?«

»Ich hab nicht einmal gewagt, an Ihren Namen zu denken. Wer weiß, vielleicht ist sie ja auch noch hellsichtig.«

Bull wedelte mit der Hand vor seinem Gesicht herum, um den Rauch von McKennas Zigarette zu vertreiben.

»Schön, dass das Interview gut gelaufen ist, aber das hätten Sie mir auch am Telefon erzählen können, oder?«

»Ich bin ja noch nicht fertig«, erwiderte der Journalist unbeeindruckt. »Nach dem Gespräch mit Frau Sand habe ich Kontakt zu einem alten Freund aufgenommen. Ein pensionierter und ziemlich *guter* Freund, dessen Namen ich nicht erwähnen möchte. Er hat eine Vergangenheit in der *Special Branch* der Royal Ulster Constabulary. Kurz gesagt, stand diese Einheit während des Konflikts an vorderster Front im Kampf gegen die IRA und die Republikaner. Und wie sich zeigte, gehörte auch Martin Taylor zu dieser Einheit.«

»Aber das ist doch nichts Neues für mich, McKenna.«

»Gewiss, aber was Sie nicht wissen, ist, dass Martin Taylor eigentlich gar nicht Martin Taylor hieß, sondern Sean Ervine. Sean Ervine arbeitete eng mit den Loyalisten zusammen und hatte ein besonders gutes Verhältnis zu einer der Führungsfiguren der Ulster Volunteer Force – einem gewissen Samuel Patrick Bennett. Dieser Bennett soll angeblich das Gehirn hinter dem Bombenattentat gewesen sein, in das Marion O'Neill verwickelt war. Infolgedessen wurde auch er einige Monate später von der Provisional IRA liquidiert. Laut Aussage meines Freundes war dieser Mord etwas Besonderes, weil man zum ersten Mal die Lilien und den Rosenkranz bei dem Opfer fand.«

Bulls Sinne waren von einer Sekunde auf die andere geschärft.

»Sowohl dieser als auch weitere entsprechende Morde im Laufe der Siebziger- und Achtzigerjahre wurden dann vertuscht, weil man der Ansicht war, dass der Symboleffekt den Kampfeswillen der IRA weiter anstacheln würde. Was nun Sean Ervine betrifft, so ließ ihn der Mord an Bennett befürchten, dass er der Nächste auf der Liste sein könnte. Folglich packte er seine Sachen zusammen und ging nach England, wo er anscheinend unter die Fittiche des MI5 oder des Intelligence Corps geriet. Erst fünfundzwanzig Jahre später wagte er die Rückkehr – jetzt unter dem Namen Martin Taylor – und war sich sicher, dass die verflossene Zeit und das Friedensabkommen alle Wunden geheilt hätten. Sein Deckmantel schützte ihn ein paar Jahre lang, aber Martin Taylor hatte offenbar nicht berücksichtigt, dass einige der alten IRA-Veteranen wie Elefanten sind: Sie vergessen niemals. Und sie geben niemals auf.«

»Brendan Hannon?«, sagte Bull leise.

McKenna breitete die Hände aus.

»Sie sind der Polizist, Bull.«

»Und Hannon ist noch am Leben?«

»Soweit ich weiß, ja. Eigentlich ein ziemliches Wunder. Der Kerl ist Gott weiß wie oft schon angeschossen und mit einem Messer verletzt worden, er hat jahrelang in Isolationshaft gesessen, hat einen fast zweimonatigen Hungerstreik in Long Kesh überlebt und war mehr Attentatsversuchen ausgesetzt als Fidel Castro. Meine Katze hat weniger Leben als Hannon.«

Der Journalist zündete sich an der Kippe seiner Zigarette eine neue an. Bulls Kaffeebecher war inzwischen leer. Er blickte McKenna an.

»Das mit den Lilien und dem Rosenkranz war Ihnen also unbekannt?«

»Damals ja. 2004 tauchte in Woodvale Park eine Leiche auf, die auf dieselbe Weise geschmückt war, aber erst nachdem ich gestern Nachmittag mit meinem Freund von der RUC gesprochen habe, erfuhr ich, dass diese Signatur eine Vorgeschichte hat. Ich bereite jetzt einen längeren Artikel über diese Geschichte vor, und dabei möchte ich meine Quellen natürlich schützen.«

Dafür kann ich mich beim Teufel bedanken, dachte Bull. Immer mehr wurde ihm klar, dass der unschuldige Tauschhandel mit dem Journalisten viel größere Konsequenzen nach sich ziehen könnte, als er vorausgesehen hatte.

»Es gibt noch mehr«, sagte McKenna. »Beim letzten Mal sprach ich ja schon von den zahlreichen Ablegern der IRA. Dieses Hooligan-Pack. Laut meinem Freund kursieren jetzt Gerüchte über eine … wie soll ich sagen … durchaus ernst zu nehmende Entwicklung. Da gibt es Leute, die unter dem Namen IRF operieren – *Irish Republican Force*. Diese Organisation soll sich angeblich gerade erst herausbilden, aber bereits über eine ansehnliche Zahl von Männern in Uniform verfügen. Auch von einer Führungsfigur ist die Rede … Tobin. Vorname unbekannt. Ich habe den Namen gegoogelt, aber nur *einen* passenden gefunden. Ein ehemaliger Mitarbeiter von Michael Collins. Aber dieser besagte Liam Tobin wurde 1895 geboren und dürfte somit nicht infrage kommen.«

Bull ließ den Namen in seinem Gehirn kreisen. *Tobin.*

»Wie wär's denn zum Ausgleich mit ein paar Infos über Taylor«, fragte McKenna. »Sind da Lilien in Tollymore aufgetaucht?«

Bull sah den Journalisten streng an.

»Wie schon gesagt: Alle Informationen zu diesem Fall müssen von Dixon kommen. Als ich Ihnen Christine Sands Namen nannte, hab ich mich ohnehin schon viel zu weit aus dem Fenster gelehnt.«

McKenna seufzte und ließ die Zigarettenkippe neben die anderen drei fallen.

»Undank ist der Presseleute Lohn«, sagte er.

30

Trotz des Sonnenscheins draußen sowie des Bechers mit frisch gebrühtem Kaffee, den Miriam Dixon gerade vor ihn auf den Tisch stellte, war Bull schlechter Laune.

»Wieso haben Sie mir das nicht erzählt?«, sagte er. »Weshalb musste ich erst mit einem Journalisten reden, um zu erfahren, dass die Lilien und der Rosenkranz schon einmal vor vierzig Jahren aufgetaucht sind?«

Miriam Dixon, heute in knallroter Seidenbluse, wirkte äußerst verlegen.

»Weil ich ein *Gast* bin?«, bohrte Bull weiter. »Ein überflüssiger Alibi-Kollege, der Ihnen von Craig oder einem der anderen Hohepriester in der oberen Etage aufgehalst wurde?«

Jetzt reichte es Dixon.

»Seien Sie nicht kindisch«, gab sie zurück. »Alle hier in diesem Raum wissen, dass Sie ein erstklassiger Ermittler sind. Niemand hat etwas gegen Ihre Anwesenheit einzuwenden. Ganz im Gegenteil.«

»Weswegen dann?«

Dixon klappte ihr Laptop zu und lehnte sich zurück.

»Wie McKenna Ihnen bereits gesagt hat, hat sich die RUC damals sehr darum bemüht, die Mordsignatur nicht an die Öffentlichkeit gelangen zu lassen. Die Presse erfuhr rein gar nichts, und das wenige, was dann doch durchgesickert ist, wurde als Gerücht eingestuft, nicht zuletzt weil das alles viel zu grotesk war, um wahr sein zu können. Die Morde – es waren sechs oder sieben – hörten dann in den Achtzigerjahren auf. Als dann fünfzehn Jahre später Tim Garland gefunden wurde, haben hier intern natürlich die Alarmglocken geläutet. Aber Garlands Witwe hat sich überreden lassen, den Mund zu halten. Damals hieß es, dass man keine Panik bei denen auslösen wollte, die Grund hatten, sich bedroht zu fühlen. Erst als drei Jahre später diese Mädchen im Park über David Magee stolperten, bekam die Sache einen Riss, aber die Konsequenzen aus dem Fall ließen sich dennoch kontrollieren. Ein einzelner Mord, begangen von einer offenbar geisteskranken Person. Die Presse – einschließlich ihres Freundes McKenna – hat natürlich Spekulationen angestellt, aber da der Fall nicht gelöst wurde und auch keine weiteren Lilien auftauchten, ließ das Interesse irgendwann nach.«

Bull nickte.

»Wir müssen uns aber darauf vorbereiten, dass McKenna jetzt die Gelegenheit ergreift. Angesichts der taufrischen Informationen von seiner anonymen RUC-Quelle.«

»Sie haben ihm hoffentlich nichts über Taylor erzählt«, sagte Dixon scharf.

»Natürlich nicht«, entgegnete Bull. »Ich habe darauf verwiesen, dass alle Informationen über den Mord bei Ihnen eingeholt werden müssen – als Leiterin der Ermittlung.«

»Was mich daran erinnert, dass ich eine neue Pressekonferenz abhalten muss«, sagte Dixon und klappte ihr Laptop wieder auf. »Ich habe übrigens beschlossen, Berg-Hansen vorläufig in der Schublade zu belassen. Ich hoffe, die Täter werden die fehlenden Informationen in der Presse dahingehend deuten, dass wir von Selbstmord ausgehen.«

»Vernünftig«, sagte Bull. »Dieser bleiche Hofbursche – O'Hara – müsste dann entsprechend instruiert werden. Er ist nämlich Stammgast im Pub.«

»Duncan hat schon mit ihm gesprochen.«

Bull nickte abermals. Dixon hatte ihren Laden unter Kontrolle, keine Frage.

»Was ist mit den Jungen in Maiden Cottage?«, fragte er.

»Die Maschinerie läuft bereits. Die Jungen werden rund um die Uhr von zwei Psychologen betreut. Und ein vorübergehender Ersatz für Berg-Hansen hat sich auch schon gefunden.«

Bulls eine Augenbraue hob sich bis fast zum Haaransatz.

»Und das ist wer?«

»Eine Fanny Robertson. Sie sagte, die beiden hätten sich gekannt.«

Fanny. Natürlich. Eine außergewöhnliche Frau, die trotz ihrer Trauer Verantwortung übernahm.

»Sie ist perfekt«, verkündete Bull.

Dixon blickte ihn forschend an.

»Was hat sich denn sonst noch aus dem Gespräch mit McKenna ergeben, abgesehen von alten Lilien?«

Bull berichtete über McKennas Informationen im Hinblick auf den möglichen Aufbau einer IRF-Truppe. Und über die Namen: Brendan Hannon und Tobin. Dixons frisch geschminkte Augen wurden größer. Sie sah hinüber zu Veronica Ross, die sich in der anderen Ecke des Raums über eine Tastatur beugte.

»Brendan Hannon …«, flüsterte Dixon beinahe. »Der Mann ist eine geradezu mystische Gestalt aus alten IRA-Tagen. Wenn das stimmt, muss es die Etage über uns erfahren, Bull.«

»Definitiv. Beschattung rund um die Uhr wäre ein guter Anfang.«

Miriam Dixon erhob sich.

»Dann sollten wir nicht lange damit warten«, sagte sie.

31

Es dauerte weniger als eine Stunde, bis sie in Geoffrey Craigs Büro beordert wurden.

Der Vizepolizeichef öffnete selbst die Tür, als sie anklopften. Er wirkte äußerst ernst, als begrüße er sie zu einer Gedenkstunde. Am Tisch hatte bereits ein weiterer Mann Platz genommen, dem Bull zuvor noch nicht begegnet war. Auch Elizabeth Doyle war anwesend, die Frau, die Bull beim ersten Besuch am Empfang abgeholt hatte.

»Meine Privatsekretärin Mrs. Doyle haben Sie ja bereits kennengelernt«, sagte Craig an Bull gerichtet. »Neben tausend anderen Dingen kümmert sich Elizabeth um unsere Protokollführung. Und der breitschultrige Herr hier drüben ist James Solly-Flood, Leiter der *Close Protection*-Abteilung der PSNI.«

Die Anwesenden begrüßten einander. Elizabeth Doyle versorgte die Neuankömmlinge mit Kaffee. Craig legte die Unterarme auf die Tischplatte, beugte sich ein wenig vor und richtete den Blick auf Bull. Die Narbe in seinem Gesicht trat deutlicher hervor als beim letzten Mal und verlieh dem Mann eine deutlich spürbare Autorität – trotz seines bescheidenen Körperbaus.

»Dixon hat mir von Ihrem Treffen mit diesem McKenna berichtet«, begann der Polizeichef. »Ein Treffen, bei dem nun Informationen ans Licht gekommen sind, die wir überaus ernst nehmen müssen. Nicht zuletzt, weil wir in weniger als zweiundsiebzig Stunden königlichen Besuch erwarten.«

Craig ließ es klingen, als habe er es mit einer Zeitbombe zu tun. James Solly-Flood knetete die rechte Handfläche mit dem linken Daumen, als ob sich die Lösung für die mögliche Bedrohung dort finden ließe, sofern er nur lange genug weitermachte.

»Ich würde gern noch einmal hören, was McKenna Ihnen erzählt hat«, sagte Craig.

Bull benötigte ein knappe Minute für die mündliche Zusammenfassung.

»Vielleicht sollten Sie selbst mit McKenna reden«, schloss er.

»Das haben wir bereits getan«, sagte Solly-Flood. »Natürlich würden wir am liebsten mit seinem Informanten reden, aber McKenna verschanzt sich hinter dem Quellenschutz.«

»Der selbst in so einem Fall nicht einfach außer Kraft gesetzt werden kann«, fügte Craig hinzu. »Wir könnten natürlich den Rechtsweg beschreiten, aber eine einstweilige Verfügung sowie andere juristische Spitzfindigkeiten würden zur Folge haben, dass eine derartige Entscheidung – falls sie in unserem Sinne ausfällt – zu spät käme. Und ebenso wenig hilft es uns, dass jetzt Informationen – um nicht zu sagen Gerüchte – über eine militärische Gruppierung mit dem angeblichen Namen IRF auftauchen, die wir derzeit nicht verifizieren können.«

»Aber falls die IRF eine Realität ist, halten Sie es dann nicht für wahrscheinlich, dass diese Gruppierung gewisse Pläne im Hinblick auf den Besuch den Thronanwärters geschmiedet hat?«

»Das englische Königshaus ist das herausragende Symbol für alles, was die Republikaner hassen«, erwiderte Craig mit düsterer Stimme. »Die Königin hat Belfast in den vergangenen Jahren zu verschiedenen Anlässen besucht. Wir sind ständig in höchster Alarmbereitschaft. Die Monarchin bringt stets ihre eigenen Sicherheitskräfte mit, darunter auch Angehörige des Secret Intelligence Service. Der Unterschied jetzt ist allerdings, dass wir den Besuch des Thronerben erwarten. Die Königin ist neunzig Jahre alt und repräsentiert eine Vergangenheit, an der die Republikaner nichts ändern können. Nun kommt die Zukunft zu Besuch nach Nordirland. Prinz William, seine Frau Kate und ihre beiden Kinder haben die

Popularität des Königshauses enorm verstärkt und müssen daher als vorrangiges Ziel für einen möglichen Anschlag betrachtet werden.«

»Wie wäre es denn, wenn der ganze Besuch abgesagt – oder zumindest verschoben würde?«, warf Dixon ein.

Craig und Solly-Flood wechselten einen Blick.

»Das haben wir selbstverständlich erwogen«, sagte Craig. »Wenn die Veranstaltung in drei Wochen stattfände, hätten wir uns mit dem Eigentümer des Golfplatzes zusammensetzen und eine Verzögerung der Bauarbeiten vorschieben können. Aber drei Tage vor dem Besuch ist das völlig ausgeschlossen. Dann müssten wir mit offenen Karten spielen, und das ist nicht wünschenswert. Es wäre ein Signal an London, dass wir die Region, für deren Verwaltung wir eingesetzt wurden, nicht unter Kontrolle haben.«

Da haben wir es wieder, dachte Bull. Das Bedürfnis nach Ehre. Die Angst davor, dass der Glanz der Uniformknöpfe verblassen und jemand kommen könnte, der die Diplome von der Wand riss. Da war es besser, darauf zu wetten, dass die Veranstaltung normal verlaufen würde.

Craig schien zu ahnen, wie Bull die Entscheidung beurteilte, und wechselte schnell das Thema.

»Was gibt es über Brendan Hannon?«, fragte er an Dixon gerichtet.

»So weit nichts Außergewöhnliches, Sir. Seit wir die Beschattung veranlasst haben, hat er seine Wohnung nicht verlassen. Besuch hatte er auch nicht.«

»Anrufe?«

»Negativ. Wir überwachen sowohl Handy als auch Festnetz.«

Bull überlegte, ob die Maßnahme wohl den gesetzlichen Vorschriften entsprach, sah aber keine Veranlassung, sich danach zu erkundigen. Er wusste selbst, dass man in bestimmten Fällen nicht umhinkam, die Grenzen etwas zu dehnen.

Craig warf einen Blick auf seine Armbanduhr.

»Falls bis morgen um zwölf Uhr nichts passiert, schnappen wir ihn uns«, entschied er.

Dixon hob die Hand.

»Bei allem Respekt, Sir, aber ich glaube, es wäre besser, ihn zu Hause aufzusuchen«, sagte sie. »Hannons … Hintergrund lässt darauf schließen, dass er dichtmacht, wenn wir ihn hier herbringen. Je weniger formell er unser Auftreten erlebt, desto größer ist die Chance, etwas aus ihm herauszubekommen.«

Der Polizeichef warf Solly-Flood einen Blick zu. Der Sicherheitschef nickte.

»Ganz meiner Meinung«, sagte er. »Hannon weiß, wer ich bin, und wird in meiner Anwesenheit kaum sehr redselig sein.«

»In Ordnung«, sagte Craig. »Dann übernehmen Sie das, Dixon.«

Bull und Dixon zogen sich wieder in den Konferenzraum des MIR-2 zurück.

»Was meinen Sie?«, fragte er.

»Worüber?«

»Dass man dieses Risiko eingeht, statt die mangelnde Kontrollfähigkeit gegenüber London offen einzugestehen.«

Ein paar Sekunden lang herrschte völlige Stille. Dixon schien sich unwohl zu fühlen. Ihre persönliche Einschätzung deckte sich in diesem Fall anscheinend nicht mit der ihrer Behörde, der gegenüber sie sich aber loyal verhalten wollte.

Sie entschied sich für einen Kompromiss:

»Ich sehe es eigentlich genau wie Sie, aber wenn man erst einmal vierzig Jahre braucht, um an die Spitze zu kommen, möchte man natürlich vermeiden, dass der Lack fette Kratzer abbekommt, bevor man das Rentenalter erreicht. Craig ist ein guter Mann. Tough und rechtschaffen.«

»Sicher, jedenfalls sieht er so aus. Würden Sie mir mal verraten, woher eigentlich die Narbe stammt?«

Dixon machte sich an ihrem Tacker zu schaffen und schien zu überlegen, wie oft ihr diese Frage wohl schon gestellt worden war.

»Erinnern Sie sich daran, dass ich die Shankill Butchers erwähnte, als wir von Tollymore zurückfuhren?«

Bull nickte.

»Craigs Vater – Eamon Craig – war Republikaner. Und Rechtsanwalt. Ein ziemlich tüchtiger sogar, der sich für Katholiken einsetzte, die sich keine juristische Hilfe leisten konnten. Und dadurch wurde er zu einem Dorn im Auge der Loyalisten. Sie haben ein paarmal versucht, ihn aus dem Weg zu räumen, aber bevor sie dazu kamen, wurde er bei einem der vielen Bombenattentate in den Siebzigerjahren getötet. Nur wenige Wochen später schnappten sich die Schlachter von Shankill seinen Sohn. Da der Vater fast so etwas wie ein Heiliger gewesen war, wagten sie nicht, ihn umzubringen, aber dafür zeichneten sie ihn für den Rest seines Lebens.«

»Der Polizeichef ist Katholik?«

»Allerdings«, bestätige Dixon. »Wie sein Vater arbeitete er als freiberuflicher Jurist. Als der Frieden kam, wurde er unmittelbar vom PSNI angeworben. Es gab damals ein großes Interesse daran, den Anteil von Katholiken auf der mittleren und oberen Führungsebene zu erhöhen. Alle Vorurteile aus den Zeiten der RUC sollten begraben werden.«

Bull versuchte sich vorzustellen, wie viele physische und psychische Schmerzen der junge Craig wohl hatte erdulden müssen, als der Feind ihm das V-Zeichen ins Gesicht schnitt.

Es gelang ihm nicht.

»Und als hätte er nicht schon genug Leid erfahren, verlor er bei dem Tsunami 2004 in Thailand auch noch seine Frau«, fuhr Dixon fort. »Sie war dort mit zwei Freundinnen auf Ferientour. Nur eine kam zurück.«

»Dann ist er also Witwer?«, fragte Bull und spürte die Bitterkeit des Wortes in seinem Mund.

»Das schon, aber einsam ist er nicht«, sagte Dixon und lächelte. »Er und Elizabeth Doyle sind sich vor zwei oder drei Jahren nähergekommen. Das am schlechtesten bewahrte Geheimnis im ganzen Haus.«

Bull musste plötzlich an Christine Sand denken. Seit Sonntagabend hatte er nichts mehr von ihr gehört.

Die andere Stimme in seinem Kopf hatte vermutlich doch recht.

32

Der Kleintransporter, der an der Ecke Iris Drive und Gortfin Street stand, war dunkelblau. Die silberne Aufschrift lautete *MJV Building Services Ltd.*

Hinten im Wagen hockten zwei Polizeibeamte in Zivil – blaue Overalls mit dem *MJV*-Logo auf dem Rücken. Der jüngere von beiden, Mark Harris, saß mit einem Smartphone in den Händen auf einer Werkzeugkiste und verfolgte die neuesten Meldungen auf Facebook. Sein Kollege Ed Grantly stand aufrecht im Wagen und beobachtete die Straße durch ein Zeiss-Conquest HD-Fernglas.

»Irgendwas zu sehen?«, fragte Harris, ohne den Blick vom Display abzuwenden.

»Nada«, gab Grantly zurück. »Die Vorhänge an den Fenstern zur Straße sind zugezogen.«

»Vielleicht ist er ja verreist?«

»Oder tot.«

»Amen.«

»Ziemlich ruhig in der Straße«, sagte Grantly. »Oder … Moment mal …«

Harris blickte auf.

»Was ist los?«

»Nein – nichts. Bloß so ein Typ, der rumläuft und die Briefkästen mit Reklame vollstopft. Sieht nach 'ner Broschüre von so 'nem Take-away-Schuppen aus.«

»Woher willst du das wissen?«

»8 x 42«, erwiderte Grantly und klopfte mit dem Zeigefinger auf das Fernglas.

Harris widmete sich wieder seinem Display.

»Weißt du, was mir echt auf die Nerven geht?«

»Deine Alte?«

»Leute, die Glückwünsche zum Geburtstag ihres Hundes

bei Facebook posten. Hunde können doch verdammt noch mal nicht lesen.«

»Wer weiß? Ich hab in der Glotze einen Orang-Utan gesehen, der Schach spielen konnte«, murmelte Grantly.

»Verflucht!«, rief Harris plötzlich.

»Was'n los?«

»Kenny, ein Kumpel von mir, ist im Urlaub in Brasilien. Fortaleza oder so was. Er hat Fotos vom Strand gepostet. Guck dir bloß mal die Weiber an!«

Brendan Hannon öffnete eine neue Packung Nicorette-Kaugummi. *Minzfrucht* stand darauf. Der Geschmack war widerwärtig, aber Hannon musste zugeben, dass seine Gier nach Zigaretten nachließ. Den Kaffee wagte er kaum anzurühren. Kaffee ohne Zigaretten war schlimmer als alkoholfreies Bier.

Er hatte sich selbst ein Versprechen gegeben. Falls er lange genug lebte, um ein vereintes Irland zu erleben, würde er sich wieder eine Zigarette anstecken und sich in die Ewigkeit qualmen. Wie es derzeit aussah, gab es nur wenig Hoffnung, dass Boris Johnson und diese Brexit-Gang ihnen helfen konnten. Käme es bei der Abstimmung zu einem Ausstieg aus der EU, könnten die Dinge sich ändern. Die EU-Befürworter hatten in den Umfragen zwar die Mehrheit, aber man konnte nie wissen. In vielen schlaflosen Nächten hatte Hannon versucht sich vorzustellen, welche Auswirkungen die Aktion am Freitag auf die Volksabstimmung haben könnte. Aber es gab keine eindeutige Antwort. Es könnte so oder so ausgehen.

Die Stille in der Wohnung wurde von einem Klappern am Briefschlitz unterbrochen. Hannon hievte sich auf die Krücken, kam auf die Beine und humpelte in den Flur. Auf der Türmatte lag eine rot-weiße Werbesendung. Er stützte sich mit einer Hand an der Wand ab, beugte sich hinunter und hob das Papier auf. Es war eine zusammengefaltete Reklamebroschüre von *Sergio's Take-Away.* Im Innern fand er einen handgeschriebenen Zettel:

Onkel ist
zu Besuch gekommen.
Muss Pause einlegen.
Fahre mit Vorbereitungen
zum Fest fort.
T.

Hannon las die Nachricht zweimal. Dann steckte er den Zettel in die Tasche und ließ die Broschüre wieder auf die Türmatte fallen. Er humpelte zurück in die Küche. Zog vorsichtig den Vorhang ein Stückchen zur Seite und blickte durch den Schlitz. Sein Blick fiel auf den Wagen, einen dunkelblauen VW-Transporter, der schräg gegenüber vor Hausnummer 6 stand. Er schloss den Vorhang wieder, drehte sich um und griff nach dem Feuerzeug, das neben dem Gasherd lag.

Er hielt den Zettel in die Flammen, bis seine Finger schmerzten. Dann ließ er ihn ins Ausgussbecken fallen, wo sich die letzten Papierreste in Asche verwandelten. Hannon drehte das heiße Wasser auf und bewegte den Kran hin und her, bis das Becken wieder makellos sauber war.

Was hatte die Bullen wohl alarmiert? Wieder einmal war er voller Bewunderung für seinen Schützling. Tobin hatte die Gefahr gerochen, bevor es zu spät war. Aber jetzt war die Verbindung zwischen ihnen unterbrochen, nur noch drei Tage bis zum großen Knall in Bangor.

Er musste all sein Vertrauen in Tobin setzen. Und in Kevin O'Mulligan und seine AS50.

Hole-in-one-motherfucker auf dem Golfplatz – wenn alles nach Plan verlief.

33

Dienstag, 24. Mai 2016

Miriam Dixon hatte Bull ein Zivilfahrzeug der Polizeitruppe zur Verfügung gestellt, einen Vauxhall Astra Kombi. Ein prima Gefährt, abgesehen davon, dass sich das Lenkrad auf der falschen Seite befand. Es war einige Jahre her, seit er zuletzt in diesem Teil der Welt ein Auto gefahren hatte, aber es war dasselbe wie mit dem Radfahren: Hatte man es einmal gelernt, vergaß man es nie wieder.

Er nahm die High Street durch das kleine Zentrum von Holywood. Ungefähr in der Mitte der Hauptstraße entdeckte er linker Hand Ned's Pub, die Kneipe, wo Henry den Rotschopf Proinsias O'Hara aufgegabelt hatte. An der nächsten Ecke befanden sich die Ruinen des alten Klosters. Hinter den 1400 Jahre alten Mauern hatten Bulls Wikinger-Vorfahren im Jahr 824 eine Gruppe nichts ahnender Mönche samt ihrem Abt abgeschlachtet, um danach die Reliquien des heiligen Comgall ins Meer zu werfen. Laut Gus war den Nordmännern inzwischen vergeben worden. Die Iren waren eben ein großzügiges Volk.

Er bog nach rechts in die Victoria Street ein. Auf beiden Straßenseiten standen stattliche Einfamilienhäuser neueren Datums, die Zeugnis von dem Wohlstand ablegten, der Holywood und die Umgebung inzwischen prägte. Ein paar Kilometer dahinter ließ die dichte Bebauung nach und wurde von Wald, Wiesen und Feldern abgelöst. Bulls Landschaft.

Er lenkte den Vauxhall auf den Hofplatz von Maiden Cottage und parkte hinter Gus' altem Opel. Als er ausstieg, entdeckte er Fanny. Sie kam vom Hühnerhaus mit einem Korb Eiern in der einen und dem kleinen Rotschopf Kieran an der anderen Hand. Der winzige Anschein eines Idylls inmitten der Tragödie. Fanny hatte die weiße Uniform abgelegt und trug Jeans und einen langärmeligen dunkelblauen Pullover aus Baumwolle. Bull umarmte sie und sagte es geradeheraus: Dass er sie für ihren uneigennützigen Einsatz bewunderte.

»Ich habe mir im Pflegeheim jetzt erst mal drei Monate unbezahlten Urlaub genommen«, sagte sie. »Dann sehen wir, wie es weitergeht.«

Bull blickte umher.

»Wo sind denn die anderen Jungen?«

»Auf Fahrradtour«, sagte Kieran verdrossen.

»Kierans Rad wurde gestern an der Schule gestohlen«, sagte Fanny und streichelte dem Kleinen tröstend über den Kopf. »Wir fangen jetzt an, für ein neues zu sparen. Und in der Zwischenzeit habe ich hier Gesellschaft vom niedlichsten Hofburschen der Welt.«

»Was ist denn eigentlich mit dem anderen Hofburschen – O'Hara?«, fragte Bull.

»Den hab ich den ganzen Tag noch nicht gesehen. Henry hatte schon gesagt, dass er manchmal für kurze Zeit verschwindet. Tja, einer der Vorteile, wenn man für seine Arbeit keinen Lohn bekommt«, sagte Fanny und lächelte.

Auf Fannys Aufforderung blieb Bull zum Abendessen. Eier, frisch gebackenes Brot und selbst gemachter Johannisbeersaft aus Coleens Garten. Die Unterhaltung floss einigermaßen leicht dahin, zweimal brachte er Fanny sogar zum Lachen, aber der schwere, dunkle Schatten aus der Scheune hing weiterhin über der kleinen Gesellschaft. Kieran ließ Bull während der ganzen Mahlzeit nicht aus den Augen.

»Ist es cool, Polizist zu sein?«, wollte er wissen, als Fanny den Kaffee servierte.

»Kommt drauf an«, erwiderte Bull und dachte, dass es wohl hundert Adjektive gab, die besser auf seinen Job zutrafen als »cool«.

»Aber ist es nicht cool, Bankräuber zu erschießen?«

»Kieran!«, ermahnte ihn Fanny streng.

Der Junge wirkte nicht im Mindesten beschämt.

»Wir erschießen keine Bankräuber«, sagte Bull. »Wir werfen sie ins Gefängnis.«

»Wird's dann nicht voll nach 'ner Weile?«, wandte Kieran ein.

»Wir lassen sie ja nach und nach wieder frei.«

»Damit sie neue Banken ausrauben können?«

»Ja, das kommt vor«, gab Bull zu.

»Ich will Polizist werden«, sagte der Junge entschieden. »Oder Bäcker.«

»Das wäre wohl klüger«, gab Bull zurück.

Nachdem er zunächst das Blaulicht am Vauxhall für Kieran demonstriert hatte, verabschiedete sich Bull nach zwei Stunden und fuhr los. Am Fuß des Hügels nahe der Hauptstraße, wo die Briefkästen hingen, entdeckte er ein bekanntes Gesicht. Es war Jack Beresford, seit über vierzig Jahren der nächste Nachbar von Maiden Cottage. Er war zehn Jahre jünger als Gus, hatte aber in seinem Leben schon so viel Schweres gehoben und getragen, dass der obere Teil seines Rückens stark gekrümmt war. Die Haut seines unter der Schirmmütze hervorlugenden Gesichts war dick und grob wie bei einem Elefanten. Als Kind hatte Bull gesehen, wie Beresford einen Apfel in seiner Hand zu Mus zerquetscht hatte, so wie andere ein Ei zerbrachen.

Bull bremste ab und ließ das Seitenfenster herunter.

»Guten Abend, Jack.«

Die krumm gebeugte Gestalt musterte ihn.

»Du meine Güte … Bogart? Das ist ja lange her.«

»Vier Jahre, falls ich mich nicht täusche.«

Sie wechselten ein paar Worte über dieses und jenes. Glücklicherweise fragte Beresford nicht nach Frida und Anine.

»Dann warst du also in alten Gefilden und hast Henry und

die Kinder besucht?«, fragte Beresford und spuckte einen Klumpen Kautabak auf den Boden.

Bull wurde plötzlich brutal bewusst, dass Beresford von der Tragödie am Vortag nichts mitbekommen hatte. Er präsentierte ihm die offizielle Version. Jack Beresford riss die Augen auf und fragte zweimal nach, ob das auch wirklich stimmte, bevor er schließlich äußerte, wie *völlig unverständlich* das sei. *Zum Teufel aber auch, wie schrecklich* und *wie um alles in der Welt konnte ein Pfundskerl wie Henry nur auf so eine Idee kommen?*

Bull zuckte mit den Schultern und dachte an Henry, der ganz und gar nicht auf so eine Idee gekommen war.

»Dann musst du da einziehen«, erklärte der Nachbar, nachdem er sich wieder gefasst hatte. »Wenn Gus uns eines Tages verlässt, dann wirst du ja Multimillionär.«

»Wovon redest du?«

»Aber du erbst doch Maiden Cottage, Junge.«

Bull setzte ein schiefes Lächeln auf. Multimillionär war in diesem nordirischen Dorf offenbar ein dehnbarer Begriff.

Jack Beresford sah Bull skeptisch an.

»Hat Gus dir das nicht erzählt?«

»Was erzählt?«

Jetzt grinste Beresford.

»Hier im Distrikt fehlen Baugrundstücke. Eine Menge Leute aus Belfast und anderen Orten wollen hier wohnen. Haben wohl alle genug von der verpesteten Stadtluft und diesen völlig absurden Immobilienpreisen. Gus besitzt etwa fünfzig Morgen Land, das die Kommune für Wohnzwecke erschließen möchte. Und da reden wir von mindestens hundertzwanzigtausend Pfund pro Morgen.«

Nachdem Bull sich geradezu benebelt von Beresford verabschiedet hatte und ein paar Hundert Meter weitergefahren war, hielt er an einer Bushaltestelle an. Linksverkehr und totales inneres Chaos waren keine gute Kombination.

Er machte sich keine Mühe damit, die Summen im Kopf auszurechnen. Wenn Beresford recht hatte, handelte es sich um einen ungeheuer großen Betrag. Ein Vermögen. Seine Rolle als Gus' Erbe wurde allerdings unmittelbar den Faktoren untergeordnet, die plötzlich – wie Bull fast glaubte – auf der Frontscheibe des Vauxhall geschrieben standen:

»Penelope Halifax'« Besuch bei Gus.

Der Mord an Henrik Berg-Hansen.

Und Gus' unbekanntes Kind.

34

Dienstag, 24. Mai 2016

Abgesehen von den sieben Jahren mit Frida und Anine in dem gelben Reihenhaus, hatte Bogart Bull nie länger als zwei Jahre an ein und demselben Ort gewohnt.

Als Bogart noch ein Junge war, hatten Thomas und er so häufig den Wohnort gewechselt, dass es sich kaum lohnte, die Umzugskartons auszupacken. Meistens hatte es an der mangelnden Bezahlung der Miete gelegen, dass sie gezwungen waren weiterzuziehen. Wenn es dem Kunstmaler ein seltenes Mal gelungen war, mehr zusammenzukratzen, als für das tägliche Brot benötigt wurde, kam er mitunter auf die Idee, in eine schönere Wohnung umzuziehen, nur um ein paar Monate später festzustellen, dass in der Kasse abermals Ebbe herrschte.

Vielleicht erklärte dies, warum Bull immer gern verreist war. Nicht in dem Sinne, wie die meisten Menschen den Begriff »reisen« verstanden: um die Welt zu sehen und den Horizont zu erweitern. Für ihn ging es schlichtweg darum, an anderen Orten zu sein. Zu Hause war gut, aber woanders war es besser. Auf seinen Dienstreisen hatte er in Hunderten – wenn nicht sogar Tausenden – verschiedenen Hotelzimmern, Pensionen, Campinghütten, Kabinen und an anderen Orten gewohnt, die von vier Wänden umgeben waren, und sich dabei stets wohlgefühlt, unabhängig davon, ob der Ort einen oder fünf Sterne vorzuweisen hatte.

Ebenso verhielt es sich mit dem Europa Hotel in Belfast. Die Geräusche von der Straße und die Luft, die durch das offene Fenster eindrang, unterschieden sich nicht wesentlich von denen anderer Städte, waren aber dennoch neu. Auch das Bett, in dem er lag, war neu und noch dazu überdurchschnittlich bequem. Ein letzter Schluck aus der Cola-Dose, dann die Zähne putzen, und schon würde er die Eindrücke des Tages in die nächtlichen Träume mit hinübernehmen.

Jemand klopfte an die Zimmertür.

Bull warf einen Blick auf den Radiowecker auf dem Nachttisch. 22.57. Es klopfte erneut. Er schnappte sich seine Boxershorts, die er auf den Boden geworfen hatte, und zog sie über. In der Tür gab es kein Guckloch. Einen Moment lang erwog er, die Sicherheitsbügel vorzulegen, doch ein alberner Stolz sowie der Gedanke, dass das Zimmermädchen vielleicht ein weiteres Kissen brachte, ließen ihn die Tür öffnen.

Draußen stand eine Frau. Christine Sand, im weißen, hoteleigenen Morgenmantel und mit einem von Tränen überströmten Gesicht.

»Ich halte es nicht mehr aus«, schluchzte sie. »Darf ich bitte reinkommen?«

Bull trat einen Schritt zur Seite und versuchte, nicht an Frida zu denken, als er die Tür wieder schloss.

35

Bangor
Mittwoch, 25. Mai 2016

Die beiden Männer waren etwa Mitte zwanzig. Mit stabilen Angelruten in der Hand folgten sie einem Pfad, der zwanzig oder dreißig Meter über dem Meer lag. Steile Wellen schlugen schäumend gegen die Felsen. Im Morgenlicht wurde die Irische See von Millionen Algen in ein grünes Universum verwandelt, aber trotz ihrer Anglerausrüstung richteten die beiden Männer ihre Aufmerksamkeit auf ganz andere Dinge als Fische und Mikroorganismen.

Ihr Blick ruhte auf The Point, etwa zweihundert Meter entfernt, wo ein Leuchtturm in den Himmel ragte.

Das Leuchtfeuer war vor über zwanzig Jahren auf automatischen Betrieb umgestellt worden, doch die ehemalige Wohnung des Leuchtturmwärters wurde zeitweilig an Sommergäste vermietet. Für gewöhnlich handelte es sich um Touristen, denen die Natur und der Ausblick aufs Meer gefiel. In dieser Woche jedoch sollten dort Leute wohnen, die sich eher für den Ausblick in die entgegengesetzte Richtung interessierten.

Die beiden näherten sich dem weißen Obelisken, blieben an der Treppe stehen und beobachteten das umliegende Terrain. Nirgendwo war Bewegung zu erkennen, lediglich ein paar Büschel Rotschwingel schwankten im Takt mit dem Wind. Die Tür des Leuchtturms war stets verschlossen, aber beim letzten Besuch hatte es nur zwanzig Sekunden gedauert, um das Vorhängeschloss aufzubrechen. Jetzt hing dort ein neues Schloss.

Die Wendeltreppe im Turm führte sie fünfundzwanzig Meter hinauf. Ein achteckiger Raum mit großen Fensterscheiben in alle Himmelsrichtungen und mit dem Leuchtfeuer auf einem massiven Sockel. Wie eine Skulptur aus Glas und Metall. Die acht Fenster waren mit Scharnieren versehen, vermutlich um die Reinigung der Scheiben von außen zu erleichtern.

Einer der Männer öffnete einen Rucksack und nahm ein Leica-Fernglas sowie ein Stativ mit ausziehbaren Beinen heraus. Das Fernglas verfügte über einen laserbasierten Entfernungsmesser und war ursprünglich für die Großwildjagd konstruiert worden. Das Instrument konnte Entfernungen bis zu 1800 Meter messen, bei einer Fehlerquote von 0,2 Prozent.

Während der eine das Fernglas auf dem Stativ befestigte, gab der andere Mann eine Nummer in sein Handy ein. Nachdem die Verbindung zustande gekommen war, gab er eine kurze Nachricht durch:

»Bereit.«

In der Ferne, gleich einem dunklen Punkt in der grünen Umgebung, sahen sie eine Gestalt, die sich vom neu errichteten Klubgebäude auf den Abschlagspunkt für das erste Loch des Golfplatzes zubewegte.

»Jimmy am Platz.«

Der Mann mit dem Fernglas brauchte ein paar Sekunden, bis er den Daumen hob.

»Los, Jimmy.«

Die Verbindung wurde unterbrochen. Der Punkt bewegte sich weiter. Ein neugieriger Spaziergänger, der frühmorgens unterwegs war, um Bangors neue Attraktion in Augenschein zu nehmen.

»975 Meter«, berichtete der Mann am Fernglas.

Der andere sagte nichts, lächelte nur erwartungsvoll.

»Reicht das – auch wenn's etwas windig wird?«

»In Afghanistan hat's auch geblasen«, erwiderte Kevin O'Mulligan und ließ das Handy in die Tasche gleiten.

*

Sie folgten demselben Weg zurück. Ungefähr in der Mitte, zwischen Leuchtturm und geparktem Wagen, wo der Pfad hinter einer Felskuppe verborgen lag, verlangsamte O'Mulligan das Tempo und rief den anderen:

»Damien!«

Damien Gillespie blieb stehen und drehte sich zu seinem Freund um. Oder vielmehr zu demjenigen, den er für seinen Freund hielt. Denn O'Mulligan hielt nicht länger die Angelrute in der Hand, sondern einen Smith & Wesson Revolver. Im Bruchteil einer Sekunde begriff Gillespie, womit er es zu tun hatte. Einem anderen Menschen, dessen Leben nicht von Gewalt geprägt war, wäre im ersten Augenblick vielleicht der Gedanke gekommen, dass es sich um einen makabren Scherz handelte. Doch in ihren Reihen kam so etwas nicht vor. Gillespie verharrte wie angewurzelt. Er dachte an Amber – seine Verlobte. Und an das fast zwei Jahre alte Mädchen, das zu Hause auf ihn wartete.

»Warum?«, fragte er.

»Befehl von Tobin. Du hast im besoffenen Kopf mal wieder das Maul zu weit aufgerissen, Damien. Hast dir von Außenstehenden in die Karten gucken lassen. Aber dieses Mal steht einfach zu viel auf dem Spiel.«

Während sich die Angst in seinem Körper ausbreitete, überlegte Gillespie, wie weit er wohl kommen würde, wenn er jetzt losrannte. Nutzlos. O'Mulligan war ein Meisterschütze, egal ob mit Gewehr oder mit Revolver. Er würde ihn hinterrücks erschießen. Als er den Mund öffnete, waren seine Worte kaum hörbar:

»Aber verdammt, Mann – *ich* bin's. Wir sind in derselben Straße aufgewachsen und haben jahrelang in derselben Fußballmannschaft gespielt. Unsere Mütter waren Freundinnen, verflucht!«

»Das spielt keine Rolle. Die IRF und die Sache sind allem anderen übergeordnet – auch der Familie. Das weißt du doch?«

Gillespie erinnerte sich. Eine aufgeblasene Formulierung

als Teil des Schwurs, den sie abgelegt hatten. Panik überkam ihn. Ein letzter Versuch.

»Ich kann einfach verschwinden, Kevin. Ein für alle Mal. Ich schwöre! Schottland oder England. Ich hab Verwandte in Dumfries. *Tu mir das nicht an!*«

Mechanisch wie ein Roboter schüttelte O'Mulligan den Kopf.

»Tut mir leid, Damien.«

Das Geräusch des Schusses drang ein Stück weit auf das Meer hinaus, wo es in Wind und Wellen unterging.

*

Im MIR-2 war es still. Und heiß, wenngleich die Zeiger der Uhr gerade einmal acht Uhr morgens überschritten hatten. Bull hatte sich die Hemdsärmel aufgekrempelt und saß mit dem ersten Kaffee des Tages an seinem Schreibtisch. Das Koffein war nötiger als sonst. Nur unterbrochen von der einen oder anderen traurigen Bemerkung hatte Christine Sand in seinen Armen gelegen und geweint, bis es fast drei Uhr morgens geworden war und beide schließlich eingeschlafen waren. Als er nach vier Stunden wieder wach geworden war, lag sie wie bewusstlos neben ihm. Er hatte sie schlafen lassen, eine schnelle Dusche genommen und dann überprüft, ob sich ihr Zimmerschlüssel auch in der Tasche des weißen Bademantels befand. So konnte sie immerhin vermeiden, die Aufmerksamkeit des Hotelpersonals auf sich zu ziehen, wenn sie in ihr Zimmer zurückgehen wollte.

Die Tür des MIR-2 wurde geöffnet, und Miriam Dixon trat ein. Sie ließ im Vorbeigehen eine Plastikmappe auf ihren Schreibtisch fallen und setzte sich dann zu Bull.

»Der Laborbericht über die erneute DNA-Analyse«, sagte sie. »Bestätigt Nelsons Schlussfolgerung.«

Bull schnitt eine Grimasse, die alles Mögliche bedeuten konnte.

»So sieht's also aus«, fuhr Dixon fort. »Zwei Morde – oder eigentlich vier –, die offensichtlich zusammenhängen, aber ohne dass wir auch nur im Mindesten sagen können, wie.«

Bull dachte zurück an seine Unterhaltung mit Jack Beresford. Die ließ zwar ein mögliches Motiv für den Mord an Henry erkennen, aber die Verbindung zwischen Tollymore und Maiden Cottage war völlig unklar. Während des morgendlichen Spaziergangs vom Hotel zur Musgrave Police Station hatte Bull beschlossen, Beresfords Informationen für sich zu behalten. Zumindest so lange, bis er mit Gus gesprochen hätte. Er war jetzt gezwungen, den Druck auf seinen Großvater zu erhöhen. Er musste ihn dazu bringen, sich zu öffnen. Vielleicht würde Gus ja etwas erzählen, was ihnen bei der Jagd nach Henrys Mördern einen Schritt weiterhelfen könnte. Wenn sie diesen Fall aufklären könnten, wäre auch der dreifache Mord in Tollymore in Reichweite einer Lösung.

»Tut sich da irgendwas mit Hannon?«, fragte er.

»Nichts. Still wie ein Grab. Wir können nur hoffen, dass der Kerl überhaupt noch lebt.«

Dixon überprüfte die Uhrzeit auf ihrem Handy.

»Noch dreieinhalb Stunden. Wenn bis dahin nichts geschieht, klingeln wir bei ihm.«

36

Das Einsatzteam, das Hannon beschattete, hatte im Laufe des Vormittags nichts Neues zu vermelden. Um zehn Minuten vor zwölf setzte sich Miriam Dixons Mini, gefolgt von einem Landrover, in dem drei Männer von der Bereitschaftsgruppe saßen, in Bewegung.

Geduldig reihten sie sich in den Verkehr auf der Victoria Street ein, bogen nach rechts in die May Street ab und fuhren weiter in Richtung Grosvenor Street und The Falls. Aus Dixons Autoradio ertönte die Stimme einer Nachrichtensprecherin, die über den Rückzug des IS von der Front in Aleppo berichtete und Barack Obama zitierte, der die Konfliktparteien im Südchinesischen Meer zu einer friedlichen Lösung aufforderte. Auf Belfasts Straßen, die vor zwanzig Jahren ebenfalls eine Kriegszone gewesen waren, herrschte Ordnung und gemütliche Ruhe.

Dixon bog in die Cavendish Road ein und brachte den Mini an der Ecke Earlscourt zum Stehen. Die Beschatter im Kleintransporter vor Hannons Wohnung waren über den bevorstehenden Einsatz informiert, und die drei im Landrover sollten abwarten, bis eventuell der Befehl zum Aufbrechen der Tür erfolgte.

Bull und Dixon stiegen aus, überquerten die Gortfin Street und kamen zum Iris Drive. Auf beiden Straßenseiten standen fast identische zweistöckige Häuser aus rotem Backstein.

Vor vielen Fenstern hingen Wimpel und Flaggen mit der irischen Trikolore, einige davon reichlich zerfetzt und mitgenommen, nachdem sie offenbar zahlreichen kalten Wintern standgehalten hatten. Niemand, der The Falls betrat, sollte sich fragen müssen, welchem christlichen Glauben der Stadtteil anhing.

Bull und Dixon bewegten sich zielstrebig auf Nummer 9

zu. Hannon wohnte in der ersten Etage. Die weiß gestrichene Haustür war unverschlossen. Dixon trat als Erste ein. Ein kurzer Flur führte zur Wohnung im Erdgeschoss. Rechts gab es eine Treppe. Tausende Füße hatten den Anstrich auf den Stufen weitgehend abgewetzt. Die Treppenstufen knirschten, im Hausflur roch es nach Staub und Kohle. Rechts neben Hannons Wohnungstür im ersten Stock befand sich ein Klingelknopf aus vergilbtem Plastik. Dixon drückte darauf, die Klingel funktionierte. Sie warteten ein paar Sekunden, ohne dass etwas geschah. Dixon betätigte abermals die Klingel, dieses Mal länger. Stille.

Dixon holte tief Luft.

»Brendan Hannon! Hier ist Chief Inspector Miriam Dixon vom Police Service of Northern Ireland. Bitte öffnen Sie die Tür, bevor wir es tun müssen.«

Von der anderen Seite der Tür drang ein Geräusch zu ihnen, ein schwaches Klopfen gegen eine Wand oder auf den Boden. Dann eine heisere Stimme, alt und grobschlächtig:

»Was wollen Sie?«

»Nur unterhalten.«

»Ich hab mit dem PSNI nichts zu bereden. Hauen Sie ab!«

»Machen Sie's doch nicht so kompliziert, Hannon! Sie wissen doch genau, dass ich Sie einfach mitnehmen kann. Genauso einfach, wie ich mir eine Zeitung aus dem Briefkasten hole. Die Jungs mit dem Rammbock warten drüben in der Gortfin.«

Nach ein paar Sekunden war das Geräusch zweier sich öffnender Yale-Schlösser zu hören. Die Tür wurde einen Spaltbreit aufgezogen. Eine glänzende Sicherheitskette und ein bärtiges Gesicht kamen zum Vorschein. Schwarze, eng zusammenstehende Augen, wie die Mündung einer Schrotflinte mit Doppellauf. Ein Hauch von Schnaps lag in der Luft.

»Zeigen Sie mir was.«

Dixon hielt ihm ihren Dienstausweis hin. Die Kette wurde abgenommen. Hannon wirkte erstaunlich klein und dünn, ganz anders, als man es von einem berüchtigten Kämpfer erwartet hätte. Sein halblanges Haar war grau und fettig. Kinnbart und Schnäuzer, die Bull von dem alten Wikipedia-Foto wiederzuerkennen glaubte, saßen noch an Ort und Stelle, waren allerdings genauso ungepflegt wie seine Mähne. Die Haut seines etwas verwüsteten Gesichts war gelblich grau, was vermuten ließ, dass Hannons Leber nicht mehr ganz einwandfrei funktionierte.

Ohne ein Wort zu sagen, drehte Hannon sich um und humpelte auf Krücken durch den Flur. Das eine Hosenbein hing schlaff unter ihm herunter. Bull und Dixon schlossen die Tür und folgten ihm ins Wohnzimmer. Laut PSNI-Register bewohnte Hannon die Wohnung seit 1971. Allerdings war es ihm seitdem nicht gelungen, das Ganze etwas gemütlich zu machen. Abgesehen von einer grell gemusterten Tapete, die sich an den Kanten bereits stellenweise ablöste, waren die Wände so gut wie nackt. Zwei nicht zueinander passende Sessel, ein Couchtisch und ein Sofa mit hoher Rückenlehne nahmen fast den ganzen Platz in dem kleinen Zimmer ein. Auf dem Boden lag ein Teppich unbestimmbarer Farbe. Außerdem gab es zwei eingeschaltete Stehlampen, vermutlich zum Ausgleich für die verschmutzten Fenster, die seit dem Jahrtausendwechsel anscheinend noch nicht geputzt worden waren. In der Ecke vor der Balkontür gab es ein Fernsehgerät und einen meterhohen Stapel Zeitungen, die einzigen Anzeichen eines nicht völlig von der Außenwelt abgeschnittenen Lebens. Die Luft im Zimmer löste den Wunsch aus, durch den Mund zu atmen.

Bull verspürte einen Hauch von Wehmut. Dieser Mann hatte sein Leben dem irischen Freiheitskampf gewidmet und würde wohl in dieser kümmerlichen Umgebung den Rest seines Daseins fristen – einbeinig, einsam und verbittert.

Hannon hatte sich in einen der Sessel gesetzt und starrte Dixon herausfordernd an. Keine Aufforderung, Platz zu nehmen. Auch gut. Chief Inspector Dixon stellte Bull vor, was bei Hannon kaum mehr als ein verächtliches Schnauben hervorrief.

»Kommen Sie zum Punkt«, sagte Hannon.

»Liebend gern«, parierte Dixon. »Es gibt Gerüchte über ein Wiedererstarken auf republikanischer Seite – eine neue Fraktion der IRA. Dieses Mal unter der Bezeichnung *IRF. Irish Republican Force.* Besser organisiert und schwerer bewaffnet als die Ableger, die wir beide von früher her kennen, sofern man diesen Gerüchten Glauben schenken kann.«

Hannon musterte Dixon lange. Dann lächelte er. Ein goldbraunes, höhnisches Lächeln.

»Und sofern ich davon Kenntnis haben sollte, gehen Sie davon aus, dass ich nun mit einem ausführlichen Bericht aufwarte? Sie müssen dümmer sein, als Sie aussehen, *Ma'am*. Der PSNI sollte es wirklich wie die RUC machen – und Männer einstellen.«

Dixon schluckte die Beleidigung hinunter.

»Und Sie haben möglicherweise ein schlechtes Gedächtnis, Hannon. Als Ihnen nach dem Friedensabkommen Amnestie gewährt wurde, waren die Prämissen glasklar: Sollten Sie in der Zukunft mit irgendeiner Art von paramilitärischer Aktivität in Verbindung gebracht werden können, würde das alte Urteil wieder rechtskräftig werden. Weitere dreizehn Jahre hinter Gittern, oder habe ich falsch gerechnet?«

Hannon saugte an seinen Zähnen, als sei er kurz davor, Dixon vor die Füße zu spucken.

»Sie haben ein großes Mundwerk, *Inspector.* Allerdings sollte es schon einen Beweis dafür geben, dass ich etwas mit dieser … IRF zu schaffen habe. Haben Sie den, Dixon?«

»Nein, aber wenn ich dazu gezwungen werde, bin ich mit Sicherheit auch *Manns* genug, um ihn mir zu beschaffen«, erwiderte sie kühl. »Wir haben von unseren Vorgängern in der RUC eine Menge gelernt.«

Bull wandte seinen Blick von Hannon ab und richtete ihn auf Dixon. Ihre letzte Bemerkung war nichts anderes als eine

Drohung, sich einen Beweis zusammenzuschustern. Ganz schön dreist angesichts Bulls Anwesenheit im Raum.

Hannon hatte den Kern der Sache dennoch begriffen. Sein höhnisches Grinsen war wie weggewischt und von unverhohlenem Hass abgelöst worden.

»Schau dich doch mal um, *bitch.* Glaubst du wirklich, es spielt eine Rolle für mich, ob ich meine letzten Jahre in diesem Zimmer oder in einer Zelle in Maghaberry verbringe? Ich schlage vor, du schnappst dir jetzt deinen Leibwächter und verpisst dich wieder – sofort.«

»Tobin«, sagte Bull.

Ein winziges Zucken in Hannons rechter Augenbraue. Fast unmerklich, aber genug.

»Wie meinen?«

Eine affektierte Replik, vorgetragen von einem mittelmäßigen Schauspieler.

»Wer ist Tobin?«, legte Dixon nach.

Hannon gewann seine Selbstsicherheit zurück.

»Der einzige Tobin, den ich kenne, starb Anfang der Sechzigerjahre. Liam Tobin – ein guter Mann.«

Jetzt war es an Dixon, ein breites Grinsen aufzusetzen.

»Und Sie sind ein jämmerlicher Mann, Hannon. Wir werden uns wiedersehen, und das schneller, als Sie ahnen. Lassen Sie sich unsere kleine Unterhaltung durch den Kopf gehen und vergessen Sie meine Worte nicht. Falls Sie auf andere Gedanken kommen sollten, finden Sie mich hier.«

Sie ließ ihre Visitenkarte auf den Tisch fallen.

»Lassen Sie die Krücken nur stehen. Wir finden selbst hinaus.«

»Kein Zweifel«, sagte Dixon, als sie wieder im Freien waren. »Er weiß, wer dieser Tobin ist.«

Zweifelhaft ist eher, ob dein Schlag unter die Gürtellinie etwas genützt hat, dachte Bull. Laut sagte er:

»Er weiß bestimmt, wer Tobin ist, aber wenn Hannon in

irgendwas involviert ist, dann wird er dieses Wissen wohl kaum mit uns teilen.«

Sie kamen an einer geöffneten Haustür vorbei, wo sich ein Schrank von einem Mann an den Türrahmen lehnte. Ringerhemd, kurz geschorener Schädel und massenhaft Tätowierungen auf beiden Armen. Der Blick, den er den beiden Polizeibeamten nachwarf, sprach Bände. Vielleicht lag es an Dixons kobaltblauer Bluse, dem weißen Rock und den roten Schuhen. Vielleicht aber hatte der Typ auch nur einen Riecher für Protestanten.

Bull fischte sein Handy aus der Jackentasche und schaltete es ein. Es gab zwei Anrufe von einer lokalen Nummer und eine SMS:

Bin auf dem Weg zum Flughafen, um Vater und Mutter nach Hause zu bringen. Vielleicht rufst du mich an, wenn du zurück in Oslo bist? C.

Vielleicht rufst du mich an … Einen Moment lang überlegte er, ob *vielleicht* so etwas wie »wer weiß« oder »das hoffe ich« bedeutete.

Dann hörte er wieder die Stimme in seinem Kopf: *Was ist los mit dir, Bogart? Natürlich hofft sie darauf, dass du anrufst!*

Er konnte sich gerade noch am süßen Duft der Verheißung erfreuen, als das Handy klingelte. Lokale Nummer. Es war Fanny Robertson. Ihre Stimme klang angespannt.

»Ich hab schon zweimal versucht, Sie zu erreichen, aber es ging nur der Anrufbeantworter an.«

»Ich war in einer Besprechung«, sagte Bull. »Was ist los?«

»Ich habe Madeleine Watson – meine Stellvertreterin – gebeten, ein Auge auf Gus zu haben, während ich weg bin. Sie hat mich vor einer Stunde angerufen. Gus hatte wieder Besuch.«

37

Holywood
Mittwoch, 25. Mai 2016

Madeleine Watson war eine etwas maskuliner wirkende Ausgabe von Fanny. Üppige Kurven, doch mit den Gesichtszügen einer Bulldogge und einem Händedruck, der Steine zerquetschen konnte.

»Er sitzt da immer noch«, sagte Watson, nachdem sie einander begrüßt hatten.

Einen Augenblick dachte Bull, sie spreche von dem Besuch.

»Auf einer der Bänke unten im Garten«, fuhr sie fort. »Seit der andere Mann gegangen ist, hockt er jetzt da. Ich war bei ihm und hab gefragt, ob er vielleicht wieder rein möchte, aber er hat bloß den Kopf …«

»Moment mal bitte«, unterbrach Bull sie. »Er hatte einen Mann zu Besuch?«

»Ein ziemlich junger Typ, glaube ich. Ich hab ihn allerding nur von hinten gesehen. Ich war oben in der zweiten Etage. Als ich das erste Mal zufällig aus dem Fenster schaute, saß Gus dort allein. Das macht er oft, wenn das Wetter gut ist. Ein paar Augenblicke später hab ich wieder hinausgesehen, und da war plötzlich der andere. Er ist dann nach zwei Minuten aufgestanden und wieder gegangen. Wie gesagt, ich bin dann zu Gus runter, aber er wollte nicht reden. Und ins Haus wollte er auch nicht. Tja, und dann hab ich Fanny angerufen.«

»Das haben Sie gut gemacht. Sie waren eine große Hilfe, Madeleine. Wo ist denn diese Bank?«

»Neben dem Flaggenmast. Auf der rechten Seite, wenn Sie durch den Haupteingang hinausgehen.«

Gus saß immer noch da. Völlig regungslos. Seine magere Gestalt steckte in einem grau melierten Mantel mit hochgestelltem Kragen, um sich vor dem Wind zu schützen. Bull blieb stehen und betrachtete seinen Großvater ein paar Sekunden lang aus der Entfernung. Ein leerer Flaggenmast, eine Bank und ein alter Mann. Der Anblick zerriss ihm fast das Herz. Abermals überkam ihn ein furchtbar schlechtes Gewissen. Gus war immer für ihn da gewesen. Bull dagegen hatte seinen Großvater vier lange Jahre allein gelassen.

Er schob die Selbstvorwürfe beiseite und stieg die Stufen hinunter, die in den sanft abfallenden, mit Gras bewachsenen Hügel eingelassen waren. Ging in einem großen Bogen um die Bank herum und näherte sich vorsichtig, um den Großvater nicht zu erschrecken.

Gus sah auf. Die Andeutung eines Lächelns erschien auf seinem Gesicht, als er seinen Enkel entdeckte. Bull setzte sich und streichelte die Hand des Alten zur Begrüßung. Gus richtete den Blick wieder nach vorn, starrte vielleicht auf die Belfast-Bucht oder vielleicht auch in die Leere eines verlorenen Daseins. Ohne etwas zu sagen, blieben sie eine Weile so sitzen, bis Gus schließlich die Stille brach.

»Wir müssen uns unterhalten«, sagte er.

»Gern.«

»Es ist eine lange Geschichte.«

»Ich habe alle Zeit der Welt, Gus.«

Der Großvater hob die Hand und massierte seine runzlige Stirn, wie um das Gedächtnis zu stimulieren.

»Es ist sechzig Jahre her«, sagte er.

»Was ist sechzig Jahre her?«

»Eine Freundin deiner Großmutter, etwas jünger als Coleen. Sie hatten einander in einem Kurs kennengelernt. Stickerei, glaub ich. Es war Anfang Juni, und Coleen war verreist. Sie musste wegen ein paar Tests über Nacht im Krankenhaus bleiben. Das muss diese verfluchte Entzündung der Eierstöcke gewesen sein. Deine Mutter blieb über Nacht bei einer

Schulfreundin. Irgendwann am Abend klopfte es an der Tür von Maiden Cottage, und draußen stand diese Freundin von Coleen.«

Bull ahnte, wie es weiterging. Der Großvater seufzte tief und fuhr dann fort:

»Ich sagte ihr, dass Coleen verreist sei, hab sie aber hereingebeten. Das macht man schließlich so, nicht wahr – ganz gewöhnliche Höflichkeit. Wir haben Kaffee getrunken und uns unterhalten. Im Küchenregal stand eine Flasche Schnaps. Whiskey, glaub ich. Sie meinte, der Kaffee würde besser schmecken mit ein paar Tropfen von dem Zeug. Nach zwei Tassen wurden wir beide ein bisschen seltsam, und dann … dann passierte das, was niemals hätte passieren dürfen. Was niemals zuvor geschehen war und sich danach auch niemals wiederholte.«

Gus hielt inne und kämpfte offenbar mit seinen Gefühlen.

»Aber das eine Mal war völlig ausreichend«, sagte er nach einer Weile. »Sie erwartete ein Kind. Als ich davon erfuhr, hab ich … hab ich versucht, sie zu überreden, dass sie es wegmachen lässt. Hier bei uns war so was natürlich unmöglich, aber es gab Kliniken in England, die so was machten – gegen Bezahlung. Sie wollte nicht. Sie sagte, sie wolle das Kind behalten, aber auch, dass ich mir keine Sorgen machen müsste. Wir würden uns ja niemals wiedersehen, und von Unterhalt war auch keine Rede. Und das Versprechen hat sie gehalten. Ich habe nie wieder von ihr gehört.«

Völlig erschöpft von seinem Geständnis schloss Gus die Augen. Bull legte einen Arm um die Schultern des Großvaters. Unzählige Gedanken und Fragen meldeten sich, aber er hütete sich, Gus unter Druck zu setzen.

Der Alte schien sich wieder etwas zu sammeln. Das Schlimmste war überstanden.

»Ich habe natürlich daran gedacht, Coleen von meiner Untreue zu erzählen, hab es aber niemals über mich gebracht. Ungeachtet dessen hatte ich das komische Gefühl, dass sie es *wusste* – von Anfang an. Aber es war etwas Unsagbares, was wir beide nicht aussprechen konnten, weil wir Angst davor hatten, dass die Wahrheit alles zerstören würde. Denn abgesehen davon, lief es ja gut mit uns. Aber die Wahrheit lässt sich nicht auslöschen, Bogart. Sie lebte die ganze Zeit mit uns weiter, in all den Jahren, stumm und unsichtbar, wie ein verdammtes Gespenst.«

Bull dachte an das andere Kind. An den Erben. Und an Henry.

»Jetzt möchte jemand, dass ich eine DNA-Probe abgebe«, sagte Gus. »Erst war eine Frau hier. Sie behauptete, sie sei Anwältin und handele auf Geheiß eines Mandanten. Ich hab gesagt, sie soll sich zum Teufel scheren.«

»Und heute kam weiterer Besuch?«, sagte Bull leise.

Der Großvater nickte.

»Ein junger Typ. Ende zwanzig, vielleicht. Er erinnerte mich daran, dass Henry nicht mehr da ist, sagte, das Kinderheim stehe vor dem Aus, und wiederholte die Forderung nach der DNA-Probe.«

»Weil es da draußen irgendwo einen Erben gibt.«

Gus sah seinen Enkel an.

»Maiden Cottage ist mehr wert, als es den Anschein hat, Bogart.«

»Ich weiß. Jack Beresford hat mir von den Plänen erzählt.«

Stille trat ein. Am Himmel über den beiden stieg ein Passierflugzeug vom George Best Airport auf Flughöhe. Bull fragte sich, ob sich wohl Christine Sand mit den beiden Särgen darin befand.

»Wie hieß sie, diese … Freundin von Coleen?«, fragte er vorsichtig.

Abermals seufzte Gus.

»Irgendwas mit A, glaub ich. Arlena … Arletta … Arliss … Herrgott noch mal – das ist sechzig Jahre her, und ich bin der Frau dreimal begegnet!«

Bull überlegte, ob er sich an den Namen erinnern würde,

wenn er an Gus' Stelle wäre. Schwer zu sagen, auch wenn man erst die Hälfte von neunzig hinter sich gebracht hatte.

»Und das Kind? Weißt du, ob es ein Junge oder ein Mädchen war?«

Gus schüttelte den Kopf und lächelte traurig.

»Ich hab mir immer vorgestellt, dass es ein Junge wäre. Vielleicht, weil Sarah ein Mädchen war.«

»Das ist jetzt sehr wichtig, Gus. Henry hat keinen Selbstmord begangen. Wir sind ziemlich sicher, dass er ermordet wurde.«

Der Alte seufzte ein weiteres Mal.

»Deshalb war es auch so wichtig, dass wir uns unterhalten haben«, sagte Gus und rang die Hände.

»Was meinst du damit?«

»Der Kerl, der heute hier war, sagte, ich hätte eine Woche Zeit. Wenn ich mich weigerte, mit ihnen zusammenzuarbeiten, würden sie …«

Bull wartete.

»Würden sie was?«

»Er sagte, dann würden sie den anderen Erben beseitigen.«

38

Donnerstag, 26. Mai 2016

Als er erwachte, konnte er sich nur noch an Bruchstücke des Traums erinnern. Ein ruhig dahinfließender Strom, voll mit meterlangen Fischen ohne Kopf, aber dafür mit Schwanzflossen an beiden Enden. Von irgendwo zwischen den Bäumen hatte jemand seinen Namen gerufen, aber jedes Mal, wenn er dem Ruf zu folgen versuchte, kam er aus einer anderen Richtung. Ein Vogel, abnorm groß und schwarz wie Pech, gleich einem prähistorischen Flugsaurier, war schreiend über den Baumkronen hin und her geflogen.

Auf dem Nachttisch stand die leere Cola-Dose. Bull überlegte, ob sich vielleicht der Zucker auf sein Unterbewusstsein auswirkte, wenn er schlief. Eher unwahrscheinlich. Seine Träume waren immer schon reichlich verworren gewesen, und das auch in Zeiten, als er andere Dinge als Cola in sich hineingeschüttet hatte.

Draußen vor dem offenen Fenster regnete es in Strömen. Er konnte hören, wie das Wasser zwei Etagen tiefer auf den Gehsteig platschte. Er sprang aus dem Bett und nahm eine lange, heiße Dusche. Ein weiterer Vorteil, wenn man in einem Hotel wohnte. Unbegrenzte Mengen an heißem Wasser, jedenfalls solange der Ort mehr als zwei Sterne vorweisen konnte.

Nachdem er sich angezogen hatte, lief er die Treppe zur Rezeption hinunter. Fabio stand hinter dem Tresen, nickte ihm zu und setzte fast schon zu einer Verbeugung an, als Bull an ihm vorbei auf den Frühstücksraum zusteuerte. Der Schleimaal hatte anscheinend den Kreditrahmen von Bulls Karte überprüft. Zwei Spiegeleier, schwarzer Kaffee und dann auf direktem Weg zum MIR-2. Vorzugsweise unter einem Regenschirm, sofern Fabio so etwas beschaffen könnte.

Lisa Smith, Phil Scarpitta und Miriam Dixon saßen im Besprechungsraum, als Bull eintraf. Dixon winkte ihn herein.

»Gut geschlafen?«, fragte sie, als er sich hinsetzte.

»Nicht allzu schlecht«, log er.

»Gut. Unser Leichenberg wächst nämlich.«

Sie deutete auf die Whiteboard-Tafel, an der eine neue Serie mit Fotos hing.

»Mann, weiß, vermutlich Mitte oder Ende zwanzig. Er wurde gestern Nachmittag von einem Fischer draußen vor Ballymacormick Point im Wasser treibend gefunden. Ein präzise ausgeführter Schuss – aus einer großkalibrigen Waffe. Wir arbeiten jetzt daran, ihn zu identifizieren.«

»Und weshalb gehört er an unsere Tafel?«, fragte Bull.

Dixon beugte sich mit gefalteten Händen über den Tisch und blickte Bull mit rätselhaftem Ausdruck an.

»Er hängt an der Tafel, weil unser Zauberkünstler Archie Nelson ziemlich sicher ist, dass der Unbekannte in Tollymore war, als das Ehepaar Sand ermordet wurde.«

Bull ließ die Informationen einsinken. Er kam nicht umhin zu denken, dass Nelson anscheinend jeden in neuerer Zeit auf den britischen Inseln begangenen Mord mit Tollymore in Verbindung bringen konnte.

»Ich weiß, was Sie denken«, sagte Dixon. »Und ich bin sehr geneigt, Ihnen zuzustimmen. Das Problem ist nur, dass DNA-Spuren nie oder nur selten lügen.«

Bull hob eine Hand.

»Nur, damit ich das richtig verstehe: Sie sagen, dass der Mann, der gestern gefunden wurde, sowohl in Tollymore als auch in der Scheune von Maiden Cottage war?«

»Nicht unbedingt – aber möglicherweise. Wir haben DNA-Spuren von zwei verschiedenen Personen. Eine Spur verbindet das Opfer von gestern mit dem Tatort in Tollymore, und die andere wurde in Tollymore und in der Scheune nachgewiesen. Natürlich können wir nicht ausschließen, dass beide Personen auch an beiden Orten waren.«

»Wo liegt denn dieser Bally-wie-auch-immer-das-heißt Point?«

»Ballymacormick Point. An der Küste, in Bangor.«

»In der Nähe des Golfplatzes, der morgen eröffnet wird?«

Dixon nickte vielsagend.

»Dann schlage ich vor, dass wir mal dahin fahren«, sagte Bull.

Dort, wo die Straße endete, standen zwei Streifenwagen vom PSNI. Ein Polizeibeamter, der abkommandiert worden war, um Spaziergänger abzuweisen, die bei diesem Sauwetter auf die Idee kommen sollten, sich vor Ort herumzutreiben, winkte Dixon und Bull vorbei. Bull hatte Fabios Regenschirm gegen einen von Dixons Ponchos eingetauscht. Regen ohne Wind. Unterhalb des Pfads, auf dem sie sich vorwärtsbewegten, lag die Irische See ungewöhnlich ruhig und verschwand etwa fünfzig Meter hinter dem Land im Nebel. Dixon ging schnell voraus. Bull war froh, dass ihre Beine etwas kürzer als seine waren.

Nach drei oder vier Minuten Fußmarsch kamen sie zu einem Absperrband. Archie Nelson war nirgendwo zu sehen, aber einer seiner Jünger, den Bull vom Tatort in Tollymore wiedererkannte, nahm sie in Empfang.

»Und, was haben wir?«, fragte Dixon.

»Scheißwetter«, entgegnete der junge Techniker. »Aber auch ein paar Blutspuren, die uns den Schluss ziehen lassen, dass der Mord hier stattgefunden hat. Wie es aussieht, wurde er hier auf dem Pfad erschossen, dann dort hinübergeschleppt und ins Meer geworfen.«

Er zeigte auf den Klippenrand. Bull trotzte seiner Höhenangst – dem Einzigen, was er bis dahin von Thomas geerbt hatte – und spähte hinunter. Etwa zwanzig Meter bis zur Wasseroberfläche. Der Felsen hing leicht über die Kante hinüber.

»Wo hat ihn denn der Fischer gefunden?«, fragte Bull.

»Etwa zweihundert Meter weiter westlich. Ungefähr da, wo der Leuchtturm ist.«

Der Techniker zeigte zum Pfad, über den sie gekommen waren.

»Sonst noch was außer Blut?«, fragte Dixon.

»Bis jetzt nicht. Der Regen hat eingesetzt, bevor wir hier anfangen konnten. Das macht es nicht gerade leichter für uns. Die nächsten Gebäude sind ein Stückchen entfernt, aber ein paar Leute gehen schon von Tür zu Tür und fragen, ob jemand vielleicht etwas gesehen oder gehört hat. Die alte Leuchtturmwärterwohnung steht anscheinend leer. Jedenfalls sind die Vorhänge zugezogen, und die Tür ist verschlossen.«

»Ein paar Hundert Meter schaffen wir wohl noch«, sagte Dixon an Bull gerichtet. »Wollen wir uns das mal angucken?«

Sie gingen weiter. Gleich schwebenden weißen Flecken wuchs der Leuchtturm zunächst nur teilweise aus dem Nebel empor und nahm nach und nach seine beeindruckende Form an. Die ebenfalls weiß angestrichene Wohnung des Leuchtturmwärters lag ein paar Meter dahinter. Ein zweistöckiges Häuschen aus grauem Stein mit einem aus Schiefer gefertigten Satteldach. Weiße Baumwollvorhänge verhinderten den Einblick.

»Nicht viel zu entdecken hier«, sagte Dixon.

»Leuchttürme sind die Dinosaurier der Schifffahrt«, erwiderte Bull.

Er drehte sich um und blickte auf das Meer hinaus. Der Regen war in ein Nieseln übergegangen, und der Nebel ließ langsam wieder nach.

»Ich habe übrigens ein paar Informationen über Berg-Hansen und Maiden Cottage«, sagte er. »Wollen wir in Bangor vielleicht einen Kaffee trinken?«

An der Strandpromenade fanden sie ein Café, dessen Tische so weit auseinanderstanden, dass sie sich ungestört unterhalten konnten. Bull gab Dixon eine leicht geschönte Version der

Unterhaltung mit Gus, verschwieg aber die latente Bedrohung seines eigenen Lebens. Doch es reichte völlig, um Dixon aufhorchen zu lassen.

»Dieser Typ, der zu Besuch bei Ihrem Großvater war, hat also mehr oder weniger zugegeben, dass er und seine Leute Berg-Hansen umgebracht haben?«

»*Angedeutet* wäre wohl die passendere Formulierung, so wie ich Gus verstanden habe. Vielleicht haben sie gehofft, dass sich Gus angesichts des bevorstehenden Endes des Kinderheims infolge von Henrys Tod weniger Gedanken darüber machen würde, was in Zukunft mit Maiden Cottage geschehen soll. Er selbst kann ja niemals dorthin zurück.«

»Aber wieso dieses Interesse an dem Bauernhof, wenn der eigentliche Wert in dem Land besteht, das in Baugrundstücke umgewandelt werden soll?«

»Weil nur der Eigentümer des Hofs das Land verkaufen kann. Gus hat geplant, Maiden Cottage in eine Stiftung umzuwandeln, um den Betrieb des Kinderheims langfristig zu sichern. Die Stiftung wäre dann der ›Besitzer‹ und könnte in Zukunft Kontrolle über die derzeit noch brachliegenden Werte ausüben.«

»An der Stelle haben wir uns demnach verirrt«, sagte Dixon leise, fast wie zu sich selbst. »Wir haben eine Verbindung zwischen den Morden in Tollymore und dem in Maiden Cottage gefunden und sind daher davon ausgegangen, dass auch die Motive irgendwie zusammenhängen müssen.«

»Während wir es tatsächlich vielleicht mit denselben Tätern zu tun haben, die aber völlig unterschiedliche Pläne verfolgen«, ergänzte Bull.

»Oder mit …«, fuhr Dixon fort.

»Oder mit was?«

»Oder mit einer paramilitärischen, im Aufbau befindlichen Gruppe. Einer Organisation, die sich an alten Feinden wie Martin Taylor rächen will, aber gleichzeitig auch ihre zukünftige Terroraktivität in Nordirland finanzieren muss.«

39

Nach Belfast zurückgekehrt, nahm Bull sich eine Stunde Zeit für sich selbst. Der MIR-2 war dafür allerdings kein geeigneter Ort. Er wählte ein Pub in der Castle Lane, bestellte zu seiner eigenen Überraschung Orangensaft und setzte sich an einen Tisch ganz hinten im Lokal, möglichst weit weg vom Lärm der einarmigen Banditen.

Denk nach, Bogart – das Puzzle nimmt langsam Form an.

Nach dem Gespräch mit Dixon entschied er sich, eine Hypothese zur Grundlage seiner Überlegungen zu machen: Irgendjemand beabsichtigte, sich Maiden Cottage unter den Nagel zu reißen. Der Gewinn sollte dazu dienen, den nordirischen Konflikt wieder anzufachen. Waffen, Munition, Ausrüstung, Fahrzeuge, Unterkünfte, Lohn für die Beteiligten und Gott weiß was sonst noch. Eine Guerillagruppe benötigte Geld, um das alles zu finanzieren. Krieg war teuer.

Irgendwo da draußen gab es einen Menschen, der glaubte, ein Anrecht auf Maiden Cottage zu besitzen. Ein Mensch, der buchstäblich bereit war, über Leichen zu gehen: Gus' uneheliches Kind. Es konnte gar nicht anders sein, weil Gus zur Abgabe dieser DNA-Probe erpresst wurde, die dann als rechtskräftiger Beweis dienen sollte. Die Schlussfolgerung daraus lautete, dass sich der Betreffende im Zentrum – wenn nicht sogar an der Spitze – der Gruppierung befand, die sich IRF nannte.

Falls er also das andere Kind fände, wäre die Lösung greifbar.

Falls.

Es gab keinen Grund, daran zu zweifeln, dass Gus die Wahrheit gesagt hatte, als er behauptete, sich nicht an den Namen der Kindsmutter erinnern zu können. Der Großvater hatte den Ernst der Situation durchaus begriffen, aber sechzig

Jahre waren eine lange Zeit, in der sicher viele Erinnerungen ausgelöscht oder verwischt worden waren. Insbesondere bei einem Mann in Gus' Alter.

Aber Gus hatte noch etwas anderes gesagt. Er hatte das Gefühl, dass Coleen von seiner Untreue und dem Kind gewusst hatte. Konnte sie sich vielleicht jemandem anvertraut haben? Brannte einer Frau so etwas nicht auf der Seele? Wäre es nicht ganz natürlich, sich nach einem Vertrauten umzuschauen? Wenn ja: Wer konnte das gewesen sein?

Es gab nur eine einzige Möglichkeit. Coleens Schwester. Die Großmutter hatte eine vier Jahre jüngere Schwester, Caithlyn, und Bull wusste, dass die beiden im Laufe ihres Lebens stets wie Pech und Schwefel zusammengehalten hatten. Er hatte seine Großtante ein paarmal getroffen, zuletzt bei der Beerdigung der Großmutter vor vier Jahren. Caithlyn und ihr deutscher Ehemann Günther Baum. Wo wohnten sie bloß noch mal? Er konnte sich an den Namen der Stadt nicht erinnern, wusste aber, dass sie in der Nähe von Düsseldorf lag.

Das musste reichen.

Das Telefonat mit der Auslandsauskunft dauerte eine Weile, aber schließlich landete er einen Treffer.

Caithlyn und Günther Baum, Tiergartenstraße 12 in Krefeld. Bull speicherte die Nummer in seinem Handy, schob den Orangensaft zur Seite und bestellte eine Cola. Für dieses Gespräch war ein hoher Blutzuckerspiegel erforderlich. Caithlyn Baum war eine alte Dame, und es war überhaupt nicht sicher, dass sie von Gus' Seitensprung Kenntnis hatte. Falls nicht, würde es vermutlich zu einer ziemlich unangenehmen Überraschung kommen. Und wenn sie etwas wusste, müsste sie nicht unbedingt geneigt sein, ihr Wissen mit einem entfernten Verwandten zu teilen. Bull musste ihr also begreiflich machen, dass jemand den Großvater unter Druck setzte. Es müsste darum gehen, Gus zu helfen. Die angedachte Strategie hinterließ einen bitteren Beigeschmack, aber der Zweck heiligte die Mittel.

Er gab die Nummer ein. Nach einer schier endlosen Zahl von Klingeltönen, wurde der Hörer am anderen Ende der Leitung abgenommen.

»Ja, bitte?«

Es war Caithlyn. Trotz ihrer achtundachtzig Jahre klang ihre Stimme fest und klar.

Bull nannte seinen Namen.

»Bogart?«, sagte sie. »Du meine Güte! Das ist ja eine Überraschung.«

Er benötigte ein paar Minuten für die Einleitung. Berichtete von dem ursprünglichen Grund seiner Reise nach Nordirland und von dem Mordfall, in den er unterwegs hineingezogen worden war. Während Caithlyn höflich zuhörte, schlich er sich Schritt für Schritt an den Kern der Sache heran.

»Aber mein lieber Bogart …«, wandte sie ein, als er schließlich zum Punkt kam. »Weshalb sollte jemand versuchen, Gus Maiden Cottage abzujagen?«

Jetzt musste Bull ins kalte Wasser springen. So schonend wie möglich brachte er ihr Gus' Bekenntnis näher. In der Leitung herrschte plötzlich Totenstille. Entweder hat sie einen Schock erlitten, dachte er – oder sie wird von den bitteren Erinnerungen gerade überwältigt.

»Bist du noch dran, Caithlyn?«

»Ja … ja, sicher … Ach, herrje …«

Ihre Worte machten Bull nicht klüger.

»Ich dachte, du wüsstest vielleicht davon«, sagte er vorsichtig. »Gus sagte, er habe das unbestimmte Gefühl gehabt, dass Coleen es gewusst hatte.«

Das Geräusch eines tiefen Seufzers drang durch den Hörer. So deutlich, dass sie auch direkt neben ihm hätte sitzen können. Dann kam es:

»Coleen wusste es«, sagte Caithlyn. »Und sie war nicht die Einzige. Die andere Frau hatte offenbar auch das Bedürfnis, sich jemandem anzuvertrauen, und sie und Coleen hatten gemeinsame Bekannte.«

»Du erinnerst dich nicht zufällig daran, wie sie hieß?«

Caithlyn dachte nach.

»Arletta ... hieß sie, glaube ich. Den Nachnamen weiß ich nicht.«

»Und das Kind? Weißt du, ob es ein Junge oder ein Mädchen war?«

»Das weiß ich auch nicht. Coleen wollte so wenig wie möglich damit zu tun haben und ist der anderen Frau natürlich, so gut es ging, aus dem Weg gegangen. Glücklicherweise wohnten sie nicht im selben Viertel.«

Arletta. Gus hatte den Namen ebenfalls erwähnt. Immerhin war das besser als nichts.

»Aber ich kann mich an etwas anderes erinnern«, sagte Caithlyn plötzlich. »Coleen hat mir viele Jahre später erzählt, dass sie gestorben sei. Sie ist bei einem Bombenattentat ums Leben gekommen. Einem der schlimmsten während des Konflikts. Hendley's Garden in Short Strand.«

40

»McKenna?«, ertönte es aus dem Hörer.

»Bogart Bull hier. Ich brauche etwas Hilfe. Und es eilt.«

»Ach ja? Tja, wer braucht nicht ab und an etwas Hilfe?«

Bull nahm den Wink zur Kenntnis. Der Journalist war mürrisch, vermutlich weil Bull, was die Einzelheiten der Morde in Tollymore anbetraf, nicht sonderlich entgegenkommend gewesen war.

»Es ist wirklich wichtig«, bat Bull inständig. »Wenn ich nicht allergisch gegen Floskeln wäre, würde ich sagen, es geht um Leben und Tod.«

»Bloß das nicht«, brummte McKenna.

Die Hauptredaktion der *Irish Times* lag in Dublin, doch aus offenkundigen Gründen hatte die Zeitung auch Redaktionsräume in Belfast. Bull ließ den Vauxhall stehen und nahm ein Taxi.

McKenna schien etwas aufgetaut zu sein und lotste Bull durch eine brodelnde Bürolandschaft mit vielen Menschen, die entweder telefonierten oder auf eine Tastatur einhämmerten. Schließlich betraten sie ein Wirrwarr aus Gängen, so labyrinthisch, dass Bull ohne fremde Hilfe kaum mehr hinausgefunden hätte.

»Hier«, sagte McKenna.

Acht Quadratmeter, ein Schreibtisch und ein Monstrum von einem PC.

»Hier ist jetzt alles digitalisiert«, seufzte der Journalist und hörte sich an, als ob er die früher üblichen Mikrofilme schwer vermisste. »Hendley's sagten Sie, oder?«

»Genau.«

McKenna startete den Computer, wartete, bis der Bildschirm zum Leben erwachte, und gab ein Codewort ein.

»Voilà«, verkündete er. »Die ersten sechs Ausgaben in den Tagen nach dem Attentat. Sie öffnen die Zeitung, indem Sie die erste Seite anklicken. Wenn Sie auf den Pfeil klicken, können Sie umblättern.«

Bull setzte sich an den Schreibtisch. McKenna blieb hinter ihm stehen. Einen Augenblick lang erwog Bull, um etwas Arbeitsruhe zu bitten, ließ es aber sein. Er hatte das Goodwill-Konto bei McKenna ohnehin schon überzogen.

Die Tragödie war an einem Samstagnachmittag über Hendley's Garden hereingebrochen. Da die Zeitung keine Sonntagsausgabe brachte, erschien die Zeitung vom Montag zuerst auf dem Bildschirm. Eine bombastische Schlagzeile bedeckte fast die ganze Titelseite. Bull blätterte weiter. Viele Artikel und Spalten mit Texten sowie Fotos, von denen drei oder vier in den Ruinen des zerstörten Gebäudes geschossen worden waren. Nach dem Ereignis hatte man Zeugen und Überlebende befragt. Bilder einer jungen Margareth Thatcher und des Ultraloyalisten Ian Paisley, Letzterer mit einem sardonischen Lächeln auf den Lippen. Einige Angehörige, ein paar davon in Tränen aufgelöst, andere mit rachsüchtigen Blicken in die Kamera. Ein Innenminister vor dem Parlament in Stormont, einem Gebäude, das dem Königlichen Schloss in Oslo zum Verwechseln ähnelte.

Keine Auflistung der Opfer. Keine Arletta.

Bull öffnete die Dienstagsausgabe. Unten auf der Titelseite gab es einen Verweis auf die Seiten sechs und sieben: *The Victims.*

Bull klickte dreimal auf den Pfeil. Über die Seiten verteilt gab es achtzehn Kästchen, neun auf jeder. Ein Name unter jedem Kästchen. Fünf davon waren mit grafischen Motiven verziert, die restlichen beinhalteten Fotos, davon mehrere in Farbe.

Da war sie.

Bull beugte sich vor, um McKenna den Blick zu versperren. Dann zoomte er sie mit der Maus näher heran. Eine zart wirkende Frau Mitte vierzig, mit schulterlangem blonden Haar, grünen Augen und einem schüchternen Lächeln in die Kamera. Das Gesicht auf dem Bildschirm kam ihm merkwürdig bekannt vor.

Plötzlich wusste er, woran das lag.

Und um wen es sich handeln musste.

41

Er brauchte zehn Minuten, um McKenna abzuschütteln. Der Journalist ließ nicht eher locker, bis Bull ihm das heilige Versprechen gegeben hatte: Alles – absolut alles –, was Bull im Laufe der nächsten Tage herausfinden würde, sollte umgehend an McKenna und die *Irish Times* gehen. Bull sagte außerdem zu, ein gutes Wort bei Miriam Dixon für ihn einzulegen.

»Lassen Sie nicht eher wieder von sich hören, bis Sie ein hübsches Paket für mich in der Tasche haben«, rief McKenna ihm nach, nachdem Bull sich verabschiedet hatte.

Auf der Straße winkte er ein Taxi heran und bat darum, zum Europa Hotel gefahren zu werden. Er bezahlte den Fahrer, vergaß, sich eine Quittung geben zu lassen, und eilte durch den Empfangsbereich des Hotels und dann hinauf in den zweiten Stock. In seinem Zimmer schälte er sich aus der Jacke, öffnete eine Dose Cola aus der Minibar und setzte sich erschöpft auf die Bettkante. Ein seltsames Gefühl überkam ihn, als sei er von seinen eigenen Leuten hinter den Linien des Feindes zurückgelassen worden.

Was um alles in der Welt sollte er jetzt nur tun?

Wie könnte er das alles Miriam Dixon erzählen? Wie sollte er vermitteln, dass er den starken Verdacht hege, es befinde sich eine Art Spion in der oberen Etage des PSNI? Unmöglich, solange er nicht den Funken eines Beweises vorbringen konnte. Nicht nur unmöglich, sondern absolut gefährlich. Er riskierte nämlich, dass Dixon diese Information weitergab, und dann wäre das Spiel aus.

Er hatte zwar keinen Beweis, war aber überzeugt davon, sich auf der richtigen Spur zu befinden. Trotz des Altersunterschieds zu der Person auf dem Foto hätten die beiden Zwillinge sein können.

Konnte er sich vielleicht an Eva Heiberg in Oslo wenden? Aber dieser Gedanke schien ihm genauso hoffnungslos, wie Dixon zu informieren. Nur eine andere und etwas längere Sackgasse, die in der obersten Etage der Musgrave Police Station abrupt enden würde.

Es gab bloß einen Ausweg. Er musste auf der Lauer liegen. Abwarten und beobachten. Dort graben, wo es etwas zu graben gab. Ohne dass Dixon und die anderen vom MIR-2 mitbekamen, wonach er suchte.

*

Er setzte sich in den Sessel am Fenster, wo er im Laufe der letzten drei Jahre schon so oft gesessen hatte. Aus den kleinen Lautsprechern ertönte »An der schönen blauen Donau«, aber Gus tanzte nicht. Er wischte sich die Tränen ab.

Am meisten schmerzte ihn der Gedanke an Coleen, die stets felsenfest zu ihm gehalten hatte, sowohl in guten wie in schlechten Tagen. Die ihn nach dem Verlust von Sarah bei Laune gehalten hatte, in einer Zeit, in der Gus das meiste seiner Energie darauf verwendete, Gott zu hassen. Die ein paar Jahre danach in die Bresche gesprungen war und die Probleme gelöst hatte, nachdem zwei Jahre so wenig Regen gefallen war, dass ein Teil der Ernte verloren ging und die Bank damit drohte, ihnen Maiden Cottage wegzunehmen. Die vielleicht ihr ganzes restliches Leben über seinen Verrat gebrütet hatte, während er selbst zu feige war, die Untreue einzugestehen.

Ein gedankenloser Augenblick, ein paar Minuten, in denen die Fleischeslust überhandgenommen hatte. Fast sechzig Jahre Reue. Gus hätte das ungern zugegeben, aber erst nachdem Coleen nicht mehr da war, hatte das schlechte Gewissen ein wenig nachgelassen.

Doch jetzt war es wieder da, hervorgerufen durch einen Menschen, dem er nie begegnet war, der aber dennoch glaubte, ihn beerben zu können. Erst hatten sie Henry erledigt, der

Maiden Cottage neues Leben eingehaucht und dem Hof eine neue Bedeutung verschafft hatte. Jetzt richteten sie ihre Drohungen gegen seinen Enkel. Dem Einzigen, der von Gus' Familie noch übrig war.

Mühsam erhob er sich aus dem Sessel und tapste zu der verschließbaren Kiste hinüber, die am Fußende des Bettes stand. Darin bewahrte er seine persönlichsten Besitztümer auf. Die Briefe von Coleen, die Bankauszüge, die Gedichte, die Sarah geschrieben hatte, die Besitzurkunde von Maiden Cottage, etwas Bargeld, eine goldene Uhr, die er von seinem Vater geerbt hatte.

Und eine 9mm Browning High-Power mit olivgrüner Verkleidung am Griff.

Die Waffe hatte er Mitte der Siebzigerjahre gebraucht gekauft, als der Konflikt sich hochgekocht hatte. Die Chancen für republikanische Anschläge in Holywood waren zwar eher gering, aber man konnte ja niemals wissen. Nicht zu jener Zeit.

Solange Gus die Pistole besessen hatte, war sie nie zu etwas anderem als zu Schüssen auf eine Zielscheibe verwendet worden. Er wog die Browning in der Hand. Nahm das Magazin heraus und stellte fest, was er bereits wusste: voll.

Wenn dieses Schwein noch einmal auftauchte, würde er beweisen, dass noch Kraft in ihm steckte. Dass er bereit wäre, die DNA-Probe abzugeben, aber seinem … Erben gern von Angesicht zu Angesicht gegenüberstehen würde. Denn der sei immerhin sein eigen Fleisch und Blut, würde er sagen.

Und dann – wenn sie sich begegneten – würde er Ordnung schaffen.

Mit neunzig Jahren und all dem hinter sich, was einst von Bedeutung war, hatte er nichts zu verlieren.

42

Freitag, 27. Mai 2016

Die Nacht bestand aus vielen Gedanken und wenig Schlaf. Bull döste bis zur Morgendämmerung und wurde zwei Stunden später brutal von seinem Handy geweckt.

Miriam Dixon rief an.

»Wir haben den Toten vom Ballymacormick Point identifiziert«, sagte sie. »Damien Gillespie, sechsundzwanzig Jahre alt. Er arbeitete als Fahrer für einen Pizzaschuppen im Westen von Belfast. Wer keine Lust hat, die Pizza abzuholen, bekommt sie geliefert. Nun, jetzt vielleicht nicht mehr.«

Bull kniff die Augen ein paarmal zusammen und versuchte, die Morgenmüdigkeit zu vertreiben. Sein erster Gedanke war, dass dieser Typ wohl noch anderen Dingen nachgegangen war, als bloß Pizza auszufahren. Wenn ein Pizzabote erschossen wurde, lag das wohl kaum an mangelnden Peperoni.

»Sind Sie noch dran?«, fragte Dixon.

»Zu Diensten.«

»Sie hören sich etwas groggy an. Gestern Abend spät geworden?«

Bull überhörte die Frage.

»Duncan hat mit dem Chef des Toten gesprochen, ein Italiener namens Sergio Finocchiaro. Er wusste nur Gutes über Gillespie zu berichten. Der Junge wohnte in Ardoyne, offenbar mit seiner Verlobten und einem kleinen Kind – einem Mädchen. Ich dachte mir, dieser Verlobten einen kleinen Besuch abzustatten, bevor ich mich auf den Weg zum Golfplatz mache.«

»Geben Sie mir eine Viertelstunde«, sagte Bull.

Ardoyne war mindestens genauso katholisch geprägt wie das Viertel, in dem Brendan Hannon wohnte. Hier waren Papst

Franziskus und der Fußballklub Cliftonville F.C. die großen Helden, und sogar im Jahr 2016 musste sich ein friedlicher Protestant genau überlegen, ob er sich in den Stadtteil hineinbegeben sollte.

»Während des Konflikts war das hier ein ziemlich heißes Pflaster«, sagte Dixon, als sie den Mini durch ein Labyrinth aus kleinen und etwas größeren Straßen manövrierte. »Ardoyne war für die RUC und die British Army eine offizielle *No-go-Area.* Auf den Dächern hockten mehr Scharfschützen als Tauben.«

Sie kamen in die Berwick Road und fuhren an einer mannshohen Mauer vorbei, auf der irgendjemand die im Viertel vorherrschende Gastfreundschaft mit großen weißen Buchstaben zum Ausdruck gebracht hatte:

Fuck off PSNI – Not Welcome in Ardoyne!

Das Wort »Not« war sicherheitshalber rot geschrieben für den Fall, dass ein treuherziger Polizist wie Bogart Bull Zweifel haben sollte. Im Seitenspiegel warf er einen Blick auf das Graffito und fragte sich, ob Dixon wohl bewaffnet war. Die Antwort bekam er, als sie zweihundert Meter weiter vorn den Wagen abstellten. Dixon öffnete den Kofferraum und nahm eine kurzläufige Walther in einem Clip-on-Holster heraus.

»Der Ordnung halber«, sagte sie lächelnd und befestigte die kleine Waffe am Gürtel.

Soweit Bull wusste, wurden beim PSNI entweder Waffen der Marke Glock oder Heckler & Koch standardmäßig verwendet, aber ein Chief Inspector musste vermutlich in der Lage sein zu improvisieren, wenn unter der modischen Jacke nicht allzu viel Platz war.

Die Straße war beinahe menschenleer. Keine Glatzköpfe mit Tätowierungen und Mordlust im Blick, nur ein magerer Köter, der über den Gehweg trottete, und ein Junge mit einem verdreckten Fußball unter dem Arm.

»Hier ist es«, sagte Dixon. »Nummer 22. Die Kellerwohnung, laut Information des Pizzabäckers.«

Sie gingen die kleine Treppe hinunter und klingelten. Nach ein paar Sekunden wurde die Tür von einer stark geschminkten jungen Frau in den Zwanzigern geöffnet. Sie hatte ein Piercing im rechten Nasenflügel und trug ein T-Shirt mit einem Bild von Kurt Cobain. Irgendwo hinter ihr hob das wütende Schreien eines Kindes an.

»Ja?«

»Amber Brady?«, fragte Dixon.

»Nein. Amber schläft. Worum geht es?«

Dixon hielt ihren Dienstausweis in die Höhe. Die junge Frau verzog das Gesicht und deutete mit dem Kopf hinter sich. Sie folgten ihr durch einen winzigen Flur und kamen in ein etwas größeres Wohnzimmer. Die Frau auf dem Sofa war anscheinend Amber Brady. Eine etwas zartere Ausgabe der Frau, die geöffnet hatte, abgesehen davon, dass das Piercing in der Augenbraue saß und ihr T-Shirt Albert Einstein mit herausgestreckter Zunge zeigte. Ihr blasses Gesicht wirkte völlig verweint. Auf dem Wohnzimmertisch standen zwei Kaffeetassen und eine halbe Rolle Küchenpapier. An der Wand hinter ihr hing ein gerahmtes und mehrfach signiertes Fußballtrikot in Dixons Lieblingsfarbe neben einem Iron-Maiden-Plakat. Neben dem Sofa befand sich ein kreisrunder Laufstall, in dem ein kleines Mädchen stand und aus vollem Hals brüllte, während es mit seiner Faust auf den gepolsterten Rand einschlug.

Dixon nannte ihren Namen und äußerte die üblichen Beileidsbekundungen. Amber sah nicht im Mindesten überrascht oder verzweifelt aus. Sie nickte nur stumm und war offenbar darauf vorbereitet, dass nicht der Weihnachtsmann an der Tür klingelte, wenn der Verlobte erschossen worden war.

»Wir würden uns gern etwas mit Ihnen unterhalten, Amber – allein, wenn das möglich ist.«

Amber warf einen fragenden Blick in Richtung Kurt Cobain.

»Ich dreh mal ’ne Runde mit Alison«, sagte die Freundin. Und an Bull gewandt: »Haben Sie draußen ’nen Wagen stehen?«

»Roter Mini«, erwiderte Bull und begriff sogleich, weshalb sie danach fragte.

»Ich komme zurück, wenn die Bullen gefahren sind, Amber.«

Sie nahm das schreiende Mädchen auf den Arm, zwinkerte der Mutter aufmunternd zu und ging. Zum ersten Mal öffnete Amber Brady jetzt den Mund:

»Setzen Sie sich. Ich sollte Ihnen ja etwas Kaffee anbieten, aber ich schaff’s gerade nicht aufzustehen.«

»Schon in Ordnung«, sagte Dixon und lächelte. »Wir versuchen, es kurz zu machen, aber wir müssen Ihnen ein paar Fragen stellen – über Damien.«

Amber stieß ein kleines Schluchzen aus und nickte. Dixon und Bull verteilten sich auf die beiden Sessel. Schon vorab hatten sie vereinbart, möglichst sanft vorzugehen. Schließlich hatte Amber Brady gerade ihren Verlobten verloren.

»Wie lange waren Sie und Damien zusammen?«, begann Dixon.

»Ende August wären es jetzt drei Jahre«, kam es leise.

Bull dachte an das Kind, das die Freundin gerade mitgenommen hatte. Wenn Gillespie der Vater war, hatten sie nicht viel Zeit vergeudet.

»Wie würden Sie Ihre Beziehung beschreiben?«, fragte Dixon. »Hatten Sie es gut zusammen?«

Amber sah sie verwundert an.

»Gut …?«

»Na ja, Sie wissen schon … so etwas ist ja nicht immer selbstverständlich. Auch wenn die Beziehung noch relativ jung ist.«

»Damien und ich haben einander sehr gern gehabt. Wir wollten heiraten. Man heiratet ja wohl nicht, wenn man es nicht gut zusammen hat?«

In einem weniger offiziellen Zusammenhang hätte Dixon vielleicht verraten, dass ihre Ehe nach einem knappen Jahr gescheitert war. Stattdessen sagte sie:

»Nein, natürlich nicht. In unserem Beruf muss man leider manchmal Fragen stellen, die die Menschen nicht unbedingt schätzen.«

»Ich hab genug Krimiserien im TV gesehen, dass ich das kapiert hab«, murmelte Amber.

»Und dann hatten Sie Alison. Eine richtige kleine Familie. Würden Sie sagen, dass Damien ein Familienmensch war?«

»Ich *habe* Alison«, kam es unmittelbar zurück. »Und ja, Damien hat viel Zeit mit uns verbracht. Er hat seine Tochter geliebt.«

Bull musterte sie. Sie war eine eigenartige junge Frau. In einem Moment wirkte sie zart und verletzlich, und dann wieder sprach sie über ihren kürzlich ermordeten Verlobten, ohne dass man den Eindruck bekam, dass sie jeden Moment zusammenbrechen könnte. Vielleicht entwickelte man ja eine gewisse Härte, wenn man in einem Viertel wie Ardoyne aufwuchs? Er beugte sich vor und fing ihren Blick auf.

»Mit wem verbrachte Damien seine Zeit, wenn er nicht mit Ihnen zusammen war? Er hatte doch wohl ein paar Kumpel? Hobbys? Andere Interessen neben Job und Familie?«

Sie zögerte ein wenig.

»Natürlich«, sagte sie dann. »Da gibt's 'ne ganze Truppe, alles eingefleischte Fans vom F.C. Cliftonville.«

Fußball, dachte Bull. Die größte Religion der Welt.

»Und dann war er auch gern draußen im Freien«, fuhr Amber fort. »Ging mit den Jungs im Wald wandern. Angeln und zelten – solche Dinge.«

»Waren sie oft unterwegs?«

»Na ja … oft? Ab und an. Er hatte flexible Arbeitszeiten bei Sergio. Wenn er am Wochenende gearbeitet hat, konnte er sich zum Ausgleich dann zwei Tage freinehmen.«

»Und wie lange ist er dann normalerweise weggeblieben? Wenn er mit seinen Kumpeln unterwegs war, meine ich.«

»Ein oder zwei Tage. Nie mehr als drei.«

Bull und Dixon dachten dasselbe: *mehr als genügend Zeit.*

»Und Politik?«, fragte Dixon. »Hat er sich dafür interessiert?«

Da war es wieder. Die Augen der Menschen waren gut funktionierende Lügendetektoren. Dixons Frage hatte irgendetwas bei der jungen Frau auf dem Sofa bewirkt.

»Damien? Nein … Er ist natürlich zur Wahl gegangen und hat Zeitungen gelesen, aber sonst nichts weiter.«

Zeit, den Druck etwas zu verstärken, dachte Bull.

»Wissen Sie, ob Damien jemals in eine kriminelle Handlung verwickelt war?«, fragte Dixon, als hätte sie seine Gedanken gelesen. »Probleme mit der Polizei?«

Ambers Gesicht verhärtete sich.

»Alle, die in Ardoyne wohnen, haben Probleme mit den Bullen«, erwiderte sie kühl. »Was erwarten Sie eigentlich, wenn Sie den Oranier-Orden durch unsere Straßen paradieren lassen? Mit bewaffneten und behelmten PSNI-Bullen als Leibwächter?«

»Bitte beantworten Sie die Frage.«

»Die Antwort ist Nein. Vielleicht mal ein Strafmandat oder eine Nacht in der Zelle, nach 'ner Schlägerei mit Anhängern der Crusaders. Zeigen Sie mir einen Einzigen in Ardoyne, der so was noch nicht erlebt hat.«

Dixon streifte die Samthandschuhe ab.

»Es tut mir leid, das sagen zu müssen, Amber, aber wenn Damien noch am Leben wäre, dann hätte er jetzt große Probleme. Wir haben DNA-Spuren, die beweisen, dass er vor einer Woche in Tollymore war, als dort drei Menschen brutal ermordet wurden.«

Ihre Reaktion war zweifellos echt. Nicht einmal ein Mitglied der Royal Shakespeare Company hätte mit solch einem Ausdruck von Schock und Unglauben aufwarten können.

»*Was … was sagen Sie da?*, flüsterte sie.

Dixon berichtete kurz über Tollymore. Amber war so blass geworden, dass Bull sich fragte, ob sie gleich ohnmächtig würde.

»Zwischen Fußballfans kann es manchmal ganz schön hart zugehen«, sagte Dixon, »aber es kommt nur sehr selten vor, dass sie einander erschießen. Besonders, wenn sie sich meilenweit entfernt von einem Stadion aufhalten. Wir haben hinreichenden Grund zu der Annahme, dass der Mord an Damien in irgendeinem Zusammenhang mit den Ereignissen in Tollymore steht.«

Amber gab keine Antwort. Was sollte man auch erwidern, wenn man gerade erfahren hat, dass der Verlobte sowohl ermordet wurde als auch ein Mörder war, dachte Bull.

Dixon ließ ihr einen Augenblick Zeit und fuhr dann fort:

»Sagt Ihnen der Name IRF etwas – Irish Republican Force?«

Nichts in Ambers Gesicht ließ erkennen, dass sie den Namen schon einmal gehört hatte.

»Nein …«

»Diese Organisation schickt sich gerade an, das Erbe der Provisional IRA anzutreten. Wir haben den Verdacht, dass Damien mit dieser Gruppe zu tun hatte. In zwei Stunden wird der Herzog von Cambridge die offizielle Eröffnung eines neuen Golfplatzes in Bangor vornehmen. Ein ideales Ziel für die IRF.«

Amber blickte verwirrt umher.

»Prinz William …?«

»Englands zukünftiger König«, ergänzte Dixon. »Hören Sie zu, Amber: Wenn Sie irgendetwas darüber wissen, sollten Sie es jetzt sagen. Falls irgendwas passiert und wir später herausfinden, dass Sie …«

Jetzt war anscheinend die Grenze für Amber Brady erreicht. Sie schlug mit der flachen Hand auf den Tisch, fegte die Kaffeetassen auf den Boden und brüllte:

»Ich weiß nichts! Verstehen Sie? Ich weiß nichts über diese IRF oder über den verdammten Golfplatz. Ich weiß nur, dass Damien tot ist. Lassen Sie mich in Frieden und scheren Sie sich zum Teufel!«

Sie war aufgestanden. Ihr zarter Körper bebte vor Wut und Frustration.

»Raus!«

Bull und Dixon folgten der Aufforderung. Mit ausgesucht deutlichen Bewegungen legte Dixon ihre Visitenkarte auf den Tisch.

»Wir gehen, Amber. Sollte Ihnen etwas einfallen, haben Sie jetzt meine Nummer. Mindestens drei unschuldige Menschen sind im Laufe der letzten Tage getötet worden. Denken Sie daran, wenn Sie sich wieder beruhigt haben.«

43

Bangor
Freitag, 27. Mai 2016

Eine wogende Menschenmasse hatte sich auf dem Golfplatz eingefunden.

Der Bereich um den Abschlagspunkt, an dem die eigentliche Eröffnung stattfinden sollte, war mit provisorischen Zäunen in drei Zonen eingeteilt. Die äußere war für das Publikum geöffnet und wurde von uniformierten Polizisten, die im Abstand von weniger als fünf Metern nebeneinanderstanden, von der mittleren Zone abgetrennt. Diese war der Presse und anderen Besuchern mit Akkreditierung vorbehalten, darunter Dixon und Bull. Der Bereich im Zentrum, wo sich bald der Herzog von Cambridge zeigen würde, war für VIPs und andere Sondergäste reserviert. Zwei- oder dreihundert Meter über dem Golfplatz kreisten zwei Hubschrauber vom PSNI.

Bull stellte sich auf die Zehenspitzen und spähte in die Zone für die Auserwählten. Etwa siebzig bis achtzig Menschen. Er erkannte einige von ihnen. First Minister Arlene Foster in Begleitung eines Mannes, der vermutlich ihre Ehegatte war. Ein paar Meter daneben stand Peter Robinson, Fosters Vorgänger und ehemaliger Vorsitzender der Democratic Unionist Party, zusammen mit seiner Frau. Der Sinn-Féin-Präsident Gerry Adams war ebenfalls anwesend. Dasselbe galt für den Stellvertretenden Ersten Minister Martin McGuiness und Gattin, die mit einem jungen Mann in Golf-Outfit und mit weißer Golfkappe plauderten. Vermutlich einer der lokalen Helden. Bull fragte Dixon. Die sah ihn zunächst verwundert an und lächelte dann.

»Lokaler Held? Kommt darauf an, wie man das betrachtet.

Rory McIlroy hat vier der großen Turniere gewonnen und stand 2012 an der Spitze der Weltrangliste. Aber meinetwegen auch lokaler Held. Er stammt aus Holywood und hat das Golfen schon mit der Muttermilch aufgesogen.«

Bull hatte noch nie einen Golfschläger in der Hand gehalten, aber immerhin schon einmal von Tiger Woods gehört. Und von dieser jungen Norwegerin – Suzan soundso. Und jetzt also Rory McIlroy.

Aber wo war Craig? Bull ließ seinen Blick von links nach rechts über die VIP-Zone gleiten. Inmitten der Prominenten gab es einige, die sich von allen anderen unterschieden: Männer im Anzug, mit Sonnenbrille und Knopf im Ohr. Sein Blick blieb auf einem kräftigen Mann in Paradeuniform und mit einem Wirrwarr aus Orden und Medaillen an der Brust haften. Und da – schräg hinter ihm, Geoffrey Craig und Elizabeth Doyle.

Die Menschen um Bull drehten plötzlich die Köpfe. Dixon zupfte an seinem Ärmel und zeigte in eine Richtung. Eine Kolonne dunkler Wagen der Drei-Tonnen-Kategorie war vor dem Klubhaus vorgefahren. Ein kleines Heer aus Leibwächtern sprang heraus und postierte sich um die Limousine in der Mitte, ein schwarzer Maybach S600 mit dunkel getönten Scheiben. Die rechte hintere Tür wurde geöffnet, und der zukünftige Monarch stieg aus – in etwa so gekleidet wie Rory McIlroy, nur ohne Kappe. Die Security bildete einen Kreis um Seine Königliche Hoheit, und der ganze Trupp bewegte sich auf die umzäunte Schleuse zu, die den Weg in die Mitte der Szenerie freigab. In der Menge ertönte Applaus. Der Prinz winkte und lächelte. Die feine Gesellschaft in der inneren Zone strahlte im Wettbewerb mit der Sonne, die genau in diesem Moment aus der leichten Wolkendecke hervortrat.

Weit entfernt von Pracht und Pomp, in einer kleinen Kellerwohnung im Belfaster Westen, saß Amber Brady. Sie hielt ein silbergerahmtes Foto in der Hand. Alison, Damien und sie selbst, fotografiert während der Feier zum ersten Geburtstag der Tochter, die sicher und geschützt in Damiens Armen lag.

Damien.

Wie gut musste man jemanden kennen, um zu wissen, wer er wirklich war? Alles hatte sich so richtig angefühlt. So gut und normal. Sie hatten sich im The Redhead kennengelernt, dem Lieblingspub der Cliftonville-Anhänger. Sie kannten einander vom Sehen, Ardoyne war eine eigene kleine Welt. Aber an diesem Abend hatte es angefangen. Nachdem der Pub geschlossen hatte, war sie mit zu ihm nach Hause gegangen. Eimerweise Tee, kein Rumgefummel, wie sie es von anderen Jungs gewohnt war. Er hatte ihr zugehört und von sich erzählt.

Von der Knieverletzung, die ihn von der Cliftonville-Reservebank auf die Tribüne verbannt hatte. Von dem Traum, eine eigene Transportfirma zu gründen. Von dem Glück, mit einer Angel am Ufer eines Waldsees zu sitzen und voller Spannung auf den vor sich hin dümpelnden Schwimmer zu schauen.

Und von seinem Vater, der von einer Kugel aus einem RUC-Gewehr getötet worden war, als Damien sieben Jahre alt war. Der Republikaner Paddy Gillespie, der mit einem gemalten Porträt auf einer Mauer am Ende des Northwick Drive geehrt worden war, genau wie Bobby Sands in der Sevastopol Street.

Amber wusste gar nicht mehr, wie oft sie vor Paddys *mural* stehen geblieben waren, als sie mit dem Kinderwagen durch die Straßen spazierten. Jedes Mal hatte Damien vor dem Konterfei des Vaters die Faust zum stolzen Gruß erhoben.

Vielleicht hatte sie deswegen nicht anders reagiert, als er sich ihr im vergangenen Herbst anvertraut hatte. Er war in eine Gruppe aufgenommen worden, die für Gerechtigkeit sorgen sollte, nachdem Sinn Féin einen feigen Frieden mit dem Feind geschlossen hatte. Einige davon sollten »entfernt«

werden, Menschen, die für den Mord an Paddy Gillespie und anderen Freiheitskämpfern verantwortlich waren.

Damien war immer offen zu ihr gewesen und behielt auch dieses Mal seine Aufrichtigkeit bei. Er erzählte ihr von Sean Ervine und weswegen er eliminiert werden sollte.

Aber er erzählte nichts von dem, was ihr die Frau vom PSNI vor einer Stunde ins Gesicht gesagt hatte: Das norwegische Ehepaar – zwei unschuldige Menschen, die auf ihrer Urlaubsreise durch Nordirland brutal ermordet worden waren.

Jetzt war Damien nicht mehr da – vermutlich in einer Racheaktion von Loyalisten liquidiert. Amber war Miriam Dixon ins Wort gefallen, aber deren Worte ließen keine Zweifel offen: Sollte sich herausstellen, dass sie Informationen zurückhielt, würde sie als mitschuldig betrachtet werden. Mitschuldig an einem Mord. Ein ernstes Verbrechen. Gefängnisstrafe.

Alison …

Amber Brady beugte sich vor und griff nach dem Handy auf dem Wohnzimmertisch.

Der Herzog von Cambridge lächelte und schüttelte unzählige Hände. Das meiste der königlichen Aufmerksamkeit galt indes dem gleichaltrigen Rory McIlroy. Der Thronanwärter nahm sich Zeit für eine kurze Unterhaltung mit dem Golfmeister, Mimik und Körpersprache deuteten darauf hin, dass sie einander schon früher begegnet waren. Die Pressefotografen ließen die Kameras heiß laufen, und aus dem Publikum erwuchs ein Wald von Smartphones.

Nachdem die Begrüßungsrunde absolviert war, hielt der Präsident des Irischen Golfverbandes eine Willkommensrede. Gleich darauf näherte sich der Höhepunkt des Tages: Der erste Abschlag auf dem neuen Platz, ausgeführt von Englands zukünftigem Monarchen, mit McIlroy als exklusivem Caddie.

Dixons Handy klingelte.

Sie fischte es aus der Jackentasche und drückte auf die grüne Taste.

»Dixon.«

Sie presste das Handy ans Ohr und hielt sich das andere mit einem Finger zu.

»Und das wissen Sie ganz genau, Amber?«

Bull drehte sich zu ihr, als er den Namen hörte.

»In Ordnung. Danke für Ihren Anruf.«

Dixon legte auf. Bull musterte sie. Inmitten des Lärms um sie herum hörte er es leise an sein Ohr dringen:

»Der Prinz ist nicht das Ziel. Es geht um Gerry Adams.«

Bull erinnerte sich plötzlich an etwas, das McKenna gesagt hatte. *Es gibt alte IRA-Kämpfer, die meinen, dass Sinn Féin – also der politische Flügel der IRA mit Gerry Adams an der Spitze – den Traum verraten hat, für den Tausende von irischen Katholiken ihr Leben gegeben haben.* Er sah hinüber zu der VIP-Zone. Entdeckte Adams' hochgewachsene Gestalt fast unmittelbar. Fünfzig, vielleicht sechzig Meter entfernt. *Wie? Wer?* Die IRA beging keine Selbstmordattentate. Einer der Leibwächter? Nein, es war unmöglich, danach einfach zu entkommen. Es gab nur *eine* mögliche und durchführbare Methode. Ein Präzisionsgewehr in weiter Entfernung.

Alle im Publikum waren vor Betreten des Golfplatzes überprüft worden.

Das Klubhaus? Bull ließ den Blick über die Kanten des flachen Dachs fahren. Falls sich dort oben jemand befand, wäre er von den Hubschraubern entdeckt worden. Das Terrain um den Golfplatz war genauso flach wie das Meer.

Das Meer.

Abrupt wandte er sich um. In der Ferne ragte der Leuchtturm in die Höhe. Weiß, mit einer roten Kuppel. Ähnlich einer zum Abschuss bereiten Scud-Rakete.

Bull sah sich um. Ein paar Meter weiter stand ein eifriger Journalist und verfolgte die Vorbereitungen zum *tee-off* durch ein kräftiges Fernglas. Bull bahnte sich einen Weg durch die Menge und hielt dem Mann seine ID-Karte vor die Nase.

»Das Fernglas«, sagte er.

Der Mann sah ihn fragend an.

»PSNI – *geben Sie mir das verdammte Fernglas!*«

Bull riss dem Journalisten das Instrument förmlich aus der Hand. Drehte sich um und bekam die Spitze des Leuchtturms vor die Linsen. Fummelte hektisch an dem Justierungsrädchen herum. Scharf. Er sah die Umrisse in dem geöffneten Fenster, ein dunkler Kopf und Schultern, hinter denen sich ein Gewehr auf einem Stativ befand, wie er instinktiv wusste.

Ohne nachzudenken, ließ er das Fernglas sinken, holte tief Luft und schrie aus Leibeskräften:

»GERRY ADAMS!!!«

Der Sinn-Féin-Präsident drehte sich um. In der nächsten Sekunde schlug er sich mit der flachen Hand in den Nacken, als sei er gerade von einer Wespe gestochen worden. Der schräg hinter ihm stehende Leibwächter fiel zu Boden.

Für drei Sekunden stand die Welt vollkommen still. Dann brach das Chaos aus. Bull wurde von starken Armen von hinten gepackt und brutal auf den Boden gezwungen. Menschen schrien. Einige rannten weg. Der Herzog von Cambridge war plötzlich von einer Mauer aus Leibwächtern umringt und wurde zur Eingangsschleuse bugsiert. Über sich hörte Bull die schrille Stimme Miriam Dixons:

»Er ist Polizeibeamter – er ist Polizeibeamter, verflucht!«

»Der Leuchtturm«, brachte Bull mühsam hervor. »Der Leuchtturm am Ballymacormick Point!«

44

Sie saßen im Café des neu eröffneten Klubhauses. Der Innenarchitekt hatte offenbar beschlossen, Chesterfields und Mahagony ein für alle Mal der Vergangenheit zu überantworten. Die Räume waren steril wie eine Quarantäne-Station. Am Kaffee gab es nichts auszusetzen. Miriam Dixon stocherte mit dem Löffel im Milchschaum herum. Bull trank den Kaffee wie üblich schwarz.

»Jetzt sind Sie ein Held in Nordirland«, sagte sie und lächelte.

»Nicht bei allen. Soweit ich weiß, ist Gerry Adams auf beiden Seiten nicht sonderlich beliebt.«

Dixon betrachtete ihn. Dieser Norweger war schon ein komischer Vogel. Als ob er seinen eigenen Einsatz mit allen Mitteln kleinreden wollte. Die meisten Ermittler, die sie kannte, hatten die entgegengesetzte Neigung.

»Darf ich Sie mal was fragen?«, sagte sie.

»So gut wie alles. Ich sag Bescheid, wenn Sie die Grenze übertreten.«

»Bogart – ist das ein … gebräuchlicher Vorname in Norwegen?«

»Meines Wissens nach bin ich das einzige Opfer. Meine Mutter hatte eine Schwäche für den Filmstar, doch mein Vater hatte durchaus etwas gegen Humphrey. Es gab dann einen Kompromiss.«

»Der Name passt zu Ihnen«, konstatierte Dixon.

Ein uniformierter PSNI-Beamter erschien an der Tür und steuerte auf ihren Tisch zu. Er nahm Haltung an, warf einen schüchternen Blick auf Bull und präsentierte sich als Sergeant Morris.

»Wie sieht's aus?«, fragte Dixon.

»Wir haben sie, Ma'am. Zwei Männer. Sie haben versucht,

mit einem Schnellboot zu fliehen, aber die Helikopter waren so lange an ihnen dran, bis die Küstenwache kam. Die werden jetzt zur Vernehmung gebracht.«

»Und Adams?«

»Nur ein kleiner Kratzer am Hals, Ma'am. Den Leibwächter hat's etwas schlimmer erwischt, aber er wird überleben.«

Dixon bedankte sich, und Morris trat ab.

»Wer führt die Vernehmungen durch?«, fragte Bull.

»Ian Reed und Virginia Madsen, sofern die erreichbar sind. Speziell ausgebildet für solche Fälle. Das Peace-Modell.«

Bull kannte die Technik. Dabei sah man von Druck und schlecht verhohlenen Drohungen ab und favorisierte stattdessen Dialog und Vertrauen zwischen Verdächtigen und Befragern. Weniger Dirty Harry und mehr *Doktor Phil.* Das Modell funktionierte bei erstmals in Erscheinung tretenden Ganoven natürlich besser als bei hartgesottenen Kriminellen. Eine zivilisierte Gesellschaft war gut und schön, doch manchmal konnte man sich durchaus die Rückkehr der Spanischen Inquisition wünschen.

Im Laufe des Abends wurde es immer deutlicher: *Doktor Phil* kam nicht weiter. Reed und Madsen stießen sich die zivilisierten Köpfe an einer Mauer des Schweigens. Einer der Männer war mittels Fingerabdruck identifiziert worden. Kevin O'Mulligan, ehemaliger Elite-Soldat, der zwei Jahr Dienstzeit in der Helmand-Provinz in Afghanistan absolviert hatte. Laut Information der British Army ein Scharfschütze mit etwa zwanzig bestätigten Morden an feindlichen Individuen. Exakt der Mann, den Bull im Fernglas gesehen hatte. O'Mulligan weigerte sich, auch nur ein Wort zu sagen.

Der Matrose in dem Schnellboot war ebenso wortkarg, allerdings weder in den Registern der Polizei noch der Armee zu finden. Das Boot, ein älteres Glastron-Modell mit Außenbordmotor, war nicht registriert. Beide Verdächtige waren für den Fall der Zusammenarbeit auf eine mögliche Reduzierung der Strafe hingewiesen worden. Ihnen wurde nicht Mord, sondern versuchter Mord vorgeworfen, sofern nicht eine von Archie Nelsons DNA-Proben mit ihrer eigenen DNA übereinstimmte. O'Mulligan hatte über den angebotenen Deal nur höhnisch gegrinst. Der Steuermann forderte Madsen auf, sich den Vorschlag an einen gewissen Ort zu stecken.

Worauf gründet sich bloß diese Loyalität?, überlegte Bull, als er wieder in seinem Hotelzimmer auf dem Bett lag. Angst vor Repressalien? Das Versprechen einer finanziellen Belohnung, die attraktiver war als das Angebot einer Strafreduzierung? Oder vielleicht, wenn auch weniger wahrscheinlich, ein genuines Gefühl von Ehre gegenüber der »Sache« der IRF? Es waren junge Männer, die kaum alt genug waren, um sich überhaupt an die Zeit vor dem Frieden zu erinnern.

Bull blieb liegen und lauschte den Geräuschen von der Straße. Aber die gaben auch keine Antwort. Falls Reed und Madsen im Laufe des kommenden Tages keinen Spalt in das Verteidigungsbollwerk treiben könnten, müsste er seiner eigenen Spur nachgehen – dem Verdacht, von dem er niemandem erzählen konnte.

Doch zunächst würde Henrik Berg-Hansen in die Erde gesenkt werden. Um elf Uhr am kommenden Tag sollte die Beisetzungsfeier in der Kapelle des Redburn Cemetery stattfinden. Bull hatte Gus versprochen, daran teilzunehmen – ein Versprechen, das er einzuhalten gedachte.

Er hatte den Großvater im Laufe der letzten Jahre schon zu oft enttäuscht.

45

Samstag, 28. Mai 2016

Gus sah aus, als sei er geradewegs einer Szene aus einem James-Cagney-Film entsprungen. Beiger Trenchcoat, Nadelstreifenanzug – die Hosen mit Bügelfalte und weiten Aufschlägen –, weißes Hemd mit Krawatte und ein schwarzer Fedora auf dem Kopf.

»Hast du heute schon die Nachrichten gehört?«, fragte der Großvater, als sie vom Parkplatz am Pflegeheim wegfuhren. »Mordversuch an Gerry Adams. Fast schade, dass es nicht geklappt hat.«

Bull murmelte, dass er es am Abend zuvor im TV mitbekommen habe. Er sah überhaupt keine Veranlassung, seine eigene Beteiligung an der Sache weiter auszubreiten. Jedenfalls noch nicht.

Nach etwa zwei Minuten Fahrtzeit über die Old Holywood Road erreichten sie den Friedhof. Bull half dem Großvater aus dem Wagen. Der Alte hakte sich bei seinem Enkel unter, und gemeinsam erklommen sie die Stufen zur Kapelle. Das Gebäude war aus Sandstein erbaut, mit gotischen Bogen um Fenster und Türen und einem Glockenturm an der Giebelwand. Sie durchquerten die kleine Waffenkammer und betraten den Kirchenraum. Auf jeder Seite gab es zehn oder zwölf Bankreihen, mehr als ausreichend für die kleine Schar, die sich versammelt hatte. Bull winkte grüßend zu Jack Beresford hinüber, der bescheiden in einer der mittleren Reihen saß. Auf der Bank vor Jack saßen vier etwas ältere Männer. Vermutlich waren sie ehemalige Arbeitskollegen bei Harland & Wolff. Die meisten Bänke waren leer. Bull fragte sich, ob wohl jemand aus Norwegen gekommen war, zweifelte aber daran. Wie Fanny ihm erzählt hatte, war Henry Einzelkind, und nach fünfzig Jahren im Ausland war er in seiner alten Heimat wohl schon längst vergessen.

In der ersten Reihe saßen Fanny Robertson und die acht Jungen – vielleicht das, was Henrys Vorstellung von einer Familie am nächsten gekommen war. Gus und Bogart begrüßten die Kinder per Handschlag, umarmten Fanny und setzten sich in die zweite Reihe hinter sie. Vor dem Altar stand der weiß glänzende und hübsch geschmückte Sarg auf einem blau-weiß-rot dekorierten Podest. Mannshohe Silberleuchter mit weißen Kerzen. Bull betrachtete die Altarwand. Die verzweifelte Maria Magdalena im Gebet zu Füßen des gekreuzigten Heilands. Das Geläut der Kirchenglocken verstummte, und von irgendwo hinter den Trauernden ertönte ein klassisches Musikstück, das Bull nicht identifizieren konnte. Der darauffolgende Choral verschwamm zu einem allgemeinen Gemurmel, nur getragen von Fannys klarer Stimme.

Der Pastor, ein auffallend junger Mann mit frommem Aussehen, begrüßte die Anwesenden von seinem Platz am Altar aus. Es folgten Gebete und eine Lesung aus der Bibel, bezeichnenderweise ein Auszug aus dem Markus-Evangelium, in dem Jesus die kleinen Kinder auffordert, zu ihm zu kommen. Entsprechend wurde auch der letzte Abschnitt in Henrys Leben in der Predigt besonders hervorgehoben. Seefahrt und Werftarbeit waren rechtschaffene Tätigkeiten, konnten sich aber nicht mit »der Nächstenliebe und Selbstlosigkeit« messen, die Henrik Berg-Hansen gezeigt habe, als er die »Verletzlichsten der Verletzbaren« zu sich genommen hatte. Fanny weinte, die Jungen schluchzten, und Gus tupfte sich die Tränen mit einem Taschentuch ab.

Ein weiterer Choral, bevor das aus den Lautsprechern ertönende *Amazing Grace* von John Newton die Begräbnisfeier abschloss. Die Männer, die Bull für Henrys ehemalige Arbeitskollegen hielt, traten hervor und nahmen Aufstellung neben den vier hinteren Griffen von Henrys Sarg. Gus gab

Bull ein Zeichen, sich zu den Sargträgern zu gesellen, und der letzte Platz wurde schließlich von Jack Beresford eingenommen, einem Mann, der in seinen besten Jahren auch fähig gewesen wäre, den Sarg allein zu tragen.

Mit dem Pastor an der Spitze und den Waisenjungen dahinter wurde Henrik Berg-Hansen zu seiner letzten Ruhestätte auf dem Redburn Cemetery getragen – ungefähr sechshundert nautische Meilen südwestlich der norwegischen Küste, von der er als junger Mann einst aufgebrochen war.

Nun gehörte Henrik Berg-Hansen für alle Ewigkeit Nordirland.

Bull wartete über eine Stunde auf Miriam Dixon, die an der Pressekonferenz teilnahm. Obwohl der Anschlag nicht gegen den Prinzen gerichtet war, hatte das Drama weit über die Grenzen Großbritanniens hinaus Aufmerksamkeit erregt. Dixon hatte Bull zu einer Teilnahme zu überreden versucht, aber es war ihm gelungen, dem Ganzen zu entkommen. Ihre Motivation war durchschaubar: Bulls Eingriff sollte als Gegengewicht zu der Tatsache hervorgehoben werden, dass die Attentäter ein Schlupfloch in den Sicherheitsmaßnahmen gefunden hatten. Falls er sich nicht irrte, würden Archivbilder von ihm in den Nachrichten auftauchen. Was man nicht verhindern konnte, musste man eben ertragen.

Lisa Smith schwirrte durch den MIR-2 und warf in regelmäßigen Abständen Blicke auf den Schreibtisch, an dem Bull saß. Duncan und Scarpitta lösten zeitweilig Reed und Madsen in den Vernehmungsräumen ab. Bull vermutete, dass das Peace-Modell kurz vor der Ausmusterung stand. Bald würden sie die Ärmel hochkrempeln und versuchen, die beiden Verdächtigen gegeneinander auszuspielen. *Ihr Kumpel hat uns gesagt, dass ...*

Erst als es fast zwei war, kam Dixon. Sie wirkte ungewöhnlich mitgenommen und steuerte zunächst auf die Kaffeemaschine zu, ehe sie sich zu Bull an den Schreibtisch setzte.

»Schöner Anzug«, stellte sie fest.

Bull hatte einen schnellen Einkauf im Shopping-Center absolviert. Jeans und Joggingschuhe wären anlässlich der Beerdigung bei Gus sicher nicht gut angekommen.

»Und, wie läuft's in der Etage unter uns?«, fragte er.

»Träge. Ich habe eben ein paar Worte mit Ian Reed gewechselt, bevor ich herkam. Die beiden rühren sich nicht und haben auch das Angebot eines Rechtsbeistands abgelehnt. Was darauf hindeutet, dass sie weiterhin schweigen werden. Wenn man nichts sagen will, braucht man ja schließlich auch keinen Anwalt.«

»Und die Pressekonferenz?«

»Ist besser gelaufen als erwartet. *Chief Constable* Kennedy ist ziemlich erfahren. Wir haben hoffentlich den Eindruck hinterlassen, dass wir nicht einen Attentatsversuch zugelassen, sondern tatsächlich einen Mord verhindert haben.«

»Wer ist dieser Kennedy?«

»Trevor Kennedy – der Oberboss«, sagte Dixon und lächelte erschöpft.

Bull nahm an, dass Kennedy der hochdekorierte Mann war, den er in der VIP-Zone auf dem Golfplatz gesehen hatte.

»Und Craig?«, fragte er.

»Er und sein Turteltäubchen Doyle sind seit gestern Nachmittag im Urlaub. Solange Kennedy sichergehen kann, dass wir anderen weiter an der Lösung arbeiten, hat er nichts dagegen einzuwenden.«

Bull begnügte sich mit einem Nicken. *Ziemlich eigenartiger Zufall*, dachte er. Wäre interessant zu wissen, wann dieser Urlaub geplant wurde.

»Kennedy würde Sie übrigens gern kennenlernen«, fuhr Dixon fort. »Er hat später etwas Zeit.«

»Kann das vielleicht bis Montag warten?«, wandte Bull rasch ein. »In Maiden Cottage gibt es eine kleine Feierstunde für Henrik Berg-Hansen, und Gus wäre wohl ziemlich ungnädig, wenn ich nicht daran teilnähme.«

»Das geht sicher in Ordnung. Er möchte sich ja bloß bei Ihnen bedanken. Vielleicht winkt ja auch ein kleiner Orden, den Sie sich dann an Ihren schicken Anzug hängen können.«

Eine halbe Stunde später schälte Bull sich aus dem Anzug und verstaute ihn im Hotelzimmerschrank. Schwarze Jeans, schwarzer Pulli und eine dunkelgraue Allwetterjacke waren für sein Vorhaben passender. Jedenfalls hatte er nicht die Absicht, im MIR-2 herumzusitzen und darauf zu warten, dass Reed und Madsen den Scharfschützen und seinen Kumpel auf andere Gedanken brachten.

Während er mit dem Vauxhall durch das Zentrum von Belfast kurvte, versuchte er, sich einen Plan zurechtzulegen. Sicherheitshalber brauchte er auch eine Waffe. Unter anderen Umständen hätte er sicherlich Dixon fragen können, aber sie würde ihm kaum eine Glock aushändigen, ohne Fragen zu stellen, die er nicht beantworten konnte.

Bull sah nur eine Möglichkeit. Er überquerte den Fluss an der Queen Elizabeth Bridge und steuerte über die A2 in nordöstliche Richtung.

Trotz der Beisetzung am Vormittag wirkte Gus munter wie schon lange nicht mehr. Er saß mit einem Glas Bier vor sich an einem der Tische im Speisesaal und aß eine frittierte Scholle. Genau wie Bull hatte er den Anzug abgelegt. Das karierte Wollhemd, die graue Hose und die Pantoffeln standen ihm besser als das Gangsterkostüm.

»Hast du Hunger?«, fragte Gus. »Es ist bestimmt noch was übrig. Frau Maddison aus Nummer 8 ist anscheinend in eine Art Hungerstreik getreten.«

Bull lehnte Fisch und Bier ab, ließ sich aber zu einem Kaffee überreden, während er darauf wartete, dass Gus seine Mahlzeit beendete. Gus nahm einen großen Schluck aus dem Bierglas.

»Leichenschmaus«, erklärte er und ließ einen Rülpser ertönen, der eine alte Dame am Tisch nebenan den mit Lockenwicklern gespickten Kopf schütteln ließ.

»Das war heute eine schöne Zeremonie«, sagte Bull.

Gus nickte und wischte sich den Mund mit einer Serviette ab.

»Ganz in Ordnung, aber ich mochte den alten Pastor lieber. Irgendwas stimmt nicht, wenn man den Pastor nicht von seinen Konfirmanden unterscheiden kann.«

Bull musste grinsen. Gus war wieder in Form, daran gab es keinen Zweifel. Eigenartig, dass ein Begräbnis so erquickend sein konnte. Oder hatte das andere Ursachen? Die Augen des Großvaters strahlten eine Entschiedenheit aus, die Bull aus alten Tagen wiedererkannte, die aber eine ganze Weile nicht mehr da gewesen war. Er beugte sich vor und senkte die Stimme:

»Ich wollte dich fragen, ob wir uns einen Augenblick in aller Ruhe unterhalten können, Gus. Am liebsten in deinem Zimmer.«

»Ich habe den Rest meines Lebens vor mir, Bogart. Ob das jetzt ein paar Minuten oder ein paar Jahre sind, wird sich zeigen. Wir nehmen den Kaffee in meiner Suite.«

Bull half ihm, den Tisch abzuräumen. Obwohl sich das Pflegeheim am Großteil seiner Pension bediente, bestand der Großvater darauf, das McDonald's-Prinzip anzuwenden. Sie bedienten sich an der Kaffeekanne auf dem Tresen, trotteten im Schneckentempo durch den Gang und schlossen sich in Nummer 12 ein. Gus sank in den Sessel am Fenster und sah seinen Enkel an.

»Geht es um Henry?«, fragte er erwartungsvoll. »Habt ihr diese Arschlöcher geschnappt?«

»Wir arbeiten daran, aber bis jetzt gibt es noch keine konkreten Ergebnisse.«

Der Großvater unternahm den halbherzigen Versuch, seine Enttäuschung zu verbergen.

»Worum geht's denn dann?«, murmelte er. »Brauchst du Geld?«

»Nein, das nicht. Ich hab mich nur gefragt, ob du immer noch deine alte Browning hast?«

Der Alte blickte ihn scharf an.

»Wieso?«

»Ich hatte gehofft, sie mir für einen oder zwei Tage ausleihen zu können.«

»Sind der Polizei die Waffen ausgegangen?«

Bull war auf die Frage schon vorbereitet. Es gab nur einen richtigen Weg. Die Wahrheit. Oder jedenfalls etwas, das der Wahrheit in etwa gleichkam.

»Ich muss ein wenig neben den offiziellen Ermittlungen operieren«, begann er. »Das ist schwer zu erklären, aber manchmal muss man eben zu unorthodoxen Methoden greifen. Beim PSNI gibt es ein Regelwerk für die Verwendung von Waffen, das aber leider nicht so flexibel ist, wie ich es momentan gern hätte. Ich kann dir gern mehr darüber erzählen, wenn ich dir die Browning zurückgebe.«

Er hörte selbst, wie weit hergeholt seine Erläuterung klang, die vom Großvater mit skeptischem Blick quittiert wurde.

»Wenn ich dieses Gelaber richtig interpretiere, hast du also vor, dich auf eigene Faust in eine gefährliche Situation zu begeben?«, sagte Gus mit Nachdruck. »Und jetzt erwartest du, dass ich meinen Teil dazu beitrage? Aber Bogart, du bist der Einzige, der mir noch geblieben ist.«

Bull gab keine Antwort. Was sollte er auch sagen?

»Ich fürchte, ich muss Nein sagen«, fuhr Gus fort.

»Verstehe. Dann muss ich eben sehen, wie ich zurechtkomme.«

»Was soll das heißen?«

»Das soll heißen, dass ich tue, was ich tun muss. Mit oder ohne deine Browning.«

Gus sah seinen Enkel lange an.

»Teufel aber auch«, sagte er schließlich und zog das Schlüsselbund aus der Hosentasche.

46

Er fuhr nördlich über die M2.

Der Wind hatte aufgefrischt. Einige Böen waren so heftig, dass er gegenlenken musste. Nach etwa dreißig Kilometern endete die Autobahn, fast gleichzeitig mit dem Einsetzen des Regens. Bull passierte Ballymena. Die Stadt war das Zentrum des nordirischen Bibelgürtels, so christlich-konservativ, dass sich hier sogar ein Mitglied der US-Evangelikalen unfrei vorgekommen wäre.

Die Landschaft war hübsch, aber gleichförmig. Eine Straßenseite das Spiegelbild der anderen, ein Kilometer glich dem nächsten aufs Haar. Felder, grüne Heiden, grasende Kühe und der eine oder andere tiefgrüne Wald. Die einzige Unterbrechung war eine Hirschkuh, die mit ihrem Kalb an der Killigan Bridge die Straße überquerte und zwischen den Laubbäumen verschwand.

Als er sich Armoy näherte, bog er von der A44 ab und parkte vor einem Gasthaus. Eine gut gelaunte Frau, die kaum jünger als Gus war, servierte ihm eine Cola und ein Roastbeef-Sandwich, begleitet von den neuesten Wettermeldungen: mehr Regen, mehr Wind. Er nahm sich Zeit für einen Kaffee und ein Stück vom selbst gebackenen Apfelkuchen der Frau und überprüfte die Landkarte auf seinem Handy. Bis zur Küste waren es noch etwa zehn Kilometer. Dort angekommen, müsste er improvisieren.

Eine halbe Stunde später breitete sich der Nordatlantik vor ihm aus. Schaumgekrönte Wellen hinter einem flackernden Vorhang aus Regen. Er folgte der Hauptstraße bis zum Hafen von Ballycastle. Wenn man von dem grauenhaften Wetter absah, war die kleine Küstenstadt mit ihren weißen, roten und pastellfarbenen Steinhäusern das pure Idyll. Auf einer Anhöhe über dem Meer lagen ein paar beeindruckende Herrenhäuser im georgianischen Stil. Bull hielt den Wagen am Fähranleger an und sah auf die Uhr. 18.17. Das Schiff legte in einer knappen Viertelstunde ab. Die letzte Fähre des Tages. Die Fähre, die ihn zu seinem Reiseziel bringen würde: Rathlin Island.

Bull konnte die Insel weit in der Ferne erahnen, ein langer, grauschwarzer Schatten hinter dem aufgewühlten Meer.

Geoffrey Craigs Insel.

Widerwillig öffnete er die Tür und stieg aus dem warm-gemütlichen Wagen. Die Regentropfen, die der Wind von der Seite her heranpeitschte, waren hart wie Reiskörner. Etwas weiter entfernt befand sich ein weißes, postmodernes Gebäude mit einem roten Schild an der Wand: *Rathlin Island Ferry Service.*

Die Frau hinter dem Fahrkartenschalter blickte ihn fragend an, als er um ein Hin- und Rückfahrticket bat.

»Haben Sie ein Zimmer für die Nacht auf Rathlin bestellt, Sir?«

»Nein, aber ich habe gehört, es gebe dort drei oder vier Bed-and-Breakfast-Pensionen?«

»Das Problem ist, Sir, dass wir für die letzten beiden Fähren keine Tickets an Passagiere verkaufen dürfen, die nichts auf der Insel reserviert haben«, sagte sie. »Es ist nämlich schon vorgekommen, dass Leute auf die Insel gekommen sind und dann kein Bett für die Nacht hatten.«

Bull warf einen Blick auf die Uhr an der Wand hinter der Frau. Sieben Minuten bis zur Abfahrt. Er musste Flagge zeigen und auf das Beste hoffen.

Die Fahrkartenverkäuferin setzte eine Lesebrille auf und musterte seine ID-Karte.

»Ach so …«

»Der PSNI würde es sehr zu schätzen wissen, wenn mein Berufsstatus unter uns bliebe, Ma'am«, sagte Bull.

»Selbstverständlich«, erwiderte sie leicht missgelaunt.

Sie schien nicht der Typ zu sein, der nach der Arbeitszeit

im Pub herumhing, aber an kleinen Orten wie diesem verbreiteten sich die Gerüchte über einen Besuch der Polizei schneller als ein Computervirus.

»Versuchen Sie es beim *Manor House*, gleich dort, wo die Fähre anlegt«, sagte sie. »Die haben in diesem Sommer wegen Renovierung geschlossen, helfen Ihnen aber sicher gern weiter.«

»Vielen Dank«, erwiderte Bull. »Und wie gesagt: Ich bin gar nicht hier.«

Sie setzte ein konspiratives Lächeln auf und reichte ihm Ticket und Quittung.

Die Fähre trug den Namen »Rathlin Express« und sah aus wie ein moderner Trimaran. Überaus beruhigend angesichts dessen, wie sich das Meer gerade aufführte. Das Wetter und die späte Abfahrt hatten nur vier weitere Passagiere an Bord locken können. Ein junges, südamerikanisch aussehendes Paar mit schweren Rucksäcken hielt die Köpfe über eine Landkarte gebeugt. Rechts vom Mittelgang saßen zwei Männer Ende zwanzig. Offenbar Inselbewohner, da sie außer Einkaufstüten von SPAR kein weiteres Gepäck bei sich hatten. Immerhin waren sie schlau genug gewesen, sich Regenzeug überzustreifen.

Die Reise wurde zur reinsten Höllenfahrt. Der Wind kam direkt von Westen, woraufhin der Kapitän über Lautsprecher ankündigte, dass die Fahrt mehr als die laut Plan veranschlagten 45 Minuten dauern würde. Nach etwa zwanzig Minuten begab sich der männliche Teil des Rucksack-Paars in Richtung Toilette, grün im Gesicht und mit stumpfem Blick. Er verfehlte sein Ziel knapp. Bull konzentrierte sich darauf, aus dem Fenster zu schauen. Noch herrschte Tageslicht, aber viel mehr als die tosenden Wellen war nicht zu erkennen. Der Gestank von Erbrochenem breitete sich in der Kabine aus. Die beiden Inselbewohner rümpften die Nase. Bull atmete durch den Mund. Der Seekranke hatte inzwischen dauerhaft Zuflucht in der Toilette gesucht.

Mit zehnminütiger Verspätung legten sie am Kai hinter der soliden Mole von Church Bay an. Der Wind hatte ein wenig nachgelassen, Dunkelheit senkte sich jetzt über die Insel. Links vom Kai lag ein sichelförmiger Sandstrand. Etwas weiter im Hintergrund davon befanden sich sechs oder sieben weiß gekalkte Steinhäuser an einer Straße. Laut der Fahrkartenverkäuferin war eines davon Manor House. Bull hatte nicht vor, sich dort zu erkundigen. Sein Plan sah vor, sich möglichst unbemerkt zu bewegen. Er sah die beiden Inselbewohner von der Fähre, die in einen wartenden Kombi älteren Baujahrs stiegen. Wie um Himmels willen brachten sie bloß Autos hierher? Der Kombi verließ den Parkplatz und fuhr in westliche Richtung davon. Bull sah sich um. Er musste jemanden finden, der sich auf der Insel auskannte – am besten einen einsamen Passanten. Er lief die etwa fünfzig Meter zur Straße hinauf und stellte sich unter den Dachvorsprung eines kleinen Lagerhauses. Nach zwei Minuten kam ein älterer Mann auf einem Fahrrad vorbeigefahren. Bull ergriff die Chance.

»Verzeihung bitte?«

Der Alte bremste ab. Er wirkte nicht ganz nüchtern, was für Bull nur von Vorteil sein konnte.

»Ich suche nach dem Besitz der Familie Craig«, sagte Bull.

Der Mann grinste verschlagen unter seiner Kapitänsmütze.

»Craig höchstpersönlich, ja – der General von Skerriagh Point. Da hoffen wir mal, dass Sie nichts Böses im Schilde führen, Mister.«

»Unschuldig wie frisch gefallener Schnee«, entgegnete Bull.

Der Alte sah ihn forschend an.

»Wenn Sie ihn kennen, dann hätte er sich ja die Mühe machen sollen, Sie abzuholen. Ist nämlich ein Stückchen zu laufen.«

»Wir sind alte Freunde aus seiner Zeit als Jurist«, log Bull unverfroren. »Wir haben uns seit einigen Jahren nicht gesehen, da dachte ich, es wäre doch ganz witzig, ihn zu überraschen. Wenn ich schon mal hier bin.«

»So ist das also … ja, ja – da heißt es, die Beine in die Hand nehmen. Craig ist jedenfalls zu Hause, soweit ich weiß. McAllister hat ihn und seine neue Frau gestern gesehen, als sie ankamen. Folgen Sie der Straße nach Westen. Dürften ungefähr drei Kilometer sein. Da biegt ein Weg im Neunzig-Grad-Winkel nach links ab. Nach etwa hundert Metern führt ein alter Karrenweg nach rechts. Dann etwa drei- oder vierhundert Meter, bis Sie zu einem Pfad kommen. Da steht ein Schild, wo der Weg beginnt – Skerriagh Point. 'n richtiges Adlernest, total abgelegen und ohne Schutz vor dem Wetter, aber die tollste Aussicht aufs Meer und die Südspitze von Schottland.«

Bull versuchte, sich die Wegbeschreibung zu merken, und bedankte sich.

»Grüßen Sie den General vom alten Skipper«, rief ihm der Mann nach.

Bull hob einen Daumen und setzte sich in Bewegung.

47

Auf den ersten drei Kilometern hatte er Gelegenheit, sich über die Dürftigkeit seines Plans Gedanken zu machen. Falls man überhaupt von einem Plan reden konnte. Der Alte auf dem Fahrrad hatte bestätigt, dass Craig sich auf der Insel befand. Zunächst galt es nun, den Ort zu finden und zu beobachten. Wenn er tatsächlich nur ein Paar auf Urlaubsreise vorfände, wäre seine Expedition ein Fehlschuss. Und er musste vorsichtig sein. Entdeckten sie ihn, würde er massiv in Erklärungsnot geraten. Der Regen hatte aufgehört, aber Bull schalt sich selbst, weil er keine zusätzliche Kleidung mitgenommen hatte. Oder zumindest einen Schlafsack. Die Nacht könnte ziemlich kalt werden.

Die Abenddämmerung hatte eingesetzt. Das war jedenfalls kein Nachteil. Nach etwa einer halben Stunde kam er zu dem Karrenweg, von dem der Alte gesprochen hatte. Er folgte dem Weg durch das Terrain, das überwiegend aus Steinen und üppig wachsendem Heidekraut bestand. Ein paar Hundert Meter weiter endete der Weg an einem Wendeplatz, auf dem ein Wagen abgestellt war.

Ein hellgrauer Peugeot-Kombi, derselbe Wagen, der vor einer knappen Stunde die beiden Passagiere von der Fähre aufgelesen hatte. Craig und Doyle hatten also Besuch. Vielleicht von seinen oder ihren Söhnen? *Oder vielleicht von jemand ganz anderem.*

Das Schild, das der Mann auf dem Fahrrad erwähnt hatte, war ein solider Stein, auf den jemand mit rostroter Farbe einen Pfeil und einen Namen gemalt hatte: Skerriagh Point.

Für den Fall, dass ihm jemand entgegenkam, musste Bull sich seitlich neben dem Pfad entlangschleichen. Die Vegetation um ihn herum war nicht übermäßig hoch, sodass er die

Richtung des Pfads verfolgen konnte, doch andererseits so üppig, dass ihn niemand entdecken würde, falls er sich verstecken müsste. Er wählte seine Schritte mit Bedacht, weil er wusste, dass ein verstauchter Knöchel alles ruinieren könnte. Über ihm zogen sich die Wolken zusammen und blockierten das Licht, das der Mond hätte spenden können. Die Feuchtigkeit des Heidekrauts drang in den Stoff seiner Hose ein.

Irgendwo in den Büschen vor ihm raschelte es. Bull blieb abrupt stehen. Ein blitzschneller, gespenstischer Schatten sprang vor ihm vorbei nach links. Ein Hase.

Bull ging weiter. Nach einigen Minuten senkte sich das Terrain sanft ab. Plötzlich sah er das Meer. Er näherte sich dem nördlichen Rand der Insel.

Ein paar Hundert Meter weiter tauchte etwas vor ihm auf. Es wirkte zunächst wie zwei Lagerfeuer in der Ferne, doch als er näher kam, konnte er die Konturen eines Gebäudes und hell erleuchtete Fenster ausmachen. Der Geruch von Salz kam mit dem Wind herangetrieben, und er hörte das Rauschen der Wellen. Seit die Insel vor Millionen von Jahren aus dem Meer hervorgestiegen war, wurde Rathlin Island jedes Jahr von den Wellen um ein paar Millimeter ihres vulkanischen Küstenstreifens beraubt.

Nachdem er ein ganzes Stück weitergegangen war, blieb Bull stehen und ging zwischen dem Heidekraut in die Hocke. Skerriagh Point bestand aus drei Gebäuden. Das Haupthaus war aus Steinen errichtet und ebenerdig, bei einer Grundfläche von etwa sechzig Quadratmetern. Das Satteldach war mit schwarz lackierten Metallplatten gedeckt, die neu zu sein schienen. Kein ästhetischer Genuss, aber an diesem stürmischen Ort sicher eine praktische Lösung. Zwei der vier Fenster in der Südwand waren erleuchtet. Die beiden anderen Häuser waren dunkel, aus dem Dach des größeren ragte ein Schornstein hervor. Die Feuerstelle konnte auf einen Gästeflügel oder einen kleinen Saal hindeuten.

Bull beschloss zu warten, bis es völlig dunkel war. Das würde etwa eine Stunde dauern, vielleicht weniger. Er blickte umher und entdeckte einen großen Stein, der ein wenig Schutz vor dem Wind bot und ihm gleichzeitig erlaubte, das Haupthaus im Auge zu behalten. Die Vorhänge an den erleuchteten Fenstern waren zugezogen. Ab und an konnte er eine Bewegung hinter den Scheiben erahnen.

Nach einer halben Stunde wurde die Tür geöffnet, und jemand kam aus dem Haus. Dunkelheit und Entfernung machten es unmöglich, zu erkennen, wer das war. Die Gestalt überquerte den Vorplatz, schloss die Tür zum Anbau auf und trat ein. Das Licht wurde eingeschaltet. Nach zwei Minuten kam die Person auf demselben Weg zurück, ließ das Licht aber eingeschaltet. Bull zwang sich, noch eine Viertelstunde zu warten, bis er hinter dem Stein hervortrat.

In einem weiten Bogen schlich er sich an das Haupthaus heran und verbarg sich in der Ecke zu dem verdunkelten Nebengebäude. Zum ersten Mal seit der Operation spürte er einen leichten Schmerz im Rücken, doch die erwartungsvolle Spannung übertünchte das Unbehagen. Zusammengekauert bewegte er sich an der Außenwand entlang und trat zu dem ersten der erleuchteten Fenster. Plötzlich konnte er Stimmen hören, gedämpfte Männerstimmen, eine davon etwas gröber als die andere. Ein paar einzelne Wörter waren zu verstehen:

… warten … Boot … Kilkeel … Morgendämmerung …

Dann hörte er deutlich etwas anderes in der Stille hinter sich.

Eine Waffe, die durchgeladen wurde. Dann eine weiche, beinahe freundliche Stimme:

»Sie kennen das Geräusch, wie ich sehe?«

Bull rührte sich nicht.

»Hände über den Kopf und dann stehen wir *langsam* auf. Eine unachtsame Bewegung und Sie sind tot.«

Bull folgte der Aufforderung.

»Drehen Sie sich um – langsam und vorsichtig.«

Er tat wie geheißen. Vor ihm stand einer der Männer, die mit ihm auf der Fähre gewesen waren. Er hielt eine vernickelte, großkalibrige Pistole in der Hand. Die Mündung der Waffe zeigte direkt auf Bull.

Ohne den Blick von Bull abzuwenden, rief der Mann:

»HARRY!«

Irgendwo in der Nähe war eine sich öffnende Tür zu hören, dann tauchte der Gerufene an der Hausecke auf. Die Hälfte seines Gesichts war von einer schwarzen Strickmütze verdeckt. Als er erkannte, dass sein Kumpel die Situation unter Kontrolle hatte, kam er näher. Er trug dieselbe Kleidung wie auf der Fähre, hatte jetzt aber eine schussbereite Bushmaster in der Hand.

»Sieh mal, was ich gefunden habe«, sagte der Namenlose.

Harry musterte Bull von oben bis unten.

»Der Typ vom Boot«, stellte er nüchtern fest. »Was hab ich dir gesagt, Leo – das ist doch verdammt noch mal kein Tourist.«

»Untersuch ihn«, sagte Leo.

Bull spürte Harrys Hände über seinen Körper gleiten. Die Browning wurde ihm aus dem Hosenbund gezogen.

»Antiquitätenhändler?«, schnaubte Harry mit einem Blick auf Gus' Pistole. »Entweder das oder ein schlecht ausgerüsteter Freelancer.«

»War das alles?«, fragte Leo.

»Geldbörse und Handy. Lass uns reingehen.«

Mit Harry vor und Leo hinter sich wurde Bull um die Ecke und ins Haus hineingeführt. Erst durch einen kleinen Flur und dann weiter in ein Wohnzimmer. Der Raum hatte eine hohe Decke und war geschmackvoll eingerichtet. Eine Sitzgruppe aus nicht ganz neuen, aber gepflegten Ledermöbeln. Esstisch und Stühle aus grau gebeizter Eiche. Über dem Esstisch hing ein prachtvoller Kronleuchter aus Kristall, der ein gedämpftes, warmes Licht abstrahlte. Der vornehm gealterte Parkettboden war teilweise mit dicken, naturfarbenen Teppichen bedeckt. An einer der Längswände knisterte es in einem üppigen offenen Kamin. Darüber hing das Fell eines bis zu seinem Tod vermutlich arglosen Schwarzbären.

Das Einzige, was dem Raum einen weniger gemütlichen Anstrich verlieh, war der Mann auf dem Sofa.

Klein, mit dunklen Augen und einem Glas braunem Schnaps in einer Hand.

Brendan Hannon.

Der alte IRA-Kämpfer musterte Bull lange, ohne ein Wort zu sagen. Dann leerte er das Glas in einem Zug, wischte sich den Mund mit dem Hemdsärmel ab und knallte das Glas geräuschvoll auf den Tisch.

»Hol mich doch der Teufel …«, sagte er.

»In der Tat«, entgegnete Bull. »Übrigens schön, Sie wiederzusehen. Wie ich sehe, konnten Sie Ihre Wohnverhältnisse etwas verbessern?«

»Wo haben Sie Ihre Bitch gelassen?«, fragte Hannon.

Harry und Leo wechselten einen verdutzten Blick.

»Entschuldige, dass ich unterbreche«, sagte Leo. »Aber *kennst* du den Typen?«

»Wir sind uns schon mal begegnet«, sagte Hannon, ohne Bull aus den Augen zu lassen. »Eine Aushilfskraft vom PSNI.«

»Nicht nur das«, fügte Harry hinzu, der Bulls Geldbörse geöffnet hatte. »Er hat einen Ausweis von Europol. Der Name ist Bogart Bull – Norweger.«

»Soll ich mir jetzt vor lauter Angst in die Hose scheißen?«, geiferte Hannon und füllte sein Glas aus der Flasche auf dem Tisch.

»Was haben Sie mit Ihren Wirtsleuten gemacht?«, fragte Bull.

»Welche Wirtsleute?«

»Craig und die Frau.«

Hannon hielt mitten in der Bewegung mit der Flasche inne und starrte Bull an. Ein Hauch von Anerkennung blitzte in seinen Augen auf.

»Angesichts dieser Bemerkung besteht die Gefahr, dass Sie gerade Ihr eigenes Todesurteil unterschrieben haben, aber ich überlasse die Entscheidung demjenigen, den es betrifft.«

Hannon sah Harry an.

»Hast du sein Handy?«

Harry winkte zur Antwort mit Bulls iPhone.

»Zerschneid die SIM-Karte und wirft den ganzen Mist ins Meer. Die Browning auch.«

»Etwas zu spät« sagte Bull. »Miriam Dixon und ihre Kollegen sind schon unterwegs.«

Jetzt lächelte Hannon. Seine Zähne waren so gelb wie die eines alten Pferdes.

»Das ist sie natürlich nicht«, sagte er. »Wenn Dixon mit der Geschichte zu tun hätte, dann wären Sie hier nicht auf eigene Faust erschienen, noch dazu mit einer Pistole aus der Steinzeit. Sie haben zwei und zwei richtig zusammengezählt, das muss ich Ihnen lassen. Aber es hat nicht gereicht, um damit zu Dixon zu gehen. Nicht bevor Sie etwas Greifbareres in den Händen gehalten hätten – was Sie hier auf Rathlin zu finden gehofft haben, nicht wahr?«

Bull tat alles, um sich nicht aus der Fassung bringen zu lassen. Hannon war vielleicht ein rachgieriger und unsympathischer Mörder, aber seine Intelligenz sprach für sich. Kein Wunder, dass der junge Brendan Hannon bei der IRA einst eine steile Karriere gemacht hatte.

»Sie kennen doch das System, Hannon. Auf dem ganzen Weg von Belfast hierher wurde mein Handy von allen Masten des PSNI registriert.«

Ein neues gelbes Lächeln. Das Spielchen zwischen den beiden schien Hannon Spaß zu machen. Er holte zum nächsten Schlag aus:

»Aber nicht weiter bis nach Ballycastle, wo Ihre Kollegen im besten Fall den Wagen finden, den Sie da irgendwo abgestellt haben. Und was sollen sie dann daraus schließen? Dass der Gast aus Norwegen übers Wochenende zu einem der schönsten Orte an der nordirischen Küste gefahren ist? Wenn Sie Glück haben, finden die sogar heraus, dass Sie ein Ticket für die Fähre gekauft haben. Wie tausend andere Besucher, die die Touristenattraktion Rathlin Island gern mal sehen möchten, wenn sie in der Nähe sind. Was glauben Sie, warum gibt es wohl vier B & B's auf einer Insel mit hundert Bewohnern?«

Bull versuchte es mit einem anderen Ansatz, um wieder in die Offensive zu kommen.

»Sie dürfen gern darauf hoffen, dass Ihr Scharfschütze aus Bangor während des Verhörs nicht zu singen anfängt«, sagte er. »Aber wenn er es macht, hat er dem PSNI vermutlich so einige interessante Dinge zu erzählen.«

»Die Gefahr besteht wohl kaum. Kevin weiß besser als jeder andere, was mit Soldaten passiert, die zu viel schwatzen.«

»Solche wie Damien Gillespie?«

»Zum Beispiel.«

»Aber dieser Kevin hat Gerry Adams verfehlt.«

»*Shit happens*. Der Verräter Adams kriegt früher oder später noch sein Fett ab. Hundert Jahre Krieg haben uns Geduld gelehrt, Mister Bull. Wir können unsere Schachzüge in aller Ruhe vorausplanen. *Dieser* Luxus ist Ihnen leider nicht mehr vergönnt.«

Hannon leerte sein Glas.

»Quartiert unser norwegisches Großmaul im Gästehaus ein«, sagte er zu Leo. »Und spart nicht an den Kabelbindern.«

Leo und Harry machten ihren Job gründlich. Zunächst wurden Bulls Hände und Füße so fest zusammengezurrt, dass die

Plastikstreifen beinahe den Blutfluss unterbrachen. Danach wurde er neben einem Trägerbalken zu Boden gezwungen. Harry verband zwei Ledergürtel miteinander und fesselte ihn damit an den Balken. Dann vervollständigten sie die Sicherungsverwahrung mit einem Seil, das von seinen Knöcheln zu einem Eisenring an einer zwei Meter entfernt liegenden Kellerluke führte. Harrys Namensvetter Houdini wäre chancenlos gewesen.

»Den Knebel ersparen wir dir«, sagte Leo. »Schrei nur, bis zum nächsten Nachbarn sind's ein paar Kilometer. Und wenn du schön artig bist, gibt's vielleicht auch etwas Wasser zum Frühstück.«

Sie löschten das Licht und ließen Bull in der Dunkelheit zurück. Er hoffte, dass sich im Anbau keine Ratten aufhielten. Methodisch fing er an, Finger und Zehen zu bewegen, um den Blutkreislauf in Gang zu halten. Er befand sich in einer jener Situationen, in denen man der Versuchung erlag, die eigene Berufswahl in Zweifel zu ziehen. Und den verfluchten eigenen Übermut. Wie sah die Situation jetzt für ihn aus? Hannon war ein schlauer Fuchs. Er wusste, dass Bull jemanden auf der Insel nach dem Weg zum Skerriagh Point gefragt haben musste und dass Dixon diese Person ausfindig machen könnte. Aller Wahrscheinlichkeit nach plante Hannon daher, den Ort in Kürze zu verlassen, und würde im Wochenendhaus des Vizepolizeichefs wohl kaum die Leiche eines Polizisten hinterlassen. Ein baldiger Aufbruch deckte sich auch mit dem, was Bull durch das Fenster gehört hatte, kurz bevor Leo ihm in die Quere gekommen war. Etwas mit »Boot« und »Morgendämmerung«. Ein Schnellboot? Das wohin fahren sollte? Aber zuallererst hoffte Bull, dass ihm auf diesem Boot ein Platz zugedacht war. Als lebender Passagier, wohlgemerkt.

Eines der momentan geringeren Probleme betraf Hunger und Durst, aber mit diesen unbehaglichen Empfindungen konnte er leben. Inmitten all dessen kam ihm plötzlich ein

Gedanke: Egal wohin dieses Boot sie brachte, würde sich vermutlich eine Begegnung mit *Tobin* daran anschließen. Im besten Fall könnte dies zu einem Gespräch über einen Tauschhandel führen. Gus hatte etwas, das Tobin wollte. Und Bull hatte keinen Zweifel daran, dass sein Großvater sehr weit gehen würde, um ihn zu retten.

48

County Armagh/Belfast
Samstag, 28. Mai 2016

Inmitten der Nacht wirkte der alte Steinbruch wie ein schwarzer Kessel. Die Lampen an den vier Lichtmasten waren verloschen, das spärliche Licht, das zum Schützenstand herüberdrang, stammte von ein paar erleuchtenden Fenstern am Verwaltungsgebäude und an den Mannschaftsunterkünften. Wenn jemand aus einem dieser Fenster hinausblickte, würde er die Glut einer Zigarette im Dunkeln sehen, ähnlich dem roten Lichtpunkt an einer Waffe mit Laserpointer.

Tobin rauchte eine Zigarette nach der anderen. Und dachte an Brendan Hannon.

In allen Unternehmen war die Zeit eines Chefs begrenzt. Einige saßen Jahrzehnte an der Spitze, bis das Alter sie schließlich besiegte. Andere begingen im Laufe der Zeit den einen oder anderen Fehler und wurden gefeuert. In gewisser Weise gehörte Hannon in beide Kategorien. Alt, erschöpft und versoffen, war er ein Mann, den die Zeit stumpf geschliffen hatte. Zeit, die ihm jetzt immer schneller davonzulaufen begann.

Hannon hatte ausdrücklich auf Kevin O'Mulligan bestanden. Aber Kevin hatte danebengeschossen. Dieser Fehlschuss auf dem Golfplatz in Bangor ging auf Hannons Konto, doch der alte Griesgram wäre wohl viel zu stolz und zu eigensinnig, dieser Schlussfolgerung zuzustimmen.

Die Zeit war reif für einen Führungswechsel, doch im Gegensatz zum Konzernchef einer Bank würde Brendan Hannon ein Abschiedspaket mit fetter Abfindung nicht akzeptieren. Nicht, solange seine schwache Lunge ihm noch erlaubte,

Atem zu schöpfen. Für solche wie Hannon gab es nur eine mögliche Pensionsordnung.

Tobin trat die Zigarettenkippe im Kies aus und fischte das Handy aus der Tasche.

Miriam Dixon lag in der Dunkelheit ihres Schlafzimmers im Bett und lauschte den Atemzügen des Mannes neben ihr. *Der Junge.* So nannte sie ihn in Gedanken. Er hieß James und war zehn Jahre jünger als sie. Fünfundzwanzig. Sie hatten im letzten Herbst auf einem Flug nach Barcelona zufällig nebeneinandergesessen, beide allein auf einsamer Wochenendtour. Und es hatte so geendet, wie es häufig bei alleinstehenden Menschen endet, die einander gefallen.

Nach Belfast zurückgekehrt, hatten sie sich weiterhin ein oder zwei Mal pro Woche getroffen. Ein leichtes Abendessen, etwas Wein und viel Sex. Einige Male hatte James den Wunsch geäußert, das Verhältnis ein wenig auszuweiten, doch sie hatte die Zügel stets straff gehalten. Er war ein hübscher und relativ einfacher Junge, der zurzeit in einer Fahrradwerkstatt arbeitete, eine schweineteure Martin-Gitarre und eine ganz brauchbare Singstimme besaß und von einem Plattenvertrag träumte. Alles in allem zog sie es vor, es beim Status quo zu belassen.

Und dann gab es diesen Fall. Wenn sie im Laufe des Wochenendes nichts aus den Attentätern herausbekämen, müsste sie Bull überreden, seinen Großvater zu involvieren. Sie könnten eine Abmachung mit der Leitung des Pflegeheims treffen, zwei Undercover-Offiziere vom PSNI im Personalstab unterbringen, Gus unter stetiger Beobachtung halten und abwarten, ob der Alte noch einmal Besuch bekäme.

Dixon warf einen Blick auf ihren Radiowecker. 01.47. Morgen war Sonntag, und sie hatte vor, sich ein paar freie Stunden zu gönnen. Der Wetterbericht sah vielversprechend aus. Vielleicht könnte sie James in den Mini verfrachten und mit ihm nach Portaferry fahren. Ein bisschen an den Kais dort entlangspazieren und das Ganze mit frischen Austern und einem Glas Chablis in The Salthouse abrunden.

Und wenn er ein artiger Junge war, würde sie ihn vielleicht bis Montag bei sich übernachten lassen.

49

Rathlin Island/County Armagh
Sonntag, 29. Mai 2016

Er wusste nicht, was ihn geweckt hatte – vielleicht die Kälte oder der steife Nacken oder die Stimmen draußen vor dem Haus. Sein Hals war so trocken, dass er kaum noch schlucken konnte. Hände und Füße waren völlig taub. Durch die Vorhänge konnte er das Licht des anbrechenden Tages erahnen.

Bull spitzte die Ohren. Die Worte waren schwer zu verstehen. Er war aber sicher, dass da draußen jetzt mehr als die drei herumliefen, die er am Abend zuvor getroffen hatte. Vielleicht handelte es sich um Männer, die bei seiner Ankunft in dem abgedunkelten Teil des Hauses geschlafen hatten. Oder um jemanden, der mit dem Boot gekommen war. Dem Boot, von dem die Männer sprachen, als er am Fenster gelauscht hatte. Er rührte die Glieder so weit, wie Fesseln, Gürtel und Seil es zuließen, bewegte den Oberkörper hin und her und spürte dabei, dass Finger und Zehen langsam wieder beweglich wurden. Seine Blase war fast zum Platzen voll, was im Augenblick ein größeres Problem war als sein leerer Magen.

Das Geräusch der Stimmen erstarb plötzlich. Bull wurde von Panik ergriffen. Wollten sie ihn etwa einfach so zurücklassen, gefesselt, wie er war?

Benutz deinen Kopf, Bogart. Wenn sie dich umbringen wollten, hätten sie dich schon längst erschossen und ins Meer geworfen. Dafür gesorgt, dass du auf Nimmerwiedersehen verschwindest. Es sind Soldaten, keine Sadisten.

Kaum hatte er den Gedanken zu Ende gedacht, wurde die Tür zum Anbau aufgerissen und das Licht eingeschaltet. Bull entdeckte Leo und einen ihm unbekannten Typen in schwarzem Nylondress und mit einer Schnellfeuerwaffe am Schulterriemen. Die Waffe sah gefährlich modern aus, mit Laserpointer und verschiebbarer Schulterstütze. Leo trug seine vernickelte 45er im Schulterholster und hatte eine Flasche Mineralwasser in der Hand. Er hockte sich vor Bull hin, zog eine Kneifzange aus der Jackentasche und schnitt die Kabelbinder um Bulls Handgelenke durch. Ohne ein Wort zu sagen, reichte er ihm dann die Wasserflasche. Bull nahm sie, doch seine gefühllosen Finger konnten den Verschluss nicht entfernen.

»Wenn ich vielleicht bitten dürfte?«, sagte er mit heiserer Stimme.

Leo lächelte schwach und öffnete die Flasche. Das Wasser schmeckte besser als alles, was Bull jemals getrunken hatte, einschließlich aller Colas und all der Wodka-Tonics aus früheren Zeiten.

»Danke«, sagte er. »Wenn es jetzt noch möglich wäre zu pissen, werde ich im Zeugenstand ein gutes Wort für Sie einlegen.«

Leo setzte ein breites Grinsen auf. Offenbar ein Mann mit Sinn für schwarzen Humor.

»Ich fürchte, dass du noch ganz woanders landen wirst, Bull, aber Pinkeln lässt sich wohl einrichten. Ich schneide jetzt die restlichen Fesseln auf, aber achte auf den Typen hinter mir. Eine falsche Bewegung und es knallt.«

Bull kam aus eigener Kraft auf die Füße und stapfte mit dem Lauf des Automatikgewehrs im Rücken durch die Türöffnung. Draußen war es jetzt hell. Das Meer hatte sich beruhigt, und die Sonne stand bereits über der schottischen Südküste, die in der Ferne zu erkennen war. Bull warf verstohlen einen Blick auf seine Armbanduhr. Zwanzig vor acht. Im Bereich zwischen den Gebäuden war niemand zu sehen, alle Vorhänge waren zugezogen. Bull erleichterte sich, zog den Reißverschluss wieder zu und drehte sich zu seinen Bewachern um.

»Leider keine Zeit für Spiegelei und Bacon«, sagte Leo. »Das Boot wartet.«

Das Boot war an einer Stelle festgemacht, die etwa sechzig oder siebzig Meter unterhalb der Häuser auf Skerriagh Point lag. Der zum Wasser hinabfallende Steilhang wies ein Gefälle von fast sechzig Grad auf. Ein schmaler, zickzackförmiger Pfad führte zum Meer hinunter. Er war etwa einen Meter breit und ohne Geländer. Auf unsicheren Beinen und von Höhenangst geplagt, blieb Bull an der oberen Kante stehen. Der Schwarzgekleidete stieß ihm den Gewehrlauf in den Rücken.

»Abmarsch!«, kommandierte Leo von irgendwo hinter Bull.

»Auf keinen Fall«, sagte Bull. »Jedenfalls nicht ohne Fallschirm.«

»Du hast jetzt drei Möglichkeiten, Mister. Wir erschießen dich und rollen dich den Hang runter, wir schlagen dich bewusstlos und tragen dich, oder du gehst selbst.«

»Und warum muss ich vorausgehen?«

»Aus Sicherheitsgründen – für den Fall, dass du auf die Idee kommst, einem von uns einen Stoß zu versetzen.«

»Ich kann mich beherrschen«, erwiderte Bull.

»Zehn Sekunden, um dich zu entscheiden.«

Bull brauchte acht. Dann holte er tief Luft und tat den ersten Schritt. Er richtete den Blick auf einen Punkt zwei Meter vor sich, schob den Gedanken an die Höhe beiseite und ging weiter.

Nicht runtergucken, Bogart. Sieh nicht nach unten.

Die erste scharfe Kurve war ein schierer Albtraum. Nach zwei weiteren, im Schneckentempo passierten Kurven, ließ die Angst langsam nach. Ein fast kindliches Gefühl von Triumph stieg in ihm auf. Natürlich würde er es zu dem Boot hinunter schaffen, wo das Leben weiterging – zumindest für eine Weile. Nach ungefähr der Hälfte der Strecke riskierte er einen Blick in die Tiefe und sah das Motorboot und eine kleine Gruppe von Männern an Land. Dunkle Kleidung und Waffen.

Nach ungefähr vier weiteren atemlosen Minuten erreichte Bull den Fuß des Steilhangs. Die Natur hatte Skerriagh Point mit einem natürlichen Hafen ausgestattet. Eine vulkanische Formation, die zwei gigantischen Steinmauern glich, bildete eine Mole zum Meer. Vielleicht kein Ort, bei dem man während eines Sturms Schutz suchen würde, aber an einem Tag wie diesem, mit leichtem Westwind, durchaus brauchbar. Das Boot, ein kleiner Trawler älteren Baujahrs, lag längsseits vertäut und wurde mit Fendern vor dem schroffen Felsen geschützt. Das Fahrzeug hatte einen geraden Rumpf und wurde zum Heck hin breiter. Wie bei einer Shark lag das Steuerhaus am vorderen Ende des Decks. Aus dem Innern war das Rumpeln zweier Dieselmotoren zu hören. An der Seite des weißen Rumpfs stand in roter Schrift der Name »Ocean Princess«.

Neben Brendan Hannon und dem Kerl namens Harry warteten zwei weitere Männer.

»Hat ja ganz schön lang gedauert«, sagte Hannon ungeduldig.

»Mister Bull leidet an Höhenangst«, antwortete Leo und grinste.

»Mister Bull wird noch vor ganz anderen Dingen Angst bekommen«, erwiderte Hannon. »Schafft ihn endlich an Bord.«

Auf dem geräumigen Achterdeck der »Prinzessin«, wo für gewöhnlich Netze und andere Ausrüstung verstaut wurden, waren Sitzbänke montiert. Zwei Reihen in der Mitte und jeweils eine rechts und links an der Reling. Platz für fünfundzwanzig bis dreißig Leute, dachte Bull. Eine Art maritimer Truppentransport.

Bull wurde auf eine der Bänke hinuntergedrückt und abermals an Händen und Füßen gefesselt. Mit der Bushmaster auf dem Schoß nahm Harry auf der Sitzbank gegenüber Platz.

Die Leinen wurden gelöst und eingeholt, und der Steuermann legte ab.

»Sag dem Skipper, er soll ausreichend Abstand zum Land halten, wenn wir die Insel umrunden«, sagte Hannon zu Leo, der gleich darauf ins Steuerhaus trat, um die Nachricht zu übermitteln.

Der Mann am Ruder nahm den Befehl offenbar ernst und lenkte das Boot ostwärts auf das offene Meer hinaus. Bull nutzte die Gelegenheit, um seine Bewacher in Augenschein zu nehmen. Die drei Unbekannten waren identisch gekleidet und trugen schwarze Nylonkluft und Feldstiefel. Ihre Automatikgewehre waren ebenfalls einheitlicher Bauart. Bull konnte nicht erkennen, um welches Fabrikat es sich handelte, wusste aber genug von Waffen, um zu begreifen, dass dieses in etwa mit der HK416, dem Standardtyp der norwegischen Einsatzkräfte, übereinstimmte. Die IRF verfügte anscheinend über ausreichende Ressourcen. Ungeachtet der Jagd nach neuen Einnahmequellen.

Der größte der drei neu hinzugekommenen Männer, ein brutal aussehender Skinhead, der sich die irische Trikolore auf beide Seiten des Schädels hatte tätowieren lassen, schien der Anführer zu sein. Bull prägte sich ein, dass er Mike genannt wurde – die übliche Kurzform für Michael. Hannon, Leo und Harry trugen Zivilkleidung. Bis auf Hannon waren alle bewaffnet, soweit Bull erkennen konnte.

Die »Ocean Princess« hatte Fahrt aufgenommen. Rathlin Island verschwand in der Ferne. Eine Schar Möwen hing schreiend in der Luft über dem Kielwasser. Der Abstand zwischen der irischen und der schottischen Küste schien jetzt ungefähr gleich zu sein, was bedeutete, dass sich das Boot mitten im North Channel befand.

Brendan Hannon blickte sich um.

»Ich sagte, wir sollten ausreichend Abstand zur Küste halten und nicht auf Weltumrundung gehen«, brummte Hannon in Richtung Leo.

Im nächsten Augenblick drosselte der Steuermann den Motor und ließ das Schiff im Leerlauf dümpeln.

»Was ist denn jetzt los?«, fragte Hannon.

Plötzlich kam Bewegung in die kleine Truppe. Der eine von Mikes schwarz gekleideten Begleitern presste die Gewehrmündung in Harrys Nacken. Der andere tat dasselbe mit Leo und riss ihm die 45er aus dem Schulterholster. Mike erhob sich und blickte Hannon mit beinahe feierlichem Gesichtsausdruck an.

»Für dich ist der Krieg vorbei, Hannon.«

Bull konnte nicht umhin, Hannon für seine Reaktion zu bewundern. Es bestand kaum Zweifel daran, was Mikes Worte bedeuteten, und die meisten anderen wären vor lauter Angst wohl wie gelähmt gewesen. Doch Hannon sah den Mann vor sich nur spöttisch an und sagte:

»Klein-Tobin hat also beschlossen, etwas Größeres zu werden. Oder verstehe ich das etwa falsch?«

Mike zuckte mit den Schultern.

»Tobin ist mein Chef, Hannon.«

»Und ich bin Tobins Kommandant, du aufgeblasener Idiot.«

»Jetzt nicht mehr«, erwiderte Mike leise.

Niemand bemerkte das glänzende Metall, das aus Hannons Jackenärmel in seine Hand glitt. Eine blitzschnelle Armbewegung und ein Glitzern in der Luft. Mike drehte sich zur Seite weg, konnte aber nicht verhindern, dass die zweischneidige Klinge des Wurfmessers in der weichen Partie zwischen seiner Schulter und seiner Brust landete. Er schrie auf, gewann sein Gleichgewicht aber unmittelbar zurück und feuerte eine kurze und todbringende Salve aus seinem M4-Karabiner auf Hannon ab.

Hannons Körper zuckte im Kugelhagel. Für einen kurzen Augenblick blieb er mit dem Hinterkopf an die Reling gelehnt wie erstarrt sitzen. Dann hob er unter Aufbringung seiner letzten Kräfte den Kopf und blickte verwundert auf seine zerfetzte Brust. Seine Augen leuchteten so schwarz wie nie zuvor. Langsam öffnete er die bleichen Lippen.

»Ein ... Irland«, stieß er mühsam hervor, bevor er in der Hoffnung starb, mit der er fast fünfzig Jahre gelebt hatte.

Die Stille, die folgte, war nahezu sakral. Der Skipper hatte den Motor ausgeschaltet, die Möwen waren verschwunden. Mike riss sich mit einem Stöhnen das Messer aus der Schulter und warf es über Bord.

»Grundgütiger ...«, flüsterte Leo.

»Du und Harry müsst keine Angst haben, Leo«, sagte Mike leise. Ihr fahrt mit uns zusammen weiter nach Armagh. In einem hatte Hannon jedenfalls recht – *ein* Irland ist immer noch das Ziel.«

Sie packten die Leiche in eine Persenning ein, wickelten eine leichte Kette um das Bündel und befestigten einen der beiden bleischweren Bootsanker daran.

»Möchte vielleicht jemand ein Gebet sprechen?«, fragte Mike, der jetzt mit nacktem Oberkörper und einem Druckverband an der Schulter vor den Männern stand.

Niemand sagte etwas. Mike gab den beiden Schwarzgekleideten ein Zeichen. Das Bündel wurde hochgehoben, über die Reling bugsiert und landete mit einem Platschen im Meer. Leo schluchzte leise. Dann versank Brendan Hannon in der Tiefe.

Mike gab dem Skipper Anweisung weiterzufahren. Der Schiffsrumpf erzitterte leicht, als die Dieselmotoren wieder einsetzten. Der Steuermann gab Gas, und die »Ocean Princess« nahm Kurs auf Südost.

»Wir nähern uns Belfast«, sagte einer von Mikes Begleitern. »Wir sollten unter Deck gehen.«

Die Luft im Laderaum war stickig. Der Gestank von Heringen, die in früheren Zeiten von diesem Boot aus gefischt worden waren, saß immer noch in den Wänden und vermischte sich mit dem Körpergeruch der sechs Männer, die offenbar länger nicht geduscht hatten. Auch unter Deck waren Sitzbänke montiert. Es gab weder Bullaugen noch andere Fenster. Die einzige Lichtquelle war eine winzige Messinglampe an der Decke. Bull saß zwischen den beiden Schwarzgekleideten, ihnen gegenüber hockten Leo und Harry, noch immer unbewaffnet. Mike stand.

»Mike?«, brach Leo die Stille.

Der Skinhead sah ihn abwartend an.

»Warum?«, fragte Leo.

Mike zögerte kurz und erwiderte dann:

»Wie Tobin sagt: Auch Eisen rostet und wird schließlich zu schwach.«

»Hannon war alles andere als schwach.«

»Wir sind Soldaten, Leo. Der oberste Befehlshaber trifft die Entscheidungen.«

»Er *war* der oberste Befehlshaber.«

»Hannon wurde vor einer halben Stunde degradiert. Und damit basta!«

Leo verstummte. Harry starrte auf den Schiffsboden vor sich. Für sie war Brendan Hannon das gewesen, was Bobby Sands für die IRA-Gefangenen während des Hungerstreiks 1981 in Long Kesh verkörpert hatte. Einer, der sich nicht beugte. Einer, der die Fackel trug und ihnen den Weg zu einem freien Nordirland wies. Nichts, was Tobin sagte oder tat, könnte daran etwas ändern.

Bulls Augen gewöhnten sich langsam an das schwache Licht im Laderaum. Sein Blick fiel auf etwas, das am Ende des Raums hinter der zum Deck hinaufführenden Leiter lag. Ein längliches Bündel, ähnlich dem provisorischen Leichentuch von Brendan Hannon, nur ohne Ketten.

Eine Persenning mit einer Leiche darin. Es konnte nichts anderes sein. Bull begann zu ahnen, wer da lag. Das Bündel bewegte sich schwach im Takt mit der Dünung, als ob sich unter der schwarzen Plastikumhüllung immer noch Leben regte.

Mike zündete sich eine Zigarette an und ließ einen Flachmann herumgehen. Leo schüttelte den Kopf, als die Reihe an ihm war. Harry nahm einen großen Schluck. Ohne Kommentar wurde der Flachmann an Bull vorbeigereicht. Auch gut – es handelte sich wohl kaum um Cola oder Wasser. Mike nahm ebenfalls einen großen Schluck und stopfte den Flachmann zurück in die Brusttasche seines Nylonanzugs.

»Ich geh mal nach oben«, sagte er.

Im selben Moment wurde der Motor gedrosselt. Mike blieb wie angewurzelt stehen.

»Was ist los?«, fragte einer seiner schwarz gekleideten Begleiter.

Mike hob abwehrend die Hand. Bull spitzte die Ohren. Schwache Stimmen drangen zu ihnen herunter.

»Die Küstenwache – oder die Bullen«, flüsterte Mike.

Bull spürte die kalte Mündung eines Gewehrlaufs unter dem Kinn.

»Ein Piep von dir, Mister …«, hörte er seinen Nebenmann sagen.

Bull wog die Situation im Stillen ab. Seine Schlussfolgerung war einfach. Würde er auch nur einen Ton von sich geben, wäre er vermutlich das erste Opfer in dem darauf folgenden Schusswechsel. Hielt er den Mund, konnte er trotzdem darauf hoffen, dass die Küstenwache oder wer immer da oben aufgetaucht war, an Deck kam. Er würde noch eine Weile weiterleben. Simple Mathematik.

Die Sekunden verstrichen. Weiteres Stimmengemurmel. Hoffnungsvoll wartete Bull auf Geräusche von Schritten an Deck. Doch die Hoffnung zerstob mit zwei munteren Signalen aus einer Schiffsflöte und dem Geräusch der Motoren, die wieder aufgedreht wurden. Mike grinste zufrieden.

»Das war knapp«, sagte er leise. »Aber Dickie und sein glattes Mundwerk haben sich einen Bonus verdient.«

Die Männer warteten ein paar Minuten schweigend ab, um

sich zu vergewissern, dass die ungebetenen Gäste abgezogen waren.

»Halt die Stellung hier unten«, sagte dann Mike zu einem seiner Begleiter und stieg über die Leiter nach oben an Deck.

Die Mündung der Waffe löste sich von Bulls Kinn. Wehmütig dachte er an Gus' Waffe, die er auf Skerriagh Point hatte zurücklassen müssen. Aber er schob den Gedanken beiseite und überlegte. Was hatte Mike gesagt? Armagh. Das Ziel der Reise. Was erwartete sie dort? Falls er sich nicht irrte, lag Armagh ganz in der Nähe der Grenze zur Republik Irland, ein Stückchen von Belfast entfernt. Was würde wohl Miriam Dixon tun, wenn er am Montag nicht wieder auftauchte? Vorausgesetzt, die Polizei könnte den Alten auf dem Fahrrad ausfindig machen, wäre es wohl einfach, auch Bulls Weg zu Craigs Anwesen am Skerriagh Point nachzuverfolgen. Dort würden sie auf leere und verschlossene Gebäude treffen. Daraufhin würde Dixon Craig kontaktieren. Oder präziser: Sie würde es versuchen. Bull war sich ziemlich sicher, dass Geoffrey Craig nicht wieder in der Polizeistation Musgrave auftauchen würde. Und dasselbe galt für seine Freundin – Elizabeth Doyle.

Unwillkürlich richtete sich sein Blick auf das Plastikbündel im Halbdunkel hinter der Leiter.

50

Bull musste den Rest der Fahrt allein unter Deck verbringen. Er bekam zwischendurch zwar etwas Wasser, aber seit dem Roastbeef-Sandwich in Armoy waren 24 Stunden vergangen, und der Hunger fing an, ihn zu plagen. Da ihm die Männer die Hände hinter dem Rücken gefesselt hatten, konnte er auch nicht auf die Uhr sehen.

Er vermutete, dass es fast Abend war, als das Geräusch aus dem Maschinenraum eine Drosselung der Geschwindigkeit verkündete. Eine Weile war nur ein leichtes Rumpeln der Dieselmotoren zu spüren, bis dann das Motorengeräusch erstarb und das Boot zur Ruhe kam. Die Minuten verstrichen. Bull lauschte wartend auf Schritte oder Stimmen an Deck. Jemand rief etwas in einer Sprache, die Bull als Irisch identifizieren konnte. Dann wurde die Luke geöffnet, und einer der Schwarzgekleideten kam mit Leos 45er in der Hand die Leiter hinuntergeklettert. Er zog eine Kneifzange hervor und befreite Bull von seinen Fesseln.

»Rauf an Deck!«, kommandierte er.

Die Durchblutung von Bulls Händen und Füßen setzte nur langsam wieder ein. Mit Mühe und Not erklomm er die Leiter. Auf der obersten Stufe packte Mike seinen Arm und zog ihn an Deck. Bull schloss für eine Sekunde schützend die Augen vor dem hellen Tageslicht und spähte dann über die Reling. Das Boot lag jetzt an Land vertäut. Es gab einen Kai mit zwei baufälligen Lagerschuppen und einem olivgrünen, zweistöckigen Steinhaus, bei dem etwa die Hälfte der Fenster zertrümmert waren. Am Ende des Kais warteten zwei Fahrzeuge, ein Mercedes Kastenwagen und ein Toyota Hiace neueren Baujahrs.

Die beiden schwarz gekleideten und immer noch namenlosen Männer führten Bull über eine Gangway auf den Kai und zu dem Toyota hinüber. Ein Fahrer in Zivilkleidung zog die

Seitentür auf, und Bull wurde in den Lieferwagen gestoßen. Einer seiner Bewacher folgte ihm.

»Auf den Boden«, kommandierte er und setzte sich selbst auf einen der Radkästen.

Bull ließ sich mit dem Rücken zum Führerhaus auf den Boden sinken. Nach zwei Minuten kam der andere Schwarzgekleidete mit Mike und einem weiteren Passagier zurück, auf den Bull gern verzichtet hätte. Die Hecktür wurde geöffnet, und das Bündel mit der Leiche landete im Wageninneren. Der andere Schwarzgekleidete kletterte ebenfalls hinein und setzte sich auf den noch freien Radkasten.

»Gute Fahrt!«, rief Mike und knallte die Tür zu.

Der Wagen setzte sich in Bewegung. Im Heck gab es Fenster auf jeder Seite, doch von seiner Position auf dem Boden konnte Bull nicht viel mehr als Wolken und Himmel erspähen. Immerhin besser als ein Sack über dem Kopf.

»Fahren wir weit?«, fragte er.

Keiner der anderen gab Antwort. Bull sah auf seine Armbanduhr. Zehn nach fünf. Die Fahrtzeit konnte er sich jedenfalls merken. Vor den Fenstern rauschte die eine oder andere Baumkrone vorbei. Die Geschwindigkeit schien hoch zu sein, sie befanden sich demnach auf einer Hauptstraße.

Eine halbe Stunde verging. Die Schwarzgekleideten wechselten ein paar Worte auf Irisch. Für Bull hätte es auch Griechisch sein können. Er fühlte sich schwach. Die Luft im Wagen war stickig, und der Mangel an Nahrung hatte seinen Blutzuckerspiegel gefährlich absinken lassen. Ein Anflug von Mutlosigkeit überkam ihn. Würde das hier seine letzte Autofahrt sein? Er dachte an Frida und Anine. Und an Gus, der vielleicht gerade jetzt in seinem Sessel saß und darüber grübelte, worin sein Enkel verwickelt war.

Zu seiner eigenen Überraschung musste er plötzlich auch an Christine Sand denken.

*

Nach einer Stunde registrierte Bull, dass der Wagen auf einen holprigen Schotterweg abbog. Sie fuhren jetzt langsamer, dichter Wald schluckte das noch übrige Tageslicht. Vermutlich würden sie bald ihr Ziel erreichen. Schließlich hielt der Wagen an, und der Fahrer wechselte ein paar Worte mit einem oder mehreren Personen draußen. Der Wagen fuhr langsam weiter. Bull sah einen hohen Maschendrahtzaun am Fenster vorbeigleiten. Nach einer sanften Kurve brachte der Fahrer den Wagen zum Stehen. Er schaltete den Motor ab und stieg aus. Gleichzeitig wurde die Seitentür aufgezogen. Draußen stand Mike. Der Mercedes musste sie unterwegs überholt haben.

»Tobin will mit uns reden – sofort«, sagte er.

»Was ist mit ihm?«, fragte einer der Schwarzgekleideten und deutete mit dem Kopf auf Bull.

»Der Fahrer soll den Wagen abschließen. Unser Gast kommt also nicht weit. Los jetzt!«

Die anderen entfernten sich. Bull hörte, wie der Fahrer den Wagen abschloss. Er wartete ein paar Sekunden ab, erhob sich dann und spähte aus dem Seitenfenster. Nur weniger Meter entfernt befand sich ein dreistöckiges Backsteingebäude. Etwas weiter dahinter konnte Bull eine Reihe grauer Arbeitsbaracken ausmachen. Eine Gruppe von fünf oder sechs Männern, alle in schwarzem Nylondress, stand am Ende der Baracken. Einer der Männer hielt einen gescheckten Hund in der Größe eines Kalbs an einer Leine. Der Ort musste das IRF-Hauptquartier sein. Wie viele Männer konnten sich hier wohl aufhalten? Schwer zu sagen. Die Baracken deuteten jedenfalls darauf hin, dass es nicht wenige waren.

Bulls nächster Gedanke war unausweichlich. In der Eile hatten die Männer ihn mit dem Bündel allein gelassen. Der Leiche. Widerwillig drehte er sich zu der makabren Ladung um. Die Persenning wurde von Klebeband zusammengehalten, die Formen unter dem Plastik verrieten, an welchem Ende sich der Kopf befinden musste. Bull war nicht einfach nur neugierig – er musste es wissen. Aber was, wenn die Männer zurückkämen, während er gerade das Päckchen öffnete?

Ja, was dann?, dachte er. *Schlechtere Chancen als jetzt bekomme ich wohl kaum.*

Er hockte sich vor die Leiche. Das Klebeband war zweimal um das Kopfende herumgewickelt. Mit dem Fingernagel kratzte er einen Streifen Klebeband ab, hob den Kopf der Leiche an und entfernte das restliche Band. Der Gestank von verfaulendem Fleisch drang zu ihm auf, und instinktiv wandte er das Gesicht ab. Dann atmete er ein paarmal durch den Mund ein, hielt den Atem an und drehte sich wieder herum. Mit zitternden Fingern faltete er die Plastikfolie auseinander. Das Gesicht der Leiche kam zum Vorschein. So grau und runzlig, dass die v-förmige Narbe fast nicht mehr zu sehen war.

Jetzt gab es keinen Zweifel mehr. Vizepolizeichef Geoffrey F. Craig würde nie wieder nach Musgrave zurückkehren.

51

Der Stuhl war aus Eisenträgern zusammengeschweißt und am Boden verbolzt. Er wies mit dem Rücken zur Tür des Kellerraums, in dem sie sich befanden. Zwei gewöhnliche Stühle aus dunklem Holz standen an der Wand. Darüber hinaus war der Raum leer. Decke, Wände und Boden bestanden aus Beton, an der Decke waren vier kräftige Neonröhren montiert. Mike und einer der Schwarzgekleideten hatten Bull an den Eisenthron gefesselt. Die Kälte des Metalls drang durch den Stoff seiner Hose.

»Kann ich etwas Wasser haben?«, fragte Bull.

Der Schwarzgekleidete sah zu Mike, der kurz nickte. Die beiden Tätowierungen auf seinem Schädel glänzten im Schein der Deckenleuchten. Der andere ging weg. Bull versuchte, Mikes Blick aufzufangen.

»Was passiert jetzt?«, fragte er.

Der Skinhead zuckte mit den breiten Schultern.

»Wer weiß? Tobin will dich sehen.«

»Wann?«

»Wenn es passt.«

Der Schwarzgekleidete kam mit einem gesprungenen Wasserkrug zurück, den er Bull an die Lippen hielt. Bull schluckte gierig in sich hinein, was nicht auf seine Brust herablief.

»Danke«, sagte er. »Wie wär's mit 'nem Hamburger?«

Sie ließen ihn allein zurück. Bull hörte, wie die Kellertür hinter ihm geschlossen wurde. Er hatte die rotbraunen Flecken auf dem Boden um den Eisenstuhl schon gesehen und wusste daher sehr genau, wozu dieser Raum diente. Ein Verhörraum, in dem man von Reeds und Madsens Peace-Modell mit Sicherheit noch nie gehört hatte.

Zum ersten Mal, seit er auf Rathlin Island in die Falle getappt war, überkam ihn eiskalte und ungefilterte Furcht, eine

Angst, die alles an übrig gebliebenem Mut und Optimismus auslöschte. Ein Tauschhandel mit Gus als Verhandlungspartner war reine Illusion. Und ihn würden sie niemals lebend von diesem Ort entkommen lassen – die kaltblütige Hinrichtung von Brendan Hannon hatte gezeigt, wie weit sie zu gehen bereit waren.

Vor seinem inneren Auge sah er den Grabstein auf dem Friedhof Østre Gravlund. Frida und Anine Bull war in den Granit eingemeißelt worden. Und sein eigener Name. Der letzte Überrest einer kleinen Familie, die vor knapp drei Jahren noch wie Tausende andere norwegischer Familien gewesen war. Ein ganz gewöhnliches Alltagsglück, nicht mehr und nicht weniger. Aber mehr als genug.

Die Tür hinter Bull wurde geöffnet.

Mike trat zuerst in sein Blickfeld. Er hatte sein Automatikgewehr gegen eine Pistole ausgetauscht, die in einem Holster an seiner Hüfte steckte. Hinter Bull ertönten leichte Schritte auf dem Betonboden, eine Gestalt näherte sich von der Seite, und dann stand Tobin vor ihm. Bull verspürte plötzlich einen kleinen Energieschub. Das befriedigende Gefühl, den Code in einem schwierigen Fall geknackt zu haben.

Trotz der männlichen Kleidung und der schwarzen Strickmütze war sie leicht wiederzuerkennen.

»Willkommen in Fort Armagh, Bull«, sagte Elizabeth Doyle.

Fasziniert starrte Bull sie an. Das andere Kind. Gus' ungewollte Tochter.

»Wie soll ich Sie nennen? Was ziehen Sie vor? Mrs. Doyle, Tobin oder … Bessie Evans?«

Doyle lächelte.

»Wir Republikaner sollten Gott auf Knien danken, dass nicht alle beim PSNI so gut verdrahtet sind wie Sie, Bull.«

»Ihr Mann war es aber offensichtlich.«

»Geoff war das, was man einen nützlichen Idioten nennt«, seufzte sie.

»Doch angesichts von drei Monaten bis zum Erreichen des Pensionsalters fand ich es angemessen ... die Beziehung abzuwickeln.«

»Genauso, wie Sie Hannon abgewickelt haben.«

»Alles und jeder hat seine Zeit, Bull.«

»Vermutlich planen Sie jetzt aber nicht, nach Musgrave zurückzukehren?«

»Natürlich nicht.«

»Also Sie und Craig verschwinden einfach?«

»Genau das tun wir. Wie Tausende anderer Menschen auf den Britischen Inseln jedes Jahr einfach verschwinden. Solche Vermisstenfälle sind tragische Mysterien für die Hinterbliebenen und führen zu unendlichen Spekulationen, aber solange keine Leiche auftaucht, bleibt es eben ein Mysterium.«

»Und all diese mörderischen Taten rechtfertigen Sie damit, dass Ihre Mutter vor vierzig Jahren das Opfer eines Bombenattentats wurde?«

In Doyles grünen Augen kam die Mörderin zum Vorschein.

»Ich habe an jenem Tag nicht nur meine Mutter verloren, Bull. Mein einjähriger Sohn wurde ebenfalls getötet. Die beschissenen Loyalisten haben meine ganze kleine Familie ausgerottet. Sie sollten nicht so verurteilend sein, solange Sie keine Ahnung haben, worüber Sie eigentlich reden.«

Bull war kurz davor, etwas zu erwidern, hielt sich aber zurück. Sie hätte es ohnehin als Bluff eingeordnet. Und schließlich: Wie oft hatte er nicht selbst davon geträumt, sich an Richard Torp zu rächen?

»Aber der Kampf für ein freies Nordirland ist das Wichtigste«, fuhr Doyle fort. »Das können Sie nicht verstehen, da Sie eine Generation nach Ende des Zweiten Weltkriegs geboren wurden. Ein Krieg, in dem gewöhnliche Norweger sowohl Deutsche als auch Verräter aus der eigenen Bevölkerung in ihrem Kampf für die Freiheit töteten. Sie mögen vielleicht ein kluger Kopf sein, Bull, aber Sie sind auch naiv.«

Bull schwieg. Elizabeth Doyles Argumentation war nicht völlig substanzlos.

»Was Sie angeht, habe ich leider keine Wahl«, fuhr Doyle, jetzt fast freundlich, fort. »Sie sind der Einzige, der Bescheid weiß, nicht wahr? Der Einzige, der das Rätsel gelöst hat. Wie Hannon schon zu Mike sagte: Weshalb sonst sollten Sie allein auf Rathlin Island auftauchen?«

Da war es. Das Urteil. Die Todesangst wurde wieder angefacht und flatterte in seiner Brust wie ein Vogel im Käfig. Doch wenn man schlechte Karten hat und gewinnen *muss,* gibt es nur eine Lösung: einen Bluff.

»Sie vergessen wohl Gus?«, sagte er mit heiserer Stimme. »Es war seine Pistole, die mir auf Rathlin Island abgenommen wurde. Er weiß, wohin ich wollte – und weshalb. Wenn ich spurlos verschwinde, wendet Gus sich an die Polizei. Außerdem können Sie dann das Erbe vergessen, auf das Sie so scharf sind.«

Doyle schenkte Bull einen fast mitleidigen Blick.

»Gus, ja … Der Mann, der seine Lust nicht beherrschen konnte und später meine Mutter zu überreden versuchte, mich in einem Krankenhaus in England aus ihr herauskratzen zu lassen. Gus wird bald das Seinige bekommen, er auch. Es wird wie ein natürlicher Tod aussehen, nicht zuletzt bei einem Mann, der die neunzig schon überschritten hat. Mithilfe von Polonium 210. Übrigens der gleiche Stoff, den Putins Handlanger verwendeten, als sie den ehemaligen FSB-Agenten Alexander Litvinenko in London vergifteten. Ein paar Stunden nach dem ersten Morgenkaffee wird Gus starke Schmerzen und heftigen Durchfall bekommen. Das Pflegeheim wird ihn natürlich sofort ins Krankenhaus bringen lassen, wo man ihm Blut abnehmen wird. Aber bei einer gewöhnlichen Blutuntersuchung kann Polonium nicht nachgewiesen werden. Gus wird schwächer, und nach zwei oder drei Tagen ist es vorbei. Ungefähr eine Woche später wird dann eine ältere Frau namens Elizabeth Evans auftauchen, »Bessie«

unter Freunden. Sie hat sich nach dem schändlichen Mord an ihrer Mutter und ihrem Kind lange Jahre im Ausland aufgehalten. Mrs. Evans wird das Erbe beanspruchen, eine rechtmäßige Forderung, die durch eine dokumentierte DNA-Analyse sowie die neulich entnommene Blutprobe bei Gus bestätigt wird. Elizabeth Evans wird mir trotz des etwas veränderten Aussehens ein wenig ähneln. Aber da es nicht der PSNI ist, der solche Erbsachen bearbeitet, dürfte die Ähnlichkeit keine Probleme bereiten.«

Doyle legte den Kopf schräg zur Seite und betrachtete Bull mit einem Lächeln.

»Sonst noch etwas, das Sie wissen möchten, bevor wir die Sache hier beenden, Bull?«

Vielleicht lag es am Gedanken an den hilflosen Großvater, aber mit einem Mal war Bulls Angst wie weggeblasen und durch eine Wut ersetzt, die er so noch nie zuvor verspürt hatte. Seine ganze Verachtung kam in der Antwort zum Ausdruck:

»Das wäre dann wohl die Frage, wie ein durch und durch guter Mensch wie Gus ein blutrünstiges Miststück wie Sie zeugen konnte. Das müssen Sie von Ihrer Mutter geerbt haben.«

Sie schlug ihm mit der flachen Hand ins Gesicht, einmal, zweimal, dreimal. Dann spuckte sie ihn an und nickte Mike zu. Der Skinhead zog seine Waffe und kam näher. Bull spürte die kalte Mündung an der Schläfe, schloss die Augen und dachte an Anine.

Der Schuss krachte. Er spürte nichts. Hinter den geschlossenen Augenlidern war weiterhin alles grau. *So ist das also?* Dann hörte er, wie etwas hinfiel. Er öffnete die Augen und entdeckte Mike vor sich auf dem Boden liegen, mit einem blutigen Krater im Schädel, wo sich die eine Tätowierung befunden hatte. Doyle stand wie zur Salzsäule erstarrt da und blickte auf etwas hinter Bull. Er drehte den Kopf, die Nackenwirbel knackten.

In der Türöffnung hinter ihm stand ein beinahe übernatürlich großer Mann. Schulterlanges graues Haar, wild wuchernder Bart, ein Revolver in der kräftigen Hand. Neben ihm standen Leo und Harry, die im Vergleich zu dem Riesen wie kleine Kinder wirkten. Ungläubig richtete Bull den Blick auf Elizabeth Doyle. Ihr Gesicht war weiß und starr wie Carrara-Marmor. Seamus O'Caolain trat an Bull vorbei, der Lauf seiner Waffe zeigte auf Doyles blasses Gesicht.

»Dreh dich um ...«, sagte er.

»Was hast ...«, wandte sie ein.

»Umdrehen!«

Sie zögerte eine Sekunde und drehte sich dann langsam um.

Blitzschnell hob O'Caolain die Waffe und versetzte Doyle mit dem Revolverlauf einen Schlag gegen die Schläfe. Geräuschlos sank sie zu Boden.

»Nehmt sie mit«, sagte er.

Leo und Harry packten Elizabeth Doyle an Händen und Füßen, hoben sie hoch und trugen sie zur Tür. O'Caolain hob Mike vom Boden auf, legte sich die Leiche über die Schulter und folgte den anderen, ohne Bull auch nur einen Blick zuzuwerfen.

52

Der Exerzierplatz lag im Dämmerlicht. Die Bäume oben auf dem Granitfelsen zeichneten sich immer noch als unregelmäßige Silhouetten gegen die Wolken ab, aber schon bald würden Himmel und Wald miteinander verschmelzen. Fünfzig bis sechzig Männer standen auf dem kiesbedeckten Platz vor dem Verwaltungsgebäude. Einige rauchten, andere unterhielten sich, alle warteten.

Exakt um 21 Uhr wurden die Scheinwerfer an den vier Masten eingeschaltet. Das große Fenster im zweiten Stock wurde geöffnet, und Seamus O'Caolain zeigte sich den Versammelten. Seine grobe Stimme donnerte über den Platz:

»Männer der IRF – hört mir zu!«

Unmittelbar trat Stille ein.

»Brendan Hannon, Stabschef und Oberkommandierender der IRF, ist tot.«

Geraune erhob sich, einige Männer schlugen das Kreuzzeichen.

»Kommandant Hannon wurde von seinen eigenen Leuten erschossen. Von einem Verräter, der ihn wie einen Hund abschlachtete und einfach ins Meer warf.«

Das Gemurmel wurde lauter.

»Wollt ihr wissen, wer ihn getötet hat?«

Abermals wurde es still, irgendwo in der Menge weinte jemand.

»Ich höre nichts.«

Einer der Männer rief laut und deutlich »Ja«. Ein undeutliches Wirrwarr aus weiteren Stimmen folgte. Die Männer sahen, wie O'Caolain sich hinunterbeugte und dann wieder aufrichtete, als stemme er eine schwere Gewichtsstange. Im nächsten Augenblick kam eine Gestalt durch das Fenster gesegelt. Die Leiche klatschte drei oder vier Meter vor den nächststehenden Männern mit lautem Geräusch auf den Boden.

»Michael Kee«, ertönte es von oben. *»Einer eurer eigenen Männer. Ein Feigling, der noch nicht einmal ein schmutziger Gedanke im Kopf seines Vaters war, als Hannon schon die Belfast-Brigade anführte. Der immer noch nicht geboren war, als Hannon, ich selbst und viele andere unserer Brüder während des Hungerstreiks in Long Kesh beinahe unser Leben ließen. Dreißig verdammte Jahre lang kämpften Brendan Hannon und ich Schulter an Schulter für Nordirland! Und wofür kämpften wir? Wir kämpften dafür, dass eure Eltern und Großeltern ein Leben in Würde führen könnten – für das Recht auf bezahlte Arbeit, für das Recht auf angemessene Wohnverhältnisse, für das Recht auf gerechte Behandlung durch die Polizei, für das Recht, den eigenen Glauben zu leben … Kurz gesagt: für das Recht auf Gleichbehandlung im eigenen Land – dem Land, das die Engländer uns einst gestohlen haben!«*

Die Männer auf dem Platz standen still wie Zinnsoldaten und lauschten. Seamus O'Caolain überragte sie wie der bärtige Moses auf dem Sinai.

»Zum Dank für diesen Einsatz tötete dieser Kadaver, der jetzt vor euch liegt, Brendan Hannon, wickelte ihn in eine Persenning und versenkte ihn in der Irischen See. Aber Michael Kee war nur ein Soldat, ein Soldat, der auf Befehl handelte, auf Befehl einer Person, die Hannon loswerden und seinen Platz einnehmen wollte.«

Die Männer sahen O'Caolain ein Handzeichen geben. Leo Hoggart und Harry Sweeney traten ans Fenster. Zwischen sich hielten sie eine kleine Gestalt, gefesselt und geknebelt.

»Bessie Evans – euch besser bekannt unter dem Namen Tobin. Gemeinsam mit mir stellvertretender Kommandant. Ein Mensch, dem Hannon voll und ganz vertraute. Sie ist der eigentliche Verräter, der eigentliche Mörder, und glaubt mir, wenn ich sage: Sogar der allmächtige Gott kann ihr jetzt nicht mehr helfen!«

Ungläubige Stille auf dem Platz.

»Die IRF war Brendan Hannons Werk – Hannon war die IRF. Aus diesem Grund wird die Organisation mit sofortiger Wirkung aufgelöst. Ihr alle seid von euren Aufgaben entbunden. Kehrt nach Hause zurück, zu eurer Frau, zu euren Kindern und zu euren Eltern. Lebt ein gewöhnliches Leben. Natürlich könnt ihr weiterhin an die Sache glauben und dafür kämpfen, wenn ihr wollt, aber nicht mehr unter dieser Fahne. Der Tod Brendan Hannons ist auch der Tod der IRF. In spätestens einer Stunde ist Fort Armagh geräumt. Abtreten!«

Niemand rührte sich. O'Caolain schien an seinem Fensterplatz noch ein Stückchen größer zu werden.

»Ich sagte: ABTRETEN!«

Langsam kam wieder Bewegung in die Truppe, und die Männer traten auf die Baracken zu. Vom Granitfelsen trieb leichter Nieselregen herüber. Kurz danach war Michael Kee der einzige Soldat, der den Exerzierplatz noch nicht verlassen hatte.

Seamus O'Caolain entfernte den Korken einer ungeöffneten Whiskeyflasche, nahm einen Schluck daraus und knallte die Flasche auf den Schreibtisch. Er drehte sich um und sah Leo und Harry an.

»Ihr auch, Jungs. Fahrt nach Hause.«

Die beiden wechselten einen Blick.

»Was ist mit Ihnen, Sir?«, fragte Leo vorsichtig.

O'Caolain blickte auf Bessie Evans hinunter, die zwischen ihnen auf dem Fußboden lag.

»Ich hab hier noch was zu erledigen«, erwiderte er.

»Und der Gefangene im Keller?«

»Überlasst ihn mir.«

Er reichte ihnen die Hand, und sie verabschiedeten sich voneinander.

»Hannon wäre stolz auf euch gewesen. Aber jetzt seht zu, dass ihr wegkommt.«

Leo und Harry nahmen Haltung an und salutierten ein letztes Mal. O'Caolain sah ihnen nach, als sie zur Tür hinaustraten. Er griff nach der Flasche und nahm einen großen Schluck. Dann trat er zur Tür und verschloss sie. Noch ein Schluck Whiskey. Der Pegel in der grünen Flasche sank beträchtlich. O'Caolain zog einen Stuhl heran und setzte sich neben Elizabeth Doyle. Sie lag auf dem Rücken, mit Seilen umwickelt wie ein fertig zubereiteter Rollbraten. Verschwitzte graue Locken, zwei große Augen und breites Klebeband über dem Mund. O'Caolain starrte sie an, bis sie schließlich seinen Blick erwiderte.

»Jetzt sind nur noch wir beide übrig, Bessie. Der Zauberer und sein Lehrling. Aber das muss ich dir lassen, du warst sehr gelehrig. Als Shell dich vor vierzig Jahren anschleppte, dachte ich, er hätte den Verstand verloren. Aber er hat darauf bestanden – und recht behalten. Du wurdest eine der Besten. Vielleicht die Allerbeste, abgesehen von ihm. Shell hatte es gewusst. Für Mörder wie uns gibt es keine stärkere Antriebskraft als den Hass, und niemand trug größeren Hass in sich als du.«

O'Caolain hob die Flasche, bediente sich großzügig und wischte sich den Mund mit dem Hemdsärmel ab.

»Ich erzähle dir jetzt eine Geschichte über Shell«, fuhr er fort. »Es muss im Frühjahr '71 gewesen sein. Er war noch ein Fußsoldat, und ich war aus Armagh gekommen, um an einer Entführung mitzuwirken. Ein loyalistenfreundlicher Richter, der unten in Blackstaff wohnte. Das Ganze beruhte auf Joe Cahills Plan. Joe wollte den Richter gegen einen der Unseren austauschen – McMillen, der zwei Wochen zuvor in Crumlin interniert worden war. Der Auftrag schien einfach. Der Richter war ein Gewohnheitsmensch. Seine Frau hatte schon das Essen auf dem Tisch stehen, als er abends um sieben aus dem Büro kam. Wir waren zu dritt – Shell, ›Dirty‹ John Joe und meine Wenigkeit. Um halb acht sprengten wir die Tür auf, aber nur, um direkt in eine Falle zu tappen, wo vier Männer in

Uniformen der Britischen Armee warteten. Jemand hatte geplaudert. ›Dirty‹ fiel als Erster, ich bekam einen Schuss in den Oberschenkel, bei dem mir fast der Schwanz abgefallen wäre. Als ich da auf dem Boden lag, sah ich Shell aus der Tür verschwinden. Drei der Engländer verfolgten ihn, der vierte blieb, um auf mich aufzupassen.«

Abermals nahm O'Caolain einen gediegenen Schluck aus der Whiskeyflasche und schmatzte wohlig. Seine Stimme klang ein wenig vernebelt.

»Wo war ich stehen geblieben? Ach ja – nach einer halben Minute hörten wir erst einen Schuss. Dann zwei weitere, ganz dicht aufeinander. Danach war es still, doch niemand kam. Der Soldat versuchte es über sein Funkgerät, bekam aber keinen Kontakt. Nach einer Weile hörten wir Sirenen in der Ferne. Der junge Soldat trat ans Fenster, um nachzusehen. Das hätte er besser nicht getan. Es knallte, und die Fensterscheibe und das Gesicht des Typen gingen in tausend Stücke. Sekunden später stand Shell in der Tür. Er schleppte mich zum Wagen und brachte mich zu einem unserer Häuser in Andersontown, wo mich unser Quacksalber wieder zusammenflickte. Brendan Hannon – British Army: 4-0.«

O'Caolain stellte die Flasche auf den Boden und beugte sich so dicht über Bessie Evans, dass sie die Augen schloss, als ihr sein stinkender Atem entgegenschlug.

»Du verstehst also, Bessie … seit jenem Tag in Blackstaff waren wir Blutsbrüder, Shell und ich.«

Er stand auf und blickte auf sie hinunter.

»Wie hast du es immer gemacht, *Tobin*? Erst ein Schuss in die Stirn und dann raus mit den Augäpfeln? Nun – ich dachte, ich könnte die Reihenfolge ein wenig umkehren.«

O'Caolain trat an seinen Schreibtisch und öffnete eine Schublade. Als er sich wieder umdrehte, blitzte ein Dolch mit schmaler Klinge in seiner Faust auf.

53

Er erwachte.

Ob er geschlafen hatte oder bewusstlos gewesen war, wusste er nicht. Der Raum war kalt, aber das Licht an der Decke war eingeschaltet. Bull brauchte ein paar Sekunden, um sich zu überzeugen, dass die absurde Realität, die er erlebt hatte, kein Traum gewesen war.

Es war tatsächlich passiert.

Elizabeth Doyle. Der Schuss. Der bärtige Riese. Der tote Skinhead Mike auf dem Boden.

Wer war dieser Kerl mit dem Bart?

Was zum Teufel läuft hier eigentlich ab?

Langsam formte sich ein Bild. Er war ein Gefangener im Hauptquartier der IRF. Gehörte dieser bärtige Gorilla womöglich zu einer konkurrierenden Organisation? Befand er sich etwa mitten in einer Art Bandenkrieg?

Nein. Die Szenen auf Rathlin Island und auf dem Boot standen ihm noch klar vor Augen. Hannon, Mike, Leo und Harry hatten zum selben Verein gehört. Bis Hannon ermordet wurde. Nach allem zu urteilen also eine Meuterei, mit Elizabeth Doyle in der Rolle des Brutus. Absurderweise hatte ihm der interne Aufstand anscheinend das Leben gerettet. Bis auf Weiteres. Was jetzt? Würde der Riese zurückkommen, um das abzuschließen, was Doyle und Mike begonnen hatten? Bull schob den düsteren Gedanken beiseite und fand einen Lichtpunkt, an den er sich klammern konnte: Wie es im Augenblick aussah, bestand für Gus keinerlei Gefahr.

Er nahm es nur undeutlich wahr, aber das Geräusch war unverkennbar.

Ein Schuss irgendwo in den Etagen über ihm. Er lauschte, wartete auf sich nähernde Schritte. Nichts geschah. Stille. Einige Minuten vergingen, dann hörte er plötzlich einen neuen

Schuss. Wie sollte er das interpretieren? Unmöglich. Genauso gut könnte er versuchen, das Datum des Weltuntergangs vorauszusagen. Er konnte nichts anderes tun als warten.

Abwarten.

Um sich wach zu halten, versuchte er die Zeit zu berechnen und klopfte im Takt dessen, was er für eine Sekunde hielt, mit dem rechten Fuß auf den Boden. Als er bei zweitausend angekommen war, hörte er etwas. Erst das Geräusch von Sirenen, die nach und nach lauter wurden. Dann ein anderes, viel lauteres Geräusch: den Stakkato-ähnlichen Motorenlärm von einem oder mehreren Hubschraubern.

Die Tür hinter ihm wurde geöffnet. Drei Spezialsoldaten stürmten herein, so schwer mit Helm, Weste, Waffen und Ausrüstung bewehrt, dass die Schwarzgekleideten der IRF mit ihnen verglichen wie Rebhuhnjäger gewirkt hatten.

»All clear!«, rief einer von ihnen.

Dann tauchte plötzlich Miriam Dixon neben ihm auf, auch sie mit einem Helm ausgerüstet, doch nur mit ihrer kleinen Glock in der Hand. Beim Anblick von Bull blieb sie ein paar Sekunden stehen und glotzte ihn an, als sei sie Maria Magdalena und Bull eben aus dem Grab auferstanden.

»Gab's keine schusssicheren Westen in Rot?«, fragte er mit heiserer Stimme.

Dixon kicherte ungeniert, schien aber dennoch den Tränen nahe zu sein.

»Was … was ist hier passiert?«

»So dies und das in ziemlich kurzer Zeit«, sagte Bull.

»Macht ihn los«, befahl sie.

Die Soldaten schnitten die Fesseln durch und halfen ihm auf. Bulls Beine zitterten gefährlich, trugen ihn aber dennoch.

»Können Sie gehen?«, fragte Dixon. »Wir haben Tragen dabei und …«

»Ich kann gehen«, unterbrach Bull sie. »Ich hab hier allerdings 24 Stunden gesessen. Geben Sie mir ein paar Minuten.«

»Aber sicher.«

Zwei der Soldaten zogen sich zurück. Der letzte blieb als Schutz bei Bull und Dixon. Dixon sah aus wie ein einziges Fragezeichen.

»So gehen Sie also Ihrer Ermittlertätigkeit in Norwegen nach, ja?«, fragte sie. »James-Bond-Modell, oder wie?«

»Wie haben Sie diesen Ort gefunden?«, fragte er.

»Wir wurden angerufen. Jemand, der sich als Kommandant von Fort Armagh ausgab. Erst dachten wir, das sei ein Scherz, aber als er dann erzählte, dass sich ein norwegischer Polizist namens Bull im Keller befinde, haben wir Alarm ausgelöst.«

Ein groß gewachsener Mann erschien in der Türöffnung. Kein Helm, schwarzes Barett, Offiziersabzeichen an der dunkelblauen Uniform.

»Sie sollten mal in den zweiten Stock kommen und sich das ansehen«, sagte er zu Dixon.

Seamus O'Caolain saß auf seinem Bürostuhl. Er hatte den Revolver in der Hand, den Bull schon im Keller gesehen hatte. In seinem Schädel waren zwei Löcher. Eines da, wo das Projektil aus der 45er eingedrungen war, und ein größeres dort, wo es sich wieder Austritt verschafft hatte. Auf dem Boden neben ihm lagen ein blutverschmiertes Messer und eine leere Whiskeyflasche. Es war ein kleines Rätsel, wieso O'Caolain noch immer die Waffe in der Hand hielt, aber in diesem Moment gab es noch ein größeres Rätsel, das es zu lösen galt.

Die andere Leiche.

Die zarte Gestalt lag gefesselt und geknebelt auf dem Rücken, mit zwei leeren Kratern dort, wo die Augen sich befinden sollten. Miriam Dixon betrachtete den toten Körper. Bull ging vor O'Caolain in die Hocke. Darauf bedacht, nichts anzurühren, besah er sich das Messer auf dem Boden. Dixon warf ihm einen Blick zu.

»Es ist eine Frau«, sagte sie leise.

»Und was für eine«, erwiderte Bull.

»Wie meinen Sie das?«

Er richtete sich auf und sah seine Kollegin an.

»Das ist Elizabeth Doyle«, sagte er.

Sie reagierte so, als hätte er ihr eine Ohrfeige verpasst. Sie wich zwei Schritte zurück, sah ihn ungläubig an und richtete den Blick dann wieder auf Geoffrey Craigs Privatsekretärin und Freundin.

»Doyle …?«, flüsterte sie.

»Das ist eine lange und komplizierte Geschichte, Miriam. Ich erzähle sie Ihnen in aller Ruhe, sobald wir hier raus sind.«

»Was … was hat sie da in der Stirn?«

Bull beugte sich hinunter und inspizierte das messingfarbene Objekt.

»Sieht aus wie eine Patronenhülse«, sagte er.

54

Belfast/Holywood
Montag, 30./Dienstag, 31. Mai 2016

Es wurden zwei lange Tage.

Der Montag begann mit einem Telefonat mit Gus. Bull versicherte ihm, dass alles in Ordnung sei und er keine weiteren Forderungen nach Abgabe einer DNA-Probe zu erwarten habe. Und niemanden, der an sein Erbe heranwollte. Der Großvater hatte unzählige Fragen, musste sich aber damit begnügen, dass Bull am folgenden Dienstag ins Pflegheim kommen und ihm die ganze Geschichte erzählen würde.

Der restliche Tag verging in einer Marathonsitzung. Anwesend waren der amtierende Leiter des PSNI, eine Staatsanwältin, Chief Inspector Miriam Dixon sowie ein Vertreter des nordirischen Justizkomitees, der kurzerhand dazu ernannt worden war, die Untersuchungskommission zu leiten.

Bull musste berichten, erklären und erläutern. Der oberste Chef – Trevor Kennedy – fungierte als Moderator, hatte aber durchaus nicht die Absicht, Bull einen Orden zu verleihen, wie Dixon es angedeutet hatte. Nach etwa vier Stunden hatten sie den kompletten Handlungsverlauf einmal nachvollzogen, von Bulls Besuch im Archiv der *Irish Times*, bis Dixon ihn im Keller von Fort Armagh gefunden hatte.

Kennedy lehnte sich in all seiner uniformierten Pracht zurück und musterte den norwegischen Ermittler. Seinem Blick nach zu urteilen, konnte Bull nicht einmal mit einem Spielzeugorden rechnen.

»Und als Sie den Verdacht bekamen, dass Mrs. Doyle und dieser … Tobin ein und dieselbe Person waren, wieso haben Sie nicht Ermittlungsleiterin Dixon davon in Kenntnis gesetzt?«

»Weil ich annahm, dass sie möglichweise Vizepolizeichef Craig von meinem Verdacht erzählen könnte. Craig hätte in diesem Fall zwei Möglichkeiten gehabt – er hätte das Ganze als totalen Unsinn abtun oder seine Freundin damit konfrontieren können. In beiden Fällen wäre die Spur dann allerdings tot gewesen.«

»Sie nahmen an …?«

»Rechnete damit … vermutete … nennen Sie es, wie Sie wollen. Nach meinem Verständnis gehören Annahmen zum Beruf eines Ermittlers. Wir sind keine Revisoren, die es mit überprüfbaren Faktoren in einem Rechenstück zu tun haben.«

Kennedys Geschichtsausdruck verdüsterte sich. Er beugte sich vor und legte die gefalteten Hände auf die Tischplatte.

»Und wenn ich annehmen würde, dass Geoffrey Craig heute noch am Leben wäre, wenn Sie dem Dienstweg gefolgt wären?«

»Dann würde ich *annehmen,* dass Doyle und Hannon untergetaucht wären und die Entwicklung der IRF weiter vorangetrieben hätten. Des Weiteren würde ich annehmen, dass diejenigen, die die Schuld an der Ermordung des Ehepaars Sand sowie an den Morden von Martin Taylor, Henrik Berg-Hansen, Damien Gillespie und einer unbekannten Zahl weiterer Opfer tragen – einschließlich des Mordversuchs an Gerry Adams –, bis auf Weiteres ungestraft davongekommen wären.«

Unter Aufwendung einiger Kraft gelang es Kennedy, sich zu beherrschen. Auch ihm war die inoffizielle Übereinkunft zwischen dem norwegischen und dem britischen Justizministerium bekannt. Er senkte die Stimme um eine halbe Oktave, ohne dass sein Ton dadurch wohlwollender klang.

»Sie sehen also keine Möglichkeit dafür, dass Craig Ihren Verdacht ernst genommen hätte, mit dem Ergebnis, dass Elizabeth Doyle heute in Untersuchungshaft säße? Quicklebendig und in der Lage, uns mit wertvollen Informationen zu versorgen?«

»Solange es keine Beweise gab, ist es eher unwahrscheinlich, dass Craig im privaten Rahmen ein ernstes Gespräch mit seiner Freundin geführt hätte. Dann jedenfalls hätte Doyle ihn an Ort und Stelle getötet und wäre danach abgetaucht.«

»Und Sie waren sich natürlich völlig sicher, dass die kleine Mrs. Doyle so gefährlich, so unerhört kaltblütig war, dass es keinen anderen Ausgang der Geschichte gegeben hätte?«

»Nach meinem Verständnis ist jeder, der die Augen seiner Opfer durch weiße Lilien ersetzt, als kaltblütig zu bezeichnen.«

An dieser Stelle griff Staatsanwältin Emily Maguire ein – vielleicht um die Gemüter zu beruhigen, vielleicht auch, weil sie ein gewisses Verständnis für Bulls Lage hatte.

»Mr. Bull, Sie verbrachten mehr als 24 Stunden in Gesellschaft dieser Menschen. Da müssen Sie doch einiges mitbekommen haben. Ein paar Namen vielleicht?«

»Es wurden nur Vornamen verwendet, Ma'am. Abgesehen davon, wurde die Unterhaltung überwiegend auf Irisch geführt, eine Sprache, die ich leider nicht beherrsche. Darüber hinaus sei hinzugefügt, dass ich den meisten Teil der Zeit in einem … Einzelzimmer verbracht habe. Erst auf Rathlin Island, dann auf dem Boot und schließlich in Armagh.«

Maguire quittierte Bulls Antwort mit einem freundlichen Nicken.

»Ich gehe davon aus, dass Sie einen ausführlichen Bericht über Ihre Beteiligung an den Ermittlungen sowie Ihre … äh … Erlebnisse anfertigen? Einschließlich aller Details, die von Interesse sein könnten.«

»Selbstverständlich. Ich werde damit beginnen, sobald diese Verneh… diese Besprechung beendet ist.«

Emily Maguire grinste, wenngleich nicht so ungehemmt, als dass Kennedy es ihr zum Nachteil hätte anrechnen können. Sie warf einen Blick auf ihre elegante goldene Armbanduhr und sagte:

»Wie wär's mit einem Lunch, meine Herren? Chief Inspector?«

Dienstagmorgen tat Bull etwas, was er seit Jahren nicht mehr getan hatte. Er schlief bis zehn und schaffte es gerade noch rechtzeitig zum Frühstücksbuffet im Hotel.

Eine Stunde später saßen er und Miriam Dixon mit Kaffeebechern neben sich auf einer Bank im Botanischen Garten, ohne sich der Tatsache bewusst zu sein, dass es dieselbe Bank war, auf der Sammy Bennett und Marion O'Neill vierzig Jahre zuvor gesessen hatten. Bull fummelte an dem Plastikdeckel herum, der für den Pappbecher viel zu klein war. Dixon beobachtete zwei vorbeigehende Frauen. Die ältere hatte sich bei der anderen, die anscheinend ihre Tochter war, sorgfältig untergehakt.

»Haben sie sich tatsächlich so sehr geähnelt – Doyle und ihre Mutter?«, fragte sie.

»Wie ein Ei dem anderen«, erwiderte er.

»Glück für uns.«

Bull sagte nichts. Dixon fing plötzlich an zu lachen. Offenbar war ihr gerade klar geworden, was sie da angedeutet hatte.

»*So* hab ich das nicht gemeint.«

»Erfolgreiche Polizeiarbeit ist oft von ein wenig Glück abhängig, Miriam.«

Sie schwieg eine Weile.

»Sie haben übrigens richtig geraten.«

Er sah sie an.

»Inwiefern?«

»Ich wäre vermutlich zu Craig gegangen.«

»An Ihrer Stelle hätte ich wahrscheinlich das Gleiche getan.«

Sie sagte nichts, trank den Rest ihres Kaffees.

»Was glauben Sie, wer das war – dieser bärtige Riese, der Ihr Leben gerettet hat?«

Er zuckte mit den Schultern.

»Der Kommandant von Fort Armagh, schätze ich mal.«

»Ihn muss das Schicksal gesandt haben«, konstatierte sie.

Bull lächelte matt und hob dann den Blick zu den Wolken über ihnen.

»Oder ein Schutzengel«, sagte er.

Er parkte den Vauxhall vor einer Sportboutique in der High Street. Die Auswahl im Laden war größer, als er angenommen hatte, aber er entschied sich schnell und bezahlte mit Kreditkarte. Dann ging er zurück zum Wagen, klappte die Rückbank um, stopfte die erstandene Ware hinein und schloss vorsichtig die Heckklappe. Als er an Ned's Pub vorbeikam, entdeckte er Proinsias O'Hara, der gerade die Kneipe betrat. Ein durstiger Hofbursche – oder ein armer Schlucker, der gerade seine Stütze ausbezahlt bekommen hatte. In beiden Fällen ein Opfer der Umstände und der Launenhaftigkeit des Herrn.

Zehn Minuten später erreichte Bull Maiden Cottage. Fanny Robertson und Kieran saßen auf der Treppe zum Haupthaus. Der Junge trug einen bunten Indianerschmuck auf seinem roten Haarschopf. Bull öffnete die Heckklappe und nahm das weiße Wunderwerk heraus.

Kieran erhob sich und glotzte.

»Was ist das?«, fragte er.

»Ich würde sagen, es sieht aus wie ein Fahrrad«, erwiderte Bull.

»Was willst du denn damit – du hast doch einen Streifenwagen?«

»Du aber nicht. Und auch kein Fahrrad, wenn ich mich recht erinnere.«

Der Indianerhäuptling stieß einen Freudenschrei aus, als ihm klar wurde, was das zu bedeuten hatte.

»Ist … ist … das für *mich?*«

»Ganz genau. Ich hab übrigens die Quittung, falls dir eine andere Farbe lieber ist. Es gibt auch rote und gelbe.«

»Das ist ja total *cooool!!!*«

Der Kleine presste sich dankbar an Bulls Schenkel und Hüfte, schwang sich auf das weiße Pferd und schoss davon. Der Federschmuck auf seinem Kopf flatterte wie ein Wimpel.

»Es hat auch Bremsen!«, rief Bull ihm nach.

55

Eine Steintreppe führt vom Parkplatz zu dem kleinen Plateau mit dem Flaggenmast. Er bleibt stehen und blickt auf die leere Bank. Gus' Bank. Ganz vorn auf einer der imprägnierten Holzleisten ist ein grauweißer, getrockneter Fleck. Die Hinterlassenschaft einer Krähe oder einer Möwe. Er kratzt das Gröbste mit der Kante seiner Schuhsohle ab, zieht ein Taschentuch hervor und reibt, bis der Fleck fast unsichtbar ist.

Er setzt sich. Wie oft hat Gus hier allein auf der Bank gesessen? Wie viele Stunden? Woran hat er dabei gedacht?

An Coleen, natürlich. Und an Sarah. Aber Bull kennt Augustus Mitchell und weiß, dass der Großvater auch an das Kind gedacht hat, das er nie gesehen hat. Für Männer wie Gus reicht es, zu *wissen*. Zu wissen, dass es diesen Menschen irgendwo da draußen gibt. Ein Leben, zu dessen Entstehung man selbst beigetragen hat und das etwas von einem selbst in sich trägt. Ein Mensch, der dir auf der Straße begegnet, dich in einem Laden bedient oder in einer Warteschlange hinter dir steht.

Ein Fremder, den du hättest lieben sollen.

Er steht auf und erklimmt die letzten Stufen zum Eingang des Pflegeheims. Was immer auch geschieht – Gus darf niemals erfahren, wer oder was Elizabeth Doyle gewesen ist. Dafür wird er sorgen.

Oben angekommen, sieht er eine Reihe von Fenstern – die Aussicht auf eine Welt für diejenigen, die bald nicht mehr da sind. Die weißen Vorhänge in Nummer 12 sind zugezogen. Durch den dünnen Baumwollstoff kann man eine Gestalt erahnen, die sich mit weichen, rhythmischen Bewegungen hin und her bewegt.

Gus tanzt.

EPILOG

Er blieb noch fast eine Woche. Abgesehen von einem Lunch mit Miriam Dixon, widmete er Gus seine ganze Zeit. Ein Flaggenmast, eine Bank und zwei Männer, in all die Gespräche vertieft, für die sie im Laufe der letzten vier Jahre keine Zeit gefunden hatten.

Eines Vormittags erzählte er dem Großvater von Frida und Anine. Gus hörte zu, weinte, stellte Fragen und weinte abermals. Zu seiner Verwunderung merkte Bull, dass die Trauer des Alten seine eigene leichter werden ließ. *Vielleicht ist es so einfach,* dachte er. Trauer wiegt schwer und ist besser zu ertragen, wenn man nicht allein ist.

Am Samstag, dem 4. Juni, besuchten sie das Titanic-Museum im Hafen von Belfast, eine Touristenattraktion, die wenige Tage nach Gus' Einzug in das Pflegeheim eröffnet worden war. Die vier Ecken des Gebäudes waren wie der Bug des sagenumwobenen Schiffes in Originalgröße geformt. Die »Schiffswände« waren mit eloxiertem Aluminium verkleidet und glitzerten in der Sonne, was einige Kommentatoren zu der Äußerung veranlasst hatte, dass das Gebäude eher dem Eisberg ähnelte, der die Titanic versenkt hatte, als dem Schiff selbst.

Sie verbrachten fast drei Stunden im Museum. Lange Zeit stand Gus vor einer großen Schwarz-Weiß-Fotografie in einem der Ausstellungsräume. Ein majestätisch wirkender Mann mit einem prachtvollen weißen Vollbart und in einer noch weißeren Uniform. Kapitän Edward Smith, der Mann, der die Evakuierung vieler Passagiere in die Rettungsboote veranlasst hatte, doch selbst auf der Brücke geblieben war, als die »Titanic« im eisigen Atlantik versank.

»Vielleicht bauen sie heute bessere Schiffe als vor hundert Jahren, aber solche Männer wie ihn gibt es nicht mehr«, erklärte Gus.

Am Montagmorgen fuhr Miriam Dixon ihn zum Belfast International Airport. Ihr Mini war frisch poliert und leuchtete röter als jemals zuvor. Sie selbst trug ein spitzenbesetztes weißes Oberteil, schwarze Jeans und graue Pumps.

Bull gab sich wie üblich einsilbig, was sie allerdings nicht zu stören schien. Mit einigen Menschen konnte man schweigen, ohne dass die Stille unangenehm wurde. Seinem Gesichtsausdruck nach zu urteilen, ruhte sich der Mann nicht auf seinen Lorbeeren aus. Eher wirkte er so, als sei er schon mit dem nächsten Mordfall beschäftigt. Sie überlegte, an wen oder was er wohl gerade dachte.

Und fragte.

»Gus«, log er. Frida und Anine hatten in Dixons Mini nichts zu suchen.

»Hat er sich nach dem ganzen Durcheinander wieder beruhigt?«

Durcheinander?, dachte Bull. Henry war umgebracht worden, Gus wusste, dass seine unbekannte Tochter gestorben war, sein Enkel war mit dem Tod bedroht worden, und zur Krönung des ganzen Wahnsinns hatte er noch seine einzige Urenkelin und deren Mutter verloren. Man musste gar nicht neunzig sein, um von diesen Ereignissen umgehauen zu werden.

»Er kommt zurecht.«

Er hörte selbst, wie unnahbar er klang.

»Ich habe versprochen, ihn in ein paar Monaten wieder zu besuchen«, fügte er hinzu.

»Dann hoffe ich, dass Sie in Musgrave vorbeikommen und ihre alten Kollegen besuchen?«

Er warf einen Blick auf die Wiesen, an denen sie vorbeifuhren. Falls es ihm möglich wäre, würde er diese Polizeidienststelle nie wieder betreten.

»Ich glaube, Musgrave ist Vergangenheit für mich. Aber ich verspreche, meine rot gekleidete Kollegin anzurufen und sie zum Kaffee einzuladen.«

»Ich zähle schon die Tage« sagte Dixon mit einem Lächeln.

Sie hielten vor dem Terminal. Um sie herum herrschte das übliche Gewimmel aus Menschen, Gepäck, formellem Händeschütteln und innigen Umarmungen. Bull nahm seine Reisetasche aus dem kleinen Kofferraum und holte tief Luft. Er mochte keine Abschiede, auch nicht die professionell gefärbten. Am meisten fürchtete er sich davor, dass Dixon das Ganze mit einer floskelhaften und pflichtschuldigen Bemerkung über seinen Beitrag zu dem Fall abrunden würde.

»Das war's also«, sagte sie. »Und wir einigen uns darauf, dass ›Auf Wiedersehen, Bogart‹ viel besser klingt als ›Leben Sie wohl‹.«

Sie stellte sich auf die Zehenspitzen und umarmte ihn kurz.

»Fliegen Sie vorsichtig«, sagte sie, zwinkerte ihm zu und stieg in ihren Mini.

Obwohl das Flugzeug erst in einer halben Stunde abheben sollte, herrschte am Gate bereits reges Gedränge. Zwei Sitze neben ihm saß eine ältere Frau mit einer grauen Transportbox aus Plastik auf dem Schoß. Ein pelziges Wesen huschte hinter den Gitterstäben hin und her und piepste dabei so herzzerreißend, als rechne es damit, dass der nächste Halt das Schlachthaus sei. Bull trank seinen Kaffee und überlegte, wie unhöflich es wohl wirken würde, wenn er den Platz wechselte.

Sein Handy klingelte.

Rechtsanwalt Steffensen. Bull zögerte kurz, bevor er den Anruf entgegennahm.

»Guten Morgen.«

»Das wünsche ich Ihnen auch, Bull. Und herzlichen Glückwunsch. Der Fall Sand hat in der hiesigen Presse große Aufmerksamkeit bekommen.«

Bull murmelte eine Erwiderung.

»Was gibt's denn?«, fragte er. »Hat sich Richard Torp auf wundersame Weise aus seinem Rollstuhl erhoben?«

»Nicht ganz. Sein Gesundheitszustand ist, soweit ich weiß,

unverändert. Allerdings könnte man sagen, dass sich seine finanziellen Verhältnisse beträchtlich verbessert haben. Seine Großmutter und Wohltäterin, Hermine Torp, ist vor einer Woche gestorben. Ihr Enkel Richard ist der einzige Erbe.«

Bull gestattete sich ein paar Sekunden *time-out*.

»Und was geht mich das an?«, fragte er schließlich.

Wie immer, wenn er unsicher wurde, räusperte Steffensen sich.

»Nun … daraus ergibt sich die Möglichkeit, Schadensersatz von Torp zu fordern. So etwas hat ja praktisch gesehen eher wenig Sinn, solange der Angeklagte mittellos ist. So unverdient es sich anhören mag, aber Richard Torp wird jetzt auf der *Kapital*-Liste der 400 reichsten Norweger geführt.«

Bull sagte nichts und dachte, dass ihm selbst alles Geld auf der Welt Frida und Anine nicht zurückbringen könnte. Außerdem dachte er an die dreitausend Kronen, die Rechtsanwalt Steffensen pro Stunde verlangte, unabhängig davon, ob Kläger oder Angeklagter den Fall gewannen.

»Ich denke darüber nach«, sagte er.

»Gut. Dann warte ich auf Ihre Rückmeldung.«

Bull beendete das Gespräch. Das arme Tierchen in der Box neben ihm piepste und winselte. Bull richtete den Blick auf das Telefon in seiner Hand.

Dann beugte er sich vor und schrieb eine SMS an Christine Sand.

NACHWORT

Die Organisation IRF ist das Produkt meiner Fantasie – eines der wenigen Privilegien, die mit dem Schreiben von Romanen einhergehen. Tatsache ist allerdings, dass ähnliche Organisationen im heutigen Nordirland existieren. Beispiele wie die Real IRA und die Continuity IRA sind in diesem Buch erwähnt.

Im August 2016 haben der PSNI und die Metropolitan Police mehrere Verhaftungen von Personen mit republikanischem Hintergrund vorgenommen, nachdem Lager mit Waffen, Sprengstoff und anderer Ausrüstung gefunden wurden, die mutmaßlich zur Durchführung von Terroraktionen verwendet werden sollten. Ebenfalls im Jahr 2016 wurde der Justizvollzugsbeamte Adrian Ismay schwer verletzt, als eine unter seinem Wagen angebrachte Bombe explodierte. Ismay starb einige Tage danach in einem Belfaster Krankenhaus.

Glücklicherweise deutet nur wenig darauf hin, dass es einen ausgeprägten Nährboden für diese Organisationen gibt. In den 1970er- und 1980er-Jahren erfuhr die Provisional IRA große Unterstützung durch die katholische Bevölkerung, eine natürliche Folge von Armut, Ungleichbehandlung und Gewaltausübung von protestantischer Seite. Heute leben die meisten Menschen in Nordirland unter akzeptablen Bedingungen und haben daher nur wenig Gründe, eine Zuspitzung des alten Konflikts herbeizuwünschen.

Ich möchte meiner innigen Hoffnung auf anhaltenden Frieden in Nordirland Ausdruck verleihen.

Øistein Borge
Mallorca, Januar 2017

ØISTEIN BORGE

KREUZSCHNITT

KRIMINALROMAN

Bogart Bull, Kommissar bei der Osloer Kriminalpolizei, durchlebt eine schwere Zeit, nachdem seine Frau und sein Kind bei einem Unfall ums Leben gekommen sind. Seine Chefin versetzt ihn zu Europol, wo ein mysteriöser Fall auf ihn wartet: Der schwerreiche norwegische Unternehmer und Kunstsammler Axel Krogh ist in seiner Villa in Südfrankreich ermordet aufgefunden worden – doch alle Verdächtigen haben ein wasserdichtes Alibi. Bulls einziger Anhaltspunkt ist ein Gemälde von Edvard Munch, das einen Dämon zeigt. Nichts anderes hat der Mörder aus der Villa entwendet. Bulls Ermittlungen führen ihn schnell zu einem grausamen Verbrechen in der Vergangenheit …

»Ein komplexes, spannendes Debüt.« Aftenposten, Oslo

DROEMER

Ein Kind verschwindet. Ein Dorf schweigt.

ANDERS DE LA MOTTE

SOMMERNACHTSTOD

KRIMINALROMAN

Ein Schatten scheint über einem Dorf in Südschweden zu liegen, seit dort vor zwanzig Jahren der kleine Billy Lindh spurlos verschwand. Die Mutter des Jungen nahm sich daraufhin das Leben, ein Verdächtiger, dem aber nichts nachgewiesen werden konnte, tauchte unter und ließ Frau und Kinder im Stich. Nun kehrt Billys Schwester, die Therapeutin Vera Lindh, in ihren Heimatort zurück: Ihr neuer Patient Isak hat ihr eine alarmierende Geschichte über einen verschwundenen Jungen erzählt, und Vera will endlich wissen, was damals wirklich geschehen ist. Längst nicht jedem im Dorf gefallen ihre hartnäckigen Fragen. Und wie vertrauenswürdig ist eigentlich Isak?

DROEMER